张荣超/著

乡村烟火

五洲传播出版社·北京
China Intercontinental Press

图书在版编目（CIP）数据

乡村烟火 / 张荣超著. -- 北京：五洲传播出版社，
2024.3

ISBN 978-7-5085-5189-0

Ⅰ.①乡… Ⅱ.①张… Ⅲ.①长篇小说—中国—当代
Ⅳ.①I247.5

中国国家版本馆CIP数据核字(2024)第052394号

作　　者：张荣超
出 版 人：关　宏
责任编辑：李佼佼　侯琴雅
装帧设计：山谷有鱼　张伯阳

乡村烟火
出版发行：五洲传播出版社
地　　址：北京市海淀区北三环中路31号生产力大楼B座6层
邮　　编：100088
电　　话：010-82005927，82007837
网　　址：www.cicc.org.cn，www.thatsbook.com
印　　刷：北京市房山腾龙印刷厂
版　　次：2024年3月第1版第1次印刷
开　　本：710mm×1000mm　1/16
印　　张：21
字　　数：290千字
定　　价：68.00元

目录
Contents

第一章

姓章这一家

三月小阳春

章祐因妻子柳兰与左邻卞钟妻子吵架一事甚是恼火。他恼火不是因为柳兰被卞妻欺辱，打了耳光，嘴里还流了一摊鲜血，而是因为自己的亲兄弟大哥章虎、二哥章左，对柳兰被外姓人家欺侮视而不见……

这事发生在二十世纪七十年代初，那年春天章祐虽已三十五岁，但因营养不良，缺吃少穿，长得既矮又瘦，脸黄巴巴的。妻子柳兰小他五岁，刚好三十岁。

章祐兄妹五个，他排行老五，有两个哥哥、两个姐姐。照理说，章祐在家里就是个老小，应该是最受宠爱的男孩。可就是这样一个老幺为何就变成了"孤家寡人"？

没有不分家的兄弟，也没有不嫁人的姑娘。到二十世纪七十年代初，大哥章虎已经有了一儿一女；二哥章左也结了婚；大姐之前嫁给了一个军人，后来去了台湾；二姐远嫁安徽六安。

章祐二十岁那年，邻村的一个柳铜匠走村串户修锁配钥匙，身边带着一个女儿，女儿十五岁。女儿是抱养的，养娘因不生育，弃下养女，回娘家再也没有了音讯。

柳铜匠的挑子就摆在章家门前，东家配锁，西家配钥匙，一忙就是太阳西斜。柳铜匠给章家修了一把大铁锁没要钱，因此吃中饭时，章家就将柳铜匠父女俩唤到草棚来，将一盆菜饼和一黄盆野菜粗粮粥伙着吃，也算是还了铜匠人情。

就在围着一张破桌吃饭时，二姐章英对铜匠说："柳大爷，你这女儿也都成人了，带着串乡走巷多不方便呀。"

"是呀，闺女十五岁了，说大不大，说小不小。放在家里我不放心，她养娘说走就走了，我不带她走村串巷，撂她一个人在家，还不饿死呀。"

"你这女儿干脆放我们家。我三弟，就这个，都二十岁了，还没媳妇。我们都是穷人家，笆门对笆门，成个亲事不就了了心事。"

"我这女儿还小。"

父亲章寿说："我这小三子厚道得很。抬汪淤一个抵几个，做农活在兄弟三个中，就数他，老大飘得很，老二滑得很，都成了家，下宅另起灶了，屋里就剩这二闺女和三儿子了。二闺女下个月，也就是三月里小阳春，安徽六安那边就来娶亲了。"

铜匠说："你这儿子不差，就是太瘦，农业社重活他能干得了吗？"

章寿说："我这小三子呀，能吃苦，又听话，脑子还灵巧呢。"

二姐说："我这三弟在这前后三庄，人见人夸，老少都喜欢得很哩！"

"照这样说，也中。这事先定下，满十八岁，我就将女儿嫁给你们家，不过……"

父亲急问："铜匠，你直说。"

"我这苦命的女儿，打小就没爹没妈，我抱养了她，也没给她带来什么好运，嫁人起码得有个遮风避雨的草屋呀……"

"铜匠，这你放心。洪泽湖边有的是柴草，秋冬时节，我会带着全家老小下湖砍柴，为三儿子单独盖上三间茅草屋，宽宽的，高高的，大大的。"

"那中。你那三间大大的茅草屋建起来，我就把女儿嫁过来。"

"那就说定了。"

三月里，春回大地，万物复苏。二姐章英被安徽六安那边来人接走了。那天天气很好，暖洋洋的，村庄上还凑了四十斤山芋，几升绿豆，队长组织男劳力去洪泽湖捕回了两篓子野生鱼虾，热热闹闹地放了一挂鞭炮，整整开了两桌席，将章英嫁走了。

嫁走了女儿章英，母亲章寿氏一病不起，后来得了精神病，在村庄没日没夜地游荡。

为了家里三儿子章祐的婚事，三间茅草屋是个难题。章寿答应了铜匠，这是唯一的条件，但这条件很苛刻，三间茅草屋，从推土垫宅基，打夯砸实，土墙人工，木料，柴草，要花半年时间。人工和材料，对于家中连一根打狗棍都没有，缸里空空的人家来说，这就是比登天还难。

村庄上开始不停地死人，东庄哭罢，西庄哭，李家埋了，胡家又死。章寿召来了已婚的两个儿子。

大儿子章虎说："命都保不住了，还盖什么屋？草在哪？木料在哪？人工口粮在哪？"

二儿子章左说："盖什么屋，我看老三就打个光棍就行。这春荒闹的，自己都顾不了命了，还带女人来家，这不是作死吗？"

母亲章寿氏的眼里放着蓝光，天天在村庄上疯跑，东庄窜到西庄，西庄窜到东庄，孩子见她就跑。她一边走着，一边念道："五鬼投胎，家家有鬼，不杀鬼，鬼杀人，人杀鬼，天不见太阳，人不见月亮，灭了，灭了……"整天说这几句乱七八糟的话。

章寿见家中如此状况，干脆就将三儿子章祐的婚事停了下来。

饥荒闹了几年，铜匠坐不住了。女儿快二十了，女儿大了不中留，何况，家中又娶了一房拖油瓶的夫人，柳兰自从有了后妈，日子就更难熬了。

二十世纪六十年代刚开始，柳兰嫁进了章家，而此时的章家并没为老三章祐建三间茅草屋。

章祐婚后第二年春上，章寿死了。章寿氏因精神疾病，不得不与生活条件稍好些的大儿子章虎一起生活，而老三章祐只能带着刚娶进门的媳妇柳兰过着度日如年的生活。乡村原野、树叶树皮、野草野菜都被农家人填进了肚里，就连黄鼠狼老鼠都被逮绝了种。

天无绝人之路。章祐虽穷，但脑子灵便，没饭吃，没房住，一无所有，怎么办？小夫妻俩手搀手挺进洪泽湖。

春天，洪泽湖水草茂密，俩人藏进了洪泽湖大堤5公里以外的二级堤。只要不生火做饭，大堤上的护堤员就永远不知道洪泽湖深水区藏着人。

洪泽湖二级堤两侧是几米深的水，生活在二级堤，章祐带着柳兰，一边砍柴草搭草棚，一边靠水吃水，不能生火就吃生食，好多水生植物都可以生食。就这样，经过一春天的苦熬，他们砍了四垛柴草，还晒了上百斤的干鱼虾、鸡头米、蒲糕瓜等水生植物。外地捕鱼人张清夫妇撑着小船偷偷顺着龙沟溜进二级堤深水区捕鱼，他们发现二级堤有人居住，从此两家四人相依为命。有了渔船，他们生活方便多了，可到了夏末秋初时，柳兰快生育了。章祐在张清夫妇的帮助下，将柴草像蚂蚁搬家一样弄上了岸，将大半年在湖水中劳作的果实弄回了村庄，建起了属于自己的三间连房带灶土草结构的房屋。

柳兰

二十世纪四十年代初，一个初冬的午后，一个女孩呱呱坠地，她就是柳兰。这个世界上又多了一条生命，可这条生命的命运如何，由谁养护，在那个穷困潦倒视生命如草芥的年代里，几乎没有人为这过多地担忧。女婴的母亲弃之而去，女婴被丢掉在一片荒草之上，哇哇啼哭。母亲是谁，当然不知。

那样的年代里弃婴很多，幸好有一个好心的王姓中年妇女，见女婴可怜，自己又生育一个男婴，心想一个是带，两个也是带，干脆拾回家，放在一起养着。这便是柳兰的第一位养母。

王姓中年妇女对柳兰视为己出，在奶水不足的情况下，对两个孩子同等对待，一人吃一个乳头，谁都不许占便宜，但苦难的日月终究不能让孩子在乳母的怀中健康成长，春荒像恶魔一样在吞噬着很多无辜的生命，村庄上赶庙会的人走着走着就接二连三倒下，浮肿病像瘟疫一样笼罩着这奄奄一息的村庄，村子里死尸遍地，几乎到了无人掩埋的地步。

在万般无奈的情况之下，为了保全男婴的性命，王姓妇女不得不将拾来的柳兰交给了一个流落村头的铜匠。铜匠靠修锁配钥匙养家糊口，家中只有夫妻二人，老婆是如东海边人，娶进门就没有生养过，从此柳兰便像一只小鸟栖息在铜匠那风雨飘摇的破草棚里。

铜匠老婆在二十世纪三十年代就嫁给铜匠，当时从如东海边逃荒至此，虽穷得可怜，但铜匠老婆的水色是当地绝无仅有的，白皮肤，大眼睛，还镶着两颗假牙。高高的个头，四方脸蛋，有点像城里富足人家的闺女。

铜匠夫妇从此有了自己的女儿，铜匠老婆是贤妻良母，经营着这个并不富足的家庭，靠节衣缩食维持着女孩的生活。她疼爱女儿像自己的心脏，呵护着，捧在手里怕吓着，含在嘴里怕融化，每走一步都要将女儿带在身边，寒暑易节，悉心备至。就这样，在铜匠夫妇的呵护下，柳兰在苦难的岁月中过着无忧无虑的日子。

祸不单行，福无双至。到了二十世纪五十年代，村庄上刮起妇道人的"嚼舌风"，说铜匠女人是个不下蛋的母鸡，是个"丧门星""绝种命"。妻子受不了这些打击，她又是个外乡人，远离家乡，无依无靠，她就对铜匠说："我不想耽误了你，我不能给你生儿育女，接续香火，我就像一只下不了蛋的母鸡，你养活我也是白费光阴，我要回娘家如东去。但我有一个条件，那就是带走女儿。"

女儿哭得死去活来，虽然十来岁的女孩，从未经受过如此离别之苦，在她幼小的心灵里，铜匠夫妇就是自己的亲生父母，他们也像对待亲生女儿一样对待自己，但如此三口之家的日子，却终止在柳兰十岁那年。这个家像这破旧的茅草棚一样随时有垮塌的危险。

在一个蛙声不绝的夜晚，趁着女儿柳兰熟睡时，铜匠送走了不能为他生儿育女的妻子，妻子在三岔小渡口上了木船。此时铜匠夫妇谁也难以预料人生凶吉，就像这漂泊在运河里的小木船，不知道命运会将它引向何方。

醒来的柳兰再也没有见到抚养自己十年的养母，柳兰极度地失望，虽有铜匠为父，但她还是感到自己的天全塌陷了。在幼小的心里，她觉得自己已经沦为孤儿，失去了母爱，这世界变得无限的悲凉。她几乎每天都要站在自己破旧的家门前望着太阳冉冉升起，再慢慢落下，用哭声伴着这无聊而可怕的岁月。

在邻居的撮合之下，铜匠与邻村的一个丧夫之妇结了婚，从此，柳兰便有了自己的晚娘。晚娘跟自己的养母没法比，满脸麻坑，乌皮黑瘦，矮矮的个子，在女孩的心里，养母是天上的仙女，后娘是厕所里的麻癞。

在晚娘没有生育的年月里，柳兰还能感觉出家庭的一点点味道，有一个残缺的家总比没有的好。虽然十来岁的柳兰早已心力交瘁，但她身经磨难，过早地成熟起来。家中担水劈柴、倒马桶、磨面耕种，洗衣做饭，拉猪牵羊，几乎将一个女童磨炼成了一个家庭妇女。柳兰过早地告别了童年，岁月让她早早地迈入了成年人的生活。

在铜匠的女人生育了三个小孩后，家中再也没有了平静的日子，尤其是不能再容纳这个抱养来的几乎已经变成了家中牛马的女孩。

女孩已经十五岁。养父眼看着抱养的女孩在家中受尽了折磨，尝尽了苦难，想找一个好一点人家，托付给人家当童养媳。谁知懂事的柳兰宁死不依，她要在这个并不属于自己的家里长大成人，让人家明媒正娶。

在艰难困苦中，柳兰过着非人的生活。在养母的严厉目光下，在弟妹无知的欺凌下，柳兰硬是挺过了娘家度日如年的最后时光，于二十世纪六十年代开始的一个春天，让章家明媒正娶。从此，柳兰才真正地过上了虽然十分贫困，但心中有了盼头和属于自己的岁月。

妯娌就是敌人

老天眷念着章祐和柳兰夫妻，头胎生了个儿子叫章喜。婚后第三年六月，次子出生，取名章超。又过了两年三子出生，后因小儿麻痹症夭亡了。到了二十世纪六十年代末，他们的爱女章梅降临人世间。

在村里人看来，章祐和柳兰夫妻俩似乎没有什么亲人。母亲是精神病，也就是村庄上孩子们乱叫乱嚷的"女痴子""女疯子"，长年在村子里疯疯癫癫地乱叫乱跑，没有几年就上吊死了。有人会问，不是还有大哥章虎吗？事实上，章虎的确是章祐大哥，但因为章虎的媳妇，也就是章祐的大嫂，她是出了名的"大黄脸"，把老三章祐视为仇人。原因就是章虎成家后搬出了老宅，那时章祐还没结婚，父亲章寿将一只装粮食的大黑缸留了下来，说将来老三章祐娶了媳妇，分家总不能两手空空吧！这事与章祐根本没什么瓜葛，后来章祐带着柳兰夜奔洪泽湖时，老屋里的那只黑缸也还是给"大黄脸"大嫂抢了去，但从此"大黄脸"就把章祐当成了仇人。章虎只要与三弟章祐搭上一句话，他的媳妇就在村庄上大吵大闹，甚至是见到柳兰就骂就咒，就吐唾沫，还要抹屎给柳兰吃，柳兰见了"大黄脸"撒腿就跑。但章祐不买"大黄脸"的账，有一次生产队抬汪淤，几条泥鳅被"大黄脸"踩死塞在腿裆里，章祐当着全生产队男女劳力的面揭发她。

"'大黄脸'偷藏生产队集体汪淤里的泥鳅。"

生产队葛队长大声喊道："'大黄脸'，你偷了吗？这汪塘里的一根草都是集体的，要是偷了就拿出来。"

"队长，我真的没偷。"

"章祐呀，你大嫂没偷，就算了吧，不要耽误干活。"

"抓紧干活吧，再抬几趟就收工了，磨洋工的要扣工分。"

人群中议论纷纷："这个章祐是想让'大黄脸'出洋相，这嫂子做的，章祐是给他女人报仇来了。"

"为自己女人报仇，也不能睁眼说瞎话，编排自己亲嫂子呀！"

"这章祐太不像话了，亲嫂如母，哪有栽派亲嫂子的？"

"这'大黄脸'也不像话，从不拿亲兄弟当人待，关键是把妯娌当敌人看。"

章虎跳了出来，抢起手里的铁锹朝着亲兄弟章祐跑了过来，一边跑一边喊："死小三子，不知好坏的东西，我今天就铲死了你，让你瞎嚼舌根子。我倒要看看是哪个偷了生产队的泥鳅！"

章虎在家排行老大，比老三章祐整整大十二岁。章虎高大威猛，还是生产队会计，当然受不了自己亲兄弟对嫂子的抹黑。而章祐身小灵巧，见大哥抢锹过来，就甩掉了手里的铁锹直往"大黄脸"倒汪淤地方跑，也不顾全生产队男女劳力在场，章祐一把将"大黄脸"的大腰棉裤给扯了下来，结果从大嫂腿裆里稀溜溜滑下六七条死泥鳅。这下惹下了大祸，大嫂白白的屁股露在寒冷的冬天里，在一片乌黑的汪淤中间像悬着一小撮雪堆，格外刺人眼，几条死泥鳅躺在地上像写在白纸上的几行黑字，清晰可见。章祐连滚带爬地跑了，大哥章虎像疯了一样扔掉铁锹追赶三弟章祐，可章祐跑得快，还一边跑，一边得意地回头瞧瞧。章虎在过一条小沟时，因叉腿，将大腰棉裤给刮掉了，他一边勒棉裤，一边狂叫："死小三子，明年的今天，就是你头周，你跑吧！马上去你家，把你两间茅草屋给点了。"

章虎像疯子似地狂叫着狂奔着，没等他赶到章祐家，章祐早已像猴子一样等在了自己的家门口。章祐左边是刚满三岁的章喜，右边是未满两岁、刚会说话的章超，后面站着妻子柳兰，就这四口人，像一支队伍。章祐说："前边有一个疯子，马上要来抄我们家。他是我们的敌人，只要他胆敢走进前面这条草灰线，你们兄弟俩一人一把镰刀，就往他身上砍，照死砍，够不到脸，专门砍他腿裆。"

章祐又对柳兰说："不要怕，这把草叉，给你，就是要照着'大黄脸'的脸上戳，戳叫她见不得人。"

"那章虎来了怎么办？"

"照死戳，他说明年的今天就是我头周，我倒要看看，明年的今天，到底谁家去上坟烧纸。"

章祐正向全家开展战前动员，这时乌泱泱的人群向寒风中挺立着的茅草屋涌来，最前面就是章虎和"大黄脸"。

"你们这些孬种都给我听着，你们胆敢欺上了我家门，你们看看，我全家四口，妻子柳兰二十三岁，大儿三岁，小儿两岁，他们娘儿三个加一起，二十八岁，你们胆敢走过前面这条草灰线，老子会让你全家家产尽绝，人狗都死，寸草不生，来吧！来吧！柳兰，草叉头举起来！章喜、章超，都给我举起镰刀！我们全家的敌人就是章虎，就是'大黄脸'，你们这些乡亲们都亲眼看到了，他们仗势欺人，欺负我们家没有劳力，我用全家四条命跟他们拼啦！"

这时围观的邻居，还是有人站了出来帮解围。

"章虎，你作为老大，就算了吧！"

"你打上门总是不对的。"

"你就看看这两个儿子吧，才两三岁，毕竟也都是你亲侄儿嘛！"

"大黄脸"跳了出来说："我们家没有这个兄弟，也没有这两个侄儿，已经撕破脸了，干脆灭了这一家，以后眼干净，耳朵也干净。"

"你这话不中听，没有官府呀，你有杀人权力呀？"

"你们家是生产队会计，这会计才多大官呀？有枪的人才有杀生权，公社武装部长有枪，你可以去借来打一下。"

"哈哈哈，公社武装部长也没权杀人，县长都不能杀人，都散了吧！"

章祐来了精神，见庄邻都顺着他家，连忙吆喝："柳兰，草叉！对准'大黄脸'，突刺刺，杀……"

柳兰拿草叉的手直抖，刚挪出两步，又退了回来。

章祐又动员两个儿子："镰刀举起来，快！"

两个儿子听话，笑嘻嘻地举着镰刀，章喜往前冲了两步，刀从手里掉了下来，章超一步也没冲，吓得尿湿了裤子，哇啦哭了起来。接着章喜也跑了回来，兄弟俩被搂在柳兰怀里，娘儿仨一起哭，章祐举起铁锹冲向章虎和"大黄脸"。庄邻见状，赶紧挡住了章祐，夺下了铁锹，劝说章虎和"大黄脸"赶紧离开这里。

村庄上亲兄弟对决终于以平局告终。但是，从此以后，老大与老三家势不两立，大小事情，红白往来，一概全无。后来村庄上的小一辈子都不知道章虎与章祐是亲兄弟，更不知道柳兰与"大黄脸"还是妯娌。

尖嘴

老二章左，比章祐大五岁，章左媳妇是庄子上有名的"尖嘴"，凡是尖嘴猴腮的人都比较刻薄，"尖嘴"的刻薄也是前后三庄尽人皆晓。老二章左与老三章祐，本来没什么矛盾，但后来就因为孩子的出生贺礼，引起了家庭矛盾。

章祐有个大姐叫章秋，她嫁给了国民党军人，后来那人去了台湾，死在了台湾。问题就出在她身上。

章左生了大儿子章苏，作为大姐的章秋，送了十来个鸡蛋，还煨了双草布棉鞋，外加一斤棉花。

可章祐生了大儿子章喜，按理说，章秋应该一视同仁，可她偏偏另眼看待。她给章祐家送了五个鸡蛋，一斤棉花。在这里必须申明一下，章秋的条件好呀，国民党军官太太，有的是钱和粮食呀！

到了第二年，章祐的二儿子章超出生了。章秋又来了，给了一升绿豆，扯了二尺花布。

秋天里，章左的二儿子章标出生了，章秋给他们家送来了一升绿豆，三尺花布，还有两条白绒绒的大毛巾。

章祐没把这事放心上，但"尖嘴"在柳兰面前多次讲："大姐这人是论汤下面，见人说人话，见鬼说鬼话，亲兄弟也会两样待。"

"尖嘴"是前后三庄有名的挑拨离间高手，柳兰把这话与章祐说了，章祐当然要找大姐章秋。

"我们兄弟姐妹，你不能一样的人两样待。二哥生儿子是儿子，是人，难道我生的儿子，不是儿子，不是人，是狗吗？"

章秋冷冷地说："年成不一样，我有时就多给一点，我没时就少给一点，难道给你们东西，反倒变成罪人了？"

章秋因这事又找章左和"尖嘴"。

"你们凭什么搅和姐弟不和？乌鸦嘴到处乱嚓嚓？"

"尖嘴"心中憋着一股气，手拎粪勺找到章祐家，将唯一一口吃水用的水缸给砸了。正巧章祐从社场上回家，见二嫂"尖嘴"撒泼，又见水缸被砸了，气不打一处来，虽然已是秋天，但"尖嘴"身上穿的还是夏天的破衣服，被章祐一把给拽得稀碎，"尖嘴"就此倒地，骂章祐对亲嫂子无礼了，这个猪狗不如的东西。

章祐喊来了柳兰，叫道："这个'尖嘴'就不是个东西，去茅厕，抹点屎来，让'尖嘴'吃屎。"

一听说抹屎给"尖嘴"吃，庄邻都觉得新鲜好玩，平时也有人因对吵对骂，要抹屎给对方吃的，但那些都只是嘴上说说。这下，章祐要真正抹屎给亲嫂子吃，大家一起喊："快抹呀，'尖嘴'这嘴里缺的就是臭屎，快呀，快呀，不要装矮子唷！"

章左听说自己的女人"尖嘴"去三弟家撒泼，赶紧从庄西头往庄东头赶。赶到时，一见女人睡地打滚，身上本来就破旧的上衣被撕成了一堆破烂，女人露着奶子像母猪一样没了人形，他像恶狗一样扑向三弟章祐。谁知章左中看不中用，个头比三弟高，身量比三弟胖，但打起架来，却没有三弟有劲儿。几个来回，章左被章祐骑在身底，"尖嘴"见丈夫被章祐骑着，翻身去拉，被章祐一脚踢了过去。这时柳兰正抹屎回来。

章祐叫喊："快让'尖嘴'吃屎！"

柳兰伸着柳棍往"尖嘴"的嘴里抹屎，可抹屎棍被"尖嘴"夺了过去。在抢夺柳棍时，棍尖上的屎擦在庄邻的身上，一群庄邻拽手的，拽腿的，全部对准了"尖嘴"。

"这个女人就不是个东西，凭什么来抄人柳兰家？"

"欺人上门，就该打！"

"无法无天，这章家真是家无主，扫帚掭。章寿在世时，怎么也不会出这种丑事。"

"章左也不是个东西，这种'尖嘴'女人平时也不管管，尽惹是生非，还欺负到自己亲兄弟家里来了。"

"她除了欺负亲兄弟，要是欺负外姓，不早被人家打死才怪呢！"

章左算泄了气，向章祐求饶说："放了二哥吧，我不知道是你二嫂不对！"

章祐见人太多，也觉面子挂不住，起了身，当着庄邻的面对二哥二嫂说："前两年，大哥俩人欺负我，打上门，我们已经断绝了来往。从今天起，我没有你这个哥哥、嫂嫂，你们有多远给我滚多远。"

从此，老二和老三也断绝了关系。

神仙点拨

一晃十几年过去了，兄弟之间形同陌路，见面也不说话，妯娌见面就吐唾沫，就比鸡骂狗，家里的孩子也不容许在一起玩，不许一起上学。村庄上有遇红白喜事的，总会碰到一起，但他们从没说过一句话，相互之间各过各的日子，哪怕家中出现生死大事，他们连一句问候话也没有。庄邻有好事者，多次撮合，但怎么也走不到一起，兄弟三家始终不吃一井水，永远尿不到一个壶里。

当章祐的妻子柳兰被外姓，也就是卞钟的女人打伤时，章祐才意识到自己的无助，原来兄弟之间的仇也是解不开的。被外姓欺辱，原本是兄弟同根，现在却有可能站在边上看热闹。

这时章祐家已经有了家的样子，盖起了三间草木结构房子，拉起了一个小院子，修了猪舍，养了两头小猪。大儿子章喜都小学四年级了，小儿子章超也读了小学。当年柔弱的妻子柳兰也成长为拿得起放得下的家庭主妇。柳兰被打时，大儿子章喜第一反应就是去叫自己的大爷章虎和二爷章左，因为这时的章祐还在邻村人家帮忙建草房，可章喜的求救不但没有搬来援兵，反而遭到了两家的辱骂。

"大黄脸"骂道："打死才好呢！"

章虎骂："能呀，再能呀，不吃亏，不学乖，打死都没人可怜！"

"尖嘴"跳着，笑着，高兴地说："好呀，就叫卞钟的女人抹屎给你妈吃，让她吃饱算，不要留一点量，这个女人早该死！给我滚！不要站脏了我家的地！"

章左笑笑说："你姓什么？找我呀？我是谁？你认识呀？你是哪家的种？"

章喜一见这些人如此冷漠无情，一气之下，在章左家水井里尿了一泡尿走了。

章祐回家见如此情景，又听章喜讲述求援遭遇，气不打一处来，但与卞家的对立，只能是暂时放一下，因为卞钟本人是抗美援朝的军人，听说是个逃兵，但他少一条腿，到底是谁打掉的，只有他自己知道。别人家都贴"光荣人家"，他家从来没贴过。更重要的是自己的拳头不如人家硬，老卞有五个儿子，个个生得凶猛，如狼一样凶，似狗一样恶，跟驴一样狠。

章祐想到惨遭别姓欺凌，自己兄弟三人又不团结，结了仇，里外不分，这口气怎么也消不了，泄不完。

秋天的一个深夜，雨下得人心烦，死去的父亲章寿托了一个梦，让章祐去找一算命先生，后来什么话也没说，父亲章寿就不见了。

章祐将这话给柳兰说了，柳兰说："找算命先生干吗？你就不要窝火了，我给姓卞家打了，我认命，你不要放心上，只要我们全家安安稳稳的，打的是我，又不是你，也不是孩子，这事就算了。这辈子，就看孩子，两个儿子如果有种，长大成人、成才，长成大树，我们就有遮风避雨地方。他们先得意，就让他们得意去，忍事饶人不为痴，你听我话，好歹过好我们自己，只要不伤孩子，割我肉，不嫌疼。"

章祐心疼地说："我咽不下这口恶气。里外这口恶气，都难咽。"

柳兰摇摇头说："我们穷，我们弱，再加上我有一个不好的出身，到现在都不知道自己的亲生父母是哪个，外面的人还不都说我是什么'野种''婊子养的'。我们这样的家庭，先受人家一点气，就该忍，要说想争强，就在两个儿子身上争，两个儿子如果不给你争气，你硬争这口气，也争不来，反而会伤筋断骨。要说错，错就错在，我不该进你们章家的门，给你们带来晦气。"

章祐叹口气说："话不能这样说，穷怎么能怪你？当初章虎、章左欺负上门，结下的怨，落下的仇，他们也不能怪我章三。但这么多年过去了，我家惨遭外姓欺辱，他们仍然死猪一样，听喜儿说，还骂孩子，这些猪狗不如的东西，我恨不得杀了他们。"

"你穷，你弱，你不如人，没人能看起你，这些人你都给杀啦？反过来，你富有了，你家中兵强马壮了，谁也欺负不了你，谅他们也不敢。要想人家不欺负你，这不能靠别人，还得靠自己，路靠自己走，欺负人也不一定有好报。"

柳兰到底是出身低贱，对生活要求很低，家有贤妻，丈夫不惹祸事，这句话在章祐家得到了验证。

章祐叫柳兰："你弄两个烧纸小菜，晌饭后我带两个孩子趁星期天去坟上烧点纸。"

章家祖坟坐落在砂古岭最高爽地方，章寿夫妻的坟头上长满了杂树，远远望去像是一片茂密的丛林，尽管已是秋风扫落叶之际，但坟头上林立的各种树木仍然威严气派。

章祐将4个烧纸小菜有序摆放在父母坟边，点燃了一堆黄表纸，一阵浓烟似灵魂飘升，飞向天空，飞向远方。章祐一边烧纸，一边叨咕：

"大大呀，妈妈呀，你们都走十多年了，你留下三儿子过得好苦呦。外面受人欺，内里受人压，亲兄弟结仇像敌人，受到外姓毒打，他们不但不帮，还辱骂你们的孙子呀，这个家除了穷，剩下的就是受人欺，你们说说，我该怎么办呢？"

章祐见左右两边跪着的儿子都在流泪，心想孩子都能听懂大人的话了，后悔不该说这些没用的话。

当天夜里，父亲又托梦给章祐，说："你送来的吃食、口粮、钱币，都收到了，你的话我也都听到了，我不给你多说一句话，就是告诉你去街北找一个姓王的算命先生，他叫王三仙，他会教你怎么做！"

章祐赶集买猪苗，在猪市正看一只膘肥体壮的小崽猪，一个矮个、体瘦、浓眉、贼眼、尖下巴的中年男人拽了章祐一下。

"你拽我干吗？我正买猪苗呢。"

"老乡，小章庄的吧！可以借一步说话吧？"

章祐不禁想起了夜里的托梦，虽已深秋，但他浑身直冒冷汗，忙问："贵姓？"

"本人姓王，人叫我王三仙。"

章祐手里的一根捆猪绳不觉得滑落在地，差一点人都栽了下去。

"你找我有事？"

"你难道不想卜一卦？"

"怎么卜呢？"

"不准不要钱。"

王三仙将章祐带到街北一个小棚子里，王三仙指指凳子让章祐坐下，从布袋里掏出三帝钱，也就是乾隆、嘉庆、道光年间的三枚铜板。放到桌上，让章祐连掷6次，然后问：

"章先生，您问什么卦？"

"后代。"

王三仙在木桌上反复用手指比画，大约半袋烟功夫，说："好卦，真的是好卦，你有三子，还有一女。"

"我没有女儿呀。"

"现在没有不代表以后没有呀。"

"我只有两个儿子，小三子出世就死了。"

"对呀，死了，也是你命中该有的嘛！"

"那我的下一代怎么样呢？"

王三仙说了一箩筐的话，章祐都不懂，也记不清，但只有一句话，他不仅记住了，还暗暗地高兴着。

"你的儿女中，有高人，不是高官，便是厚禄，你日后大有奔头，只是此卦很灵，千万不能泄漏。"

章祐将买小猪苗的钱全掏给了王三仙，连捆猪的绳子都扔在了王三仙的院中。

柳兰问章祐："你买的猪苗呢？"

章祐将王三仙算命卜卦一事说给了柳兰。

柳兰相信，儿女才是改变命运的根本，跟任何人都不要斗，要斗就跟自己斗。

洪泽湖

"灾荒之年，饿不死手艺人，你像我养父铜匠，一家五口人，都活得好好的。"柳兰说。

章祐叹口气说："这蝗灾、旱灾、涝灾，一灾接着一灾，田里的老鼠都让老百姓逮着吃绝种了。"

柳兰掖了一下单薄破旧的上衣说："王集社刘家龙家打席磕折编斗篷，手艺好，不如去他家拜个师。要不，眼看孩子都饿出病了，总比站着强吧！"

章祐将一捆蒲柴放进锅灶边，说："眼看过冬了，柴草也快没了，没吃没烧，怎么过冬呢？"

柳兰说："要不这样，跟章喜说一下，让他在家带弟弟，我俩连夜去洪泽湖，趁没人，从龙沟进去，偷砍点柴草……"

章祐说："这样？"

"怎么？你怕了？几年前没吃没住的时候，我刚过门，你不就是带我去洪泽湖漂了一个春天？"

"唉……现在湖柴看得很严，听说，现在县里、公社里都在管，以前都是村子里代管的。村里湖管会的几个人看不过来，容易钻到空子。"

"你记不记得，那年春天，我们从黄码河运草回来的事？"

"记得呀，怎么？"

"黄码河是两乡交界，水深，没人敢进去，公社也没人问。"

"很危险，水深，没办法进去。"

"生产队以前有一只杀猪桶，不是收在我们家床底吗？那个东西可以当船用。"

"对呀，生产队汪塘逮鱼时，不就用杀猪桶吗？"

"进去用杀猪桶，出来呢？砍倒的柴草怎么运出来呢？那要船呀？"

"活人能让尿憋死呀？准备走，快去拿桶，我找喜儿说一声，让他管好弟弟。"

星星发出寒冷的光，初冬的洪泽湖阴森森像一座古墓。所有的声音都是那样的瘆人，乌鸦、水鸟、柴草碰撞声音，野猪鬼叫声音，混合成魔鬼交响曲。黄码河是一条排涝河道，干旱时取洪泽湖水灌溉农田，雨涝时，将村庄、田野里的洪水排进洪泽湖，在黄码河与洪泽湖的交接处建有一座排灌两用机电站，机电站常年有人看守，听说这机电排灌站还是县里管理的，所以管理上很规矩，值班也很严格。

章祐身背杀猪桶，柳兰肩扛大草叉和两把大略刀，将杀猪桶放进龙沟，刚把所带工具放到杀猪桶里，人还没上去，排灌站的门"吱呀"一声开了。

"什么人？干吗的？"

"我们是庄上农民，家里断烧了，实在没办法了，想弄点柴草，请给个方便吧！"章祐浑身瑟瑟地走向了这位身披黄大衣的中年男人。

"你叫什么名字？哪个大队？哪个小队的？"

"这个……"

"我不是要揭发你，我是要关心你们。前天，有二级堤偷草的夫妻俩被淹死了，下面没人再敢进入深水区了，浅水区的草看得又紧。"

"月亮落下前就回来。"章祐说。

柳兰补充说："家里已经揭不开锅了，两个儿子都饿病了……"

中年人叹口气，问，"你叫什么名字？"

"章祐。"

"噢，小章庄的，你跟我来。"

章祐随中年人进了机电站。

中年人指指挂在墙上的皮叉，说："你们俩都穿上这皮叉，我这巡逻用的电筒你给带上，撑我机塘里的小船下去，月亮落下前，你们得一定回来，我这电筒到那个时候也就没电了。"

章祐惊呆了，原估计这事完蛋了，没想到今晚遇到贵人帮忙了。

章祐帮柳兰穿好了皮叉，他们撑起了小船，一直往二级堤深水区，那里水草茂密。

在行船中，柳兰问："这个中年人为什么会帮我们？"

"恐怕是可怜我们，听说我们两个儿子都饿病了。"

"看来，世上还是好人多。"

"哎，你这人呐，关键时候就出洋相。你应该问一下人家尊姓大名，起码人情在那里。"

"对对对，回来一定问。"

洪泽湖的二级挡浪堤上柴草密不透风，章祐清晰记得当年避难的那个春天，生活在挡浪堤上，哪儿高，哪儿宽，哪儿柴草密，哪儿水儿深，哪里有树，哪里可以捕鱼捉虾，哪儿有鸡头菱角，他们俩都很熟悉。有了这条小船，他们像洪泽湖上巡逻的纠察，将挡浪堤从东向西整个踩了一下点，最后决定停靠在三座坟上。三座坟这地方，确有三座高岭，呈三角地带，每座坟顶都高出水面人把高，上面可以歇脚，堆草泊船，风大浪急可以避难。

一号坟顶最高，坟身最宽，可以堆放很多柴草，后来还陆续被渔民建过柴草屋，只是荒废时间长，里面怕有野兽藏身。

章祐将船泊好，说："就在这三座坟中间地带砍些蒲草，蒲草松软，好捆好运，烧剩下的还能卖给编匠编蒲包。

"这个我懂。你把灯灭了，现在月亮正在头直上，不要浪费，等月亮下去再用。"

"好，你下水注意点，东南方向水深，水深地方千万不要去。"

"脚下不深，只有半人深，正好砍柴草。"

"有这皮叉真好，水虽然凉了点，脚下还能撑住，要不是这皮叉，恐怕受不了这扎人的湖水。"

柳兰挥舞着长刀，只听唰唰地蒲草倒向水里的声音。

章祐负责将柳兰砍倒的柴草拢到一起，然后打捆，打好捆后堆到坟顶上。

只听柳兰一声尖叫："我的个亲妈……"

"怎么啦？"

章祐扔掉手里正在捆的柴草，不顾水下丛生的杂草，几步跨到柳兰边上，拽着浑身发抖的柳兰问："到底怎么回事？"

柳兰缓了口气说："吓死我了，恐怕是砍到什么活物了，下刀的时候，觉得重重的，退刀时退不动了，等刀退下后，这个东西猛撞了我双腿，差一点点就把我撞倒了。"

"不急，不急，肯定是条大鱼，这个地方是黑鱼窝呀。你忘记了吧，那年，我们在这三角地带逮过几百斤黑鱼呀！"

"开灯，找黑鱼！"

章祐将手电筒打开，只见黑夜中一片光亮。

柳兰惊叫："血，水面上一大片血呀！"

"这就是鱼血，你把手电拿着，这鱼没走远，见光亮，附近的鱼都会过来。这下可好了，可以逮点鱼了，这家伙比草管用。"

"快，又撞我腿了，这边，左边，又很大劲……"

章祐是捕鱼老手了，他轻轻地说："注意，你千万别动，我用草叉直上直下叉，防止伤到你。"

"知道，你离我远一点，我怕你不注意，叉我腿上。"

水里有鱼搅动水的声音，四周的鱼真的往灯亮的地方集中了。

柳兰尖叫："水下闹腾了。"

"我知道，防止伤到你，这样吧，你到坟顶上，将手电往水里照，鱼离岸越近越好逮。"

"好。"柳兰爬上了坟顶，将手电照向水里。

鱼并没有很快汇聚过来。

章祐问："我们带来的干粮呢？"

"在我怀里。"柳兰说。

"掏出来喂鱼，逮到一条鱼就够本了。"

柳兰伸手从怀里掏出两块玉米面与山芋混合做成的黑面饼，问："怎么弄？"

"你少少掰，少少撂，先看看动静。留一块，下半夜我们吃，另一块喂鱼。"

柳兰刚投铜钱一块黑面饼，就听水里哗啦哗啦鱼的游动声。

章祐喊："少少投。"只见他一叉下去，水上冒出一片鲜红，再看叉头，活蹦乱跳一条足有三四斤重的黑鱼。

章祐将草叉放到坟顶，用脚一踩，拿手用劲一拔，叉离开了鱼，黑鱼还在草地里跳着。

章祐又瞄准水里的黑影，使尽全身力气，将草叉向水中插去，又见水上一片红，章祐急速拽出叉柄，将草叉闪电一样移开水面，这条更大，足有四五斤的黑鱼，重得差点让章祐后倒墙。

就这样，一连逮了十一条黑鱼，还有六七条鲤鱼和鲫鱼。

等到月亮落下时，章祐说："拾掇一下上去吧，机电站的那个人说了，月亮下去前一定要上堤，不能不听好心人劝说。"

"正好，将逮的鱼给他两三条，也算为个人情。"

"这个不用你说。"

章祐将鱼全部放到船舱里，蒲草只装了两人可以挑走的部分，其他的全堆在坟上，准备下次再来运上堤去。

一切收拾停当。

"准备开船。"

坟堆上"叽溜"一声尖叫，吓得柳兰差点栽到河水里去。

章祐也被吓了一跳，手里握着的撑船竹竿差一点丢到水里。章祐平静了一下。

柳兰说："赶紧撑船，有鬼，这里是老坟墓。"

章祐猛咳了一声说："这坟墓还是明朝时期的，里面只有宝，没有鬼，你坐好了，手电给我。"

"你要干什么？"

"下船。"

"下船干吗去？"

"刚才那声尖叫，明显就是野兔子。说不准，能弄只野兔子解解馋呢。"

"那是在坟顶上传来的尖叫，那个鬼叫声瘆人得很。"

"放心，我带草叉。"

章祐一手握手电筒，一手握草叉，轻脚慢步登上了南侧这座最小的坟顶。

章祐意识到不能开灯，开灯会吓跑猎物。他关掉了手电，坐了下来，静静地听了一下坟顶的动静，大约有半袋烟的功夫，只听坟顶左侧方向有"叽嗷叽嗷"的叫声，还有尖溜溜的几只蓝眼睛向黑色的夜空中放着蓝色的光芒。

章祐心想，你这小小的东西想跟老子玩，要不是及时关掉了手电，早被它发现，早也就逃掉了。章祐将手电放在草地上，双手紧握草叉，三步并作两步，窜到了坟的左侧，将草叉死死地插向有动静的地方，只听两声"叽嗷叽嗷"，又听草丛里一阵乱混混的嘈杂声，章祐将草叉死死地摁着，浑身上下吓出了冷汗，柳兰说"有鬼"的声音在他耳际萦绕着。

章祐镇静地猛咳一声，喊道："天灵灵，地灵灵，老子就是水精灵……"一边说，一边将草叉贴着地面缓缓地往后退，一直退到能摸着手电筒的地方，打开手电一看，两只野兔，灰绒绒的，一只头朝西，一只头朝东，口吐鲜血，躺在三叉之间。

章祐深深地叹口气说："与天斗，与地斗，与野兔斗。你斗不过老子。"

章祐像打了胜仗的将军，将两只野兔挑在叉头，扛在肩上，一手打着手电筒，上了船。

柳兰一见逮了两只肥大的野兔，由怕转喜，兴奋地说："怎么说发财就发财了？这不是在做梦吧！"

"这不是梦，我估算着这两只野兔足有十来斤。"

"抓紧上岸吧，人家还在等我们这船呢。"

"迟迟不上去，人家会不会估计我们将他船开跑了。"

"不会，那人一看就是厚道人。"

"不是，人家是吃皇粮的人，对我们穷苦人家，有时也会可怜的。"

"要不，我们给点鱼，再给他一只野兔，这样就不欠他人情了。"

"这样当然好。"

章祐带着柳兰乘夜去了洪泽湖，把家里的事情交给了九岁的大儿子章喜，章喜安排好小自己一岁的弟弟章超，还有刚学会走路的妹妹章梅，自己就坐在一张破桌前做着作业。煤油灯芯挑了左一遍，右一遍，作业做完了，装进了书包。

章喜去外面看了一遍又一遍，村庄上早就没有了灯亮，连狗都睡死了，村庄也睡死了。初冬的夜真冷，章喜唤醒了弟弟起床尿尿，防止又尿湿了草床，湿的草床不但不暖和，还浸入皮肤冷得难受。入冬后，软软的黄金一样的麦穰也没处弄，生产队看队房的章品像恶狼一样，生产队的草堆除了队委们，剩下的就是章品老相好的两个骚女人能弄到，其他人家只能望草受冻。

章喜又将不懂事的妹妹抱了起来把尿，尿盆里剩着小半下的尿，放在床边，章喜怕不注意给踢翻了，就端去茅厕倒了尿。等回到屋里，已经听到了鸡叫头遍。

章喜想，父亲母亲在这天寒地冻的深夜去洪泽湖砍柴草，一定冻得要死，累得要命，不如趁着弟弟妹妹都睡着了，打点山芋老粉，让父母回家时能吃上一口热饭。

家里的山芋粉面放在一只黑罐子里。章喜看过母亲打老粉，就是将冷水放锅里烧，把水烧滚开，将粉面放冷水里搅，搅成稠稠的水面糊糊，趁水滚开时倒进锅里，使劲地搅，一直到锅里的山芋粉完全变成黑青色，搅不动的时候，再将老粉从锅中盛出来，放到锅盖上冷。冷了以后，切成小方块状，再将小方块状的老粉放锅里煎炒，煎炒前将铁锅里少少涂上一点猪油，千万不能浪费了猪油，用油絮沾上一点，铁锅烧热时，将油絮放在铁锅上反复擦，让猪油全部化在铁锅上，然后将老粉倒入锅中，放进盐和葱、蒜，反复炒，炒到老粉滚烫，就可以出锅，把老粉放在大黑碗里，分成两碗，用锅盖盖严盖实，这样等着父母亲回家。

章喜又想，让父母吃口热饭还不行，再给他们烧半锅热水，让他们回家后烫烫手脚。大冬天的，父母也是肉身子，湖水里，夜幕下，哪是人能去的地方，但不能不去，去了，就能活下去，不去了，全家就得饿死。章喜懂，但他也懂心疼父母。

当章祐的小船驶进黄码河电灌站机塘时，电站的灯还亮着，门还开着，只见一个人在机站边上来回转悠。

"哪一个？"

"我是章祐。"

"噢，急死我了，估计你们掉水里淹死了呢。天都快亮了，要是让人碰上，不仅仅是你们倒霉受罪，我也受到牵连。"

"知道了同志，真不好意思。"

章祐和柳兰利索地向岸上卸着柴草。

"同志，请问尊姓大名？"

"哎，抓紧收拾收拾上去吧，天亮就糟了。"

"我在湖里逮了几条鱼，还有两只野兔，给你……"

"不要。我这里不缺这些，今年闹秋荒，家家缺粮，户户断炊，有这些东西，你不愁换不到粗粮度日，快，快，抓紧上去吧！"

柳兰说："我们那个杀猪桶没法带回去，放你机站，以后来拿。"

中年男人说："放这吧，机站空得很。"

中年男人帮着章祐将柴草打捆，分成四垛，又从机站找来一只尼龙袋，将黑鱼和野兔装了进去。章祐挑起柴草，将尼龙袋放到左肩上，带着柳兰踏上了回家的路。

章喜

村庄上像死一样沉寂，夜风吼着怪叫，吹得茅草房发出瘆人的声音，树的树杈互相摩擦声直钻人的内心，让人毛骨悚然。

到家时，灯已熄灭，门已闩紧，章祐将柴草堆进锅屋里，防着被庄上人看到，将鱼和野兔塞进了床底。

章喜见父母回来了，惊叫了一声，又告诉父母，大锅里烧着水，小锅里盖着老粉，吃点再睡。

章祐惊讶地问："你打的老粉？"

章喜半睡半醒应了一声，倒头睡去了。

柳兰点着了灯，掀开大锅，半锅热水，将热水舀进木桶，与章祐一边烫着手脚，一边呜呜地哭了，说："大儿子长大了，孩子跟我们受那么多苦罪，还这样知道疼人。"

章祐也深深地叹口气说："这样苦也有盼头。"

天亮时，柳兰将一条黑鱼杀好熬了半锅浓浓白白的鱼汤，还贴了山芋干饼，全家五口人围在桌边香喷喷地吃着。

章祐说："喜儿，我要奖励你，你昨晚表现好，是毛主席的好孩子，给大大妈妈打了两大碗老粉，烧出来的味道不比你妈弄的差，还给我跟你妈烧了半锅热水，我们烫了手脚，睡了一个好觉。开春，大大就是要饭，也要给你买一双解放鞋。"

章超一边大口吃饭，一边望父母，心想是不是还有奖励，在家里大哥后面就排到我了，但父母没有继续说。

柳兰摸了摸章梅的小脸蛋说："你们俩也要奖励，你们没有调皮，听哥哥的话，开春，只要条件好了，你们也有份儿。"

刚吃完饭，章喜就抢着去刷碗。

柳兰笑笑说："喜儿，你是学生，背书包上学去吧，让你弟弟刷。"

章喜高高兴兴背起书包，望望弟弟章超说："带好妹妹，不许让她玩水玩火。"

柳兰望着章祐开心地哈哈大笑。

章祐说："超儿，带妹妹去外面晒太阳。"

屋里只剩下章祐和柳兰。

章祐说："野兔、黑鱼拿去集上卖了，买点粮食。"

柳兰说："你不是想跟南王集刘家龙学习编织，拜人家为师的嘛！"

章祐答："是呀！"

柳兰说："那就把野兔拿去送给人家拜师。"

章祐思考了一会，说："一只就行了。"

柳兰说："再搭两条黑鱼。"

章祐摇摇头说："一条就行。就这样留一条三四斤重黑鱼，再留一只野兔，明天就去拜师。今天我们一起去赶集，你去卖鱼，我去卖野兔。"

柳兰点点头，说："卖鱼我熟悉，只是你去卖野兔，要先打听打听行市。"

章祐笑笑说："你放心。"

柳兰用尼龙袋背着黑鱼去了集市。

章祐没有去集市，他在赶往集市的途中，经过公社粮站，粮站有一个仓库保管员叫王前贵，内当家的，有权。章祐每年春季都会被找来粮站帮修苫仓库，章祐跟王前贵混得很熟。

章祐从柳条筐里拎出一只灰色野兔，敲开了王前贵住在粮站最后一排的家门。

"哎呀呀，这不是章祐嘛，吃早饭没？"

"吃了，来赶集，走你这坐坐，讨口水喝。"

"有有有，热水，快来喝。"

王前贵望着肥胖的野兔在发呆。

"你这野兔？"

"噢，这野兔呀，夜里跑进我家锅门偷食吃，给我叉死的。"

"多肥的野兔呀。"

"是的，六斤半呢。"

"你这……"

"去集市上卖的，想买点粗粮过冬，孩子都饿病了。"

"噢，你看，这样……"

"王保管，有话你直说，我听你的。"

"我儿媳妇刚生孩子，正好想买只野鸡野兔补补……"

"噢，那不是正好的事嘛，冬天了，这家伙不好逮，正好碰巧了，就送你家儿媳补补吧！"

王前贵高兴得合不拢了嘴，笑了一阵，接着说："我也不白拿你的，后仓库里有半麻袋发霉大米，吃是没问题的，今天下半夜，你来弄去。"

"好呀，王保管，这倒怎好哩，真难为你了。"

章祐拎着空柳筐来到鱼市上，找到了正在秤鱼的柳兰，柳兰做完手里的一条鱼生意后，问："这么早就卖了呀？"

章祐诡秘地点点头。

柳兰高兴地问："多少钱？"

"大钱。"

"鬼话，大钱有多大？"

"黑鱼多少钱一斤？"一白胖黑胡男人问。

"三毛五分。"

"死鱼还卖这价钱呀？三毛整吧！"

"三毛三吧！"

"三毛整，我包了。"

"那也行。"

柳兰麻利地将四条黑鱼用柳条串成了两串，上秤一称，说："十五斤半。"

接着说："七块六毛五分。"

黑胡男人说："我是开饭店的，以后你有鱼就送我家饭店，给你七块五毛钱吧！"

"那不行，至少也得给七块六毛钱，让你五分钱，已经不少了。"

章祐正准备插话，柳兰望他挤了挤眼，说："今天鱼价本身就低，刚才我还卖三毛五分呢。"

黑胡男人笑笑说："算了算了，七块六就七块六吧！"

鱼卖完了，柳兰说："去粮行吧！"

章祐套着柳兰耳朵说："粮行不用去了。"

"怎么？有粮食了？"

"野兔换了半麻袋霉大米。"

"唵！那么多？"

"霉掉的，人家不要的。"

"在哪呢？"

"下半夜去粮站弄呀！"

他们赶紧回家。章喜已经放学了，要吃中饭，再上学。章超那个调皮鬼也不知把妹妹章梅带到哪里疯去了。

刚到家，章喜已经烧好了中饭，大白菜汤，熘山芋，章喜见父母亲都到家了，赶紧摆饭上桌，章超也驮着妹妹回来了，坐在桌边，一家人高高兴兴地坐在一起吃中饭。

妹妹章梅撇了撇嘴，山芋刚吃一口就不吃了，章超见妹妹不吃了，自己也放下山芋，说："天天吃这个。"

章喜冷着脸说："家里还有什么可吃的呢？有这个吃就不错了。"

柳兰抱起章梅，搂了搂，说："明天我就煮菜粥给你吃。"

章祐点了点头，望着章喜，笑笑说："你看看，老大比老二就大一岁，老大上学了，老二没上学，怎么就差那么大呢？"

柳兰也叹口气，伸手摸了摸老二枯瘦的小黑脸说："看来不念书，还是没有什么指望。"

"念书是好事，闺女哪个带？"

"过几年再说吧！"

"过几年，岁数大了，也就念不了书了。"

"这荒年成，念不念书，也没看到有什么指望。"

"再过两年吧，看看年成。"

月色朦胧

好不容易巴到了夜里。

柳兰问："你一人去呀？"

章祐说："也不知那个王保管说的半麻袋，到底有多少。要真正是半麻袋霉米，少说也有一百大几十斤，我家要是有一百大几十斤霉米，今冬明春就不愁了，山芋窖里还有千把斤山芋呢！"

"要真有一百大几十斤，你也弄不动呀！"

"你跟我一起去吧！要真正是大半麻袋，王保管怕我弄不动，再给倒一半下去，那不就吃大亏了？"

柳兰心领神会地说："走，我把那个尿素尼龙袋带上，说不准能派上用场。"

正走时，柳兰忽然想起什么。

章祐问："怎么，不去啦！"

"去呀，去也不能空手呀，我拿这空尼龙袋多不好看呀，装几个大山芋带着，这些吃皇粮的人，还经常买山芋吃呢。"

"你说的不假，多带几个。"

下半夜真的冷，脚踩在泥土路上，有踩冰的感觉，月亮也冷得逼人。章祐敲了一下王保管家门，王保管吱地开了门："你们来啦。"

柳兰上前，将尼龙口袋里的山芋倒在了客厅里说："穷人家，没什么好带的，几个山芋。"

"你们太客气了，跟我走。"

他们顺着门前小路拐上中间一条宽路，进入第三排仓库，在仓库的夹巷里，有一小木门，王保管用手电筒四下里照了照，将木门打开，照了照拐角处说："这个半袋是上了点霉斑的大米，你们弄回去吧，你们正好来两个人，这里还有几十斤绿豆，也有点上霉。"

王保管指指柳兰问："这个你能背动吗？"

柳兰连连点头说："能能能，比这再多的我都能背动。"

王保管轻声说："这后面有小门，你们从后门出去，这大米和绿豆虽然上霉了，回家只能在屋里淘淘晾着，千万别拿外面晒。要一千个注意，一万个注意。"

章祐点点头，柳兰连声说："好好好，我们不忘王保管恩情。"

"去吧！回家也从小路走。"

章祐背起大半麻袋大米，没费劲上了肩，柳兰伸手将半口袋绿豆一手甩上了肩，出了粮站，抄小路走，走着走着，就走不动了。章祐心想，太重了，从来没背过这么重的东西，生产队扛笆斗，最多也就八九十斤，这半麻袋大米足有两笆斗重，但他想不通，刚才在粮站仓库，当着王保管的面，怎么会一下子就背上了肩，他暗暗地笑了笑。

柳兰扛着的绿豆也不轻，起码七八十斤，这对于一个年轻女人也是第一次。

柳兰说："要不这样吧，我将这绿豆放到田里去，跟你一起，你背麻袋，我在后面撮着，这样一歇不歇就到家了，再回头两人一起背绿豆，就轻巧多了。"

"我怕绿豆放田里会被人拾走。"

"这下半夜的，冷得要死，鬼魂都不会跑到这小麦田里，露水都湿脚，放心吧！"

他们果真按柳兰的想法，先把大米背到家，又回头将绿豆背回家。

到家已是鸡叫二遍，村庄上已经有人起来倒马桶、拾粪。

章祐打开大米，抄起白花花的大米，放到鼻子尖上一闻，只是有一点点霉呛味，放到煤油灯下一看，根本看不出有霉斑。

柳兰也打开绿豆，从来没见过那么多滑溜溜的绿豆，她也送鼻尖嗅了嗅，一股清香直逼心脾。

夫妻二人望着这么多从天而降的粮食，一点睡意也没有。

柳兰说："淘点大米、绿豆，洗点青菜，一起煮，让三个孩子吃个够。"

"这些粮食也要细着点吃呦。"

"我知道，三天吃一顿米粥，其他都是山芋。"

章祐学艺

第二年春天，湖水泛滥，蝗灾满湖，家家断草，户户断粮，村庄上不时传来哭丧声。

章祐去了南王集，拜师学艺去了。南王集刘家龙家是祖传的柴编和柳编工匠，远近闻名，到了这一代，已经传了六代。稍微讲究一点家庭，像军人、大队干部、教师、医生，有点身份的家庭里带媳妇娶亲都要定做一床"满床席"，"满床席"比普通柴席要大一尺到一尺二，宽出一尺二的是最高规格的"满床席"。

章祐在刘老师家先学柴编，柴编有编柴席、垫箩、斗篷、墙笆（护泥土墙的柴编）。从选柴、开柴、碾柴、刮柴，到编织，一个环节一个环节地学。

其实，学习柴编最重要的环节是编织，像开柴、碾柴，这些环节都只是编织的前道工序。但学手艺就是这样，有一句话叫学手艺"三年穷"，也可以说"三年苦"。老师一般都要让徒弟先吃一段时间苦，耐耐你的性子，帮着师傅家先干几年家务，或做一些非实质性的事情。

编织柴席，最大的身体承受压力是碾后的柴料到处是刺，一天下来，手被戳得到处是血口子，血口子里还有刺，一根一根地拔掉时，钻心地疼痛。还有，人一直是蹲着，头低着，一天下来，腰酸背痛。开始学习编柴席时真是太苦了。

章祐对柳兰说："不想学了，我怕学不成。"

柳兰说："你学呀，不学，这一家五口人，将来就这样穷下去呀。家里我扛着，你安心去学，学不成不要回来。再穷的年成饿不死手艺人，没手艺，会饿死。"

章祐说："大队叫我做民兵营长。"

柳兰冷笑笑说："民兵营长是什么官呀？能当饭吃，还是能当钱花？叫你做，你就答应着，民兵训练时候，你就参加两天，混几天轻巧工分，不训练就去刘师傅家。"

章祐当上了民兵营长，生产队每年还补五百个工分。每月带民兵训练两三天，训练由公社武装部来人，带枪带子弹，真家伙，说是为解放台湾而练，跟真的一样。章祐每次打靶都是全大队第一，还参加了全公社比武，得了第二，后来参加全县大比武，打了前三名，得过县里武装部和驻地部队颁发的大红花和奖状。

不论章祐得的奖励有多大，大红花有多红，柳兰始终认为，这些东西不能当饭吃，不能给孩子买解放鞋，只有学手艺才行。

章祐从县里比赛刚到家就被柳兰轰去了刘师傅家。

开始接触柴篾编织时，章祐没有底，总觉得难学，可他死记硬背一些东西，编花怎么编，编角怎么收，包边包角有什么要求，在六七个学徒中，章祐第一个自己编，自己缺，自己包，成功给师傅交出了一条小凉席。

刘师傅是位长条身段的女人，她本人不姓刘，丈夫叫刘家龙，她的名字叫刘蒋氏。因为夫妻俩都是编匠，刘师傅是柳编匠，她是篾编匠，所以社会上人都叫他们刘师傅。其实应该叫她蒋师傅。她中年偏老，满脸慈祥，她将章祐编织成的成品柴席拎起来向地上猛劲地磕了两下，对其他几位徒弟说："你们兄弟七个，章祐来得最迟，但他是第一个交出成品席的弟子。有人说，来我刘家学手艺，没有三年，成不了气候，我就要让你们，让社会上的人看一看，在我刘家学手艺，仅仅用半年时间，章祐的这张小凉席缺边包角都不比师傅的差，从明天起章祐开始学柳编。"

章祐将柴席编织出师的消息告诉了柳兰，柳兰当然高兴，为这事，还单独煮了菜粥，一家五口人围着破木桌，喜滋滋地吃了晚饭。

章祐说："听说最近大队要开批斗会，又让民兵营搞训练。我想，就几天时间，还是参加一下，我又是营长，好歹还有轻巧工分挣呢。"

柳兰笑笑说："只要能算工分，又何必不去呢？只是训练一结束就赶紧再去学习柳编。"

"放心吧！"

民兵训练还没有结束，就接到公社命令，召开全公社批斗大会，批斗那些反革命分子。

章祐带着全大队基干民兵只负责维护秩序，犯人的押送都是上面来的人负责。

会标高悬，白底黑字："打倒反革命分子批斗大会"。

批斗会结束时，公社将六个反革命分子交给大队负责，大队革委会书记当然将看押任务交给民兵营。

大队革委会学书记对章祐说："这样的革命工作交给你，交给你们民兵营，一定要看好管好，要关押三四天，弄不好时间更长，既不能让他们跑了，更不能让他们死了，吃饭时也不能解了绳索，二十四小时轮流值班，还要防止反革命分子搞破坏。"

"知道了，书记，我们坚决照办！"

六个反革命被关在章庄队的队房里，为了防止他们策划、串供，把他们分别关押在牛房的四个角，还有牛草房的两个角，二十四个基干民兵，四个为一组，两个人为一班。

章祐主要是检查巡逻。第一天晚上，章祐逐一检查关押人员的绳索捆紧没有，当巡察到牛房的东南角时，一个缩瑟着身子，穿着黑色秋衣的罪犯低着头，蹲在那里，头发很长，遮住了脸。

"你叫什么名字？"

"抬起头来！"

"田泽修。"

章祐一听，这声音怎么这样熟悉？他下意识地蹲了下来，又问了一次："你叫什么名字，抬起头来。"

"田泽修。"

章祐心中一惊，便对一起巡逻的三个人说："你们先去巡逻，要仔细点，我过一会儿就去。"

章祐靠近田泽修，问："怎么会是你？"

田泽修轻声说："没想到吧？我就是反革命。"

"你一个看电灌站的，做的都是革命的事业，为人民服务的，怎么会是反革命呢？"

"哎，一言难尽，我从省城来到黄码河电灌站，我是五十年代的大学生，学的是水利专业，在省水利部门工作，负责河川治理。也没因为什么，我们一起二十多人，都是知识分子，就一下子被下放到边远地方来，又莫名其妙地被拉来批斗，我们都被批斗五六十场了。"

"来，我帮你绳索解开。"章祐又抱来了一大抱细软的麦穰垫在下面，说："这样会舒服一点。"

章祐赶紧回家，将田泽修就是今天被批斗的人，是在黄码河电灌站帮我们忙，借给我们小船、皮叉、电灯的那个好人的情况给柳兰一一说了。

柳兰叹口气说："天下最好的一个人，怎么就遭批斗了呢？"

"我觉得田泽修说话声音虚弱，他的身体恐怕被糟蹋出病了。"

"那怎么办呢？"

"要不要带大队医生去帮他看看呢？"

"这个不要，如果需要医生，上面会安排，我们不能做这些事情。"

"那我们不能白白地看着帮过我们的人落难，什么都不做吧？"

"要不这样，家里不是有两只下蛋鸡吗？杀一只炖点汤，给他补补。"

"好，就这样，我先煮几个鸡蛋，你先拿去让他吃，你走后，我去鸡窝，把那只芦花母鸡给宰了，炖到下半夜，我再送去。"

"好，下半夜，你送到大草堆跟前，我去接应，你干咳一声就行。"

田泽修见章祐拿来鸡蛋，说："你不该这样，我们这些人都跟瘟神一样，没人敢沾，都怕沾了倒霉运。"

"不要吱声，几个鸡蛋你先吃两个，剩下明早吃，我让家里的又杀了一只老母鸡，在锅里炖着，下半夜送来，你先睡着。"

"你不要再来了，这样很危险的。"

"我不怕，你是好人，我家里的还说了，你是天下最好的一个人。"

"你抓紧巡逻去吧！千万不要惹火烧身。"

下半夜柳兰送来了鸡汤，直接来到牛棚，章祐吓了一大跳，说："说好了在草堆跟前，怎么直接进来了。"

"我要看看那个田好人。"

"声音小一点，这样很危险。"

田泽修一见微弱的煤油灯下，熟悉的面孔，非常激动，他风趣地说："感谢组织，感谢批斗，要不，怎么能再见到你们呢？"

田泽修坚持不喝柳兰提来的鸡汤，他说："我们这些人本来就是反革命、修正主义，现在又要吃鸡蛋喝鸡汤，这不罪上加罪了吗？"

柳兰说："管他三七二十一，先弄饱肚子，落个好身体，才能与天斗，与地斗，与阶级敌人斗呢。"

章祐推了推柳兰说："乱用最高指示。"

田泽修冷笑说："大妹子呀，这世道，你们也要学会保护自己。我是不能沾的人，你们抓紧去吧！"

柳兰说："你要想我不沾，只有把这煨罐里的鸡子吃了，汤喝了，要不，明早我还得来呀！"

"对呀，老田，你也该领情呀！"章祐说。

田泽修就抱起煨罐喝了起来。

柳兰又将烀得稀烂的母鸡撕成一块一块地递给田泽修，田泽修吃得满嘴是油，笑笑说："感谢组织，感谢政府，没有这次批判，哪能吃到如此香的母鸡。"

第二天，大队的颜勒沟电灌站电机坏了，需要安排人维修。章祐有意地给大队长提出："为了节约开支，我们这批被斗人员中，那个田泽修是从省水利系统下放的，他熟悉电机，便宜人不用，养在那里干吗！"

大队长一听，这是个好办法，大队长说："章祐，这些被批对象，千万不能出问题，特别是去修机电站，要注意两条，第一条千万不能让坏分子跑了，第二条千万不能让他破坏机电，破坏革命生产，破坏革命人民的财产。"

章祐笑笑说："请大队长放心，这个田泽修就是个死脑筋，放他走，他都不敢跑了。"

就这样，第四天，这批被批斗分子都去了其他公社接受批斗了，而田泽修就留在颜勒沟电灌站维修设备。

因为田泽修修理机电很在行，大队向公社打了报告，要求留下他看管机电站，从此，田泽修就留在了这里，一直到落实政策返城。

田泽修与章祐家一直以兄弟相处，到了二十世纪九十年代初，田泽修在省城去世。

章祐在刘师傅家学习柳编，刘师傅对柳筐、柳篮、簸箕、粪箕等上百种工艺都十分在行。

刘师傅见章祐聪明，知道他的柴编手艺学得快，出手就是好席子，当然欢喜，对章祐说："柳编手艺好学，但难出好货。"

章祐笑笑说："师傅，我会用心向您学习。"

刘师傅说："好柳编靠好手艺，好手艺靠好柳条，选择柳条是基础，也是最重要的一个环节。"

章祐问："什么样才是好柳条呢？"

刘师傅从土墙边一丛柳条中抓起一把，说："你从当中抽几根。"

章祐就从刘师傅手中攥着的一把柳条中抽出了三根。

刘师傅指指章祐手里的柳条说："你一根一根地慢慢地圈，从根部开始圈成小圆圈，一圈摞一圈，一直到梢顶，然后猛地一下松开，柳条马上就恢复成了一条直线，你看一下，这条圈过的柳条有没有硬伤痕，如果有，就是脆条，不能用。当然，当你松开手时，柳条也不会恢复成一条直线，而是像一条死蛇，螺圈着，如果没有伤痕，就是软条，就能用。"

章祐按刘师傅说的做，先取第一根，一圈，两圈，三圈……第一根柳条大约圈了十九圈，像一只阴阳先生用的罗盘一样，他手一松，马上恢复成了一条直线，检查一下，并没有什么伤痕。第二根、第三根都是这样。

章祐望师傅笑笑说："这些都是能用的柳条。"

刘师傅笑笑点点头，又从另一个丛里拿出一把柳条，让章祐抽，章祐又抽了三根。

师傅说："再验一下你手里的柳条。"

章祐又按师傅的话开始检验柳条质量，第一根，当圈到中间时，只听"刺刺"一点撕裂声，师傅说："停，放。"

章祐将圈了一半的柳条放开，只见已圈的柳条像一条死蛇蜷缩着，伸不直。

师傅说："这种柳条，生长在旱地，长年缺水，性格刚烈，品质脆，只能编一些粪箕和运土的簸箕。好的工艺品，像提篮、柳筐、柳椅，孩子用的手推车，这些东西就没法用上去了。"

章祐点点头，说："好柳用在好的工艺品上，脆柳用在粗笨不讲究的农具上。"

"对对对，章祐呀，你这个徒弟，是我几十年来所收徒弟当中最灵巧的一个。一边做，一边能自己总结的徒弟，真是少之又少。"

"谢谢师傅夸奖。"

没到两个月时间，刘师傅传授的五十种柳编工艺品，章祐全学会了，并都交出了成品作为出师作业。

出师那天，是冬季，下着小雪，刘家四合院里举行了章祐出师仪式，虽然很简洁，但也很庄重。

这一天，刘家大院异常热闹，刘师傅请来了唱苏北琴书的戏班子，扬琴、手板、坠子声交叉响起，单人唱、对口唱、三人唱此起彼伏，《三擒韩德勤》《大破程道口》《大清传》几个节目接续上演，村庄上的男男女女、老老少少，将刘家大院围得水泄不通。

扬琴专场演出暂告一个段落，下面就是章祐的出师仪式。

师傅师母坐在柳编的椅子里，章祐手里托着一只精美的柳编提篮，挺直胸膛，站在师傅前面，两侧站着二十几个正在学柴编和柳编的徒弟，男十八人，女七人，分列两边，端端庄庄地站着。

师傅说："今天，是我们爱徒章祐出师的大喜日子。有人说，学艺要吃三年苦，而章祐自从进了我们刘家拜师学艺，仅仅不到十个月时间，就学会了十多种柴编，五十多种柳编手艺，他出师的作品不比师傅出手的差，这是我刘家作为手艺之家的幸事。"

"既然是出师仪式，我们也就按仪式要求来办。第一项，由徒弟向师傅递交出师作业。"

章祐转过身，将一只精美的提篮恭恭敬敬地交给师母。师母欠欠身，接过提篮，放在八仙桌上。

章祐转过身，仍站立在师傅师母面前。

师傅说："第二项，给章祐赠送一身士林蓝中山装。"

这时从堂屋中走出一位中年妇女，捧着一身新的士林蓝中山装递给师母，师母站了起来，严肃地将衣服递给徒弟章祐。

章祐接过中山装，连连向师母三鞠躬，又转身向师傅三鞠躬。

"第三项，请捧出出师酒来。"

只见一中年男子手捧托盘，托盘里放着三只黑陶酒杯，洋河大曲酒香在四合院中飘荡。

师傅端起一杯酒，师母站起端起一杯酒，最后，章祐从托盘中端起最后一杯酒，分别与师傅、师母碰了一下，一饮而尽，将酒杯放入托盘。

"第四项，礼送！"

接着，门口一班唢呐吹鼓手，吹吹打打，将章祐送至门前汪塘处。章祐回头，朝着师傅家的方向，深深地鞠了三躬，说唱声渐行渐远……

夜饭

"队长娘，会计娘，拉格拉格到队房；快点吃，快点咽，社员看到有意见。"这段顺口溜是二十世纪七十年代大集体时"队为基础"时代的生产队干部缩影。

生产队队房由一间大车屋、三间粮食仓库、四间牛房、一间牛草屋组成，都是土墙草房。有三十亩大小的队场，队场周边堆放着几个大草堆。

生产队有队长、会计、民兵营长、妇女队长、保管员、计工员等队委组成，生产队虽然只有百十号人，但队干部配备齐全。

在粮食贵如金的年代里，社员们很难吃上一顿饱饭，大多数以野菜、薯类充饥，但队干部们享有特权，像章虎，他是生产队会计，他们可以利用晚上开夜会吃夜饭，当然吃饭也就少不了队长、会计的娘子们。

一个特别冷的冬天，外面飘着鹅毛大的雪，天未黑，章祐、柳兰就像赶鸭子一样赶着章喜和章超兄弟两人去队房睡觉，因为队房里扣着十几头耕牛，耕牛夜里是要烧火取暖的，耕牛是社员的命根子。

章喜带着弟弟章超和生产队其他许多孩子一样，蜷缩在牛槽的一角，身上覆盖着一层厚厚的牛草，就可以嗅着扑鼻的牛屎臭味和牛尿的骚味，美美地睡上一觉。

晚饭是个奢侈品，对于贫苦人家很少有吃晚饭的，因为各家都有一条不成文的规矩，阴雨天、冬闲飘雪天，农家人只吃两顿饭，并以稀食为主，中饭喝的是酸浆，一泡尿过后，胃里什么都不会剩下，几乎三天解不了一次大便。

每晚来牛房取暖睡觉，章喜都会编些故事讲给弟弟章超，还有其他同伴们听，这样即使饿着肚子，也容易睡着。一天晚上，章喜讲的是共产主义的故事，他说，将来，我们这些小孩长大了，能苦工分了，能干革命了，就可以讨个老婆，就有了白馍吃。白馍像雪一样白，尽吃尽有，虽然是吹牛皮，但孩子们被章喜讲得满嘴淌清水，不知不觉中，孩子们就打起了呼噜。

等到夜深人静的时候，章超要撒尿，刚翻起身，就听不远处的烧牛料大铁锅旁有大人讲话声音："快吃，快吃，吃了回家，牛槽里睡着好几个小孩，要是知道了，讲了出去，说我们队委在偷吃牛料，非挨批斗不可。"

章超夹着尿，不敢吱声，赶紧推醒大哥，章喜头脑机灵，他睁开眼睛望望锅边围着的几个队委，套着弟弟的耳朵说："不能吱声。"

"我尿急了。"

"就尿在草里。"

第二天晚上，章喜又带着弟弟跟平常一样来到牛房，但按照章喜的意思，睡到离大铁锅直对过的牛槽里。章超不懂，问："怎么不睡昨晚的地方？"

章喜摆摆手，将牛槽里的草推拥了过来，说，"睡吧，讲故事给你听。"讲了一会三打白骨精的故事，很快，六七个小孩又睡着了。

夜很深了，牛倒着嚼，一片呼噜声。章超又被尿憋醒了，"哥，我要尿尿。"

没等章超话说完，章喜上去一个耳光，打得章超呜呜直哭，并厉声喊："饿，饿什么饿？"

章超委屈地哭个不停，这时，围在铁锅旁的队委们正在狼吞虎咽地吃着夜饭，喷香的大豆味。

这时，章喜猛然站了起来，指着一群队委嚷道："你们偷吃牛料，偷吃公粮，怪不得耕牛瘦得不能耕地，原来牛料都让你们偷吃了，我要告到大队部去！"

"好孩子，好孩子，来，盛一碗，你们兄弟俩伙吃，别乱叫乱嚷的，吵醒其他孩子。"这是生产队长葛队长的女人，人称妖精，生产队她当一半的家。

一碗香喷喷的煮熟牛料端到牛槽边。

"我们不吃牛料，牛料是牛吃的，没有牛料，牛就耕不了地，地就长不成庄稼。"

"你再叫，老子就掐死你兄弟俩，叫你家绝种绝后。"这是副队长的声音。

"你狗日的敢骂我，我现在就回家告诉大人。"说着章喜就跳出牛槽，准备回家。被几个人上前拦住了。

牛料真香，那些都是实打实的粮食，章超急得流口水。

打那以后，生产队再也不让小孩子晚上去牛房里睡觉了。

哭牛

章超上小学那年，冬天的雪很大，几乎淹没了所有村庄上的茅草屋，沟里河里全堆满了积雪，看不到哪里是路，哪里是河，哪里是田，哪里是学校，天冷得出奇，屋檐上挂满了"冰棍"。

有一天，天没亮，人们在朦胧中就听到屋外的哭喊声，先是一个男人在哭，后来是几个人在一起哭："我的老牛呀，你怎么就死了呀，开春还指望你耕田种庄稼呢……"声音大而嘈杂。

章超被惊醒了，穿起了破旧的棉袄、棉裤，脚上套上了一双章喜穿小了的破棉鞋，走出了家门。当时生产队的队房，就在家门前，几步远就到了，这时，生产队房门前已经围满了人。

大家都在议论。

"这牛是病死的。"

"这牛是饿死的，应该找喂牛的算账，你看这牛瘦成了骨头架了。"

"喂牛的章品就是一个罪人，牛草都让他拐女人吴翠平弄去家烧锅了。"

"牛料都让队委吃了。"

"听说队委每天晚上都来吃夜饭，吃的全是牛料，牛不饿死才怪呢。"

"应该办喂牛的罪，去吴翠平家翻翻看，有没有偷牛草、偷牛料。"

大部分群众都围着死去的老牛在哭，就在这时，两个屠夫已经将死牛的牵绳吊上了柳树上准备扒皮。

章祐从人群中挤了出来，看到儿子章超在寒风中瑟瑟发抖，说："儿子呀，去牛房，那里暖和。"

章超见父亲也流泪，就说："大大呀，老师说，马上就要实现农业机械化了，死了一条牛，你就不要伤心了。"

章祐摸了摸小儿子章超的头说："你晓得什么，牛是我们庄稼人的命根子呀。有了牛，牛是人的奴隶，没了牛，人便成了土地的奴隶，你都是学生了，也该懂这些道理吧！"章祐说着就又流了满脸的泪水。

就在第二年春天，因为洪泽湖边建造一座机电排灌站，县里调来一台履带式东方红拖拉机，全大队上千人跟着拖拉机后面跑，很多人都跑掉了鞋子，还有人跑跌倒磕掉了大门牙，全体社员都稀罕这"铁牛"的厉害。

有人说："这铁牛吃草还是吃粮食？"

"这个东西没有绳索拉，怎么就向前走了呢？还说快就快，说慢就慢，就是一个人坐在上面。"

"那个叫驾驶室，驾驶室里的叫驾驶员，驾驶员想叫它慢，它就慢，想叫它快，它就快，想往哪拐就往哪拐。"

"真奇怪，原来，听说有'铁牛'，都以为是吹牛的牛，看来，这回是真的牛了。"

大约又过了一两年，公社安排了一台带犁铧的拖拉机专门用来耕地的，一台拖拉机能顶十头水牛一天耕的土地，同时还能省下很多劳动力，社员们个个都笑得合不拢了嘴。

很多人都说，活牛不如"铁牛"，围着死牛哭丧的时代是永远不见了。

第二章

章喜

落榜生

章喜因家庭贫困，也因个人学业成绩差，没有考上大学。回到家中，他不怨天，不怨地，不怨家人，也不怨自己。他相信毛主席说的"农村是个广阔的天地，在那里是大有作为的"。

搞编织有现成的老师。父亲章祐是前后三庄出了名的编匠，无论是柴篾编织，还是柳条编织，出手快，成品漂亮，在集市上，章家的编织用品最抢眼，也最好卖，价钱也高。

只是当时市场没有放开，销售编织品也是受限制的，凡属农具类和农民生活类的手工艺品可以销售，其他都在禁售之列。

农民使用的柴席、盛粮食用的笆斗、折子，农民用的斗篷、柳筐、粪箕、簸箕等等，这些都是可以去市场销售的。

章祐带着章喜，开始了家庭作坊式的编织，柴编、柳编全面开花，将家庭变成编织坊，把庭院变成销售柜，不去市场，就在家中，什么规格的编织品都编，花色品种齐全，让家中的编织品琳琅满目起来。

原来，生产队用的笆斗都是两种规格，一种是一百到一百二十斤规格，还有一种是八十到一百斤规格。这种农用笆斗，只适合中青年劳动力使用。

章喜对父亲说："现在很多家庭都需要使用笆斗，但都嫌大，一些老人、妇女、孩子根本没法使用笆斗，我们能不能编一些小笆斗，能盛二三十斤、四五十斤的那种，富裕人家可以拿来盛饼，妇女可以用来放针线，老人可以拿来放烟叶，这样就扩大了它的用途。"

章祐说："你的想法不错，只是，我怕糟蹋了柳条，到时候编出的东西没人要，再砸了我们招牌。"

"什么招牌不招牌的？我们家除了穷这个招牌响得很，没听说编织这个招牌能响到哪里去？"

"你这熊小子，怎么说话的？穷，只穷我们一家子呀？哪家不穷呀？"

章喜说："先编几只看看，不行再说。"

章祐心想，真是儿大不由爷。又想，孩子的想法不是没有道理，只是一口气答应下来，好像作为父亲的没什么面子。他叹口气，说："也行，那就试试看。"

章喜说："我想起一件事情。"

章祐问："什么事情？"

章喜说："我看到有一本书是介绍苏联有一种玩具叫套娃，我们为什么不将笆斗编成一套像套娃一样的笆斗呢？十个或者八个一套，从最小规格十斤、二十斤、三十斤起，到四十斤、五十斤、六十斤、七十斤、八十斤、九十斤、一百斤，十种规格，编好以后，推去市场试一下，套在一起卖，不单卖。这样一套就是十只笆斗，一月就是卖一套也比以前你零卖的多。还有，大小笆斗一样价钱，因为小笆斗，费功夫，不好弄。"

"你这东西就是做梦，老子信你一回。"

章祐编笆斗的速度很快，一旦开了头，必须在一个上午，或者一个下午，又或者在一个晚饭后的夜间，一气呵成。章祐总结出一个"有折"理论，就是笆斗编织过程中，如果撂下时间长，再拾起来重新编织，会留下明显的"折"，就是有"浪痕"。买家一看，颜色、花纹明显有区别，不像是出自一人之手，甚至有人会怀疑柳条有"接"的可能。

章喜编的手艺还跟不上父亲，但脑子超过老子，他反过来指挥父亲，规格、深度、半径、直径、底部不要平，要"内凸"，就是起点圆心处向里凸起，这样编出的小笆斗有"玩味"。

章祐被儿子指挥得云里雾里，心想，只要你说得出，老子就编得出。

第一套笆斗新鲜出炉，笆斗不叫笆斗，叫"笆比"，章喜找来红纸，在"笆比"上贴上两行字"笆比套斗"，价格一百元。

"扯蛋，我们家是诚实人家，你这是做生意吗？你这是扯浑球，人家不骂我章家是骗子，十个小笆斗，要价一百块，你是金子还是银子呀？"

"愿买愿卖，不买拉倒，就这一套，拖回来撂着。"

"你想气死老子呀？快滚回学校复习去。"

"哼，复习，复习，复习可以呀，马老师说了，要想考上大学，住校复习，吃住在学校，交伙食费，你钱呢？"

"那你告诉我，你能不能有点把握？"

"有什么把握呀？我有考不上的把握！"

"你这个浑蛋，就牵牛尾巴的料！"

就这样，章祐不得不买儿子的账，将十只笆斗按儿子意思套在一起装上平板车，父子俩有说有讲，赶集去了。

笆比

农贸市场赶集人山人海，也许是因为市场刚刚放开，土地开始分田单干的原因，"闲逛"的人特别多。

"这个不就是笆斗吗？怎么还要叫笆比？"

"这个价钱是不是多了一个零？"

"这个东西做得真精巧，从来还没看过呢。"

"买着，买着去放仓库里，大的小的，都有用场，有时不需要大笆斗，小的就行了。"

"这个小笆斗给老爷子盛烟叶，这个小笆斗给老妈做针线，这个小笆斗留作孙子盛尿布，这个……"

"这个我买了。"

"一百块。"章喜站了出来，章祐裸着膀子站在人群中，看着儿子怎么能把这笔生意给做成了。

有人骂："是黄金还是白银呀，一个大笆斗才六七块，你这十个笆斗，连大带小，平均要十块钱一只，抢钱呀。"

有人问："就买你这最小的笆斗，回家让孩子玩的。"

章喜笑笑说："一起卖，不拆单卖，就是一百块。"

这时上来谈价钱的有十几个人。

"八十块，我买了。"

"我买三只小的，给你十五块。"

"我买三只大的，给你二十块。"

章喜只是笑，也只有一句话："十个一起卖，一百块，一分不少。"

章祐心想，小子，钱难挣，屎难吃，让你瞧瞧，钱是怎么挣的。

正吵闹中，一高个头穿灰色中山装的人挤了过来，说："怎么叫笆比，不叫笆斗的？"

章喜笑笑说："苏联有个套娃，十个一组，大的套小的，名字叫芭比套娃。"

"好！我给你一百块，你现在就给我送粮站去。"

章喜笑笑说："那要先付钱。"

高个男人说："到粮站给你钱，我到集上怎么能装这么多钱呢？"

章祐认得这高个头，早在生产队卖公粮时就认得。这人叫王世宽，不欺人，不压人。

章祐笑着，挤出人群，站到儿子边上，说："送就送去吧。"

章喜半信半疑地跟父亲一起拖着平板车，来到粮站。

一到粮站，很多人都围了上来。

"谁想起这个主意，真的好，粮站就需要大小不等的笆斗。"

"就是太贵了，十块钱一只，问题是，最小的只能盛十来斤粮食，也一样价钱。"

"笆斗越小越不好编，费工夫。"

"好在，这种笆斗放在仓库里，好放，不占地方，还不会堆高倒塌下来。"

王世宽走了过来，对章祐说："打个条子。"

父亲望望儿子，章喜笑嘻嘻地从上衣口袋掏出钢笔，一挥而就："收到笆比款一百元整。"

在回家的路上，章喜不吱声，章祐拉着车问："这十只笆斗，只用了四五天时间，没想到卖了一百块，以前一个月也卖不了这么多钱。"

"大呀，你听到那些人议论没？"

"说什么呢？"

"不少人喜欢小笆斗呀。有的说盛烟叶，有的说盛尿布，有的说盛针线，我看小笆斗比大笆斗更好卖。"

章祐反问："那你说，怎么办呢？"

章喜笑笑说："现在已经开始分地了，土地一旦分到农户，家家都要买笆斗，买折子，买农具……"

章祐一听，这小子头脑怪灵活的，接着就问："怎么弄？"

"抓紧备些大柴、柳条，准备加夜班。"

在章喜的提议之下，全家开始编笆斗，大中小配套，像生产"笆比"套娃一样，各种规格笆斗都有。折子也分长、中、短，最长的折子三百步，中等两百步，短的只有一百步、五十步。

二十世纪八十年代的初春，章祐家的茅草屋前堆积成山岭状，每天都有几十个，上百个上门买编织品的人。柳兰是个好管家，不让价，也就是一口价。章喜将价钱写在纸上，贴在墙上，老不欺，少不哄，一视同仁。不坑人，不骗人，但柳兰最看重的一条是不让人，她曾经说过："我这辈子是让别人给欺够了，我不会欺人，但我也不让人。"

酒是好东西

说章喜是个发明家，还真是名副其实。当柴席、笆斗、折子都在家中堆积成山，有些卖不动时，章喜先去门前汪塘洗了把澡，回来就对父亲说："编笆斗不苦多少钱，这柳条要是能像中学马汶蛟老师屁股下坐的那张椅子，就值钱了。有一天我去他家，坐上一试，好舒服。一听，价钱也了得。马老师说，那个一把藤柳椅就要值八十块，一把椅子能换十五个笆斗，十五个笆斗要十五个工日。一张椅子，撑死五个工日，当然那个活比这些活要细得多。"

章祐听得有些头绪。

章喜又说："听说，这个柳编厂就在新袁，专门编椅子卖，还听说了，编出椅子不愁销，通过县土产公司可以出口的。"

"出口是怎么说？"

"听说是，藤柳椅子经过县土产公司弄到外国去卖，那个价钱可高了。"

章祐听不懂，出口这个东西看来复杂，但做这事不那么复杂，问："儿子呀，你怎么说，老子就怎么做。我算明白了，以前，前后三庄没人敢跟我比灵巧，现在，我看，老子服的就是你。"

章喜笑笑说："还是你聪明，我都是听别人说的。这样吧，明天我就去新袁藤椅厂当学徒。学徒是假，偷学人家编藤椅子技术是真。"

章祐笑笑说："你要我做什么？"

章喜说："你就准备好藤条呀，还有青竹，这青竹，等我学过回来再买，防止买了没有用。"

章喜第二天就步行去了新袁藤椅厂，这个厂里的工人也都是周边的农民工，有的是高考落榜生，有的是退伍军人，还有的就是公社、大队干部的七大姑八大姨，沾点干部咸味的人。

章喜与其他工人不同，他是来学技术的，其他人是来工作的，目的不同，当然工作态度也就不同。

章喜学的第一步是如何开藤条，藤条也叫藤篾，有点像柴篾。藤条是杞柳的皮，除了外面那层绿皮之后，里面这一层白皮，也就是有韧劲的这一层，这一层扒掉后，里面那层是柳条的心，这层心，是没有一点韧劲的，一折就断，只能当烧锅草。

开藤条是第一关，章喜看了半小时，就跟师傅说："你去边上吃袋烟，我来弄。"

师傅姓田，中等个头，小平顶，见章喜递了包"玫瑰"烟，高兴得心里都痒痒，笑笑说："这倒好哩，烟瘾正犯呢！"

章喜说："明天再买一包给你。"

就这样，章喜跟田师傅打了三天交道，花了三包"玫瑰"烟，就学会了开藤条的所有技术。

第二步是装椅架，这件事也是技术活，在藤椅厂只有一个姓董的师傅，其他人上不了手，的确也没人学装椅架。这项活难度大，要求高，送来的青竹要用火烤，哪些地方大弯，哪些地方小弯，弯到多少度，哪些地方竹子粗，哪些地方竹子细，简直是在造核武器。尤其是竹子在拿弯时，很容易将青竹给折断了，折断了是要扣工资的，因为你加大了竹椅的成本。火烤大了，竹子糊了，容易断，火烤小了，拿不了这个弯度，真是太难了。

章喜知道，不拿下装椅架技术，等于白学。

章喜了解到董师傅是光棍一个，说原因是太穷，太穷的原因是好喝酒。

章喜将这事给父亲说了，父亲章祐说："酒能买到，但洋河酒的确不好买。"

章喜说："不是说有一个堂舅在酒厂吗？"

柳兰冷冷地说："哪有一门真亲戚呀。从小时，你铜匠舅爹有几个侄儿，跟我也都差不多大，相处还不错。后来，其中有一个叫柳林的去了洋河酒厂，听说还是什么司务长。"

章喜来了精神："司务长那敢情好，有权力呀，买不起包装的，就买点散酒。"

章喜来到洋河酒厂，找到了后勤科，说这里的柳处长是我亲舅。被问话的人不是别人，正是柳林，从小与柳兰朝夕相处的堂姊妹。

柳林重情重义，拉着章喜愣了半天，说："你妈终于熬了出来。"

章喜只是点头。

柳林在洋河酒厂大食堂招待了章喜，章喜还没提买酒的事，柳林就说："吃过饭，走我宿舍，把一塑料桶洋河大曲原浆带给你大大妈妈，叫他们到洋河来找我，我们是至亲呀！"

章喜高兴地点点头，说："舅，你去洪泽湖边玩，我去逮最好的鱼虾给你吃。"

"哈哈哈，我的外甥都高中毕业了。高中毕业就是知识分子了，知识分子就要像知识分子的样子，好好帮你大你妈，他们不容易。"

"我会的，舅，我在老家望你去。"

当晚，章祐就打开一大塑料桶洋河酒，先品尝一下，章喜问："酒怎样？"

章祐也好酒，但从没喝过这等好酒，喝得他只是咂嘴，一盅又一盅。

柳兰说："少喝一点，酒喝少有营养，喝多伤筋骨，你不要做酒鬼子。"

章祐问："儿呀，这酒你打算怎么带去给董师傅呀？"

章喜诡秘地笑了一下，从桌底摸出一只空酒瓶，说："先灌一瓶带上。"

柳兰笑笑说："你看看，你看看，你儿子都比你做事有分寸。"

章祐笑笑说："不假不假，比我有心眼。"

章喜将一瓶洋河酒揣在怀里，带到"工班组"，套在董师傅耳朵上说："从洋河酒厂弄了一瓶出口转内销。"

董师傅将铁锯朝地一扔，说："在哪呢？"

章喜将董师傅拽到一边，从怀里掏了出来，当着章喜面，董师傅就打开了瓶塞，猛地灌了两口，裂龇着牙，说："美死了，喝了一辈子老酒，从来没喝过这么好的酒呀！"

章喜站在董师傅边上，让他亲自烤青竹，董师傅说："跟我学装椅架的男职工，不少于三十人，都废了，我还没成一个徒弟呢，你再不成，就绝种了。"

董师傅教了一会，见章喜自己在锯青竹，又偷偷去抿了一口酒，回来时，脸红红的，说："哎，就好这一口，我就坑在这张嘴上。"说着，他哈哈大笑起来。

董师傅教章喜，竹子之间怎么接头，这些接头，用榫扣，扣好用竹片钉，钉好再用藤条缠，这三个步骤缺一不可，这是藤椅架关键的地方。

章喜一边锯竹榫，一边心想，看来技术的关键点就在这里。正想时，董师傅又去抿酒去了。

中午下班时，章喜已经在董师傅一步一步教导下，完成了一只竹椅架。

董师傅红着脸，笑笑说："你是第一个完成一只完整竹椅架的徒弟，明天让你自己做一只。"

章喜笑着走出了藤椅厂。

第二天，章喜不仅带了一瓶洋河酒，还装了两口袋花生米，花生米跟老酒是绝配，这是父亲章祐说过的话。

董师傅见章喜来上班，高兴地像忘记了师徒关系，指指操作间，说："自己弄去吧，有什么招呼一下。"

章喜又将董师傅拽到一边，将一瓶洋河酒塞给了他，又拍了拍口袋说："这是花生米。"

董师傅的眼里放出耀眼的光芒，小声说："美死了，这酒，喝下去，简直就是真神仙呀。"

章喜将口袋里的花生米全部掏给了董师傅。

这下，董师傅也不避谁，就坐在章喜边上，一手握着酒瓶，一手攥着花生米，手和嘴一刻也不闲着。

章喜一边做，师傅一边说重点，一个上午，章喜完成了一把藤椅架。

董师傅说："看看，看看，人家章喜这藤椅架做的，弧度标准，架子结实，尺寸分毫不差，材料使用一点儿也不浪费。"

章喜笑着说："董师傅，明天我还来，再带一瓶。"

董师傅红着脸，望望空酒瓶说："不要了，你这酒太好了，我怕喝上了瘾。"

章喜第三次带酒给董师傅，董师傅有些惭愧地说："哎，以前那些徒弟，都笨得不冒烟……"

就这样，章喜仅仅用个把月时间就学会了藤条编竹椅的所有工艺，并在学习的基础上加以改造，改造成各式各样的竹椅。有大号藤椅，有中号藤椅，还有孩子坐的小号藤椅。

翘尾巴

春暖花开的三月里，生产队在组织分地，联产到户。男女老少都拥向了田头，皮尺在丈量着荒芜了多年的土地。

章祐对柳兰说："你是我们家最高长官，内当家的，分地的事你全权代理，分好分坏就看你的命了。"

柳兰笑笑，拍了拍破旧带着满满补丁的春上衣，说："老娘我的命是先苦后甜，先软后硬，从现在开始，我的命好得很，老娘的翅膀也硬得很。"

章祐指指章喜说："你看看你妈，像是队长娘子一样，还翘尾巴呢！"

章喜冷冷地说："不应该翘吗？"

章祐连连陪儿子笑脸说："应该，应该。"

章家的院子堆满了青竹、柳条，屋里屋外在忙着开藤条，打椅架，编竹椅，样样事情井然有序。以前父亲是师，儿子是徒，现在儿子是师，父亲是徒，师徒步调一致，父子同心，不分白天黑夜，不分晴天下雨。

章祐说："以前我们家是一天两顿饭，从现在开始，改弦易辙，一天三顿饭，晚上只要加班，夜里还要加夜餐。"

白天是三个人干活，柳兰算半个竹工，因为她还要负责一日三餐，洗衣套被，同时要管着农活。晚上四个人一起干，章超白天上学，晚上帮着编藤椅。

章家藤椅以定做为主，基本不去集市上销售，价格比集市上要少几块钱，但更重要的是质量过硬。章家的藤椅朝市场上一放，其他卖主就赶紧收拾摊子，柳条颜色、编花模样、椅架结构，都不是一个层次的货。

藤椅销售略有结余时，章祐想到了几个人，他对柳兰、章喜说："藤椅这东西是个贵重物品，也能拿得出手，我们手头也有了点。我想到了以前搭救过我们的几个人，粮站的王前贵，机电排灌站的田泽修……"

章喜说："还有中学马老师，我高一生病，都是他和爱人黄老师帮我补课。"

柳兰说："还有你刘师傅。"

章祐说："这样算起来，四个有恩人，有恩就要去还人情，一人一把藤柳椅子，八九十块一把，算起来要少卖三四百块钱。"

章喜笑笑说："不要算这些账，越算越穷，越穷越算，只要我们加班加点，这些不算什么。"

章祐说："那就抓紧编。"

章喜笑笑说："这样办，每家送两张椅子，哪有送一张的道理，那样也不好看呀，人家摆在家里，也成双成对的才好看嘛。"

柳兰冷冷地说："这样不行，家底子这样枯。"

章祐说："你妈说的不假，就一家一把椅子，已经是大礼啦。"

章喜笑笑说："这四个人的人情，我们不是要一起去为，春天一家，夏天一家，秋天一家，冬天一家，分开来，我们成本也能转开来。"

章祐哈哈大笑，说："乖乖，还是你脑子管用。"

柳兰瞅了一眼章祐，说："比你高强八个帽头。"

快嫁无好家

进入二十世纪八十年代的第一个春天，章喜高中毕业两年了，也到了娶妻生子的年龄，庄子上好心的人在为章喜张罗着说亲。

第一个介绍的是东王庄王三姐，因为在家排行老三，庄上人戏称"三酒坛子"，王三姐比章喜大两岁，个头不高，比锅灶高出一个头，在村庄同龄女孩中相比，是最矮的一个。

媒人说："王三姐，虽然个头不高，人长得不错，浓眉大眼，脸长得也很周正，皮肤白白的，嫩嫩的，一掐都能冒白汁，家里家外，能干得很，尤其是针线茶饭，样样在行。"

柳兰笑笑说："我们这种家庭，穷得屋子漏亮，孩子多，负担重，人家女孩只要不嫌我们家穷，我们还有什么可挑的。"

章祐笑笑说："这得随孩子。"

柳兰问正在编织藤椅的章喜："你同意吗？"

章喜红了红脸，笑笑说，"只要没有任何附加条件，我就同意。"

媒人说："四十礼，见面礼，都是一些常规的礼数还是要的。"

柳兰问："四十礼怎么说？"

媒人说："先见面看一下，同意了，先订婚，订婚给见面礼，订婚以后再谈四十礼。"

章喜冷了冷脸，说："先订婚，先给见面礼，订婚再谈四十礼，这不是一步逼一步吗？"

媒人说："现在时兴这个。"

柳兰说："能不能改一下，见面看一下，四十礼跟见面礼一起给。"

章喜说："要不这样，先看人再说，双方不同意就拉倒。"

媒人说："放街上饭店看人。"

章喜问："看不成，谁招待？"

媒人说："男方招待，现在都时兴。"

章喜冷笑笑说："看人定亲，亲定不成，我还招待你吃饭，吃什么饭呀？"

媒人说："成不成亲，都得吃饭嘛！"

章喜说："定不成亲，回家吃去。"

章祐笑笑说："要不，就去商店看人，成了就扯块布料，就算订下来，再去饭店不迟。"

柳兰点点头说："这样当然好。"

媒人叹口气说："这样小气，估计人家也看不中你家。"

章祐抬头望望自己住的漏亮的茅草屋，说："要不这样吧，就请来我们家里。穷不瞒人丑不遮，让人家看看我们家实实在在的家底子，也不麻烦你这做媒人的来回圆、来回盘。我们准备六个小碟一壶酒，这样怎么样呢？"

媒人冷着脸说："你家的事，当然随你们，男大当婚，女大当嫁，忠臣伴君排患难，贤妻随夫度荒年。"

柳兰的脸色一下变红了，没话对。可章祐来了精神，笑笑，对媒人说："只要情投意合，清水无糖也甜，闺女到大不可留，留来留去是冤仇。"

媒人撇了撇嘴说："无价宝易求，意中郎难得，男怕入错行，女怕嫁错郎。"

章祐翻了翻白眼珠，也撇了撇嘴说："快纺无好纱，快嫁无好家。收不好庄稼一季子，娶不到好妻一辈子。"

媒人见章祐说话尖刻，吐了一口说："男人耍嘴皮也是个没出息的料。"

柳兰连连点头说："男人耍嘴皮不能当饭吃，女人耍嘴皮也不能当钱使，要不就这样，就按我家当家的说得做。定成亲，等过四十礼的时候，带你去饭店。"

媒人冷着脸，说："你看看你们这一家子，好像是我要去饭店的，还不是给你们章家要的好看，随你们吧。你们说说，明天来，中不中？"

柳兰问章喜："儿子呀，前天扯布做的中山装做好了没？"

章喜冷着脸说："新中山装又不是做给他们看的。"

章祐说："这话说的，新衣服，看人不穿，还花那么多钱做它干吗？"

媒人见章家意见不统一，她来了个民主集中制，说："干脆这样吧，明天下午，正好是五月十六，好日子，我给王三姐带过来，一起来的还有两个小姑娘，我们一共四个人，你们家抓紧扫扫地拾掇拾掇，明天上午去赶集买点好菜，尽量多买点鱼呀肉呀，我知道，你们家是细到一根针都计较的主儿，不要给人家说出话来。"

柳兰笑笑说："我家细，我家一根针都计较了，你看哪家粗的？我估量着，腰竿粗的人家还不一定要你说这媒！"

媒人瞟了一眼柳兰，撇撇嘴，说："世上无人事不成，你儿找媳妇，有人问着是好事，你看你，你看你这张嘴像吃能干豆子一样。"

"我嘴能，是我嘴能吗？是我穷吧，是我们穷人家骨头贱！"

"不跟你说了，明天下午三四点就来。"

第二天，章祐去集上买了不少菜，有鱼有肉。

柳兰准备了几盘冷菜，有猪肝、猪耳朵、鸡蛋、花生米，还有一盘糕点。柳兰认为这道糕点一定要有，穷人不会穷一辈子，要让孩子步步登高，越过越好。

正好是星期天，章超生病在家，请假两个星期了，章梅也在，全家五口人，一个不少。

章祐将家前屋后清扫得干干净净，又用水在门前洒了一遍，防止灰尘飞起来，家里的桌子、板凳都摆好了，又将新编的藤柳椅摆了四张在屋子正厅里，干干净净，整整齐齐。要不是屋顶漏亮，还是蛮阔气的嘛。

刚吃过中饭，趁全家都还没离桌子，章祐说："你们都给我听着，今天是我们章家重要的日子。喜儿要看人，要定亲，超儿，你也不小了，明年高中也毕业了，梅子，你也读三年级了，是个不小的姑娘了。等一会，人家来我们家，要学会客气，不要乱说话，尤其是你们两个小的，与你们没有一分钱关系，你们就帮你妈在锅屋忙去。"

章超叹口气说："没关系最好，干脆我去同学家。"

"那不行，帮你妈忙，端端碗，摆摆筷子。"

章梅笑着说："大大呀，你说话前言不搭后语的，说这事与我跟二哥一分钱关系都没有，那倒不如不要我们在场，防止我们说错话，坏了好事。"

柳兰摸了摸女儿的马尾巴小辫子说："没事，你大大就是这么说说，全家都在，抱气，这样才好。"

章喜冷着脸说："没那么严肃，也没那么重要，就随便一点。"

全家人都忙活起来。章超和妹妹都帮母亲在锅屋理菜。

柳兰说："哎，这还不习惯呢，我才四十来岁，儿子就定亲，就要抱孙子，我就老了，你们看看，我老了吗？"

章梅笑着说："我妈年轻得很。"

章超也附和说："要是在城里，会更显年轻。"

"哎，超儿呀，你妈就是个苦命，苦到什么地步，只有妈心里清楚。眼看着你们都长大成人了，妈才有一点盼头。"

章梅笑笑说："二哥成绩好，将来考上大学，一定能把大大妈妈带到城里去。"

章超红着脸，说："我哪有那个本事呀，就跟大哥一样。"

柳兰摇了摇头说："龙生龙，凤生凤，老鼠生儿会打洞。我们是老农民，儿女能安安稳稳做个农民就不错，城里我们也不想。哎，十年媳妇，终于要熬成婆啰。"

章超听懂一半，章梅根本就没听懂母亲的话。

正说的热闹时，只听外面传来媒人声音："来啰，给你们章家带喜讯来啰……"

媒人王桂花，细细的身材，高高的鼻梁，小小的眼睛，白白的皮肤，没人不知道这个爱保媒的王桂花，她是把"保媒"当作职业来做的。

王桂花"保媒"，每说成一对，定亲时，男方要给媒人扯一件布料，四包烟，两瓶酒，四袋糖，女方随便表示一点。等到结婚时，男方要给媒人扯一身面料，六包烟，两瓶酒，六袋糖，还有，不论为谁家"保媒"，在男方家吃饭喝酒，必须超过八顿，叫"媒八嘴"。

王桂花"保媒"是远近闻名，一般人说不成的亲事，她行。因为这一点是有上百个案例证明了的。

王桂花说媒，最成功的案例是"五拐弯"，很少有人能弄懂这个"五拐弯"亲是怎么说成的。

王桂花当初说"换亲媒""三拐弯媒"，社员们就认为不得了，这比地委书记头脑还好使。但渐渐地，"换亲"太直接，矛盾多，又不太好听，就变成了"三拐弯"。"三拐弯"这种婚姻仍然存在"换亲"的那种弊端，那就是男方都是"下等货""次品"。

王桂花曾经总结过，"换亲"的婚姻一般都是"霜来死"，过不了一年，四个人当中只要有一个人出了问题，那就是两对婚姻的结束，这种婚姻绝大部分是一个女孩出了问题，就是女孩对男人的不满，男女长相上、年龄上悬殊太大，根本没有什么婚姻基础。

王桂花对"三拐弯"这种婚姻并不认同。她认为"三拐弯"婚姻也叫"狗撵狗"婚姻，甲、乙、丙三家中男人都是"劣质产品"，女人都是"优等品"，三家经济基础都是一样的穷，这些家庭中的女孩是把"娶嫂"当作任务，当作家庭作业去完成的。

完成之后，大部分就逃掉了，有的结婚夜里就逃掉了。在王桂花说的一个"李马庄"三家婚姻里，就是这个典型，结婚夜里，马庄二女跑了，李女嫁庄男，庄家看得紧，硬是让李女给庄家男子睡了，结果告到了法庭，差一点把媒人王桂花给拘了。

随着时代的发展，媒人这碗饭越来越难吃，王桂花通过反复思考，从实践中来，再到实践中去，最终发明了"五连环保媒"。其实农村人都叫"五拐弯"婚姻。关于"五连环"婚姻，没人能说清楚，只有她王桂花知道。在这五户中，会有一两个较弱的男人，也有可能有一两个较弱的女人，男人弱，家庭条件略微要好一点，女人弱，所找的男人再弱一点，就像一汪水里的鱼，不论大小，不论好坏，只要上了市，就会全部卖光，这就要看"卖鱼的人"。在"保媒"中，就看你这个媒人怎么做。

王桂花的"保媒"生涯中，说成了十六七个"五连环"，这是她最引以为豪的事情。

王桂花一边招呼姑娘们进屋，一边向锅屋走来吆喝："上茶，上茶，快快给我上红糖茶来。"

柳兰一听媒人叫上红糖茶，赶紧从锅夹洞里掏出一只青瓷坛来，这个青瓷坛是什么时候有的，里面放着什么，章超从没见过，章梅更没看到过。

章梅上去摸了一下青瓷坛，问："这里装什么呀？"

柳兰触电一样推了一下女儿，说："红糖，还是生你时，你爸收着的。"

柳兰一手提着竹篾外壳水壶，一手托着青瓷坛。

到了堂屋，藤柳椅子里坐着3个女孩。

王桂花笑笑，望着中间的那个说："柳三娘呀，这个就叫王三姐，跟你家章喜般配吧！"

王三姐从椅子上爬起来，柳兰故意走到她跟前，拽拽她的手，说："这孩子，才多大呀？"

王桂花听出了门道，因为这女孩比柳兰矮了一个头，柳兰也就中等个头，这女孩还没有读三年级的女儿章梅高呢。

躲在左侧房间里的章祐和章喜顺着笆帐往外偷看，这王三姐脸不丑，有模有样，就是个头太矮了，比锅台高一个头吧！

章祐心想，儿子能看得上吗？但我们这样贫穷人家，能找着女人过日子就不错了。

章祐看看儿子的动静，偷偷地向章喜的脸上看去。这不看便罢了，一看方知，不好，出事了，儿子脸色灰白，满头大汗，这才春天，怎么像是夏天。

章祐憋着气，章喜坑着头。

只听厅堂里，柳兰说："这孩子找婆家是不是早了点？"

媒人王桂花答非所问地说："王三姐，要不要让章喜见你一下。"

王三姐红着脸，摇了摇头，说："这房子也太破了吧，兄弟姊妹三个，就住这点破房子，将来日子怎么过呀？"

王桂花抢嘴说："人家是手艺人家，肥肉都埋在碗底了。"

边上两个陪看的女孩，也都抬头望了望漏亮的屋顶。

一个说："他家有手艺，院子里放着那么多椅子、席子，家底子还是厚实的，就是房子还没来得及翻盖吧！"

另一个说："农村人家都差不多，哪家好呀？有的人家外表好看，内里枯，有的人家外面不中看，家底厚，我看这家就不孬。"

王桂花说："让章喜来看看吧！"

王三姐低着头，没有吱声。

静了半袋烟功夫，柳兰站着倚在门上，章超带着妹妹章梅蹲在锅屋，屋里屋外一片寂静。

正在一片寂静中，章喜满脸通红地跳了出来，也不看王三姐，直接面对王桂花说："我们家的确穷，也不是你说的有什么肥肉埋在碗底了，十年内也翻盖不起房子。我们穷，我们认命了，不好意思，你们可以走了。"

王桂花急得满脸火辣，指指锅屋说："不是说好在你家吃晚饭的吗？"

章祐也走了过来，说："准备了，事情不成人情在，吃了晚饭再走吧！"

柳兰心想，这饭吃了也没什么情趣。

王桂花望着章祐笑笑说："那就快去准备呀！"

章喜冷着脸对父亲说："吃什么吃？穷到这个样子，还吃它干吗？省着留盖屋了，你们走吧！"

王三姐坐不住了，红着脸，低着头，走出了门，一见王三姐走了，那两个陪看的女孩也走了。

王桂花气愤地望着远去的三个女孩背影叫道："没出息的东西！"追着三个女孩，消失在一片晚霞里。

我们也要盖瓦房

秋天，又有媒人登门，这个媒人不是专业说媒的媒婆，而是家里的一位表姐。

午后，阴雨不停地下着。表姐披着一只尿素口袋，走进家门。全家人正在编藤椅。表姐不拘小节，坐到一张刚编好的藤椅里，微笑着说："这个手艺真是好。"

章祐说："这孩子，怎么不赶晌饭前来的？"

表姐笑笑说："雨天没事，早早就吃了中饭。"

柳兰也笑笑问："雨天不在家歇着，衣服跑湿了吧？"

"我来找表弟。"

章喜笑笑说："表姐一定有事，不是又给我送鞋垫子的吧！"

表姐哈哈大笑，说："几年前的事，你还记着呀！"

章喜说："滴水之恩当涌泉相报，等我发财了，请你去饭店吃一顿。"

表姐说，"今天来，是想给表弟介绍对象的。"

柳兰笑笑说："这敢情好，真是亲不过嫡，还是自家孩子，知道关心。"

章祐笑笑说："男大当婚，女大当嫁，有人说亲是好事呀！"

章喜望表姐笑。

表姐问："你笑什么？你找对象要什么样的条件呀？"

没等章喜说话，章祐却说："什么条件呀？我们有什么条件呀？有什么理由向人家提条件呀？"

柳兰听不下去了，手指章祐问："你瞎倒什么死气？我儿子是臭狗屎吗？怎么就不能提条件啦？我儿子高高大大门前站，不穿衣服都好看，我儿子高中毕业，知识分子，头脑比他村长都灵光，做什么像什么，凭什么就不能提条件？"

章祐连连赔不是："老婆大人息怒，老婆大人息怒，怎么一句话把你驴脾气给惹出来了？"

表姐笑笑说："自家人，怎么说都行，没有事。"

章喜笑笑说："大大妈妈就喜欢吵，每天都要吵几句，像一天三顿饭，不吵就吃不下饭。"

柳兰气愤地说："你听他说过几句周正话，放过几次香屁的？"

表姐笑笑说："算了。章喜，过两天，你去我家，我先把姑娘指给你看看。都什么时代了，父母亲还参与儿子找媳妇。"

柳兰点点头说："就是。"

大约过了一个星期，章梅从学校回家，问母亲："大哥对象谈成没？"

柳兰笑笑说："你这孩子，才多大呀，就问大人事。你只顾把学习成绩考好，你看看你大哥，高考就差两分，现在找对象都困难，要是考上大学，姑娘还不踢破门槛呀。"

"你一说就是学习，二哥怎么说的？"

"你二哥，身体不好，学有什么用？哎，将来呀，这一家就指望你了。"

"二哥再有半年就高考了，听二哥说一点希望都没有！"

"为什么？"

"二哥不走时，人家城里都有高三，我们乡下中学只有高二，高二高三一起参加高考，拿什么跟人家去比呀？"

"怎么会是这样呢？看来以前那个算命先生说的全是假话。"

"算命能当大学念呀？相信这些东西。"

柳兰让女儿章梅提醒了，找来了大儿子章喜。

"你表姐不是给你介绍对象嘛，下午去看看。"

章喜笑笑说："下午就去，正好给她带一只藤筐，她喜欢这个。"

柳兰点点头。

两家仅隔两条庄子，前三条庄子大部分姓章，后面几条庄子大部分姓唐，表姐家姓唐。

表姐年前刚嫁进唐家，唐家有三间土瓦结构房子，表姐看重的就是这三间瓦房。

表姐看到章喜，高兴地请他进屋，倒了一杯水，加了点红糖，说："你第一次来我家，也算是稀客。"

章喜喝着甜甜的糖水，笑笑问："姐夫呢？"

"你姐夫打工去了，再不去苦钱，日子都过不下去了。"

"你们家条件这样好，住大瓦房，还嫌条件差呀！"

"你哪里知道，这就叫外面光，盖这三间屋，木料、瓦都是赊人家的账，还有人工费，七七八八一算起来，差人家上千块。这地虽分到户了，又不能长出金子银子，就是口粮略微宽裕一点，再不出去苦点钱，马上有孩子了，怎么养活。"表姐摸了摸自己挺着的肚皮，笑着说。

章喜叹口气，说："家家都一样，要么破得不能睁眼，要么外面光，欠一屁股债。"

表姐笑笑说："不假。破破烂烂，人家看不上，外面光，一屁股债，自己吃苦找罪受。"

姐弟俩不约而同哈哈大笑起来。

侃了一会，话题磨正了，表姐摇摇头说："就说你吧，高中生，全大队有几个？没几个。论人才，标致得很。就是因为房子没盖，家里负担重嘛，弟弟、妹妹都还念书，底子空，可就这，人家看不上呀，我跟家里堂姊妹说了，女孩高高兴兴，可父母不同意。"

章喜一听，不用再提了。

表姐又说："你们小章庄才有意思呢。"

"怎么有意思呢？"

"几家表舅听我说给你介绍对象，他们耳朵真是尖，个个摇头，尤其是你那大爷、二大爷家，主要就是你的大娘、二大娘，没说一句好话，有的说你家穷得快卖血吃饭了，有的说你妈口恶像恶狼，到处咬人……"

章喜的脸涨得通红，指指表姐说："不要说了，我们家穷，我们家不好，亲也就不要说了……"章喜一边怒气冲冲地说，一边大步走出表姐家，至此之后，这辈子再也没有跨进表姐的家门。

章喜回家后，拿着脸盆去了汪塘边，舀起一盆清水，将头插进了水里，真凉爽，头插在水里足有一袋烟工夫，他拎着脸盆回到家。

章祐跟柳兰在田里锄山芋地杂草刚回来，一见儿子的脸色不好看。柳兰心想，对象没戏唱了，也没敢问。

章祐拿起了藤条，编织着一只没完工的藤柳椅。章喜也坐了下来，配合父亲，一个穿条，一个抽条。

章祐说："缘分没到，不急。"

柳兰一听章祐说话，从外边走了进来，也坐到章喜边上理藤条、递藤条。

柳兰笑笑说："我们不愁，生产队有好几家是花钱买女人，还有的换亲，'三拐弯'换亲，我们比起他们家，不是高强一点。"

章喜笑笑，说："妈妈，你的标准也太低了吧？"

章祐冷着脸望望柳兰说："就喜欢瞎嚼，我们是什么人家？那些又是什么人家？说话就不能想着说？谁跟你抢的？"

柳兰眼一翻，撂下手里藤条，将两手交叉，放在双膝上，责问章祐："你这个东西就是一个狗不吃的撂货，人家能盖三间瓦房给儿子，你怎么啦？装什么怂？没有本事，还说话跟刀子一样！"

章祐将牙齿咬得咯咯响，气愤地将一根藤条拽断了，吼道："人家看不中我们家，除了穷，关键还有一条，那就是你口恶，口恶跟狗一样，到处咬人。"

柳兰正准备开口，被章喜挡了回去，章喜说："穷食争，饿食吵，一点不假。光是争呀吵呀，能解决什么问题？越争越乱，越吵越穷！"

章祐和柳兰一听儿子说这话，的确在理，就各自做着手里的事。屋子里只能听到穿藤条的声音。

章喜见父母心情都很沉重的样子，便开口说话："我们也要盖瓦房！"

章祐跟柳兰一听，几乎同时问："怎么盖？"

章喜冷冷地说："自己盖。"

章祐放下了手中的活，将两手习惯地在一起拍了拍，笑笑说，"哪能这样简单！"

柳兰叹口气，说："日子刚刚有点起色，口粮将就够吃了，起房盖屋也不是一钱两钱的事。"

章喜又说："我们不盖土墙瓦苫。"

章祐惊讶地问："那盖什么房子呢？"

章喜果断地说："我要盖砖瓦房。"

柳兰的声音像是变了，惊讶地问："砖瓦房？砖瓦房是我们这些人家盖的吗？儿子呀，千万别把这话说出去呀。"

章祐叹口气，说："我们有多大碗，就吃多少饭，千万不要说过头话，出过头力。"

章喜笑笑说："我们不说过头话，不出过头力，我们的碗里就能装得下砖瓦房。"

秋深了，天凉了，树叶大把大把地飘落在苏北平原上。成熟的玉米棒金黄金黄地挂满了章家的几间破旧土墙。

章祐家门前的晒场上堆满了从一里开外砂古岭运回来的黑砂，黑砂像小山一样威武。章祐和柳兰正在配合着儿子章喜搞预制砖生产。

"不行，这黑砂里泥土多，结构会很差，不结实。"

"怎么办？筛！用细筛子过筛，将泥土筛掉。"

"所有黑砂都要过筛吗？"

"对！不仅要过筛，筛过还要用水淘，把黑砂表面上的泥土灰尘全洗掉，这样黑砂才能充当黄砂。"

章祐说："我没见哪里建房黄砂要用水洗呀。"

章喜说："黄砂有角，有些灰尘，不影响与水泥结构，黑砂是圆的，没有角，与水泥不易结构。"

柳兰冷着脸说："儿子呀，你不如先试验一下，不要黑砂全筛了，洗了，堆了一大堆，钱花了，时间浪费了，还弄不出预制砖。这生产队社员的牙都能耕地的。"

章祐连连说："对的，对的，你妈说是对的。"

第一次试验，是在一个月光如银的晚上进行的。十个模板，大约在月亮下去前就完成了。

章祐问："模板什么时候能拆除？"

章喜说："从明天开始，早晚浇一遍透水，三天后拆模板。"

等到第三天拆掉了模板，十块中完好的只有四块，三块有掉角掉边，还有三块散成了一堆碎碴。

柳兰踢了一脚碎碴，说："看来不管用。"

章祐将完好的预制砖倒翻一下，碎了。他叹口气说："白费劲。"

章喜一句话也没说。第二天，坐车去了县城，跑去了县建筑公司，想找本书看，结果不认识人，也没借到这方面书。他就在县城里转悠找建筑工地，结果在县中看到了正在建房的工地，他走了过去，一边拾砖装做工人，一边看人家是怎么搅拌混凝土的。

回家后，章喜问父亲："我们附近有小窑场吗？"

"找窑场干吗？"

"我想找炭渣。"

"找炭渣干吗？"

"替代石子。"

章喜接着说："混凝土里有水泥、黄砂、石子，我们买不起黄砂，用黑砂代替，买不起石子，用炭渣代替。"

章祐问："能行吗？"

章喜摇摇头，说："不一定。"

章祐和柳兰带着章喜不分白天黑夜开始拖炭渣，开始在本村小窑场要了十几车，拖完了，要去邻村拖。母亲就说："先试试，用这炭渣再看看。"

章祐附和说："对，这样当然好。"

章喜冷着脸，说："炭渣也要过筛，我看了，里面泥土太多。"

他们连夜将拖回的炭渣进行过筛，炭渣过筛弄得乌烟瘴气，整个村庄上都弥漫着黑色的烟雾，还遭到左右邻居的责骂。

章喜见邻居不友好，对父母亲说："算了，白天预制大砖，晚上过筛吧！"

很快，又一批预制大砖，十个模板，在一个下午就完成了。

章喜笑笑说："大呀，这次这个大砖，十天以后，我让你以一人高往下摔，保证连一个碴儿都不掉。"

柳兰笑笑说："喜儿做事，妈看中。"

章祐也跟着说："我就看中儿子做事，有板有眼。"

第二天开始，早晚各浇一次透水。等到第三天拆了模板，大砖有模有样，不掉角不掉边，连一点儿碎碴儿都没有。

柳兰笑笑，诡秘地说："不要吱声，一吱声，马上就有人红眼。一红眼砂古岭黑砂马上就抢光了，窑场里的炭渣就要不到了。"

章祐也笑笑说："奶奶的，想不到，我们能自制大砖建房，老子要喝老酒庆贺一下。"

章喜冷静地说："我们要迅速停下来，趁夜把大砖搬去院子里保养，从明天开始备料，把黑砂和炭渣备足了再制砖。"

章祐一边喝酒，一边对全家说："一年之计在于春，一日之计在于晨。阳春三月你不苦，十冬腊月把嘴咕。人勤地不懒，薄地能高产。"

柳兰撇撇嘴说："油嘴不能当饭吃。"

章喜笑笑说："大大说的都有道理。老人说过，要想富，五更离床铺。"

全家哈哈大笑起来。

当第一场初雪飘飘洒洒，覆盖着苏北平原时，章祐家门前却耸立着一座银装素裹的"砖山"，高大雄伟，整个小章庄上的人都看着眼红。这些预制砖不仅解决了建房的硬材料，还可以拉院墙、建锅房，足够一个阔大的四合院。剩下需要准备的就是建设用的木料和木料上用的柴笆。

下雪天，正好打柴笆。

章祐跟柳兰将大捆大捆的湖柴往院中扛。

章喜却拦住了去路，说："大啊，柴笆盖房子早落后了。"

章祐气喘着说："没有柴笆，怎么苫瓦？"

柳兰也疑惑地问，"以前就是柴把子，我们用柴笆还是先进的呢。"

章喜笑笑说，"柴笆会漏泥，漏泥就会生虫，那屋顶上经常会掉小虫下来。"

章祐将一捆湖柴放了下来，问："你说怎么办？"

章喜笑笑说："柴席做硬料，柴席下面用青竹铺排，青竹上面用柴席，这样平整、好看。"

"哎呀，我的亲妈呀，这柴席放床上叫柴席，还没听说用在屋顶上，这可是第一次听说。"

"像草鱼汤一样新鲜。"

"那么大屋顶，要多少柴席呀？"

章喜笑笑说："明年春天开工建房，利用这一冬天打席，不到开春，就够了。"

全家一起动手，就连章超放假了也参加编席。晚上既累又困，怎么办？

章喜对妹妹章梅说："你不是喜欢讲故事吗？给我们讲呀，你讲我们听，我们用耳朵听，用手去编席，两下不耽误。"

章梅笑笑，做在编席场地边上，正准备说书，章喜笑笑说："人家说书是要锣鼓家伙一起上的。"

章梅说："我们没有呀。"

章喜从锅屋拿来一只瓷盆，又从西房间拿出一只新笆斗，朝章梅边上一放，说："笆斗当鼓，瓷盆当锣，剩下就看你说书的味道正不正。"

全家人都笑了，章梅将一根小柳棍朝瓷盆底上一敲：

"今天，我给客官来一段古典名著《桃花扇》。话说今年乃是大清康熙二十三年甲子岁，离崇祯皇帝吊死的甲申那年，不知不觉已经过去了四十年。大明的遗老遗少们，除了那些老死的、归隐山林的之外，大都感情麻木，随遇而安了。老百姓更是无力反抗，便老老实实作了顺民。还有那些既未老也未死，又不曾归隐山林的士子们，仍然按照前朝的惯例，纷纷出来应考、中举、做官，一切仍然是老样子。正是只要有衣穿、有饭吃、有官做，大家也就不管他什么异族不异族、气节不气节了。历经沧桑的南京城，曾经蒙受过亡国的耻辱，也曾经遭到残酷的杀戮。六朝时的繁华，几乎已经被摧毁殆尽，只留下些断壁残垣和令人心碎的耻辱。然而，经过这说长不长、说短不短的四十年，战乱平息，明君当国，人人安居乐业，年年五谷丰登。一度被毁的南京城，也从废墟上重新建设起更胜当年的繁荣。你看，楼阁比以前建造的更华丽，街道比以前修筑的更宽广，街道两旁的商号店铺，鳞次栉比，一家紧挨一家。三百六十行，应有尽有。市面热闹了，必须会带动专门供人们享乐消遣的娱乐业畸形繁荣。于是，那些歌台舞榭、秦楼楚馆都纷纷开张营业，伺候着一班腰缠万贯的大爷们前来吃喝玩乐，醉生梦死。一切景象，仿佛都已恢复了六朝古都那种纸醉金迷的本色，人们也似乎已经将亡国的旧恨一笔抹消了。"

只听章梅将柳棍在笆斗上那么狠劲一敲，全家人吓得一大跳。

柳兰忙问："怎么回事？"

章祐笑笑说："人家这是说书，锣鼓要配合着。"

章喜笑笑说："小妹，不错不错，讲得很好，但有点像背书，不像是说书。"

章超一边帮着理柴篾，一边问："小妹，你在哪里看到《桃花扇》这本书？"

章梅得意地说："学校呀，学校图书室里的书撂得满地都是，有的都撕烂了。有一天我去想找书看，一看只有《桃花扇》这一本有封面，我就拿来看，好玩呢。"

章超有些严肃地说："你还小呢，这些书要少看，多看看念的书本吧！"

章祐不懂儿子说的是什么意思，但知道章超是为妹妹的好，就附和着说："不假，你二哥说的不假。学生嘛，把书本学好了，这些书就不再看了。"

章喜笑笑说："老二马上高考了，从明晚开始，你就安心学习吧，也不少你一个人。"

柳兰也笑笑说："不假。学生要以学习为主，做活的日子长着呢，以后有的是时间。"

有事忙活的日子过得就是快。一个冬天里，村庄上到处是看麻将、推牌九、掷骰子的场子，男女老幼，有钱的前场，没钱的后场（看二层），赢钱的高兴，全家大吃大喝，输钱的垂头丧气，聚家吵闹，特别是外出打工，赚了血汗钱都输光的那些人家。

章祐家不同，没到春节，建三间砖房的柴席、硬料就完工了，还编织了上百张藤椅，一百多条大小柴席，这样第二年春天才能开工建房。

忙年

春节到了，村庄笼罩在一片喜庆中，家家贴春联、买年货。章祐家也一样，但章祐家过的是忙年，其他人家过的是闲年。

章祐在祭灶那天中午决定："一年到头忙得全家都不知今几明几了，从明天开始，所有活计全部放下来，就准备着忙年。"

柳兰里里外外准备着买年货。

章喜去了一趟集市，平板车上放四把藤柳椅，去了农副产品市场，四把椅子不到一顿饭工夫就卖完了。章喜就将平板车放在粮站的墙角边，将车轮上了锁，去市场走走，一看街面上到处是卖门联门楣的吆喝声，一问，门联两毛一对，门楣五毛一副（五张为一副）。

章喜在心中算了一下，红纸才两毛钱一张，一张大红纸可以裁两对门联。也就是说，红纸买回来裁了写，写了去卖，可以赚一倍的钱，春节前天天都有集市，为什么不买点红纸去家写门联卖呢！这种生意一年只能做这几天呀。

章喜又想，这个红纸门楣，那么大一点，巴掌大的一张小红纸就能卖一毛钱，这不就是多费点工夫吗？工夫值几个钱？如果这些工夫拿去掷骰赌钱，弄不好输了钱，费了工夫还贴了本钱。父亲说过，赚钱比吃屎还难，何必浪费年前这点时间呢？

章喜去了供销社，一下就买了两刀，两百张大红纸和粉红纸。

村庄上人见章喜的平板车上放着那么多红纸，赶集的人就问：

"章喜呀，要娶媳妇呀？"

"这么多红纸，你家那几间破屋子恐怕糊几层都够。"

"听讲章祐家这个儿子不得了，自己生产预制砖，准备盖砖瓦房屋，了不得呀！"

"你还不知道了，章祐这儿子心灵手巧到什么程度。人家藤柳厂几十号人做的事，他一人就能做，在家长年编藤柳椅。"

"任何朝代，饿不死手艺人。"

章喜听着，走着，想着。两刀两百张红纸，一张能赚两毛钱，十张两块钱，一百张二十块钱，两百张，可以赚它四十块钱，有这四十块钱，过年不就好样的了，买它十斤猪肉，二斤牛肉，四瓶老酒，给父亲再买一条飞马香烟，全有了。

章喜把脑筋用在巧活上，笨活重活让家里其他人去做。

章喜研究出门楣的新做法，那就是两条：第一条不要太复杂，第二条内容要"新"。至于像以前传统的"鲤鱼跳龙门""恭喜发财""招财进宝"，这些东西复杂而陈旧。为了省时省事，刻出来的红纸门楣不会被撕坏，那就用花纹组合中间加一"福"字，谁家不想幸福？农家人盼的不就是全家有福吗？

生产门楣有专门的印刷厂，他们有雕刻模板。章喜心想，模板太厚不好用，就用厚塑料纸代替，在厚塑料纸上的花纹想怎么画就怎么画，只要好动刀雕刻就行。

就这样，章祐家不分白天黑夜地在"叮咚叮咚"地敲打雕刻门楣。

章喜自己一边指挥父母雕刻门楣，一边自己裁红纸写门联。别的卖门联的都买了专门写门联的小本本，而章喜写的门联全是自己创作。

习惯上用的春联都是套话，上联都是上一年怎么，下一联就是这一年怎么。而章喜的对联都是新的，比如："大包干一声巨雷，农民家欢快过年""农民自由种着自己田，外出打工赚钱娶媳妇""家家都做新地主，新旧社会两重天""勤劳春来早，懒汉无四季""忙好忙坏自己知,年底看着口袋里""学点手艺四季忙,赌钱输掉妻儿小"……

当时,章喜的门联摆在市场上,并没有人看好,因为好多印刷厂的门联又大,字又好看、工整,纸张又厚实。

章喜一边摆着门联门楣,一边给围观赶集的人介绍每副对联的意思。终于有一个中年男子掏腰包买门联了,他说:"你这门联跟别的人不同,别人的都是几十年一个面孔,都是什么辞龙虎、换桃符的陈词滥调,而你的,虽然是毛笔写的,不是印刷的,但内容好,对孩子有教育意义,特别是劝孩子勤劳致富,不要赌博,这些都有真正的好处。"

中年人指指一大片放着的门联说:"给我包六门,门楣也配上……"

章喜高兴呀,一开张就是六门六副,第一笔生意就是四块二,章喜想收四块,第一笔开张生意给点好看。可中年人说:"你不要让我一分钱,我不在乎你两毛钱,我在乎你写的内容,我不仅要贴在门上,我还要在三十晚上让孩子们都把这六副对联给我背下来,还要逐一解释出来,这样大年过的才有意义。"

听中年人如此一喧嚷,赶集的人们潮水般围拢过来。

章喜对父亲说:"快,把所有门联铺开,将门楣摆开。"

章祐一见那么多人要买对联和门楣,却慌了手脚,连连说:"一个一个来,不急,都有。"

章喜站到平板车上,一边收钱,一边将对联递给顾客。

最后,准备留下自家贴的对联和门楣都卖光了。

章祐望章喜笑笑说:"乖乖,看来,木匠家里没板凳,铁匠家里没菜刀,这话不假。"

章喜笑笑,说:"大啊,我去供销社买红纸,晚上再加一班,明后天再来赶集呦。"

就这样,章祐家一直忙到腊月二十九,柳兰负责赶集买菜,章祐和儿子章喜负责赶集卖对联卖门楣。春节前几集,竟然赚了一百多块,过了一个肥突突的大年。

三十那天,全家人都换了新衣服,屋里屋外清扫得干干净净,前几天的一场雪还没有化尽,残雪全部推到晒场上。

今年，章祐买了三挂大鞭，一千头的。柳兰撇撇嘴，说："你就是一个烧包筒子，有二分钱就能开染坊的东西，有这三挂大鞭，带儿媳都够了。"

三十中午，章祐点了一个千头大鞭。

吃中饭时，章祐端起了酒杯，说："今年过个肥年。"接着望着章超、章梅说："你大哥，争气，我们能抬起头来，就指望你们三个，喜儿带个好头。超儿，我看你从放假就卧在屋里，我们也没敢叫你，还有几个月就拿鱼了，我希望你要用心。"

柳兰冷冷地说："过年，就是好好过年，鬼倒什么气？平时怎不管的？"

章喜笑笑说："大啊，我们喝一杯，什么都慢慢来。弟弟不错，整天在用功，妹妹也不错，我看她作业也很在心，只要努力就行。"

柳兰笑笑，说："你看看儿子，都比你高强，一啰唆就是一笆斗，吃饭。"

章祐不听劝告，一边喝酒，一边装作醉酒的样子，说："超儿，听着，你大哥既是你眼罩子，也是你榜样。眼罩子，就是，考不上大学，回到农村，吃苦受罪，说女人还要给人挑面花，说我们屋子漏亮，说你妈跟恶狗一样口恶……"

章喜叹口气，放下筷子。

柳兰将筷子狠劲朝桌子上一摔，问："这大过年的，还让不让吃饭了？酒、茅尿，就不要喝了。"柳兰将章祐的酒杯酒壶拿走了，放在条几上，接着说："过年就好好过，年后什么话不好说？"

章喜笑笑说："大啊，你给我们讲讲故事吧。"

章祐望望条几上的酒壶，又望望三个孩子。

章喜爬了起来，取回了酒壶，望母亲笑笑，说："大年跟前，大也一年苦到头，多喝两杯没事的。"

章祐笑笑，又端起了酒杯，一边喝，一边说："我给你们讲个'十年河东转河西'的故事吧。"

全家都边吃边听，章祐讲了千百年来传说的"十年河东转河西，莫嫌穷人穿破衣"的来历。

柳兰轻轻地咳了一声说："我看你倒像那个河东。"

全家人哈哈大笑，章祐也不气恼，反问几个孩子："你们说说，你们要做什么样的人？"

几个孩子你一言，我一语，把个河东河西都说乱掉了。

木瓦两行

大年很快过完了。村庄上又恢复了往日的繁忙景象，外出打工的人们又背起行囊挤在汽车站的候车室。

春耕春种已经开始，也正是建房的好时机，章祐说："准备建房。"

柳兰也同意："再不建房，今年夏天房子难过雨季。"又说，"再不建，儿媳真难找。"

章喜望望父亲，又望望母亲，摇了摇头，说："盖屋的木料还没有，更重要的是，二弟今年参加高考了，还有几个月，这个时候建房，会影响他学习。"

章祐笑笑说："他学他的，我们建我们的，不要他烦一点神，有什么影响不影响的？"

柳兰叹口气，说："有道理。"

章喜说："大大妈妈，农活你们能承担得了吧？"

"怎么？你问这干吗？"

"分到手的地也就七八亩，我们有平板车，有犁有肥，有耕牛，种这几亩田地，那不是消停事嘛。"

"你要干吗？"

章喜说："我想出去学瓦匠。"

章祐惊讶地说："学瓦匠？那是个苦差事，你学那么多手艺干吗？"

柳兰冷冷地说："家里刚有点小起色，你又要出去。"

章喜笑笑说："我不但要学瓦匠，我还想学木匠，木瓦匠一起学。"

章祐夫妻俩拗不过儿子，章喜去拜师学手艺去了，他一去就是省城。

章喜的身量适合做木匠，但不适合做瓦匠，中等偏瘦身材，头脑灵活，但体力一般。

初到省城，章喜跟着家里一个堂叔，堂叔比章喜只大两岁，但他早出道几年，并在省城有亲戚。听说是他姐夫在省机关，是当年下放在章庄的知识青年。这样，省城有个熟人，对于乡下一个打工的人，会有很多便利。

堂叔由于早学两年，开始是负责拎灰、摔砖的小徒工，现在已经能放线上墙砌砖了，这样就晋升成大工了。大工是可以带徒弟的。

堂叔便是章喜的师傅，章喜就负责给堂叔和灰、拎灰、递砖，打下手，这样干了两三个月。有一天堂叔病了，少一砌墙大工，包工头问章喜："你能习练着砌墙吗？"

章喜笑笑说："我能。"

谁知章喜一上墙，让包工头大惊失色，不带线，抹灰砌墙，又直又平，一点儿也不糟蹋砂灰，到了晚上，现场连一块断砖都没有。真正达到了砌墙最高标准"光、平、直"。

包工头心想，这哪里是大工呀，比那些上墙六七年的分包头子都高强。

在休息时，章喜还去木工房，看师傅们是怎么搭配木料做脚手架的。在安装脚手架时，他帮师傅们扛木料、递工具，后来，自己砌山墙总是比别人快，他就与木工师傅商量，让他配脚手架，他自配的脚手架结实，绳索捆绑的又密。这样脚手架不仅能站人，更重要的是能放更多的砖头和灰桶，就避免了小工打砖送灰耽误时间而误自己砌墙的功夫，提高了效益。

包工头决定，章喜做砌墙组组长，带一组专门砌山墙。章喜的堂叔病愈后，一见这样，心里嘀咕，才几天时间，他章喜凭什么就能做组长了，自己还是他的组员。

堂叔找到了包工头，问："我是章喜师傅，几天前他给我打砖拎灰，怎么转眼几天，他就变成我组长了？"

包工头问："你砌墙比他快？还是抹灰比他平？"

堂叔不假思索地说："我什么都比他高强。"

包工头笑笑说："我不养闲人，谁给我干活快，活干得好，我就用谁，就给谁开高工资。"

堂叔冷笑笑说："我不反对你让章喜做大工，但，这砌墙组组长，起码得让我做吧！"

包工头问："凭什么？"

堂叔又冷笑笑说："凭什么？凭我是他师傅，凭我是他叔，他还是我带出来的呢！"

包工头对边上的监理说："这样吧，下午用两个山墙，各打三百块黄砖，给他们一小时时间，看谁砌得好，看谁的'平、光、直'最好。"

中午，瓦工们吃了午饭，给半小时休息，一点钟正式上墙干活。

两个山墙分别由两名监工负责，房子宽五米，章喜站在朝北方向，堂叔站在朝南方向，二人面对面，中间就隔五米距离。砖全打在脚手架上，拎灰小工也是重新挑选的。其中一名监工与另一名监工耳语了几句，就喊道："开始！"

堂叔一边斜着眼在吊线，一边喊小工"拎灰"。

章喜上脚手架时自己带上去一桶灰，一听"开始"，右手握瓦刀，左手拣砖，不要吊线，一块一块地向砖上抹灰，然后轻松再放到墙上，等到堂叔要第二桶灰时，章喜的砖已经拾上墙一半，等到章喜的三百块砖全上墙时，堂叔的砖才上墙一半，只听监工高喊："停止。"

监工用砂板在堂叔和章喜的毛墙上分别划亮了几下。

监工喊："老章（堂叔），进度五分，抹灰七分，砌墙五分，平整度六分，直线度七分，总分三十分。"

"小章（章喜），进度十分，抹灰九分，砌墙九分，平整度十分，直线度十分，总分四十八分。"

包工头走了过来，监工向他报告："老章三十分，小章四十八分。"

包工头笑笑说："砌墙总共五十分，小章得了四十八分，基本满分。你老章师傅，得了三十分，基本及格，还不服气。你对自家侄儿都这样不服气，你对其他人呢？"

章喜低着头，红着脸站在墙边。

堂叔高昂着头，撇了撇嘴，对包工头说："上厕所都讲究个先来后到的，你让我在他（章喜）手下怎么做事？"

包工头又笑笑说："章喜做砌墙组长，待遇和监工一样。你老章去搬运组，先做个副组长，看你表现？"

堂叔挠了挠头皮，说："我是瓦匠，怎么能去搬运组呢？"

包工头说："你要还想做瓦工，就得在章喜手下。他是组长，你是组员，他享受监工待遇，你是多劳多得，不劳不得。"

堂叔冷笑笑说："我要不服呢？"

包工头又笑笑说："不服可以，工地有的是。你在南京又有熟人，再找一家，也许还能做个组长。"

包工头这样对待堂叔，让章喜没法立足，堂叔三天两头给章喜穿小鞋。

"你章喜翅膀硬了吧。"

"我看你是有意出老子洋相，这下好了吧，所有风头都让你给占了。"

"这下你是老子师傅了，你也去家做你大师傅呀！"

章喜受不了堂叔这些不酸不咸的话，小满那天夜里，他收拾好了行李，向值班的副总请了假："老家收麦子了，家中没有劳力，收完麦子就回来。"

章超

章超参加了全国高考。这是农村最后一届高二毕业生参加全国高考，而县城里是高三的学生才参加，这就注定了农村高中学生的命运。

当年高考录取率为百分之七，而章超所在的学校，应届生除了考上三个中专生以外，其他全部落榜。

面对高考落榜，章家的命运又走到了十字路口。

章喜说："弟弟必须复读，去县城复读，我来找关系，我中学时老师马汶蛟现在是洋河中学校长了，我去找他。"

章祐冷冷地说："这得看他自己，我看他整天阴死阳活的，就打高考过后，像丢了魂儿一样。"

柳兰叹口气："一人一个命，你章家历朝历代就没出过什么秀才一类读书人，到这一代就变啦？"

章祐指指柳兰说："妇道人家，头发长，见识短，这是什么世道呀？是乾隆还是光绪呀？"

柳兰也不服气说："你要是皇帝，你就让他继位，没人拦着，可你不是，你是浑身臭味的农民，你让他变成吃皇粮的人，我看他还不一定能承受得起呢？"

"那你是什么想法？"

"做农民呀，耕地、打场、收粮、娶妻、生子，过日子……"

"没出息的东西。"

"你有出息，能看出来，天上能掉下来一只乌纱帽，正好卡在你头上，不大不小，还是个县官，你做梦去吧！"

柳兰一边说，一边拎起粪箕去田间拔草去了。

章喜见吵了一会，没有结果，跑去庄子上找章超。章超在沙古岭的一棵柳树下睡着了。

"老二呀，你有什么打算？"

"没打算。"

"那就去复习再考呀。"

"我觉得复习高考也没什么把握，基础太差了，特别是英语，三十分的卷子才得六分，光这一门就没法撵上去。"

"我去找马汶蛟校长，只要你同意去复习。"

"反正我没有把握。"

"关键是你落榜回家又能干什么呢？"

"我可以跟你学习木工、瓦工、柳编、柴编……"

"老二呀，你没出去过。我告诉你，马上这手艺就不值钱了，邓小平在全国科学大会上有一句话，叫科学技术是第一生产力。这科学技术是什么？它的基础就是知识，要想改变自己的命运、家庭的命运，不学知识肯定不行。"

"那复习要是考不上怎么办呢？"

"考不上也没关系，可以再复习，有的人复习了四五年，再反过来讲，复习考不上，你毕竟掌握了更多知识嘛！"

章喜见弟弟还是有回校复习的意图，就主动去了学校，将弟弟复读的费用给交了，一共交了二百七十块，这可是章喜学瓦工木工的全部收入。

快开学了，农村信用社从应届初高中生中招录部分信贷员，信贷员的任务是为农村信用社吸储和发放贷款。

但是，这信贷员不是谁想做就能做上的，不仅要笔试，还要门里有人。就是信用社里要有人为你作介绍人，其实就是担保人。因为信用社要将吸储和放贷的事情交给你，这些都是与钱打交道的事。当时，外地早有信贷员携款外逃的事情发生，所以，信用社有规定，凡是报考信贷员的必须找到内部人作介绍人。

夏日的苏北大地，阳光炽热，雨多。人的心情随这天气狂躁不安。章超不想去复习，因为他对复习高考一点儿把握都没有。

一天午后，雨像瓢泼一样，下得破旧茅草屋里没有一点儿干燥的地方。

章祐问："二子呀，真不想复习了？考信贷员，你能有多大把握？"

柳兰说："考什么信贷员呀，门都没有，那些都是烧过高香，门里有人做的事。你就安安稳稳在家待着，有事帮着做事，没事看看书，你大哥都帮你交了学费。"

章喜冷冷地说："这倒没什么。如果要是真考上信贷员，那倒也是一件好事。学费学校还没开学，可以退，正好考信贷员在前，开学在后。"

章祐说："二子考试，你有把握吗？"

章超说："考试不怕。"

章祐笑笑说："还要找内里介绍人。"

柳兰说："找哪个？"

章祐笑笑说："你那个堂姊妹婿退伍后不是在里面放贷款吗？"

章喜笑笑说："对呀，那个堂三姨父，妈妈，你就去碰碰运气嘛！"

"我不想去给人家抹一脸灰，你三姨小时候跟我在一起，那是小孩时候，现在，人家是公家人，吃皇粮的，我们算什么东西？"

"那也不一定，这次招这批信贷员是考的，文化成绩合格，才需要介绍人，不合格，有人也没用。"

"为自己孩子，去找找亲戚，就是卖点脸面我看也值得。"

"那怎么去呢？"

章喜思考了一下，说："还有两张藤柳椅，就不要卖了，送给三姨家吧！"

柳兰问："什么时候送去？"

章祐说："等二子考过试，文化分过了就去找呀。"

章喜笑笑说："这样做不行。"

柳兰问："怎么不行呢？"

章喜说："人家会说你是用着人朝前，用不着人朝后。"

章祐问："那怎么弄呢？"

章喜说："停雨就去。"

章祐问："哪个去呢？"

章喜说："你带二弟去。"

章祐笑笑说："我看还是你妈去吧，她们是姊妹好说话。"

柳兰冷着脸说："好说什么话？要是人家一口回绝了，你说怎么弄？带去的椅子再拎回来吗？"

章喜又笑笑说："大啊，这事只有你带二弟去，你不是有三寸不烂之舌吗？你不是出名的小马列吗？你见什么人就能说什么话，好钢也要用在刀口上。二弟的事，你再往后缩，你打算还有什么事能用得上你这巧嘴呢？"

柳兰恶狠狠地吐了一口，说："就练一张臭嘴。"

雨停了，晚饭后，章祐带着章超，一人扛着一张藤柳椅，踏着泥泞小路，消逝在黑夜中。

当时的农业银行和农村信用社还是两块牌子，一套人马。

章祐敲响了亲戚家门。

三姨父是转业军人，分配在信用社，做信用社副主任。章祐二人原以为他只是个普通职工，谁知道那些职工都喊他孙主任。

孙主任问："兄弟呀，这大黑天，还背着两张椅子来，有事吧！"

章祐笑笑，指指章超，说："二儿子，特别喜欢你，天天想着三姨父，这不，想考你们信贷员。"

三姨站在一旁，一听章祐说这话，怕孙主任打背口，忙帮腔："大姐家从来没找我们办一分钱事，这孩子要是做信贷员，多好呀，还不比不认识的人做，要放心多少。"

三姨这人的确是好人，柳兰多次说过，从小就不尖不口恶。这话明显是想帮章超这忙。

孙主任连连点头说："好事，好事，的确是好事。"又问，"孩子没考上大学呀？"

"差1分。"章祐说后，望望章超，怕章超说漏了嘴。其实，章超自己有数，高考离录取分数线整整差了十分，父亲这既是为儿子要好看，也是为自己要好看。

孙主任笑笑说："高中生考信贷员绰绰有余，后天考试，你准备一下，考过就告诉你。全公社就招一个人，已经报名的一百多人。"

章超心想，完蛋了，一百多个人，怎么考呀？

章祐一听也傻了眼，忙问："这么多人呀？"

三姨说："挤破头了，信用社从来也没招过人，大家一听说是大集体合同工，都来考了，这不就挤破头了吗？"

孙主任说："首先是考试。章超这条件好，刚参加高考，还都没就饭吃了，好好考吧！天不早了，你们抓紧回去吧！"

三姨说："你们回去路太黑，又下雨，给你们一把手电筒。"

章祐说："路熟的很，眼瞎都能摸回去。"

三姨向章祐挤眼，说："后天晚上你来吃晚饭，把大姐带来呀。她不来，你就不要来，来时把这手电筒带来。"

章祐还推辞，章超从三姨手中拿过手电筒，说："谢谢三姨父，谢谢三姨。"

路上，章超说："大呀，三姨给你挤眼，递眼色，让你跟妈后天晚上来她家吃晚饭，你没听懂是什么意思呀？"

章祐说："听了，叫我跟你妈来吃晚饭不假呀，你懂什么？人家这是客气。"

章超笑笑说："大呀，你真是心思用歪了，三姨是真想帮我们，为什么叫你和妈后天晚上来吃饭？不是明天，也不是后天中午？因为后天下午考试结果就出来了。"

章祐恍然大悟，尖叫一声，说："乖乖，二子呀，想不到你跟你大哥一样机灵。"

夜黑得吓人，脚下的泥水没了小腿肚。章祐走在前面，章超只有拉着父亲的后衣襟，深一脚浅一脚地往家方向摸去。

章祐忽然问："信贷员都考些什么东西呢？"

章超说："语文、数学、政治，听说还要加考珠算。"

"那你珠算怎么考？又没学过。"

"学过呀，平时你不是都教我们背珠算口诀吗？"

"那你背几句让我听听。"

"六上一去五进一，七上二去五进一，三退一还七，四退一还六，二一添作五……"

"哈哈哈，你小子平时没看学算盘，这些不是仰脸歌子吧！"

"怎么会呢？一到一百连加，我两手都能打。"

"你要学你大哥，实实在在的，不要五侃六炫的。"

"我没炫呀。九九口诀，加法口诀，减法口诀，打百子，真的早就会了。"

"你说上天都没用，后天上午考吧？"

"是的。"

"考过再说。"

第三天，信贷员考试在公社中学举行，设了三个考场，县信用联社来人监考，下午改卷。

章超的考试总成绩排在前五，在考察之列。

晚饭时，章祐带着柳兰和章超，拎着几斤花生米，来到孙主任家。

三姨很是高兴，尤其是对柳兰，又抱又搂的，亲热得像是隔世没见一样。

晚上吃饭时，孙主任拿出了"洋河普曲"。这种酒章祐家没喝过，这是瓶装的，他只喝过大桶装的。

孙主任说："这酒是昨天晚上招待县社几个领导的。"

柳兰笑笑说："他三姨父，酒就不要开了，贵钱贵物的，留着来客人吧！"

三姨笑笑说："你们就是我们家客人呀！"

章祐心想，酒都拿来了，该喝还得喝，心里这么想着，但嘴上却说："留着吧，来客人喝！"

孙主任已经将酒倒进杯里，但桌上只有两只酒杯，孙主任和章祐面前各一只酒杯。

三姨问："大姐喝酒吧？"

"不喝，他三姨，不喝。"

"章超，章超你喝酒吗？"

章超连连摇头说："不喝不喝！"

章祐笑笑说："妇道人、孩子就算了吧，来，他三姨父，我们喝。"

孙主任笑了，干净利落地将一杯酒干了，主动说："你儿子考得不错，进入前五名了，但只收一个人。"

三姨赶紧抢话："说明章超文化分够了，这下就看你的了。"

章祐和柳兰几乎同时说："就是就是，还要请三姨父多关心才是。"

孙主任又倒第二杯酒，章祐向呆坐在桌边的章超说："我这二儿子不如他大哥机灵，还不端我这杯子敬你三姨父酒的。"

孙主任一听，望望三姨说："弄半天，这孩子会喝酒呀，快快，再拿一个酒杯来。"

柳兰望章祐直挤眼，章祐也知道自己说漏了嘴，忙补充说："平时不喝，今天哪能不敬三姨父呢？"

三姨笑笑，说："少喝一点没事。"

晚饭后，孙主任拉着章祐的手说："回去等消息吧！"

柳兰忙说："三姨父多亏你，孩子的事你多费心。"

章祐问："三姨父，这消息要等几天呢？"

"也就半个月吧！"

一个闷热的午后，邮差送信到了章祐家门前，大喊："章超是这家吗？"

"是呀。"章祐正在编一斗篷。

"章超挂号信，县信用联社寄来的。"

章喜和章超正在为一把藤柳椅收尾，章梅在给母亲梳着头，送信的一句话，将全家五口人昏昏欲睡的神经一下子唤醒了。

章喜拿过信，对弟弟章超说："拆呀，看看。"

全家人都盯着章超手里的那封信。

章超顺手拆开了信，是一张"录用信贷员通知书"。

章喜笑着说："这个不比考上大学差什么，你好好干，学费的事我去学校找人给退回来。"

章梅夺过通知书，问："这个是干什么的？"

章祐忙说："大集体合同工，轻巧活。"

柳兰笑笑说："不去扒大河就行。"

合同工

章超被录用为信贷员后，就有了一份工作，而且是大集体合同工，在农村算个美差事，不用去扒大河、出苦力。他每天身上挎着个皮包，包里放着信用社存折、信用社放贷凭证，腋下夹着个算盘，走街串巷，像邮递员一样，只不过服务的对象不同而已。

　　章超工作的前一两个月是由公社信用社派一名老职工徐会计跟着，就像是学手艺的师傅一样，教你如何开具存单，存单的文字如何表述，数字如何规范，特别是金额大小写要对应，签名时要有自己的特征，防止别人冒签你的名字。放贷款更要小心，放贷前一定要去借贷人家走访一下，了解借贷人的家庭人口构成、生产生活等情况，放贷款一定要保证规定时间收回，否则信贷员要全额赔偿。

　　章超放的第一笔贷款是"通电贷"，附近的张王、王集、九联六百二十户农户通电贷款，由大队出面担保，农户申请通电。每户三十到六十元不等，每户通电最多也就是交给大队六十块钱就可以通上电了，但每户不超过四只灯泡，一般是堂屋客厅和左右两房各一只灯泡，锅屋一只灯泡，凡是多出四只灯泡的，由农户加钱自理。这样，光是一个"通电贷"就放去了四万多元，这在当时的信用社是了不起的一笔贷款。一般支持春耕春种、秋收秋种，或者支持收粮、收棉花等农业专项贷款，很少有超万元的，这样，章超在工作中仅用不到半年时间，就创造了信用社发放贷款的"卫星"，但这"卫星"放得很危险，信用站的老同志都贼一样地看着章超，等着看他回收贷款时出洋相。可让他们失望的是，今年的春秋两季作物都丰收，家家的收入都远远地超过往年，尤其是棉花，创造了历史好收成，在棉花收购期间，章超就吃住在供销社，坐在付款处，在农民领取棉花款时，便将贷款本息扣了。

　　等到棉花收购结束时，"通电贷"只剩不到一百户没还贷款，章超就家家户户跑上门收贷，这时，有的人家卖了山芋粉丝，有的人家卖了生猪，到最后，真正还不起的只有九户，这九户都是吃"救济粮"的农户。章超将这事向信用社主任作专门汇报，信用社张主任说："你放'通电贷'，一放就是六百多户，四万多块，我都给你捏把汗，现在仅还剩几户没还，这是天大的幸事，这几户，可以再给办延期一年还，太困难的，等到有特殊政策时，再作考虑。"

　　章超的信贷员生涯只有一年，第二年的秋天，又参加了全县招干考试，这是响应邓小平号召，要把全国优秀的青年选到各级国家机关来充实力量，为国家效力。章超

赶上了大好时光，章家也迎来了转运时机。

滴水沟

章超做信贷员后，村庄上前来说媒的人多了起来。但章超说："大哥亲没定，我就不会定。"

章喜也有不少人来提亲，但都说："家里没有房子，兄弟俩将来怎么住？"

章喜对父亲说："大呀，我们建房子。"

章祐说："好！建房！"接着，又问章喜："你打算怎么建呢？"

章喜笑笑说："春天，几亩地种完了，也就没事了，一直到麦收，半年时间，干什么？不如我们自己建，消消停停地，开工时候请几个人帮帮忙，上梁的时候再请人帮帮忙，其他的什么砌墙呀、运砖呀、和灰呀、木工呀，都我们自己弄。"

章祐哈哈大笑，说："自古至今，还没听说哪个爷儿俩就能自己建三间大砖瓦房的。"

"我们能呀，那个预制砖，我们不就制成了。"

"对呀！那就开工，二月初六，好日子，你说，开工请哪个？"

"开工，请我一起学徒的六七个人就行了，主要是把夯打实，石头基础做好就行了。"

父亲当然高兴，他清楚章喜木工、瓦工两行都是出了师，手艺都是呱呱叫的。父亲又一想，这小子是要老子给他打下手，做小工仔呀，看把他给美的。

开工那天是二月初六，天气也很好，除了早晨有点凉，到了中午，太阳暖洋洋的照耀着章祐家的新宅基地。

鞭放了，夯也打了，线也放了，正在跟线做石基，二大爷章左家来了六七个人，全家齐上阵了。有的拿铁叉，有的拿铁锹，有的拿粪勺，从武装的程度看，就是一场恶仗要打了。

章祐上前来，问章左："二哥，有事呀？"

"这不废话吗？你建你的屋，怎么占了我家的地了？"

章祐摆摆手，指着交界地方说："二哥呀，二嫂呀，还有几个侄子呀，你们看看，这墙根离交界还有一米远呢，怎么就说占了你家地了。"

章左放大声音高喊："你这屋一盖起来，滴水还不蹚这沟里呀，不是占我地怎的？"

章左话刚落，章左的女人和几个孩子就去扯线，将摆好的大小石块东一块西一块乱扔，一边扔一边骂：

"还想盖砖瓦房，也不撒泡尿照照，你看看你们家，哪一个是住瓦房的料子？"

"还想超过我们家，没屌数了。"

"穷这个死相，还癞姑（癞蛤蟆）骑黄狼（黄鼠狼）假充小马队咧。"

"我让你盖，我让你盖个茅厕。"

建筑场地被弄得乱七八糟。

几个帮忙的人看着就不服气了，有的人就帮上了腔：

"这不分明是欺负人吗？哪有宅基地撂一米多的，章喜这地边撂得足够多了。"

"这还叫亲兄弟吗？连邻居都不如。"

"这就是巴人穷吗？"

"看来你这老二家也是欺软怕硬的主子。"

章祐指指正在用粪勺将尼龙线砍成稀烂的二嫂说："你就知道瞎坏，你除了坏，还能干吗？我建房你也来坏，我儿子定亲你也来坏，你到底安的什么心？"

章左跳了出来了，说："哪个坏你了，你家章喜定亲，人家是嫌你家穷，嫌他妈口恶。"

章祐指着二哥说："你看看你这一家子，都在做什么好事？也不修行修行。"

"我家不用修行，管好你自己吧！"

请来帮忙的几个人也帮吵，但现场不见了章喜，正吵着，有人喊：

"章左，快回家，章喜爬在你家屋顶上放火去了。"

章左一听傻了眼，心想，这个东西想干什么？他赶紧往家跑，全家人拖着武器，像逃兵，直往家赶。

章祐一听说儿子爬上了他二大爷家屋顶准备放火，心想，我儿子有的是分寸。正想往二哥家去，被请来帮忙的几个人拉住了，其中一人说："随他，让他去闹，不给点颜色让他家看看，你这屋也建不成。"

章祐点了点头，坐在石头上，只是望着暖烘烘的太阳在发呆。

柳兰一听说这事，赶紧往章左家跑去。

到了章左家，章喜问："妈妈，哪里有耙，我要上他家屋顶。"柳兰二话没说："儿呀，要甚耙？"只见她朝地一蹲，说："妈妈的肩膀就是耙。"

章喜朝母亲肩上一站，母亲硬实实地将儿子顶了起来。

章喜轻轻一跳，揪着了茅草屋上的一把柴草，顺着柴草爬到了屋顶。

章喜将屋顶上的草扒了锅盖面那么大，就坐在屋顶四周张望，见二大爷全家撤了回来，又见庄邻围得水泄不通，他站在屋顶喊：

"各位父老乡亲，叔叔婶婶，哥哥姐姐，你们应该知道我是为什么要爬上这屋顶上了吧？这家家主叫章左，我的父亲叫章祐，他们是亲兄弟。可这个叫章左的作为哥哥，从不拿弟弟当人待，他侄儿定亲，全家背着干粮跟里面坏，现在人家要建房，他带领全家去扯人家线，拔人家橛，扔人家石头。人家地边撅了一米多，他嫌少，好了不说了，我们家被他全家糟蹋没法过了，我们也不想过了，但我们也不打算让他家好过，我今天就是要放一把火把他这几间屋给烧了，我还要烧死他全家，我要让他全家合葬！"说着，章喜就掏出了火柴。

只听章左像狗叫一样乱喊："我的亲侄子呀，你千万不能呀，这屋就是我几口人的命呀。"

柳兰也没闲着，将章左家的草堆上玉米秆抱到了院子里，呼应着屋顶上的儿子说："差不多了，他全家都到齐啦，烧死一个打平手，烧死两个赚一个，跟杀日本人一样，点吧，儿子！"

章左的女人慌了神，一下跪在柳兰面前说："我说大妹子呀，什么叫亲不过嫡呀，我们不能听外面人嚼舌根子呀，我们是亲兄弟呀，不能闹家丑让外面人看呀。"

柳兰瞥了一眼章左女人，恶狠狠地往地上吐一口骂道："缺德，论拆一座庙，不毁一桩婚，你家缺德事做漫了头顶，就不怕报应。"

"我没坏你家亲事呀，都是外面人瞎嚼的……"

"驴肚有病驴心有数，你不巴人家好，你也好不了哪去！"

"我们是亲兄弟，只望好，哪有望坏的？"

只听柳兰对屋顶上儿子喊："点火，烧了算事！"

章喜又将屋顶上的草搂了一搂，做出要烧房子的样子。

章左没了头脑，庄邻们都说："这事的确先怪章左，你凭什么不让人家盖房子？"

"你千有理万有理，不让人家建房就是没有理。"

"按道理说，亲兄弟应该多帮衬，相反，你这做二哥的还整天拆弟弟家的台。"

"人家章喜说对象定亲，你也去坏，这是伤天害理的事情。"

"这事做太缺德了，放一把火给他家烧掉算了。"

"放火不能，章喜是做样子吓唬他家的。"

这时，庄上的葛队长站了出来，说："章左，我首先要说你们家几句，我也听说了，你们兄弟俩不和，但不论怎么不和，下一代的事情还要关心的，你即使就不关心，你也不能坏人家婚姻大事。"

"再说了，今天这事，全怪你们家，刚才我也去了章喜新下的宅子，看一下，放那石灰线，离地边界还有一米，你不让人家盖房，你将来盖不盖房呢？人家章喜才兄弟两人，你家三个儿子，总有下新宅建房的时候，到时候人家也捣你的蛋，你怎么弄？"

章左连连说："葛队长，我不对，我不对，我不应该。"

葛队长仰脸朝章喜喊话："喜儿，下来吧，这是你二大爷家，好说话，我包着让你开工建房。"

章喜见母亲在摆手，心中对葛队长的话将信将疑，就喊："葛队长，我听你话，但要他家写保证书。"

葛队长转过脸对章左说："你写呀，不写，人家不下来。"

章左是一个没心眼的男人，主要还是听女人的。

章左女人说："都是自家人，要写什么保证书？我们说话算话。"

站在一旁的柳兰手里抱着草，厉声说："不要假惺惺的，没人拿你当亲兄弟，我们也不稀罕，只是不想再受你家欺负。"接着对屋顶喊，"他们是想骗你下来的。"

章喜见母亲说这话，又开始不停地将屋面上的草往一起堆。

章左受不了了，赶紧喊话："我写保证书。"

葛队长喊道："还不赶快写。"

章喜喊道："要保证两条，第一条，我建房，你家不许干扰；第二条，我家定亲，不许瞎坏。否则后果自负。"

自那以来，章祐的新宅上再也见不着章左全家的身影，只要一见到章祐家的人，章左一家远远地就躲开了。

房子建得很快，虽然只有一名大工，一名小工，或者说一名师傅，一名徒弟，准确地说，就是章祐与章喜，白天砌墙，晚上点灯做木工，仅仅一个月时间，就完成了墙体砌筑、屋面修整。后来又请了六七个人，章喜要好的同学，章超的工作单位还买了几挂鞭来放了，上了梁，房子就算大功告成。

章喜自建的砖瓦房在本生产队是第一家，其他人家都是土墙瓦苫，或土墙草苫，在此前，最好的房子是老卞家的苫柴扑，也就是屋顶上是用柴草苫成的。

章喜家的住房由全生产队最差，一下子变成了全生产队最好。

不嫁软柿子

章家的新房建好后，登门说亲的有十几个，但还免不了说坏话、使坏主意的人，这当然还是章祐的两个哥哥家。

一姓王家女儿跟章喜是同学，有人提这门亲事，王家就来庄上打听，一打听，说什么话的都有。

有人说："他家这亲做不得。这家细气呀，抠屁眼嗍指头的人，盖了三间大瓦房，连一斤油都没舍得吃。"

有人说："他家盖那个算什么砖瓦房呀，就是一堆炭灰。"

有人说："孩子不孬，他妈真是个恶鬼，口恶得能吃人。"

有人说："闺女填粪坑，也不能进这个姓章的家门。"

本来这个姓王的女孩，一听说介绍的是老同学，又都了解，心中高兴得恨不得一下子飞进章家，可一打听，父母死活不干了。她妈还说："女儿呀，你就留一条活命吧！"好像进了章家，就进了火炕，连命都难保。

也有不信邪的，一许姓女青年，家里亲戚给提的媒。

媒人来到许家，就直截了当地说："章祐儿子章喜，人才出众，聪明过人，特别能干，能吃苦，会治家，但有一条，以前介绍了几个，不是嫌人家穷，就是嫌人家妈妈口恶。现在在全生产队第一家盖了砖瓦房，那房子高的、宽的、长的，都是茅草屋一千个、一万个没法比的，你只要不嫌他妈口恶，就做这门亲吧。"

许家父亲说："凡事讲个道理，口恶也要分三六九等。你说人家穷，人家盖了大瓦房，你说人家日子不够过，人家木瓦两行，样样在行，历朝历代就没有饿死手艺人的。口恶，我们不怕，只要讲道理。我们怕就怕，一家像一摊泥，女儿嫁过去，遭人欺负，家里连个出来放屁的人都没有，我给闺女找婆家，要找的就是口恶人家。"

许家母亲说："我都打听了，这个男孩没有一个人说一个不字。说的也就是他妈，说细气，盖了三间屋，没吃一斤油。我就想呀，人家盖三间大瓦房，哪怕就是喝水，只要人家能盖起来，那还是大本事呢，这不就明显是栽派人家吗？这就叫没尿有屁，容不得人好，我看这些人就是生坏心，这些人都不得好死。"

媒人问女孩："你觉得呢？"

女孩说："我找的是对象，与他妈有什么关系？好，就在一起多过几年，不好了，就分开吃饭，另起炉灶。"

媒人说："要不要抽点时间看一下，给定下来？"

女孩说："你看着办。"

媒人又与章家见面，趁着一个阴雨天午后，踏着泥泞，从几里外的许庄村来到了小章庄。

章家除了章梅上学去了，其他四人正在家中编藤椅。

媒人笑笑说："你们家和其他人家就是不同，我走十几条庄子过来，到处是打麻将、推牌九、掷骰子的，还有就是闲扯的，没见到一家像你们家，阴雨天坐在一起做手工。你看，章超都有正式工作了，还干这个。"

章祐笑笑说："你坐。人家说我们家穷，我们也不跟人家去争，去吵，我们就埋头拉车往前赶，我们这叫笨鸟早飞。"

柳兰泡了一杯糖水，端给媒人，笑笑说："你给我们家说媒，可是要胆量的。"

媒人哈哈大笑，问："怎么？给你家说媒，会有什么危险吗？"

柳兰笑笑说："危险呀，怎么不危险，那些盘老舌的人不是说我会吃人吗？老婆婆敢吃人了，哪家女儿还敢往这嫁呢？"

章喜冷着脸，说："爱做不做，凡是到处打听的人家，也不是什么好人家，我们也不稀罕。"

媒人笑笑说："姓许这一家，还就不信这个邪！"

章祐来了精神，笑笑，放下手中的柳条，走到桌边，望媒人笑笑，说："你喝糖茶。"接着问："怎么说的呢？"

媒人喝了一口糖水，脸上露出了满意的笑容。

"女孩她大说了，我女儿要找的就是口恶一点的人家，要不，我女儿给人家欺负了，连个出来放屁的人都没有，这样的软柿子人家，我才不会把闺女嫁给他家呢！"

全家人哈哈大笑。柳兰捂着胸口，笑得憋紫了脸，说："听听，听听，人家说的在理，这才是我们要找的亲家。"

章祐一直在笑，说："那些盘老舌的庄上妇女，要是听到这话，准去医院抢救！"

柳兰捂着嘴，望望媒人，指指糖水碗，说："水凉了，你喝，喝了我再去倒，多加点糖。"

媒人笑笑说："不要了，三娘，你坐，还有话说呢。"

柳兰坐在媒人边上，瞅着媒人，问："还说什么？"

"女孩她妈说了，有人说你家盖屋没吃一斤油。"

柳兰急问："那她怎说？"

"她说，要是盖三间大瓦房真的连一斤油都没吃了，你说细到什么程度，哪怕人家就是喝水，只要能把三间大瓦房盖起来，那才算真本事呢。"

全家人又笑，笑得满屋子里都充盈着喜气。

章喜冷静地问："她父母说了都不算，关键是她自己要有主心骨，不能听信人家谣言。"

媒人当然知道章喜的意思，主要想听听这个许姓女孩的意思。媒人又喝了一口糖水，笑笑说："女孩说得更干脆，她说，我找的是对象，只要他对我好就行，我又不是嫁给老婆婆。老婆婆对我好，我们就可以同锅同勺在一起多过几年，她如果对我不好，我们就分锅吃饭，各过各的日子，就这么简单。"

"你看看，你看看，人家这女孩多敞亮，想得多周到。"柳兰连忙答话。

章祐竖起大拇指，说："找到这样的儿媳妇，就不愁日子过。"

章喜急问："那到底怎么弄？"

媒人笑笑说："明天看人，就去集镇上，看过就定。"

章祐站了起来，习惯地拍了拍前襟，说："这敢情好，看过就定下来，秋天准备一下，立冬前就结婚。"

柳兰叹口气说："老天开眼了，终于有人能正眼看我们这穷家了。"

章祐又问："他们家能没提什么条件？"

媒人说："提了，她妈提的，说如果成了，定亲要'三转一响'，要自行车、缝纫机、手表、收录机。"

这时，屋里静了下来，这几年，的确赚了不少钱，无论是地里收入，还是章喜做木瓦工收入，家中编织手工艺收入，除了章超和章梅读书以外，就是建房，那三间砖瓦房可以说是倾尽了全家心血。

章祐想着，就说："其实吧，要不是孩子读书，又盖了新房子，这'三转一响'，给我也不算什么大事，不过，眼下，还是……"

没等章祐话说完，媒人就开了口，说："她大说了，爱好做亲，这'三转一响'以后再说。她大还说了，章家刚盖了新房，不容易，日子过好了，比什么都强。"

柳兰忙问："那女孩怎么说呢？"

"女孩也说了，'三转一响'从来没想，只要双方看好，买一身衣服就中了。"

"乖乖，这孩子真的是会体贴人呢！"

"不是一家人，不进一家门。"

"这才是我们章家的人。"

媒人心想，这章家真的有意思。外面人说他家过日子细气，甚至是抠门，这话我看一点儿不假，一听说对方要"三转一响"，马上全变成了哑巴，一听说不要了"三转一响"，马上开始大夸特夸人家女孩怎么怎么样好。看来，"盖了三间房，没吃一斤油"说的虽然有点虚，但肯定是存在的，哎，也算我倒霉，说了一辈子媒，也没见过这么抠的人家。

第二天在集镇上看人，真是"不是一家人，不进一家门"，章喜与小许，一见面就觉得是前世订下的缘分。

媒人问小许："怎么样？"

"行！"

媒人问章喜："看得如何？"

"中！"

这不就成了，章喜带着小许去了布店。小许说："就这布扯几尺吧！"

章喜说："起码做两身衣服吧！"

小许说："不要，你们家才盖新房子，哪来的钱，要做衣服，我们以后自己苦。"

中午，在媒人的再三怂恿下，才下了小饭馆。一共六个人，媒人点了六个菜，有一条红鲤鱼，一盆羊肉，一碗猪肉炖粉皮，一碗烧豆腐，一碗鸡蛋炒韭菜，还有一盘黄瓜烧瘦肉。章喜去供销社打了一斤散酒。媒人虽然是个中年女人，但久经酒场，见到酒眼里那个光呀，真是够闪耀的，一点儿也没客气，她一人喝有半斤。

媒人一边喝酒，一边背酒经："羊肉喝酒，越喝越有，猪肉喝酒，天长地久，鸡蛋喝酒，儿女双全，鲤鱼喝酒，你有我也有，哈哈哈……"

冬天来临的时候，苏北平原早早就飘起了漫天的雪花。那个不信村庄上谣言，敢于不信邪，始终忠于自己感觉的许家闺女，坐着手扶拖拉机，嫁到了章家，成了章喜的妻子。

柳兰手里捧着柳匾，里面盛放着喜糖，站在自己的家门口，穿着一身新衣服，还新剪了头发，满脸微笑地给庄邻分喜糖。

柳兰一边为庄邻撒喜糖，一边笑着说："我柳兰以前是穷，穷时是抠，也因为一些小事情给人家闹过不快，今天，大家来捧场，我已经是有儿媳的人了，以后跟大家好好处事。"

这时有人说："说你家坏话的人，你自己有数，就那兄弟俩。"

"有的人就看不惯别人好。"

"你家这儿媳妇不简单，不信邪，不信有的人为你家扣屎盆子。"

"要照我说，哪家好呀？还有比章祐家再好的家庭吗？你看人家，人人能赚钱，个个会手艺。"

"谁没穷过？穷人礼不周，不就让人瞧不起？就连亲兄弟也不待见。"

"你家是庄子上第一家盖三间大瓦房的。"

"我们也要让孩子跟章喜后面学，你家是章喜高中毕业以后就慢慢变好的。"

总之，说什么的都有，村庄上又一次因为章家的事，尤其是因为章喜的婚事而沸沸扬扬。值得一提的是，章喜的婚宴上，没看到章虎和章左两家的人影儿。

鲤鱼跳龙门

章超赶上了好时代，参加全县招干考试，考上了。

章超有一个想法，自己这信贷员位置是好不容易才考上的，能不能让哥哥章喜顶职呢？因为这个时候，像供销社、粮站、食品站，也包括学校的教师，都可以由儿女顶职。但哥哥顶弟弟的职，没听说过。

为这事，章超找到了三姨父孙主任，孙主任笑得前仰后合，说："信用社是你家开的呀？想怎样就怎样呀？你去问问，天下哪有哥哥顶弟弟职的？这不让天下人笑掉了牙。"

孙主任又说："这信贷员是县信用联社管理招录的，公社信用社只负责用人。"

孙主任言下之意，信贷员如果能顶职，也轮不到我们下面的信用社负责，要找，你得去县信用联社找去。

章超心想，去找县信用联社谁呢？因为一个大集体合同工，也不能去找县联社主任、副主任，当时信贷员招考上来签合同时是在人秘股，为章超培训上岗的是一个叫王股长的。

对，章超想到了王股长。那个王股长高高的，白净的脸上总是带着微笑，跟人讲话和风细雨的，即使事情办不成，也不会让人下不了台。

章超找到了县联社三楼，人秘股，一问，王股长就在会议室开会，章超就坐在王股长办公室等。这时，一个漂亮女孩为章超端来了一杯热水，虽然是严冬，章超的心里暖暖的。

王股长的办公室门朝北，朝阳是三扇玻璃窗，玻璃窗擦得干净亮堂，窗台上摆放着三四盆没开的花。屋里是半燃的煤炭炉，炉子上放着白色烧水壶，两张办公桌对脸放着，好看的女孩就坐在对面办公桌边，靠东墙是一排木制的档案柜，王股长坐的椅子后面还放着一只草绿色的保险柜。

章超正在看一份《金融时报》，忽听女孩小声说："王股长来了。"接着女孩就走出了办公室。

王股长有些惊讶，问："你找我？"

"是的，王股长，我早就认识您，您不认识我。"

"你是？"

"我是农村信贷员章超。"

"哦，知道了，你就是章超，我们在培训班上见过。"

"是呀，您的记性真好。"

"哪里呀，最近你不是参加招干考试被录取了嘛，县人事局来我们这里调了你的档案。"

"真是太感谢王股长了。"

"你今天来了，正好，给你说了吧，你走前，必须办理好交接手续，清清爽爽去上班嘛！"

章超笑笑说："王股长，我也正是因为交接的事来专门向您汇报的。"

"哦，交接有什么问题吗？来，我给你添点水。"

王股长拎来茶壶为章超的杯子里续了水。问："有什么尽管说，我们毕竟是一家人嘛！"

章超红赤着脸，笑笑，心中下定了决心，说："王股长，我大哥章喜想接替我做信贷员。"

章超说了这话，心脏跳得很快，脸在发烧，本以为王股长会吃惊、指责、反对……让章超一千个一万个没有想到的是王股长的脸上表情并没有什么改变，他仍然微笑着，他喝了口水，问："你大哥多大？"

"比我大一岁。"

"什么文化？"

"高中。"

"现在干什么？"

"做瓦工、木工，会编织、柳编、柴编，样样在行，还自己动手新建了三间砖瓦房。"

"不简单，你大哥真是不简单，农村高中生很少，说明你父母亲也不简单。"

办公室里沉寂了一会。

这时，那个女孩送一份红头文件，好像是什么会议通知，女孩问："王股长，这会，您是否参加？"

王股长微笑着点点头，说："当然参加呀！"

女孩退出后，王股长站了起来，望着章超说："你能否让你大哥来我这里一下，对他的事情要特事特办，因为信贷员录用要考试，不存在顶职的说法。"

章超一听王股长这样说，赶紧从椅子上站了起来说："好的，王股长，谢谢您！"

"不要谢我，我应该感谢你们兄弟俩。首先，你很争气，做了我们信贷员一年就提干了，说明我们信用社是个出人才的地方，当然关键是你自身的努力。"

章超连连说："非常感谢信用联社各位领导的培养关心。"

王股长接着说："还要感谢你，主动为我们推荐优秀人才，既然是你的亲兄弟，肯定不差。你大哥是个多才多艺的人，又有文化，能主动要求承担我们的信贷工作，这是对我们的支持。这一点，我会向县社主要领导汇报，让你大哥接替你的工作，很好。因为信贷工作需要人脉关系，你建立一整套的人脉关系，让你大哥接替真是太好了。还有，存款、贷款也都需要交接好，既然是亲兄弟，就没那么多讲究了，你让他来补个手续，考个试，签个合同，到时，我们安排基层信用社去监交一下，这就行了。"

章超不知道自己是怎么走出王股长办公室的，早晨来的时候，心中有一百个疑问，现在已经烟消云散。

坐在回家的公共汽车上，章超就在心里想，王股长这人怎么这样好，明明是在帮我们忙，把话说得还这样好听，让你听得心里是如此舒服。人跟人真是不一样，越往上面去的人品位越高。章超就下决心，这辈子一定要向王股长那样的有品位的人学习，自己也要做个有品位的人。

对于大哥章喜接任章超做信贷员这事，兄弟俩在一起谋算了好几次。

章超心想，外面的人了解我这个信贷员的位置马上就要腾出来了，社会上的头头脑脑就开始活动了，特别是那些有钱有势的人很快就会找到基层信用社，找到三姨、三姨父。

章超把想让哥哥章喜顶替信贷员这事给父母亲讲了，并说了去找三姨父，被三姨父批评了一顿，没有答应。

父母当时觉得也不太妥当。

父亲说："天下哪有哥哥顶弟弟职的？"

母亲说："关键不在哥哥顶不顶弟弟的职，关键在他三姨父，人家会觉得烦，好像信用社就是你姓章家的，要怎弄就怎弄。弟弟不干让哥哥干，哥哥要是不干了，会不会再让他大大干呢？这让人家不好说话。"

章喜却不这样认为，他对父母亲说："信贷员是搞储蓄、放贷款的，与钱打交道，选择可靠的人非常重要，弟弟在这岗位上提拔了，说明我们兄弟是厚道人、可靠人，人家信用社不一定不答应。"

父亲说："关键是你三姨父已经回绝了。"

章超说："找他们没用，我往上找。"

章超从县联社回来后，没有去公社信用社，心想，先带大哥去县里考试，考后签了合同，由县里直接打电话给公社信用社，这样，就不由得你公社信用社了。

章超到家后，母亲正拾掇着准备吃饭。

父亲喊："正好，再不回来我们就吃了，怎么样，你白去了吧！"

母亲冷着脸说："去都去了，你尽到了心，你哥不怪你。"

章喜盛了一碗米饭，放在桌上，望着弟弟冷冷地说："吃饭吧，你尽心了。"

章超将一只皮包放在藤柳椅上，坐在桌边，心中憋不住了，开怀大笑。全家吓得愣住了，父亲忙问："超儿呀，你怎么了？"

章超将桌子一拍，干饭撒了一桌子，说："成了！"

母亲忙问："什么成了？"

章喜一听高兴得跳了起来，心想，真是双喜临门，刚结了婚，又接替弟弟，做上了信贷员，还是大集体合同工。

章喜媳妇笑笑说："你们兄弟俩真有出息。"

章祐笑笑，望柳兰说："拿酒来，喝两盅。"

柳兰一边拿酒，一边笑着说："有人嚼鬼蛆，说我口恶，说我就是一条狼狗，狼狗能养成我这两个儿子呀？"

全家人都笑得前仰后合。

章喜媳妇笑笑说："嘴长在人家身上，你挡不住人家怎么说，关键是我们自己怎么做。他们兄弟俩，一个提了干，要去公社当干部，一个顶了弟弟的职，干了合同工，做了信贷员，这事撂在全公社也找不到一家，还不红眼死多少人，你就让他们说去吧！"

章祐一边喝酒一边笑着说："孬好不要吱声，日子过好了，是你自己的，不是过给别人看的，也不是过给别人讲的。做好自己的事，管好自己的孩子，别人嘴说吐血与我们无关。"

大概一个星期过去了，章超快去县里参加新招干部培训了。一个暖洋洋的下午，章家门口两架凤凰牌自行车停在门口，原来是三姨父，还有另外一名中年男子。

章超迎出门："哎呀，孙主任，王会计，快快进屋。"这时全家都迎了出来。

三姨父朝着藤柳椅里一坐，望着王会计说："坐，坐呀，这是我姐家，这是章超，你知道的，这是我的大姨侄。"

说到这，三姨父苦笑了一下，说："章超，你这小子，我要批评你。"

章祐知道三姨父是什么意思，柳兰一边倒水，一边瞟了三姨父一眼，心想："有点挂不住面子了。"

章祐笑笑说："他三姨父呀，孩子有时不知好歹，你大人大量，你不包涵他，哪个还能包涵他呢？"

柳兰接话说："是呀，是呀，他三姨父，我这小儿子呀，从小就犟，因为犟，没少遭打，你就当自家孩子，该打打，该骂骂，该疼也还要疼呀！"

孙主任被说得满脸通红，连连说："没什么，没什么，孩子要求上进是好事，就是做事急了一点。我本来也打算呀，这个信贷员谁也不要争，争也没有用，我这大侄子，高中生，能吃苦，又聪明，又红又专，做个信贷员是绰绰有余。本打算等章超去上班，要办交接手续，交了账，以后就让章喜做。"

章喜给三姨父点烟，章超给三姨父添水，柳兰喊儿媳妇："小许呀，快点，给我去集市上，拣好菜买几样，顺便去供销社打二斤酒回来。"

章祐忙指指柳兰，还不快去准备。

孙主任笑笑说："正好你们全家都在呀，我跟小王来，也是传个话，刚才县社王股长亲自打来电话，说，章喜做信贷员，还问我同不同意，我心想，这是谁跟谁呀？我本来就准备着用这孩子。"

"真是难为三姨父了。"

"没有三姨父，哪有我们家今天呀！"

"三姨父对我们俩孩子，就当是自己孩子的。"

"真是亲靠亲，邻靠邻，有这样的亲戚，真是万幸呀！"

三姨父接着问："章超，你打算什么时候走？"

章超笑笑说："通知到了，后天就去县邮电宾馆报到，要培训一个月。"

三姨父又问："章喜手里事情处理好没？"

章喜笑笑说："我一直在家，手里没什么事。"

三姨父望望王会计，说："小王呀，明天，你跟曾会计过来，将他们兄弟俩监交一下，这可不能马虎呀。越是亲兄弟，越要明算账，清单要列得清清楚楚，双方都要签字盖章。"

王会计点点头说："孙主任，您放心，我们一定按财务制度执行。"

章喜接任信贷员，木工瓦工的手艺就不干了，但柳编、柴编的工艺仍然可以做。他白天到农家、田头、机关、学校去跑存款、跑贷款，同时还能了解到哪家缺少柴席、斗篷、折子，哪个机关里需要藤柳椅，这样，晚上回来，全家人就开始编，时间一长，章喜的媳妇小许也加入其中。

一个阴雨天的午后，章喜对家人说："供销社要二十顶大斗篷。"

章祐说："这个大斗篷是盖酱油缸用的，前两年也是我们编的，估计都烂了。夏天马上到了，雨水多，酱缸上斗篷坏了，缸一进水，酱油就废了。"

章喜说："供销社只给我一星期时间，必须交货。"

柳兰笑笑说："下雨天，正好没事干，编呗。"

儿媳小许笑笑说："我看这个大斗篷，我也差不多看出点门道了。"

章祐笑笑说："我们家没人吃闲饭，章超去公社当干部了，这编织就少了一个人，现在你正好顶上了。"

柳兰笑笑说："章喜顶章超信贷员，你不识多少字，就顶章超编斗篷这个职位吧！"

全家人的笑声飞出了村庄，二十个大斗篷三天时间就完工了。

第三章

小赵

章超给妻子小赵的家书——《我们的芳华》。

爱妻：

一九八三年十月二十五日，那年我们都是二十岁。那是一个晴朗的秋季，天高云淡，空气很干净，由于雨水偏少的原因，秋季的果实很快地成熟了。六月份，高考落榜的我，就立志农村闹革命，准备靠一双勤劳的手与生命抗争。从此，我们就私定终身。

你曾说："人，关键是成人，做人，做不了人就成不了事，成不了事，就成不了家。"你望着天空，似乎是在与天对话，向星辰表白。其实，我清楚，你是在与我心灵沟通。

我们姓章家，祖祖辈辈，面朝黄土背朝天，命运改变不了，但通过自身的努力起码可以改变生活现状，我是有信心的，即使将来不能大红大紫，光宗耀祖，起码在生产队这片土地上也要过得数一数二。

你说："我倒不图你能大红大紫，只要两人心相印、情相悦，携手走到老，不论遇到多大困难两人共同担着，遇到幸福快乐的事情两人分享，这就足够了。"你似乎已经慢慢地在接受着我的观点。

我笑笑说："其实，你的想法跟我很接近。我这人，虽然大事做不了，但做小事，谨慎小心，心地善良又温和细致。尽管能力较差，我的道德品质还是比较好，有上进心，也有进取心，是一个不甘落后之人，也是一个多愁善感之人，更需要别人的帮助。"我已经慢慢地喜欢上星辰下的你。你笑笑说："看来，你很了不起，想法不少，将来日子一定不糊涂！"我笑笑说，"你觉得我这个人怎样呢？"你说："看不出来，人不能靠一张嘴，要靠一双勤劳的手。"

在以后的日月中，你几乎包揽了我所有的衣物、鞋、袜。说实在的，在没有认识你之前，我还真的没有穿过一双像样的鞋子，无论是棉鞋、单鞋，除了解放鞋。记得你为我做的第一双单鞋是松紧口布鞋，黑色大公呢面料，穿在脚上，平生第一次感觉到鞋子为脚所做，要想知道鞋子好坏，只有自己的脚。你为我做的第一双棉鞋，是黑色灯草绒面料做的，穿在脚上既暖和，又舒畅。记得八三年冬天来得早，冰冻三尺，雪封家门，好多人都冻坏了手脚，而我更加感觉到了棉鞋给我带来的温暖。你怕我冬天手被冻坏，还单独买来了羊毛线，为我编织了一双羊毛手套，那个羊毛手套，几乎变成了奢侈品，好多人见了都眼馋。

从此，你以我为圆心，也不论结婚还是没结婚，把我捧在手心，穿差了怕人看不起，你说："吃差点无所谓，在肚里。穿不能差，你是男子汉，不能让人瞧不起！"你利用割草、拾庄稼积攒的小伙钱，父母给的零花钱凑在一起为我买布料做衣服。从那时起，我才真正感受到爱情的伟大。

婚前，我们相处没有甜言蜜语，更没有花前月下。但我们不缺少心灵的沟通，我们更多的是谈人生，谈做人，谈处世，谈家庭，谈未来。

第四章

烟火

养蝎

章喜做了信贷员以后，工作的范围就在附近几个村子里，信贷员的收入并不高，主要是从储蓄存款和放贷款的绩效当中提取很小一部分作为劳动报酬，在当时的工资水平，也就是二十到四十元每月，但做信贷员几乎不耽误自家的责任田。

章喜爱学习，特别喜爱科学种田一类的书籍。有一天他看到《农民日报》上有一篇报道《养土蝎也能发家致富》的文章后，吃不安睡不眠，他对妻子小许说："养土蝎能发财。"

小许说："土蝎有毒，不能养，再说了，如果花钱费神，养出来土蝎没人要怎么办？这东西又不好吃不好喝的。"

章喜说："我们可以先少养一点，试试，成功了，明年再养，可以多养，失败了，就撂开起手。"

章喜就给小许普及养蝎技术。小许像听天书一样，听着听着，就记不起章喜在说什么，忙问："你讲的我一句也没记得。"

章喜说："算了，你跟我后面学着做就行了。"

清明刚过，章喜就去了南京江宁一家养蝎厂，购回了五百只土种蝎，因为家里的锅屋已经多年没有翻修，灶后长年积存些草土灰之类，正好符合养蝎的要求，于是，章喜就将整个锅屋都覆盖了草木灰，除了锅灶继续用来全家吃饭之用以外，锅屋就变成了一个养土蝎车间，谁都不会相信，等到第二年秋天的时候，从这个不大的锅屋里逮出成蝎一千三百多只，还有好几百只幼蝎留在草木灰中。

土蝎拿去乡里供销社，收购人员一看，这个东西不收购。章喜心想，这下完了，正如小许所说，养成的土蝎没人要了。

章喜又将土蝎拿去县供销社门市，也不要，后来有人提出："你去土产公司看看。"

章喜对小许说："我们去土产公司吧！"

到了土产公司，工作人员直摇头，说："这个东西？我们从来就没收购过。"

夫妻俩拎着土蝎正想走，土产公司门市的一个胖女人，抖着满脸横肉，笑眯眯地说："你可以去医药公司，对，医药公司有个收购门市，弄不好，还能要嘞。"

小许一直叹着气，说："一年多功夫，白忙。"

章喜冷着脸说："你说，钱是好苦的吗？"他们说着，就来到了医药公司。

医药公司门市部一个中年男人在柜台里，冲着盹儿呢，章喜问："你们收购土蝎吗？"

"你说什么？"

"土蝎。"

"你哪来的土蝎？有多少？"

"我自家养的，有一千多头呢。"

中年男人瞟了瞟他们手里的蛇皮袋，问："活的还是死的？"

"活的。"

"多少钱一斤能卖？"

章喜一听高兴了，说明他们是收购土蝎的。小许正想说话，被章喜踢了一脚，怕她乱说，便宜了价格。

章喜笑笑说："会计，你们不是有收购价格吗？"

那人翻了翻眼，说："有按个卖的，也有按斤卖的。"

"按个多少钱一个？按斤多少钱一斤？"

那人噘了噘猪一样的厚嘴唇说："按个一毛一个，按斤七十块一斤。"

章喜心想，我这土蝎个头大的不多，一般个头都比较小，按个卖划算，如果按一百个一斤，七十块一斤，才划七分钱一个，这样不如按个卖。

小许只眨巴着眼，心想，死脑筋，按斤一称了事，按个要数半天，土蝎是活的，又不好数。正想讲话时，又被章喜踢了一脚。

结果在数蝎过程中，中年男人想赖账，说："你这土蝎太小，不能按一毛，只能给九分一只。"

章喜笑笑说："你是公家做生意的，不能欺负我们老百姓，医药公司跟我们信用联社都是友好单位。"

中年男人说："县信用联社与你有什么关系？"

章喜笑笑说："我是信贷员，属信用联社领导。"

中年男人叹口气，说："那就算了吧。你这土蝎卖巧了，我这门市要贴本了。"

章喜心想，你们是公家，我是个体，才不相信你话呢。

一结账，一千三百七十个土蝎，共一百三十七元整，那人还在咕咕嚷嚷，紧紧不付款。

章喜笑笑说："你帮我忙了半天，你照开一百三十七元票，钱，我只要一百二十元，这样行了吧？"

中年男人高兴地赶紧从抽屉里数出一百二十元给章喜，说："下次再来，有多少要多少，一定还找我唭。"

章喜拿到一百二十元后，望小许笑笑，将一大把"大团结"交给小许，说："我带你第一次来县城，带你去回民饭店吃包子，紧吃。"

小许紧紧攥着那些刚到手的"大团结"，像是有无数土蝎在她手掌拱来拱去，心突突地跳，脸被烧得通红，这是她有生以来见到的最多的钱，更是她有生以来，手里攥着的最多的钱，走着走着，她就颤抖着声音，说："章喜，这钱还是你拿着吧！"

"怎么，这一点小钱，你就不敢拿啦？那以后，我们发家致富了，有成千上万的票子，你就看都不敢看喽。"

"不是，这卖土蝎的钱，我怎么觉得手上总有土蝎在爬来爬去，拿钱这只手总是抖。"

"你抖什么呀？放口袋里不就不抖啦？"

"口袋里，我怕……"

"怕什么呀，来，手里只拿一张'大团结'，中午吃包子，其余的，揣口袋里，这是县城，没人在乎你这百十块钱。"

回民饭店的包子，有素食包，也有牛肉包。素食包，每一个一两粮票五分钱，没有粮票，就一毛钱一个；牛肉包，每一个一两粮票一毛钱，没有粮票就两毛钱。

章喜掏了掏口袋，忘记带粮票了，小许说。"坐车回去吧，一个牛肉包两毛，五个就是一块钱，我们俩吃它十个包子，就要花掉两块。称两斤猪肉，全家人都吃满嘴冒油。"

章喜笑笑说："结婚以来，你是第一次跟我进城，这样吧，我们买十个菜包，十个肉包，三块钱的，吃剩下带回去给妹妹吃。"

回民饭店早早就排起了长龙，买包子的人有的是直接打包带走，有的是要上一碗蒸笼下的热水就坐下吃了起来，当然，更显品位的当数炒了两个小碟，坐在满是人的大厅里，品着洋河大曲的那些人。这些"有品位"的人将酒杯端起、放下的神情，像是在给那些喝蒸笼里热水的顾客在表演，表演如何端杯，如何放杯，如何夸张地将酒倒进嘴里，再非常享受地往下咽的神情。

章喜和小许一边喝着蒸笼水，一边有滋有味地吃着包子，他们先拣菜包子吃，小许说："你吃两个牛肉包子吧，男子汉身子骨要紧，多吃一点，我看这章家也就你能顶风遮雨。你那弟弟，虽然是个国家干部，我看他编席编藤椅一点儿也不扎实，做什么没什么样子。"

"你别胡说，我就是靠手艺吃饭的人。弟弟，他是当干部的料，能说会讲，爱动脑筋。就拿信贷员那事，没有弟弟，我哪能做上信贷员呀！"

小许笑笑，将一个牛肉包递给章喜，说："我没说他不好，他的确能干，能将你推上信贷员这位置，我佩服他。我们娘家人都说你们兄弟俩不得了，能磨动天。但我心里总觉得，自从我进了你家门，你弟弟就很少回家，也不知是不是因为我做得不好。"

"你多虑了，我弟弟那人从来不计较别人，你是他嫂，他很敬重你。就说养土蝎这事，我也跟他说了，当初他反对，后来他主动帮我查资料，再后来才同意我们养土蝎，你别看他平时话有点少，我告诉你吧，他心里有数得很，什么轻，什么重，什么事能做，什么事不能做，在他心里一划亮，可以分出好坏轻重。所以，我现在做大小事都会跟他商量，叫他帮我划亮一下。"

说着讲着，二十个包子，吃着吃着，就剩四个了，剩下的全是牛肉包子。

章喜笑笑说："哎，穷人饭量大，不知不觉吃了那么多，这肚子好像还没吃饱。"

小许笑笑说："全吃了吧，等会再买点带给妹妹。"

章喜咬了咬牙，说："一人两个，我们好好干，以后天天吃肉包子。"

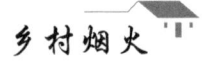

婆婆不是妈

章喜有了儿子，取名大如，这大如不是别人起的，而是他爷爷章祐的杰作。章祐说："我这孙子，就叫大如，要一生如意，一切如意。"

一天，大如过生日，全家人高兴的，一大早就起来准备。中午要有几桌人，肉呀、鱼呀、菜呀、烟呀、酒呀，这些都好办，舍得花钱就行，到哪都能买得到。可今天是孙子头生日，无论是来客，还是家人，都得吃长寿面呀，生日面条是必须的。手擀面几个人吃，没什么问题，可要是几十个人吃，那就成了问题。

为生日面这事，柳兰跟儿媳小许闹了个不快，大如生日前一天，柳兰就说："小许，和面，准备擀面条，明天大如生日，几十个人要吃面呢！"

小许笑笑说："妈，面条擀太早了，馊硬了就不好吃了，手擀面只有现擀现下现吃，那才好吃。"

柳兰冷笑笑，说："这手擀面我也不懂呀？要你来教育我？难不成我连现擀现下现吃才好吃也不晓得？那我问你，明天中午几桌人，喝过酒就要上面，你拿什么上给人家吃呀？"

小许笑笑说："妈，明天上午擀也不迟。"

柳兰紧逼问："明天上午，就没有事？就是擀面条？其他事哪个来做？"

章喜一听，不对头，婆媳俩从没红过脸，怎么因为生日面就吵了起来，忙拉拉小许说："妈说的没错，明天上午客人来了，还有好多事要做，这面条是得提前准备。"

小许不干了，仰起头，问："你顺着妈，我能理解，但，事情得按规矩来，这面现在不能擀，擀了放这馊干了，下出来的面没人吃，人家会骂我们。"

柳兰还是不让，跳了过来，反问："哪个敢骂？骂哪个？要是想骂就不要来我家。"

小许一听，婆婆这话里有话，大如生日来客多数是小许娘家人，都是大如的姨呀、舅呀、舅妈呀，这不明显不让人家进门吗？小许心想，难怪社会上都说你不讲道理、口恶，跟恶狗一样，说咬人就咬人，但又有章喜在场，章喜他只能顺从母亲说话，哪怕母亲就是错的，也只能顺着她。

小许唉声叹气地，冷笑笑说："妈，不争了，我全听你的，你说吧，要和多少面？擀多少面条？"

刚开春，夜里还凉，小许和柳兰一边和面，一边擀面、切面、晾面，一直忙到天大亮。

章祐已经放了头挂鞭，大孙子头生日，这是避邪鞭。章祐问柳兰："起得那么早干吗？"

柳兰气呼呼骂道："你是瞎子呀？我起那么早，我还没捱床边你不晓得呀？睡死觉的东西。"

儿媳小许在边上，一边忙，一边暗暗地笑，心想，这夜熬的，还拿别人杀气，真是活该。

等到中午开席了，原本只准备四桌，却来了五桌，把章祐全家忙得团团转。

酒过三巡，菜过五味，已经有人喊："上饭！"

章祐跑去锅屋一看，面条才下锅，赶紧又跑回主屋，坐到位上，对来客们说："今天这个洋河大曲喝得如何？"有人说："这酒太好了，周正粮食酒。"也有人说："这酒瓶子上的图案既不像人，也不像鬼。"章祐哈哈大笑说："这叫美人泉。"

主屋里谈着"美人泉"。锅屋里正在下着面条。

小许说："妈，面条抓紧盛好端上去呀，马上客人都吃结束了。"

柳兰慢声细语地说："这面条还得再煮煮。"

堂屋已经有人来传第二遍话："面条抓紧上呀，客人早就喊了。"

小许又催："妈，面条能上了。"

全家人都围到锅台边，准备给客人端面条，可柳兰左尝尝，右尝尝，总是摇头，说："火候还没到。"

章祐着急了："客人撂筷子了，故事也讲完了，面条再不上，客人就走了。"

柳兰在这家里，只能对一人发脾气，那就是章祐。柳兰被儿媳小许催得本来就心烦，章祐竟然这个时候往枪口上撞。

柳兰将铁勺在铁锅上狠命砸了两下，说："鬼倒气，面条没熟也能端上去给人吃呀？你平时烂嘴臭舌不是挺能讲的吗？"

章喜着急地问："妈妈，那面条不是早就下锅的吗？烧开就能盛了。"

柳兰也觉得面条再不上，客人着急，撂下筷子，不吃了，走人了，这样不太好，就硬着头皮开始上面条。

"面条来啰！"

"请让一下，面条来啰，多好的手擀面呀！"

这时，就有人议论：

"这面条好像缺火。"

"这面条怎么这样硬的？"

"面条夹生，不能吃。"

几个桌子上的面条，基本上都没有人吃。

全家人一起上手收拾桌子，肉类、鱼类，所有的炒菜、烧菜吃得盘清碗清，酒瓶也撂了一地，烟头也到处都是，唯一需要集中收拾的就是各桌上的面条。

最后，将面条集中起来，整整两水桶。

另起炉灶

章喜看出了家庭里的细小变化，打那以后，母亲与媳妇小许不讲话了。细细想来，还不就是因为大如的生日面，母亲把手擀面准备得太早了，馊干了，下锅迟迟煮不熟。

住在一个屋檐下，吃一起，住一起，朝朝见面，见面相互连一句话都没有，这还叫一家子吗？还是一家人吗？

章喜跟父亲说："大呀，我准备买一台面条机。"

"买面条机？那得要多少钱呀？"

"千把块钱。"

"我的个亲妈呀，千把块钱！你看我们家，这几年，又是盖新房，又是带新娘，又添大孙子，哪来的钱呀？再说了，我们要那干吗？吃面条，我们伸手擀一点。"

章喜摇摇头，说："大呀，你还没明白我的意思。妈妈跟小许因为面条的事到现在还对面不啃西瓜皮，我想买台面条机，这面条机轧面条也不是一个人能干的事，必须有两个人配合。再说，生产出的面条，除了自己家食用以外，我们就走村串巷去卖，也可以用面条去兑换小麦，这样可以赚差价，走比站着强，站着又比坐着强，让她们婆媳俩一起加工面条，既有事做，自己吃面条又方便。"

章祐叹口气说："你媳妇和你妈一个样，都不识什么字，你让她们去做这些动脑子的事，恐怕不行。"

章喜冷冷地说："什么事都不是学才会的？还有比编藤椅还难的活？还有比做瓦工还苦的活？我不照样都做啦？"

面条机到家了，就安装在前屋里，庄邻纷纷来看，都觉得蹊跷，一盆面加点水，加点盐，朝漏斗里一倒，机器发出水牛喝水的声音，一袋烟工夫，面条轧好了，切得整整齐齐，粗细都一样。

一开始，就为庄邻加工面条，不要手工费，十斤面给九斤面条，这样一来，挤破了头，柳兰和小许不分白天昼夜地加工面条，前屋里面粉和面条堆积如山。

一个午后，天气闷热，像是要下雨了，外面晒着很多面条，面条如果遭了雨，连猪都不肯吃。

柳兰说："小许呀，收吧，不收，这雨一来，再收就来不及了。"

小许笑笑说："我听天气预报了，说是有风有云，没说有雨，这些面条晒干了，要包装起来，章喜说，信用社那边要五十斤，供销社那边也要五十斤，这晒的肯定不够一百斤，还不如把屋里轧着的一起弄出来晒，晚上一起分装。"

柳兰一听，这儿媳妇专门是跟自己对着干的嘛，她只听章喜的，不听我的，那我还说这话干吗？嘴一噘，说："晒吧，下雨淌了不要叫我。"

柳兰一气，回到屋里，躺在床上，心想，儿大不由爷，带了儿媳妇回来，就不要指望她能听你摆布。把她能干的，天明明要下雨，她反倒要把面条往外搬，带什么儿媳妇呀？就带一个敌人进门，专门跟老婆婆对着干。

柳兰一边叹气，一边心想，老天呀，你睁睁眼吧，下个七七四十九天，我看她姓许的还能不能！

当柳兰一觉睡醒了，走到门外，一看章喜正在分装面条，还用印了花纹的纸包着，章祐在里里外外地收拾，小许在为章喜打下手。

章喜说："现在面条好卖得很呐，各个机关都找我订货，我们要加班加点，家里的小麦快没了，明天赶紧去市场上收购点小麦。"

章祐说："手里一分钱都没有，上哪去收小麦？"

章喜笑笑说："开头我不是说好了吗？生产面条，笔笔留账，现金在小许手里，账在我手里，明天走小许手里拿钱去收小麦。"

柳兰说："这算盘打得，你买这面条机，你做总账会计，你媳妇做现金会计，点灯熬夜叫我们，我们除了吃你面条机的下脚料，跟那一窝猪一样，别的呢？我们落到什么好处啦？章喜呀，妈不是说你，不要有了媳妇就忘记了娘。"

章祐也附和着，笑笑说："是呀是呀，都是一家人，不能做事头高腔低的。"

章喜放下手里的活，拍了拍手上的面粉，说："大大妈妈，你们说话做事，就不能往远看看吗？这面条经营，要买要卖，总得有人记个账，收个钱吧？再说，妈妈，钱给你收着，我能放心吗？一时收到鞋子里，一时收到鸡窝里，一时收到粮囤里……"

这样的日子没过多久，就结束了。柳兰提出，分家吃饭，一分三下，老大、老二单领门头过日子，章祐带着柳兰和女儿章梅另起炉灶。

第五章

世情

胡峰

二十世纪八十年代中叶，章超被录取为乡镇招聘干部，收到了县人事局寄来的录取通知书，定为行政二十四级，每月工资为四十九块三，一同录取的乡镇妇女干部每月工资为四十九块八，原因是女同志多了一项每月五毛钱的护理费。参加完县里举办的培训班，章超就要去单位所在的裴乡报到了，职务是裴乡统计干事，所谓干事，就是干部当中的办事员，最低级别。

报到前一天，章祐找到在裴乡任财政所所长的邻居胡峰（胡三奶的儿子），胡家与章祐家仅隔一户，目的是请胡峰照顾一下章超，孩子刚考进这个单位，人生地不熟的，有点不放心。另外，因家里手头紧，暂时还没买得起自行车，来回还请胡所长自行车帮带着。

章祐深知胡峰这人在庄子上的表现，比较官僚，说话压人三分，看不起老百姓。

胡峰之所以能做上乡财政所所长，全部仰仗他的堂弟在县委组织部做分管干部副部长。县里招乡镇财政干部，他当时是大队会计，全县招干时，他考得最差，听讲语文只考十几分，但那时考试，注重的是家庭出身和现实表现，组织部领导的堂兄出身怎么能差呢？考上财政会计以后，在村庄上就更翘起了尾巴，不知天高地厚，说话大似天，其实肚里没什么真货，村庄上的人也很少与他接触。星期假日，看麻将，如果不是三缺一，没人跟他打。他打麻将有五大特点：一是掼牌。揭牌不好时能将牌掼到桌底下；二是任何人不能看他二层，看他二层，两把不和牌，浑身痒痒，保准骂看二层有多远滚多远；三是出牌带骂声，揭到孬牌，从天骂到地，从南骂到北，让人听不下去；四是拖账，赢钱比谁催兑现得都快，输钱迟迟不兑现；五是赖场子，只要输钱，不捞上来不散场，有的人被他拖吐血了，赢的钱都给他，承认他好佬，但赌咒发誓，再与他看麻将就是婊子养的。

农村人说，从看麻将上是最能看出人品的，胡峰都具备如此五条特征了，人品到底如何？

胡峰骑着一辆新凤凰牌自行车刚到家，车还停在前屋门口，章祐就瞅着了，赶紧夹着一条玫瑰烟过去。

"胡所长回来啦？"章祐心脏加速跳动着。

胡峰仰着头，大声喊道："哎呀呀，老三呀，快快，屋里坐。"

刚坐下，章祐将玫瑰烟放桌上，说："也没什么东西，你抽烟，拿不出手。"

"这叫哪家话，处庄各邻居，还是亲戚，你赶紧拿回去自己抽去，我也不缺这些。"

"我知道你不缺呀，这只是我章老三的一点小小心意。"

"哎呀，老三呀，你肯定有什么事找我吧，有什么事，尽管说。你还不知道我胡峰的，家里家外，不知帮别人多少忙。"

"是呀是呀，天也快黑了，我也就直截了当跟你说了吧，我小儿子章超考上了裴乡干部……"

章祐还没说完这句话，胡峰将一支烟朝地一扔，反问："你家儿子考上乡干部了？是你家儿子考上的？是真的假的？我怎么没听说呢。"

章祐连连赔笑说："孩子找点事情做，也没什么大不了的事，就没提前跟你说。"

胡峰的脸上冷得令人可怕，说："没大不了的，你知道这次招干有多厉害吗？"

章祐摇摇头，说："不知道。"

胡峰站了起来："我告诉你，这次招干上来就是行政干部，上来就定级，连考察期都没有，不知多少好佬家的孩子都没考上，怎么可能是你家儿子考上呢？"

章祐笑笑说："我儿他也是瞎猫碰上了死老鼠。"

"你家孩子有出息啦。"

章祐见胡峰长吁短叹，也只能抓紧将想说的话给说了，好走出这胡家的门。章祐轻声轻语地说："还劳烦胡所长多多关心，孩子不知好坏，请多包涵。"

胡峰连连摆手，说："这你客气了，你儿子那么有出息，哪里需要我关心呢？"

章祐接着说："因为手头紧，刚盖好房子，就带儿媳，家里也没什么闲钱，章超还没买起自行车，你能不能帮带一段时间？"

"你是说，让我用自行车带他上下班？"

章祐点点头。

胡峰冷笑笑，说："裴乡离这也不远，十来里路，我要是方便时可以带他。"

章祐连连点头，说："那我就不耽误你时间了。"

章祐回到家后，正好吃晚饭，将胡峰的情况给家人说了一下。

柳兰冷着脸，说："他家是高高在上弄惯了，从来不用正眼看人，你找他，不是找难看？"

章祐冷着脸，说："人在屋檐下，不得不低头，章超去裴乡工作，还要靠人家照应着，再说了，我们烧烧香，起码他不会坏我们的事吧！"

章喜冷冷地说："弟弟以前因为偷他家瓜，差点没弄出人命事，还不是赔了他家四碗小麦面才了的事，这种人，你不要惹他，你做你事，他干他的事，你只要不犯错误，没什么把柄让他攥着，我们也没什么怕他。"

章超笑笑，点点头，说："我知道，眼下困难一点，我不怕，能克服，以前在裴乡读书，每星期放学、上学，哪次不是背锣拐鼓的，都是步跑的，有什么了不起，再说了，到裴乡还有公交车呢。"

全家人都唉声叹气，觉得章超怎么考取这个晦气地方，更重要的是跟这种人在一起处事。

第二天去报到，章超早早就去了车站，到裴乡就是一站路，很方便。

到了裴乡，办公室郑秘书接待了章超。

郑秘书是一位老肝炎病者，脸色像蒙了一张黄纸，他让章超坐下，说："小章呀，你们赶上了好时代，这次招干，改变了你的命运，你这叫跳龙门，这龙门跳的步子还很大，我现在就带你去见书记。"

"蒋书记，这就是招干分配来做统计干事的章超。"郑秘书咳嗽很厉害。

蒋书记很朴实，是一位烈士的儿子，中等身材，乌黑的猪腰子脸跟普通农民没有两样，包括他穿的中山装，破旧的膀弯上补了补丁。

他笑笑，望郑秘书说："你先忙。"

蒋书记又笑笑，望章超，说："你坐。"

章超将县人事局调令交给蒋书记，蒋书记点上一支香烟，笑笑说："农民的孩子能混到这张带红印的小花纸，你就算奔上了前程。"

章超后来才知道，蒋书记虽然是乡党委书记，但他不识多少字，应该就是初中没毕业的水平，但因政策好，启用了烈属子女。蒋书记为人又厚道，组织上想用，老百姓又拥护，所以就当上了乡党委书记。

蒋书记问："小章呀，我现在缺一位能拿笔杆子的人，现在这个秘书，就是刚才那个唠唠叨叨的病胎子，不能写东西，哎……"

正说时，通讯员来报告："蒋书记，三干会马上开始了。"

蒋书记看看手表，说："乖乖，差点把这事给忘了，小章，一起开会去。"

章超还没弄明白怎么回事，就叫他去开会，心中一慌。刚走到办公室门前，郑秘书就叫："章超，过来一下。"

章超来到办公室，郑秘书对一矮个小老头说："这是曹主任，他帮你把宿舍都拾当好了，桌子、椅子、床、脸盆架、洗脸盆、水壶、水缸，都是新的。"

曹主任一头白发，三角眼，仰头望望章超，说："年轻人，就二十四级干部了，了不起，这是宿舍钥匙，散会去我那买饭票。"

章超笑笑，说："谢谢曹大爷。"

曹主任哈哈大笑，说："我看你将来最有出息。"

郑秘书也笑笑，说："昨天报到的三个小孩，一个是人武干事，一个是妇联干事，一个是青年干事，个个都油头粉面，来头不小，讲话还甩头掉脑的，我看也混不出什么名堂来。"

曹主任笑笑说："小章，有事找我，我老曹是解放后就在这混的。"

郑秘书笑笑说："万事通，也叫万事管，没有老曹办不了的事，就连胡财神都怕他。"

章超一听胡财神，估计是胡峰，他是财政所长呀。

正说时，乡政府院内就有人吆喝："开会啦，抓紧进场吧，开会啦。"

乡政府召开"三干会"，也叫"三级干部大会"，三级干部说的是乡政府一级干部，村支两委干部，村民小组长。

这次三级干部大会由一名党委副书记主持，首先由一名副乡长讲话，他重点安排当前农村工作。最后，党委蒋书记要求：一方面，要围绕经济建设为中心，狠抓经济工作不放松。当前尤其要抓好农田作物管理，要求全体乡村干部迅速行动起来，开挖田间一套沟，加强晚秋作物的管理，抓好以生猪为主的多种经营生产。另一方面，要彻底否定"文化大革命"。要澄清思想认识，要把全体广大党员、干部、群众的思想统一到党的十一届六中全会上来，当前要抓好整党工作，要求全体党员要与党中央保持高度一致，彻底清理"三种人"，这"三种人"对社会的危害是极大的。要把一切怨气和仇恨全部记到"文化大革命"上去。要彻底否定"文化大革命"理论，彻底否定"文化大革命"的错误实践。做到不打棍子，不抓辫子，不扣帽子。

蒋书记讲话是脱稿讲的，他带着感情，尤其是讲到"文革"，他气得猪肝脸更紫了。章超心想，这才像农村干部，人民大众的干部，他讲话朴实，喜好抽烟，作报告时香烟是一支接着一支，讲话发脾气时，将桌子拍得咚咚响，尤其是听说有干部欺压老百姓，他恨之入骨，还不时赌咒、谩骂，可那些坐在下面听报告的人个个都竖大拇指，认为蒋书记讲话有魄力，有杀劲，有水平。章超终于明白一点，那就是从事农村工作，必须使用农民语言，质朴浅显，直来直往，半天说教，不如来一个赌咒发誓，三天思想工作不如共同喝一顿老酒，酒桌上最容易表态，下决心。很多工作都是这样，无论你有三头六臂，你有天大的本领，都不如酒杯一端管用。

章超认为，这就是农村工作的真经，蒋书记才是真正的农村工作的行家里手。

散会后，章超去了后勤办公室，曹主任正在数饭票、菜票，见章超来了，赶紧将手里的活停下来，问："小章呀，是要饭菜票吗？"

"是的，曹大爷，我想先赊几天饭菜票，等发工资还你。"

"这个不要紧，我给你一个月饭菜票，发工资给我。我管理这个招待所，东西全得很，你缺什么就来找我，初来乍到的，一个人在外乡也不容易，哦，听说了，'胡财神'跟你是老乡呀！"

章超点点头，说："是的。"

曹主任冷着脸，说："他是他，你是你。他是这院子里最能干的人，说话声音也最大，你少沾他，没事就锁在屋里多看看书。"

章超连声说："谢谢曹大爷，谢谢您！"

中午吃饭，这是第一顿在工作单位吃午饭，章超要了一素一汤、一大碗大米饭。章超觉得，就这菜，在家里吃不到，等拿了第一月工资，先买几斤猪肉，回家去，让全家人欢喜欢喜。

正吃饭时，边上过来一个人，章超转脸一看，是胡峰。"胡财神"驾到，章超毫不慌张，赶紧站了起来，说："胡大叔，您也在这吃饭呀！"

"你这熊小子，我早晨还在家等你跟我一起来报到呢。"

章超觉得无地自容，乡政府食堂吃饭的人至少也有三四十人，都望着这一老一少。章超像犯了错误的罪人一样站着低着头说："对不起胡大叔，对不起，早晨起来怕麻烦您。"

结果意想不到的是，胡峰说："没什么，我们都是自家人，你跟我儿子一样，不要客气，来回就坐我自行车吧！来，师傅，上一碗肉来。"

章超有点受宠若惊的感觉，一边吃饭，一边想：我们全家都有点"以小人之心度君子之腹"的感觉，总觉得是错怪了胡峰，也包括那个曹主任，他好像对胡峰也有戒意，就连郑秘书讲话也对胡峰抱有不满。

章超不抬头地吃着饭，胡峰将一条腿翘在木凳上，将吃完的空碗放在桌上，点起了香烟，一边抽烟，一边眯虚着眼睛扫视着食堂里零零散散吃饭的人，大声喊道："这个章超，既是我同乡同村人，又是我亲戚，来裴乡工作，希望在座的各位多多关心，有不到之处，全看在我老胡的面子上。"

章超抬头，望望四周，大家频频点头。

上班第一天，章超就与新分配来的青年、人武、妇联几位干事相互走动了一下，看看各人的宿舍，其实宿舍都差不多，只不过各人带的被子花纹有一点差别，其余都是集体配备的生活和办公用品。

在乡下工作，没有单独的办公室，包括党委书记、乡长，都是宿舍兼办公室，书记和乡长这些领导班子成员都是套间，里边住人，就是宿舍，套间外边就是办公室，来人接待就在这套间外边。有家口的三套班子（党委、政府、经委）领导，除了一个套间用来住宿和办公以外，另加一间厨房。

助理级人员，也就是胡峰这类干部，就是一间宿舍带办公室，吃饭在食堂。

新分配来的工作人员，也就是乡镇里的办事员，也享受一间宿舍兼办公室的待遇，但这些房子跟中层人员相比，还是很有差距的。章超的宿舍很小，门窗是破旧的，没有玻璃，是用木板钉死的，地面是泥土的，雨天阴水，干旱时起燥，墙面脱落，只能用报纸糊着，天花板掉灰，也只有用钢丝拉网，用报纸糊顶棚，但就这条件，能在乡政府弄个一间小房子，就是了不起的待遇。农村的亲戚朋友来找你办事，看到你享受这种待遇，都会羡慕地淌口水，回家要讲上一年半载。当时，在乡政府里少说二十多名临时工，都是得着各方面关系找来的广播员、通讯员、报道员、后勤、炊事员、林业员、水产员、生猪税助征员、联防队员、计生临时人员等等，五花八门，比在编制的人数还多。这些人在乡里是没有宿舍的，他们是以部门为单位，合并三五人共享一间办公室，而这些办公室都是一些旮旯犄角的地方，尤其是靠近厕所、靠近厨房、靠近广播站等地方，都是安插临时工的地方。

章超决定先住下一星期，熟悉熟悉情况。章超找到曹主任。

"曹大爷，我今天刚来，还没带被子，想先找你借床被子。"

曹主任推了推眼镜，笑笑说："有的有的，还缺什么？缺什么你就来找我，我哪里也不去。"

章超笑笑，说："谢谢曹大爷。"

第二天，章超早早就起了床，刚放门，只见曹主任在挥舞着大扫帚，在宿舍门前扫地，扫得尘土飞扬。

章超见状，赶紧脱了外套，夺过曹主任手里的大扫帚，说："曹大爷，您这么大年纪，还扫地呀，这些以后就安排我们这些年轻人扫吧！"

曹主任喘着粗气，笑笑，说："我是勤杂工，就是管这个的，你们年轻人都是干部性质，都各有分工。"

曹主任见章超扫得又快又干净，叹口气说："小章，像你这样的孩子不多了。你看看，看看那些外地考过来的几个，都还没放门，还有，乡里这几年招来的二三十个临时工，个个也学当官的，哎，都是什么人教出的懒东西。"

章超只顾扫，弥漫在一片尘土里，也忘记了曹主任站的方位，乡政府有四排宿舍，有四个小广场，四排宿舍门前加上食堂门前，章超扫到第三排宿舍时，曹主任挑着水桶过来，说："小章，歇一会，让我来换换你。"

章超问："您挑水干吗？"

曹主任说："我每天早上，要给三个一把手水缸里都挑满了水，蒋书记、戴乡长、张主任。"

章超说："这些人的水为什么都要你挑呢？"

"我是工勤员呀，就是扫地、挑水、卖饭菜票，还管几间招待所。"

"那你也太辛苦啦！"

"辛苦算什么？这世道养家糊口容易吗？家里养活着老母亲，还有四个儿女，妻子又生病，没这份差事，怎么养活？"

"真是不容易，我帮你挑水去吧！"

"那不行。"

"为什么？"

"那三个一把手，要是知道水是你挑的，他们会认为我偷懒，尤其是那个乡长，顶不是个东西，早就想换了我，安排他襟兄弟来，听说他喜欢小姨子，我呸！"

章超心想，什么乱七八糟的。当章超将这个小广场地全扫完后，就去曹主任处还扫帚，曹主任一边洗脸，一边笑着说："小章，谢谢你呦，抓紧回去洗洗漱漱，马上开早饭了。"

章超正准备走，曹主任迅速拉了章超一下，章超被吓了一跳，转过身时，曹主任已经向章超的裤袋里塞了一个圆圆的东西，轻声轻气地说："这是煮熟的咸鸭蛋，早晨就不用再买了。"

"曹大爷，这个，我不能要。"章超将鸭蛋掏了出来，正往曹主任的桌子上放，曹主任冷着脸，说："别人想要，我还不给呢，拿着。"

就这样，章超每天就早早起来，帮助曹主任扫院落，有时也帮他打水、挑水。

王世多

章超除了完成县统计局下达的各项业务工作，参加县里的业务会议以外，在乡里主要就是派去村里驻队，驻队就是做好乡党委、乡政府、乡经委与所在村的联络工作，上情下达，下情上传，既是通讯员，又是传声筒，还是参谋助手。他成了联系上下的桥梁，也是纽带。

驻村工作首先要解决交通工具问题，其实就是自行车。章超被分在离乡政府五公里的洪湖村驻村。这里是全乡十五个村中最偏远，道路最差的一个村，那时还没有砂石路，全是泥土路，好天一身灰，雨天一身泥。

驻村工作一开始，章超早出晚归，中午在支部书记家带饭，他不吃亏人家，每天给一斤粮票、五毛钱。就这样带了三个月的饭。

曹主任发现了一个问题，问："小章，你好像没有自行车，你可以骑我车呀，我很少回家，你骑去。"

章超心想，正好解了燃眉之急。曹主任的自行车是长江牌，破的也是浑身找不到一颗好螺丝，大杠上是用尿素袋包扎的，除了铃铛不响，一骑起来，浑身发软，周身都响，但有总比没有强。

有一天，天气冷得人直打牙颤，章超买点菜回家来。明天是星期天，毕竟工作三个月了，算算这三个月，回家不到十次，每次回家不是拿被，就是拿衣，没有一趟不是急匆匆的，现在一切都安顿下来了，也该买点菜回家了。

正到村口，碰到了乡邮递员，是章超同村人，东王庄的，叫王世多。他一见章超背着菜，就问："小章呀，荣升当官了，也不请我喝一杯酒。"

"好呀，王大叔，那就去我家呀。"

"是真的吗？"

"真的，这蛇皮袋里全是菜呀！"

"好，那我先去家，家里还有两瓶好酒，我给带上。"

母亲柳兰一听说王世多要来家里吃晚饭，心想这孩子怎么一工作就结交这些酒肉朋友，但容不得多想，菜都买回来了，就安排小许杀鱼，自己剁肉、洗菜、生火，厨房就大忙起来。

章祐赶紧收拾房间，将刚开头编的一张柴席拖到院子里，章喜负责洗碗筷，摆酒盅，找酒壶。

王世多不一时嘻嘻哈哈走进了屋。

章祐笑笑说："王大哥，来就来吧，还带酒干吗？怕我们没酒给你喝？"

章超赶紧接过两瓶洋河普曲，说："王大叔，你坐。"

王世多还没坐下，就搂过章祐，说："老三呀，你儿子真有出息呀！"

章祐笑笑说："王大哥，你是邮局老职工，你知道我们八代贫农，就是靠土里刨吃，也没指望孩子能走多远飞多高。"

王世多一转话题问："今晚没叫'胡财神'呀！"

这时全家都愣住了，章祐望望章超，章喜望望章祐，还是章超回了话，说："没呀！"

王世多连连摇摇头，说："哎，还是叫来好，反正一桌菜，我又拿两瓶好酒来，胡峰那人，你们知道的，跟章超现在是同锅抹勺子，都是国家人，以后还指望人家照顾呢。"

章祐一听恍然大悟，原来王世多是为这个事，自己怎么就想不到呢？连忙说："谢谢王大哥，谢谢王大哥。"

章喜叹口气，说："我看叫他也不一定来。"

章祐笑笑说："要不，我去叫？"

王世多连连摆手，说："不要不要，就章超去，章超去，一叫就来。"

章祐心想，老子的面子不比孩子大呀，但又不好驳王世多的面子，就笑着望章超说："你王大叔说了，你去叫胡大叔呀。"

章超笑笑，说："好吧，我去叫。"

一支烟功夫，胡峰走在后面，跟着章超走进了章家宅院，全家人迎了出来，就连正在做饭弄菜的柳兰也带着儿媳小许走了出来，王世多最后走了出来。

胡峰一见王世多，哈哈大笑，说："你们家不简单，能请到王大局长。"

王世多也哈哈大笑，伸出手来，与胡峰握手，说："'胡财神'不是哪要请就能请到的哟。"

两人手拉手，亲热得像是八辈子没见面的胞兄弟。

进了屋，章祐指指桌子说："坐吧，坐好就开始，章超端菜去，章喜开酒，章梅帮你妈忙忙去。"

王世多这人真是与众不同，为谁坐上席，他与胡峰两人理论起来："这最上席必须你'胡财神'坐呀，因为你与章超是同一战壕里的革命同志，以后，还多承望你对孩子关心照顾，我是来陪客的。"

胡峰拉着王世多，笑着说："你说天书，我也不能坐，我与老三是庄邻，又都是亲戚，你来是贵客，我怎么也该尊重你，这位置必须你来坐！"

章祐站在一边，正想说话，被章喜拽了一下，意思是，这话你不能说，他们之间怎么尊重是他们的事，我们一旦插口说话，就把他们两人分出了亲疏、高下。

章超笑笑，说："您二位，对于我，对于我们家都是一样的。"

王世多最终还是硬拖着将胡峰摁在他的上首。

酒过三巡，菜过五味。胡峰忽然提出："老三呀，我给你说，你要想办法做点贷款，给章超买辆自行车，没有自行车，怎么上下班？怎么下村驻队？怎么参加全乡生产大检查？"

胡峰的话让全家人震惊，也让王世多一愣。

章祐叹口气说："是呀，这两年，家里连连有大事，盖了新房，又娶儿媳，手头太紧了。明年春天想办法，实在不行就做贷款也要给二儿子买辆自行车。"

章喜也深深地叹口气说："那么远，没有自行车不行，光找人家借自行车，也不能算日子，明年春天，我来想办法。"

王世多端杯与胡峰干了一杯，问："章超不是骑自行车回家的吗？"

章超红了红脸，说："是乡里曹主任的自行车。"

胡峰撇了撇嘴说："那个熊老头，不是个玩意，就是想讨巧，一年到头没名没姓的发票不知报多少，你要少跟他啰唆。"

章超心中一紧，觉得曹主任不像胡峰说的这样，但连连点头，笑笑说："好的好的。"

王世多又端杯与章祐喝："老三呀，你暂时不要急着买自行车，既然手头紧，过年把不妨碍。我有一辆邮电局破永久车，修修不比新车差，车型又小，好骑得很。"

章祐连忙说："那敢情好，我们给你钱，分钱给你收。"

王世多连连摇头，说："你儿子有出息，我高兴，我不像'胡财神'那样，跟你儿子一个单位，好照顾，能帮上忙。我帮不上，但我有这一辆破旧永久车，撂着也是撂着，邮局新车已经发下来了，你明天就去推，修好就能骑！"

章超连连道谢。章祐说："你帮我们大忙了。"

最后胡峰举杯，说："章老三，你放心，你孩子就是我孩子，我儿子胡山没你儿子有出息，考上的是国家干部。但我儿子也不错，在乡里计生办，虽然是临时工，但我是财政所长，有正式人员的，就有他的。所以说，章超和胡山我一样对待。"

全家人都道好，王世多笑着说："这顿酒喝得最舒服，我们希望全大队孩子都能像章超和胡山这样有出息。"

第二天，章祐去王世多家将永久自行车推了回来，找到修车行，基本没换什么零件，主要就是上油、清洗链条、除锈。到了星期天，章超坐车回家，将王世多给的这辆永久牌自行车骑到单位，就这样，这辆永久车一骑就是十年。

"三两五钱"

年底，章超参加了全乡"三两五钱"统筹会议。农经站徐站长在会议上介绍了什么是"三两五钱"：就是从农民承包土地的粮食产量中，每斤拿出"三两五钱"作为集体提留，说白了就是粮食的百分之三十五按市场价格折算成现金交给集体用于公益事业。全乡二万五千人口，共承担"三两五钱"四十二万七千五百一十五元，全乡人均筹款十七元一角钱，这些费用共涉及三十三个项目，用于归还财政周转金，归还农业贷款。

这些费用还不包括平时的农田水利出、大河工筹粮筹款筹劳，不包括村组使用的杂工，不包括计划生育集体行动的开支，也不包括农业税、农林特产税、生猪税等费用。

所有费用都要由农民来支出，章超在洪湖村协助征收"三两五钱"时，很多农民都提出：种地完粮、交税属天经地义，交"三两五钱"不合理。可是老百姓提归提，乡里不得不征收，不征收很多事情就没有办法去完成，但是老百姓提的也有道理。比如说，学校的校舍老百姓掏钱去建，教师的工资由老百姓掏钱去发，可到头来，小孩去学校念书还要收几十块钱学杂费、书本费、勤工俭学费等，学校墙上明明写着"人民教育人民办，办好教育为人民"，可老百姓却将那行醒目的标语口号改成："人民教育人民办，办好教育办人民"。老百姓绝大部分是好的，善良的，听话的。说归说，给归给，说一千，道一万，不交钱不行。今年乡里还组织了"三两五钱"突击队，突击收取"三两五钱"。有不少老百姓没钱给，那就由突击队负责牵猪拉羊、砍树扒粮，没办法，社会事业不发展不行，这就叫先国家，后集体，再个人。

章超的年终统计结果出来后，分析了一下，老百姓的收入还很低，全乡老百姓的人均分配收入仅为三百零一元，如果扣除水分，应该只有二百元上下，人均承担的税费差不多要超过四十元，这种交款比例明显太大，尤其是全乡还有百分之三十五的特困人口、特困户。章超心想，又有谁会去为老百姓着想呢？难怪农村人都那么穷，除了收入太低以外，杂税真是太多了。

章超常常在夜间思考，所有这些生活现实，归根到底还是国家太穷，集体太弱，等到我们国家富强了，集体富裕了，老百姓的负担自然就会轻下来，但愿这一天早日到来。

为此，章超写了第一份农村调查报告《农民负担何时能够降下来》，此文在《中国农村调查》上发表后，被很多权威报刊转载。

章超也因这篇文章的发表，引起了县有关部门的重视，乡党委、政府、经委也对章超刮目相看。党委书记蒋书记还在乡里的三级干部大会上，乡政府点名会议上多次表扬章超。

庆"七一"，乡党委决定吸收章超为中共预备党员。这件事引起了家庭里大讨论。章祐说："我们家有了第一个共产党员，这是一件了不起的大事，比盖新房子、娶媳妇更加重要。"

柳兰也冷静地说："儿子呀，这个不是骄傲资本，从现在起，你就不是以前的章超了，现在是共产党员章超，那就是党的人，说话做事要注意着。"

章喜笑笑说："要向老二学习，以后也要写申请。"

章超将全家人的殷切希望都牢牢地记着呢。

绝不当婆婆

虽是严冬，但暖若春日。章超的女儿降临人间，这对于一个家庭是天大的喜事。对于一个男人，只有当他娶妻生子以后，才能算一个完整的男人，所要承担的责任才是完整的。女儿的降临让章超也更加充满了对前途的憧憬。章超将女儿取名为章涵。意在期望女儿将来要健康成长，成为一名有涵养、勤奋好学，对社会、国家有用之人。

苦干给章超带来了意想不到的收获。县委组织部以红头文件下发《关于章超任裴乡统计助理的决定》。这个助理不算什么官职，但对于一个农村的孩子来说，那是登天的梯子，虽然只是乡政府中层干部，但这个进步，是用汗水、智慧、奋斗得来的。

父亲章祐说："我儿也算是十年媳妇熬成了婆，好好干，说明共产党不用白人，你是我们章家唯一吃皇粮的人，要给祖宗争点光。"

母亲柳兰摇摇头，说："你年纪轻轻的，不能认为有一点进步，就是什么熬成了婆。你在乡政府还是个小媳妇，要永远坚持做小媳妇，即便人家给你做了婆婆，你也不能真像婆婆一样。这样，你才能走远，不要年纪轻轻地就让人家一碗清水看到底了。"

章超连声说："妈妈，我一定好好做媳妇，绝不当婆婆。"

章超妻子小赵抱着女儿章涵，笑笑说："做人是一辈子的事，当官不当官不要紧，要紧的就是把人做好，把事干好，把家带好，这样就行。"

章祐笑笑说："年轻人要求进步还是好事，就是过去，也讲究光宗耀祖嘛！"

柳兰冷冷地说："我看不一定，光宗耀祖就不要想了，多想想眼前，我们这个家原来就是个穷光蛋，现在日子好过了，以后要一天比一天好，那就不是当多大官的事了。小赵说得不假，好好做人，不要头顶有个帽子，脚底的路就变窄了。"

全家人都笑了，就连刚会走路的女儿也笑得咯咯响。

章超从办事员提拔为助理级干部，乡政府像一池水波澜起伏。

在乡政府早点名会议上，党委书记蒋书记在进行完工作安排后，丢掉了烧到屁股的烟头，又重新点上一支，咳了半天，说："再宣布一个任命，县委组织部任命章超同志为裴乡统计助理。"

蒋书记停顿了一下，说："大家欢迎。"会议室里零零落落响了一阵掌声。

蒋书记说："这次乡政府四个招聘干部中，为什么只有一名同志提拔为中层干部，我想，大家心中有一本账，全体同志需要思考一个问题，那就是，我们应该怎样做人，如何做事。章超同志的提拔，是三套班子集体推荐的，在测评的时候，小章得票几乎是满票。"

吃早饭时，胡峰坐到章超边上，一边吃，一边笑笑说："年轻人嘛，就是要好好干！不干哪有什么出息，就连我那儿子胡山，也要向你多学习。"

"谢谢胡所长，谢谢您的多次推荐。"

这时就有人议论：

"这乡政府里的事情也不是哪一个人干的呀。"

"好事总往一个人身上堆。"

"会表现呗。"

"会做的不如会看的，会看的不如捣蛋的，苦乐不均。"

"不就是会写点东西嘛。"

这时，后勤曹主任跳了出来："我看有的人就不说良心话，我看这年轻人当中，也只有提拔小章能让人服气。"

胡峰见曹主任站出来说话，他也站了出来，说："对呀，章超还只能写点东西，这东西一写，还就上了国刊，还就受到县里表扬。你们说说，你们写了是不是连揩屁纸都不如！"

有人顶杠了："你胡所长不要想着点子骂人，哪个没有特长呀，没有三把神沙就能来这乡政府混呀？"

胡峰骂道："混，你一个临时工，还跟国家干部比？"

"你骂谁呢？我是临时工，你儿子不是临时工吗？他是几级干部呀？"

"老子骂的就是你，你这个不知好歹的东西。"

曹主任站了出来，走到这个叫小三高子的矮胖年轻人边上说："三高子呀，你吃什么浑劲，你有几斤几两呀？你爸爸都不敢在胡所长面前放个屁，你爸是农经助理，很多事情还巴结胡所长，你这熊孩子吃枪药了？"

小三高站了起来，手指曹主任，叫道："你曹皮球算什么东西？你也不是临时工吗？你比我高强呀？你手指指戳戳什么？防止老子掐断你那爪子。"

章超满脸通红，拉拉胡所长，又拉拉曹主任，说："算了吧！都因为我，对不起！"

哪知三高子又冲章超喊："有本事单挑。"

这时，三高子父亲、农经陈助理听说这事，连滚带爬跑到食堂，连忙给胡所长、曹主任赔礼：“孩子不知好歹，都怪我没教育好！”

陈助理伸手准备打他儿子，三高子头一甩，差点让他爸趴地上去，嘴里还念叨：“你想干什么？”

没等陈助理打他儿子，不知是谁把这事告诉了蒋书记。蒋书记走到食堂，朝食堂门口一站，双手叉腰喊道：“都给我听着，我是先斩后奏，马上开三套班子会议研究。为了正风肃纪，决定开除小三高子，现在就请你给我滚蛋，同时决定农经陈助理停职检查。另外，凡是刚才乱发表议论的人，都给我写出检讨书。你不要认为你聪明，在背后乱发议论本身就是违纪行为，当面不说，背地乱说，当面一套，背地一套。你说章超不好，就是说党委不好，也就是说县委组织部不好，你们看着办。”

蒋书记有点像一家之长，他这么一宣布，所有人都低着头散开了。

超生

二十世纪八十年代最后一个冬季，章超的儿子出生了。盼子心切的愿望终于实现。为了生这个儿子，章超通过计生王助理办理了一个二孩准生证，这个证子办得过程很复杂，复杂就复杂在不符合生育二孩条件，用独女招婿的条款来办，再说章超妻子小赵，兄弟姊妹八个，她是最小，怎么也不能用独女招婿呀。可王助理是个好人，因为是同乡，平时又多在一起研究如何写调查报告，他也是个会动笔之人，物以类聚，王助理对章超提出生育二胎一事，自告奋勇为其办证，并且表示一包到底。

章超总结出一个道理，在乡政府工作一定要确保有好人缘，这个好人缘会给你带来一生好运气。有的人符合生二胎条件，但你人缘不好，要想办张二孩证，难上加难，因为材料总得有人帮你搞呀。真符合条件和假符合条件，办的都是一个程序，一样的材料，只要你有好人缘，假的按真的办，一办就行。

妻子小赵怀上了二孩后，一直还在乡政府打字员的岗位上。冬天的一个午后，王助理来到章超宿舍说："办下来了。"

"办下来了？这么快？"

"你呀，再不快，你媳妇不就生了吗？"

王助理从怀里摸出一个小本本，直往章超的抽屉里塞。一边塞，一边说："还要让你媳妇小赵躲躲，不能让人说出话来。"

"这当然，这当然，喝酒，喝酒。"

拿到二孩准生证以后一个月，儿子就出生了。章超是个文人，对儿子也寄予希望呀，希望儿子长大后要谦虚好学，成人成才，所以就取名章逊。

小赵说："你给儿子起这名字怪拗口的。"

章超笑笑说："这名字好呀，儿子长大要谦逊，要有知识，有文化，有教养，跟他姐一样，都是要成人成才嘛！"

小赵又笑笑说："也不假，章涵这名字原来也叫不习惯，现在叫起来怪顺口的，连名带号，就这样，叫叫就习惯了。"

小赵在乡政府做打字员，虽然是临时工，可没被人另眼看待过，主要就是会做人处世，真是上上下下没人不夸。有时章超说话做事有差池，有亏欠人家，小赵马上找人家平和关系，赔礼道歉。伙房有一个叫杨二娘的，她说过："小赵这人，老不欺，少不哄，真是家有贤妻，男人在外不惹祸事。"

第六章

疾苦声

章超担任乡统计助理后，多次深入到农家田头搞调研，特别是对农民的生活状况了解得深刻，所以他对农民报以更多的同情、怜悯。当下的农村太难了，农民的日子太苦了，很多农民对当下的生活都非常失望，虽然改革开放十多年过去了，土地的收入也多了起来，但苛捐杂税得使农民负担年年增加，已经到了民不聊生的地步。本县的一个乡镇因为征收"三两五钱"，农民没钱可交，扒了粮，牵了猪，赶了羊，老农民觉得无路可走，只有服毒自尽。老农民死后，他的儿女们长期停尸闹事，公安还上门抓人，这件事触动了章超的心。

在充分调查研究的基础上，章超用心用血撰写了调研报告《减轻农民负担刻不容缓》《买来的婚姻，悲惨的结局》《吸烟危害大，带来问题多》等十多篇调研报告在重量级报刊上发表，引起了上级领导的高度关注，对当时解决农业、农村、农民问题，起到了参谋助手的作用。

在一个阴雨绵绵的秋天午后，蒋书记将章超叫到他的办公室。

蒋书记掏出一支烟，章超帮他点上。蒋书记笑笑，说："你坐，你坐。"

章超落座后，望着蒋书记微笑着问："书记找我，一定有事交代。"

蒋书记连连摇头，说："没什么事，没什么事，阴雨天嘛，工作上的事也干不了什么，就是跟你谈谈心。"

章超将两手放在一起搓着，在脑海中回忆着最近在工作、学习、生活当中，有哪些得失，是不是书记有什么看法。

蒋书记笑着问："最近家庭生活有什么困难吗？"

"没有呀，书记。"

"哦，你们四口之家，生活不容易，有什么困难一定要跟我说，不要硬扛着，乡党委就是你的靠山。我只要你工作上硬顶硬扛，但生活上，有什么困难要及时提出来，我来解决，这就是，只要你对组织负责，组织就会对你负责。"

"好的，谢谢书记。"

"工作上感觉怎么样？顺心顺手吗？遇到什么困难没？"

"很好呀，书记，也没什么困难。"

"在工作上，遇到困难，不仅我可以帮你，我们大家，还有全乡老百姓，都可以帮你，因为你所做的工作，不是为了你自己，而是为了全乡人民。"

"书记，我……"

"你不愿说，我跟你说了吧！最近，因为你发表了不少有见解的文章，省市县都很重视，但在乡里面有人害了红眼病，开始煽风点火，出坏主意，说你是为乡里上害眼药，是给乡里设门槛子，让领导难堪，为了自己走红，不惜牺牲大家。我说对吧？"

"哎，这些风言风语的……"

"什么风言风语呀，我还没告诉你呢。有的人把你告到了市委书记那里，县委书记也收到了这样的人民来信。"

章超吓得脸色陡变，声音沙哑地问："我有什么让他们告的？"

蒋书记掐掉了烟头，端起茶缸猛劲喝了一口水，说："告状有多种，一种是实事求是地表达诉求，这种情况常有，对待这种情况要慎重处理。一种是诬告陷害，让组织上对被告人产生怀疑，尤其是在使用上不能放开手脚。对待这种诬告陷害的告状信，上面也有明确要求，严查诬告陷害者，要严厉打击，重的要绳之以法。对被诬告陷害的人要实事求是，大胆起用，让那些不干正事，只干坏事的人没有立足之地。"

章超听着听着，浑身就觉得发烫，在发抖，心情也越发沉重起来，心想，做点事情怎么就这样难。

章超叹口气说："书记，给您添麻烦了。"

蒋书记又点起了一支烟，说："正义，你是正义的，告状的人心是虚的。我已经把你的情况给市委、给县里都汇报了，县委书记表示，必须支持正义，打击歪风邪气。"

章超感觉到从未有过的无助，虽然有党委书记撑腰，但毕竟有人将事情告到了市里，捅到县里去，并且都是直指其在威胁县乡领导，这简直是飞来横祸。难怪书记会亲自找章超谈话。

可想着想着，蒋书记将烟屁股往地坪上一扔，说："老子就不信这个邪，我要让那些红眼的人，把眼害瞎了。我已经跟组织部门挂了电话，报告已经送了上去，我要重用你，明天开始，你给我掌管党委、政府、经委三个大印，你就来当党委秘书。"

章超被书记这一决定差点吓得从凳子上滑落下来，嘴唇抖动了几下，终究没有说出一个字来。

第二天，乡里早点名，书记安排了当天的工作，接着就叫组织李委员宣布县委组织部红头文件。

李委员是个快退休的老干部，他戴上老花镜，咳了一声，将红头文件在手里展平了，说："县委组织部，关于任命章超同志为裴乡党委秘书的决定。"

这一决定宣布，会议室里炸了锅。

"他是招聘干部，凭什么刚提了助理，又改任党委秘书呀？党委秘书是重用，这样也太不严肃了吧！"

"给领导使绊子、挖坑的人，反而能提拔，真是笑话。"

"这得多大的人子呀，做秘书，离进班子就是半步了。"

"烧高香了吧，这炉香到底烧在哪里呢？"

"不就会写点发牢骚文章吗？有什么了不起？"

"看来想提拔重用，光靠嘴头烟头还不行，还要靠笔头。"

蒋书记脸冷着望着下面的人在表演，他猛咳一声，说："很好，这样很好，大家的议论，我都听到了。很多人都在怀疑，为什么章超能在很短时间内由办事员被提拔为中层干部，又在很短时间内，由普通中层人员，被组织部门看重，选拔为重点岗位中层干部，那我就给大家说一下这是为什么。"

蒋书记点上了烟，微微笑笑，说："小章，你不要感谢我姓蒋的，你要感谢那些上访的，告状的，说瞎话的人。为什么？我告诉你，你小章的名气本来只在这个小小的乡里面，可现在不一样了，人家将你的名气扬到了市里，扬到县里。现在市委书记、县委书记都知道我这个小裴乡里，有个叫章超的，胆子大，敢说话，文章让国家领导都看到了，省里市里县里都很重视了。"

蒋书记说得有点动情，香烟已经烧到了手上，边上的王副书记又点了一支烟帮他换了烟屁股，他继续说："你这告状信不怎么样，不但没有坑到小章，现在是抬高了小章。县委书记就对我说，想不到你裴乡还有这么有本事、有能耐的同志，一定要好好培养。"

蒋书记说着，自己就笑了起来，说："县委书记交代了，我就没话可说了，重用呀，所以，章超现在就是党委秘书了，就是我的内当家了。"

蒋书记脸色陡转，声音都变了，猛拍一下桌子，说："我告诉你，那些周正事不能做，专门抠屁眼嗍指头的东西，你要眼睛给我放亮堂一点，如果再不务正业，不老老实实做人，踏踏实实干事，我们新老陈账一起算。你告状是告章超吗？你是告我姓蒋的，是告我这个领导班子，是给这个乡抹黑，是丢全乡人民的脸！"

为了这事，早点名结束后，还分成了工业、农业、政法三条线组织讨论，主要是讨论蒋书记早点名的讲话，讨论的主题是：如何老老实实做人，踏踏实实干事。

在讨论中，竟然有两个人哭得呼天抢地，一个是老同志，一个是年轻同志。章超心想，那封给市委和县委的告状信大概就是他们的杰作了。老同志是当时任教育助理的陈助理，是个都快退休的老头了，满头白发，中等个头，白净的皮肤，平时儒雅得像孔子徒孙，可他偏偏做了告黑状的幕后指挥者。

告状顶枪子的是团委陈干事，他的确有理由告呀。因为他与章超是同时招聘录干来的，一张介绍信，人长得又标致，比章超个子高，比章超皮肤白，长年西装革履。凭什么一个穿中山装、满脸穷酸的章超就平步青云，入了党，提了干，被重用，而我陈干事，县里有关系，长得更像干部，凭什么就原地踏步？

在讨论时，章超被分在农业组，陈助理和陈干事被分在政法组，政法组负责召集的是胡峰。

后来章超才知道，这些都是提前安排好的，尤其是文教陈助理、团委陈干事，这两人必须作深刻检讨，检讨深刻不深刻，关键不是看检讨书，而是看检讨态度。

文教陈助理是老同志，乡里人都说他是老油条，胡峰安排他检讨时，他还油腔滑调，说一些阴阳怪气的话，可胡峰也不是吃素的，委官大死职官，他将桌子一拍，冷着脸说："我看你这么大年纪，怎么一点儿脸皮都不要？还教育助理哩，教师要都学你这样，每天就寻挖坑埋人，告黑状，这学校还不完蛋呀？"

有人说："陈助理，你不该参与告黑状吧？"

"这是吃屎的事，你怎么这么大年纪，还做这肮脏龌龊事情呢？"

"老陈这次玩砸了，平时阴阳怪气、之乎者也，像是搞学问的，其实是搞阴谋诡计的专家。"

陈助理的头上汗水像豆粒一样往下滴，头低着。

这时，团委陈干事跳了出来，说："这事与我家大叔无关，是我一个人干的。我只是想向市委、县委反映真实事情，想不到会是这样。"

胡峰将桌子一拍："你这年纪轻轻的，不好好学着做人，反倒跟鬼后面学着做鬼事，不好好工作，反倒天天跟人家窝在一起搞阴谋诡计坑害人，我看你是在走下坡路。"

陈干事还将头昂着，奸笑笑，说："我走下坡路？我看有的人在走下坡路，但乡里有人保他，不处理他，反而重用他，提拔他。"

胡峰指指陈干事说："我看你是没救了。"

大家都在议论，有人说："这孩子真是学坏了，怎么这样不知好歹。"

"这都是老陈助理挑拨的，这两个姓陈的，就是两根搅屎棍。"

"他们这一搅呀，给章超那小子搅好了，不但没臭，还香起来了，因祸得福了。"

正议论时，蒋书记带着纪委书记来了，乡纪委刘书记乌黑着脸，坐在边上，也不说话，就是听，就是看。蒋书记只顾抽烟，听着大家发言。

陈助理一看党委书记、纪委刘书记都来了，知道坏事了，不能再顶了，不能再扛了，屎坑里的石头，不能再臭再硬了。他将脸一捂，号啕大哭起来："我是鬼迷心窍，我不该做对不起同志，对不起领导，对不起人民的事情，我深深知道自己犯了错误，我表示，我要痛改前非，重新做人。"

在场的人一看，这个老陈，就是一个演员嘛，怎么变得这样快？刚才还是理直气壮，目空一切，怎么现在就承认错误了？

老陈一边哭，一边用脚踢了踢愣在边上的陈干事。陈干事是多聪明的人呀，赶紧爬了起来，直挺挺站着，也呜呜哭了起来："我对不起党，对不起人民，我不该做这见不得人的事，我犯了错，我认错，我表示痛改前非，重新做人。"

这时有人议论，说："这叔侄俩的台词都一样。"

"乖乖，这俩家伙，都应该去当演员。"

"怎么，都不顶了，不杠了，不硬了，不臭了。"

"凡是想挖坑埋人的人，大部分都把自己给埋了。"

"人呀，还是厚道一点，老老实实做人，干干净净干事，千万不要害红眼病。"

"起码不能告黑状，这种人没有好果子吃。"

蒋书记笑笑，说："陈助理，陈干事，你们是后续的叔侄关系，这个事，我清楚。我不问你们是什么关系，但是，只要进我乡政府这大门，就只有一种关系，那就是工作关系、同志关系。这种关系，就是对事业，对人民，对同志负责的关系。而你们呢？拉帮结派，搞团伙，不以事业为重，不以工作为重，不以大局为重，搞两面派，做两面人，当面说人话，背地说鬼话，长期下去，这个党政机关还是人民信任的机关吗？"

蒋书记话音刚落，纪委刘书记就铁青着脸说："我现在宣布一个纪委决定，陈助理、陈干事两人停职立案调查。"

胡峰见两位书记都讲了话，就宣布散会。

第七章

他乡明月

借船

章超已经慢慢地适应了党委秘书这个岗位。

一个冰冷的午后，刚刚撂下饭碗，章超忽然觉得，最近从中央到省市连续发好几份几乎是相同内容的文件，主要涉及的是"机构改革"。文件表述的大概内容是：从中央到地方，都要积极提倡和支持机构改革，尤其是省级以下，特别是乡镇机构臃肿，负担太重。根据中央精神，先办经济实体，而后转移人员，机关改革要试出新路子，先走和尚后拆庙的平衡过渡。

文件还有很多新提法：断奶就是放虎归山，纵龙下海。机构改革要上下齐动，否则，下动上不动，越改越被动，上下一齐动，改革才成功。要避免膨胀、精简、再膨胀、再精简的怪圈。

章超心想，作为基层干部，理应毫不迟疑地参与改革，支持改革，做机构改革的促进派。

党委何书记已经多次在大小会议上作了吹风。当前机关人员下海是机构改革的前奏。但机关人员下海有三怕：一怕"没船"可乘；二怕"晕船"不适应；三怕"翻船"溺水。这就要看每一个人的水性如何。

乡里关于下海经商的事情吹风了一个多月，人心已经涣散了，大家都在观望。

一个阳光尚好，虽是严冬，但并不觉得太冷的中午，在烟雾笼罩着的昏暗会议室里，坐着一百多名乡机关人员，有行政干部，有事业人员，有临时工。

会议由何书记主持，中心议题：积极报名下海经商。

何书记宣读了市县委有关文件精神，之后就是现场报名。

会议室里，主席台上坐着几位班子领导，台下坐着乌压压一片人，个个都低着头，既在盘算着怎么办，更是为了回避领导的目光。大家的共同心理是怕丢掉饭碗，虽然在座的，有的是铁饭碗，有的是瓷饭碗，还有的是泥饭碗，但有总比没有要强。

这时，大家心中都在盘算。行政编制人员在想，怎么下海也轮不到我这铁饭碗，我的编制在县里，调动权也在县里，你乡里管不着，下海不下海与我无关，那是你们事业人员和临时工的事情。

事业人员在想，上面有行政干部，下面有临时工，我们这些中间地带，手中都有大量的业务，比如，我们走了，谁来卖籽种？谁来推广农业科技？谁来负责林业生产？谁来管渔民的事情？下海不下海，跟我们事业人员好像没有什么关联，应该由行政人员牵头，临时工参与，这样组成下海大军，找船下海最合适。

临时工心中有一本账，他们都是乡三套班子的关系进来的，虽然是泥饭碗，有时比瓷饭碗还要硬。再说了，机构改革，改的本身就是有编制的人，没编制的人员牵涉不到改革。

何书记又续上了一支烟，咳了一声，问："我在期待有人能主动报名，哪怕就是一个人。"

何书记见没人主动报名，又重申了一下政策：本次报名下海人员编制性质不变，工资不少，福利待遇不变。

章超心想，早该报名了，但他吸取了以前工作中的一些教训，防止再有人说他是想出风头。章超思考着，就凭着这条件，不是挑着大家发财吗？自己有四口之家，父母又在农村，要想改变命运，撑起这个家，活得比别人强，还是要想办法，靠着这点死工资只能是撑不死也饿不死，现在政策也允许工作之外去做私事，那些死抱"门闩一拔三块八"的想法都是陈旧的懒汉思想，不敢冒风险，哪有幸福可言？

章超决定下海捞金，凭着自己的双手赚钱不丢人。于是他大声喊道："我报名，我下海。"

何书记一听章超喊着要报名，要下海，他把桌子一拍，说："章超同志，大家看到了，从统计助理，因为工作成绩突出，有开拓创新精神，被重用为党委秘书。我想问一下，除了三套班子领导以外，还有哪一个岗位，哪一个职务比党委秘书还有吸引力的？有的人就是没出息，端着稀饭碗当是米饭碗，我只希望大家好好看看章超，向他学习，包括组织上用人，不会使用那些墨守成规、死守老一套的懒汉。"

苏北平原上还覆盖着薄薄的一层雪，章超就坐上了北去的列车。天津大邱庄，成了章超下海的第一站。早晨，从家里出发，到了徐州乘火车前往天津。这次北上，主要目的是到天津大邱庄购买钢材，到徐州销售。听说，大邱庄的钢材是全国产量最高、价格最低、质量最好的，也是运输到徐州最方便的一个地方。

为了下海做生意，章超与政府机关小郑、小庄、小胡、小李、老姚五名同志共同注册了一个公司，章超为董事长兼总经理。

做生意必须有资金，何书记找来了乡里银行、信用社、农经站、财政所，最后决定信用社贷款十万元，农经站融资十万元，由乡财政所提供担保。章超就是怀揣这二十万元转账支票，带着小李和老姚踏上大邱庄这片未知的土地。

下午到了大邱庄钢铁厂，一见厂子内外到处都是忙碌的人群，但不见有一个开到货单的客商，更不见有钢材从厂子里发货，挤进钢铁厂办公室销售科一打听，原来"钢材停止销售，大邱庄所有单位关门整顿，村子里头号人物禹作敏出事了"。后来才听人家说，大邱庄这个庄主禹作敏胆敢武装抵抗解放军，这个"华夏第一村"算是走到了尽头。

章超与公司里的两名合伙人带着沮丧与失望，带着第一次生意失败的无奈，离开了北方这座让他们神往已久的城市。

由于公司成立以后一直没有生意可做，待在乡政府又怕那些留守的人看笑话，更重要的是贷款借出来，不吃不喝要长利息，公司里的小郑、小李和老姚首先提出，要退出公司。

作为企业法人的章超，要承担企业发展的责任，由于没有业务，也没有理由说服他们不退出公司。章超经过两天两夜的思考，妻子小赵问他："你怎愁眉不展？"

章超说："大家看没生意可做，利息又要承担，小郑、小李还有老姚都要求退出公司。"

小赵笑笑说："他们都退出公司，你就是光杆司令？"

章超冷冷地说："你笑话我？"

小赵说："我笑话你？真正能够跟你站在一条船上，不论风吹雨打的是我。别人看有利就贴着你，看不到利就远离你，这一点难道你也不懂？"

章超叹口气，说："我也给弄糊涂了。"接着问："到底怎么办呢？"

小赵也叹口气，初春的夜里有点凉，她为章涵、章逊盖好了被子，夜风乍起，窗户被刮得咚咚响，她去检查了一下门窗，又去炭炉上换了煤球，倒了一杯开水，递给章超，轻轻地说："要照我看，你公司连你六个人，有三个人想退出，不知另外两个人什么想法？"

章超问："你什么意思？"

小赵笑笑说："你这公司就是个杂凑班子，连你在内，没一个做过生意，你让人家怎么相信你？我估计那两个人也想退出，只是暂时还没提出来，与其这样，你不如把这五个人全给退了。这样，就剩你一个人，风险自己担，有了利益也不需与别人分，船小好调头，我帮你干，既贴心，又放心，还没有后顾之忧，你觉得怎么样？"

章超冷笑笑说："这还叫公司吗？"

小赵说："你不能图那虚名，真拖时间长了，矛盾多了，你就承担不起这个责任了。把他们退出去后，贷款也不要这么多，有两三万就行了，先做点小本生意，要不，那些利息能让你倾家荡产，到最后残局我看难收拾。"

章超用异样的眼光看着小赵，说："原来你是不相信我。"

小赵坐到章超边上，轻轻地说："我不相信你，我会相信谁？但这做生意不是闹着玩的，不能靠心血来潮，也不能靠年轻气盛，玩亏掉的是钱。我们又不是什么万元户，日子也就刚刚能过出去，我不反对你出去闯，去下海做生意，但我们不能还没下海，头脑里已经进水了，没上船，就迷失方向了，这就是拿全家老少性命去打水漂。"

小赵的说话虽然没有动怒，但一字一句像针戳在章超的心上，章超当时虽然没有同意小赵的想法，但第二天，就召集小郑、小庄、小胡、小李、老姚几个人开会。

章超说："眼下，公司虽然成立了，但苦于生意难做，到现在没做一笔业务，让大家看不到希望，我今天请大家来，也想和大家商量一下，到底怎么办？"

老姚苦笑笑，说："我原来的确是抱有很大信心跟你后面大干一场，也能发点横财，没想到公司成立以后，生意这么难做。我们也都想了不少办法，这一点，章总，我们不能怪你，但，我们都是养家糊口的人，上有老，下有小，真的不敢这样拖下去，特别是那贷款，我们也都签了字，将来，要是真正还贷款扣我们工资，那全家还不喝西北风呀？"

"姚老，您有话直说，我既不怨你，也不怪你。"

"我想抓紧退出公司，把贷款还了，利息该我承担多少，我不说旁话，将来你如果需要我做什么，我无代价出手帮忙。"

章超又望四个年轻人，问："你们呢？"

四个年轻人异口同声说："我们也退出。"

章超当即表示："谢谢你们，谢谢你们对我的信任，我同意你们五人一起退出，另外贷款我准备先还十五万元，利息由我一人承担，现在，你们五人在这张纸上签一下字，同意退出公司就行了。"

退出公司的五位工作人员，对章超都很感激，章超只提出一个要求："请大家为我保密，不要泄露你们从公司退出的消息。"

大家都点头同意。

章超去了农经站、信用社把贷款还了十五万元，还留四万多元作为流动资金。他将这事给小赵说了，小赵说："我们不图做什么惊天动地的大事，因为我们就是个种地的农民，现在有了一份职业，比那些外出打工的人就是做一份轻巧活，我们手里拿着多大的碗，就吃多少饭。"

章超点点头，说："我知道了。"

他乡明月

真是船小好掉头。四月刚开始的一个早晨，章超乘上了早班车去县城，从县城到睢宁，再转车从睢宁到安徽涡阳，到了涡阳已是下午两点。下了汽车，章超就钻进了一家包子店，一下子吃掉了十二个肉包子，喝了两碗热气腾腾的小米粥。

章超这次来安徽涡阳，是冲着泡桐树生意来的。

章超吃过了肉包子，觉得浑身都是劲，心想，人是饭，铁是钢，人离饭软叮当。他骑上了带来的自行车，一直往乡下跑。涡阳的确是个穷地方，比章超的家乡还要穷，全是破旧的茅草棚，老百姓灰头土脸，路上还能看到很多乞丐。

涡阳盛产泡桐，县城里的行道树，乡村的田头路旁，农庄上的家前屋后，全是泡桐，没有其他树种。

再一打听，有很多外地人在涡阳收泡桐，收好的泡桐往睢宁运输，睢宁有个苏北最大的棺材市场，占地几百亩。

当天晚上，章超就打听到泡桐的收购价格，大约每立方一百七八十元。

章超住在了一姓化人家，化老夫妻俩居住三间茅草屋，四个孩子，两个都已下宅分居，两个女儿婚嫁在本县农村。家里虽穷，但很干净，化大娘人很热情。

章超问："化大娘，在你家住宿带饭，我给你多少钱一天？"

化大娘笑笑说："你外地孩子，我们俩老年人吃什么，你就吃什么，我们家穷，也不吃什么菜，就是三顿熟饭，不要钱。"

章超笑笑说："那不行，那我去其他人家看看。"

老化见章超诚实，就说："随你给吧！"

章超笑笑说："大爷大娘，我也就一做生意的小年轻，我给你十块一天，如何？"

老化笑笑，说："太多了。不要。我也不会因为你就去买鱼买肉。"

化大娘连连摇手，说："人家会笑话我们，不能要这么多钱。"

章超从口袋中掏出五十块钱塞给化大娘，说："过几天再给你。"

第二天，天还没亮，化大娘早已将早饭做好了，高粱稀饭，熘胡萝卜，还有一碗咸萝卜干。章超吃了一大黑碗高粱稀饭，第一次吃熘胡萝卜，觉得很好吃，起码吃了有二斤，吃得他直打饱嗝。化大娘笑笑说："你这孩子呀，一看就是握笔杆子的，怎么出来受这罪？"

章超笑笑，骑车出去了。收泡桐第一天，就出了问题，上午在吴庙村田头收了三棵泡桐，农民帮放倒树，锯掉的分枝堆在了田头，中饭再回来，三棵树的分枝一个枝叶都没有了。再一打听，被村庄上的人给抢了。

其实，收树卖树，落下的就是分枝，每一棵泡桐的分枝大约能卖五六块钱，分枝被抢了，这三棵泡桐就算白忙了，还要找驴车，将三棵泡桐运往睢宁，在运输过程中，你还得亲自押车，否则，常有运送泡桐的车半路上被抢的现象发生。

夜里，章超失眠了，辗转反侧，怎么也睡不着。那时，涡阳农村还没有电灯，章超就点起了煤油灯，起来看《归来》，一直到煤油灯的油耗干了，灯花出现了黑穗子，鸡叫了两遍。

早晨，化大爷问："小章，你熬夜了？是遇到什么不顺心的事了吗？"

章超摇了摇头，说："没有。"

化大娘冷着脸说："泡桐生意不易做，你们外地来做泡桐生意的人，没几个能赚到钱的。"

章超一听，心中一惊，心想，糟了，又进了迷套里。

化大爷说："你去收树，把我带上，我不吃你闲饭，也不要你另外给钱，都在你那十块钱生活费里。"

章超笑笑说："好呀好呀，化大爷，你跟我去，另外给你加钱。"

化大娘笑笑说："孩子呀，看你是厚道人，你化大爷是怕当地人欺负你，他朝那一站，就不说话，庄上人也不敢慢待你，去吧！"

化大爷每到谈价钱时，他朝边上一站，当地人客客气气地交谈，这让章超的心中就有了底，尤其是放倒的泡桐，树干斩成圆木后用铅条给捆成堆，将分枝堆成垛，化大爷就会朝圆木堆上一坐，抱起长长的烟袋抽。章超回家吃饭，他就在那看着，章超来了，他才回家吃饭。就这样，化大爷变成了章超收树的保护神。从那以后，再也没有出现过分枝和圆木被偷被抢的事情。

从涡阳到睢宁，运送泡桐要经过蒙城，这里的路是宽阔的石子路，而涡阳到睢宁，如果直走就是尘土飞扬的泥土路，如遇下雨，那驴车就只有撂在半路上。蒙城这边，虽然路好，但贼多，当地人说，赶蒙城不能穿新衣服，为什么？因为贼多呀，一是穿新衣，肯定是有钱人，贼不会放过你；二是贼身上带着剪刀，会趁你不注意，划坏你的口袋。

从蒙城押送泡桐，千万不能走黑路。走黑路，不仅货物会被抢，就连驴车都不会放过，人的安全也是问题。

章超从涡阳——蒙城——睢宁，共押运了九次泡桐，每次五车，每三天押运一趟。每趟押车临走前，化大娘都会烙几块黑面饼给包着，叫章超带上，化大爷将三指叉别在车上，嘱告说："蒙城这一路，手里不要放下叉，你坐驴车上，千万不要冲盹儿，有这一把大铁叉，人鬼都不怕。"

章超笑笑就上路了。

奔波劳碌了一个多月，章超算了一下，赚了六七百块钱。一天夜里，他忽然做了个梦。小赵说，孩子病了，大的刚好，小的就发烧，小的刚好，大的又发烧。小赵在章超的梦里哭了。章超被梦惊醒，起身，走到屋外一棵泡桐树下，点了一支烟，心想，出来这么长时间了，早就想家了，又想多苦点钱，但这梦一做，心里就不踏实了。

天亮以后，章超就对化大爷、化大娘说："老人家，我想回趟老家，夜里做梦了，可能是想家了。"

化大娘说："你这孩子呀，早该回去看看，钱什么时候不能苦呢？"

化大爷说："正好货都处理了，你就拾掇拾掇，抓紧赶车去，以后再来，我还帮你忙。"

章超连连点头致谢，又从口袋中掏出已经准备好的一百块钱，塞给了化大娘。

化大娘一见这么多钱，沉下脸来，说："孩子呀，你这钱是苦来的，又不是抢来的，我怎么能要你这么多钱呢？平时你没少给我呀。"

化大爷也说："你这样，叫人难为情。"

不论怎么推辞，章超临行前，还是将钱塞给了化大娘。

从此，章超再也没有去涡阳。从那以后，章超经常在夜里梦见两位老人家，常常在想，不知化大爷、化大娘后来的日子过得怎么样？他们还好吗？

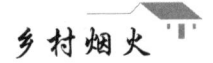

大西北

二十世纪九十年代章超做的最大一单生意是毛巾和碧螺春茶叶。当时兰州军区宾馆的总经理是章超老乡。章超决定利用这层关系，把生意做到祖国的大西北去。通过多方协调联系，后来，西北宾馆同意接收十万条蓝白相间花纹的毛巾，还有一吨当年产的碧螺春茶叶。

章超先去了当地毛巾厂，这种毛巾仓库里只有三万多条，又去邻县毛巾厂，仓库里只有不足四万条，还差三万条，怎么办？章超找到了在淮安农校的一位同学王龙，请他帮忙，看淮安毛巾厂有没有这种规格的毛巾，幸运的是，老同学王龙找到了当时淮安毛巾厂负责生产的副厂长葛娟。一问，厂里库存的这种规格毛巾有六万条，但已经被军分区订走了。正好葛娟的对象也在农校任教师，王龙就找葛娟协商，好说歹说，从库存中先提出了三万条解决章超的燃眉之急。

为了装运毛巾和碧螺春茶叶找车一事，章超可烦透了。从泗阳到宿迁，再到淮安装车，然后再往宜兴，将碧螺春茶叶装上车，光是这四地装车就要耗费两三天，而车辆的费用是按时间计算的，先是找淮安运输公司的一辆大货车，从淮安去兰州，运费要四千五百块，驾驶员的开支还不包括在内，而十万条毛巾的差价不到一毛钱一条，一吨茶叶的差价也只有八百块，这样一算，扣除各种支出有可能保不了本。章超将泗阳、宿迁的毛巾找车全拖运到淮安农校，请老同学帮忙，找一间仓库先放着。他就去徐淮路上蹲守，蹲守了一天一夜，终于在清晨四点多钟，有一辆从西安开过来的拖挂车在十字路口停下了，章超赶紧跑去搭话。

"师傅，你好，请问你这车到淮安，什么时候返回？"

师傅是一位五十上下的中年人，满脸络腮胡茬，笑笑问："你干吗？"

"你如果回西安，我想有一车货顺带去兰州。"

师傅急着跑路，说："我这一车皮肚卸掉就走。"

"你到哪里卸货？能带上我吗？"

"好吧，你上车。"

"师傅贵姓？"

"武长城。你呢？"

"章超。"

"什么货？"

"毛巾和茶叶。"

"哈哈哈，这种东西往大西北运送，你觉得划算吗？"

"我的量大呀。"

"多少？"

"十万条毛巾，一吨茶叶。"

"噢，货在哪呢？"

"你这车货是去哪里？"

"到淮阴食品厂卸了皮肚就能走。"

"好，你卸了货，我们去吃饭，我请你！"

"有老酒吗？"

"有呀，我们有'三沟一河'，全国八大名酒之一的洋河大曲就在我们淮阴。"

"那太好了。"

等到了淮阴食品厂，卸了皮肚，办好了交割手续，武长城喊："章总，我们去哪喝酒？"

武长城的个头比章超高出一个头，胖得走路都费劲，估计体重也应该有章超两个重。

在徐淮路边一家牛肉馆，武长城高兴得叫了起来："来一份冷炝牛肉，红烧一盆牛肉，红烧一盆牛鞭，够了够了，其他都不要了。"

章超心想：西北这个吃货，还不知能赚多少钱，就让你这样吃，但又想，他点那么多牛肉，等一会喝两杯就谈价钱，羊毛出在羊身上。

"你们这里的牛肉不错，尤其是这牛鞭烧得好。"

"这酒怎样？"

"好酒，好酒，就是度数还不够高。"

也没等章超劝，武长城很快就将一斤洋河普曲喝得差不多了，章超才喝两小杯。

章超心想，酒估计也就差不多了，问："吃点什么？"

"再来瓶这个酒吧，再切点酱牛肉，其他就算了。"

章超喉咙里出现了堵塞，奶奶的，这一顿晚饭，吃掉我两个月工资，怎么办？章超直截了当就说："武师傅，这酒照上，牛肉照切，可生意的事也该谈谈吧！"

武长城将酒瓶里的酒一仰脖子给干了，说："生意？好说，我这车是公家的，从这到兰州，主要是油费，吃吃喝喝，你包了，我不要你多，给千把块钱就行。"

章超一听，只要千把块钱运输费，心想，你吃吧，喝吧，怎么也比淮阴运输公司四千五要强得多。

武长城一边喝酒，一边就开始提条件："钱到兰州给，出发时，你帮我提十瓶酒和十斤牛肉放车上，牛肉要切好的。"

章超问："你要这么多酒、这么多牛肉干吗？"

"吃呀，喝呀，要不这一路，我这车怎么开呀？"

第二天，章超按武长城的要求买了十斤牛肉，十瓶洋河大曲，放到货车副驾驶室里。

货车开到淮安第五毛巾厂上了毛巾，又到淮安农校将集中在那里的毛巾上了车，车显得有点高。

章超说："武师傅，碧螺春茶叶能不能放后面车厢，你这拖挂反正也是空着。"

"不行，放到拖挂里，我保证不了你货物安全，只有放到前面这车厢，高就高一点，绳索捆紧。"

章超被武长城说的心里怦怦跳。

章超睡在驾驶室后排的狭窄的休息室里，与驾驶室通在一起。武长城上车就喝酒，一边喝酒，一边开车，一边吃牛肉，还一边唱歌，到了吃饭时，他也不停车吃饭，最出神的是，夜里他不睡觉，开夜车。

大约到了第二个夜里，车在盘山公路上行驶，忽然停了下来，只听武长城叫喊：

"章总，不好，有抢劫！"

车前灯照着前面一个急转弯处，有十多个手握长竿的人，影影绰绰已经能够分辨清楚。

"怎么办？"

武长城故意将车灯熄了，听听动静。又转过脸，对章超说："你坐到副驾驶室来，等一会，我发动了车，你将这两包东西扔到路边，记住，千万别往山沟里扔，一定要扔在路上，我趁他们抢东西时加大油门甩开他们。"

"你这里都包些什么呀？"

"空酒瓶，还有牛骨头，还有平时吃的花生壳。"

"哈哈哈，你这老家伙真损。"

"老子不这样做，你的货被抢了怎么办？"

"哎，谢谢你呀，谢谢武师傅，到了兰州，我一定重谢你。"

"别说些没用的，过不了眼下这一关，哪还有什么兰州呀？"

章超心想，完蛋了，看来事情很严重。

只见武长城狠劲地灌了两口酒，又将一大块牛肉塞进了嘴里，将车门车灯全开着，加大油门往前冲。

"扔！"武长城一声大叫。

章超将两大捆东西顺车门扔了下去，只见饿狼般一群人，扔掉了手里的工具，扑向了扔下来的东西。

急转弯后，武长城长长吁了一口气，说："老子第一次被这个贼窝坑了，裤头都扒走了，每次走这里都会发生被抢的事情。"

章超问："他们会追上来吗？"

武长城气喘着说："他们没有那么痴，后面还会有车过来，贼不空手，下辆车就该倒霉了。"

走了三天两夜，章超只吃了一顿饭，就是趁武长城加油，章超到路边买了几个馒头，撂一个给武长城，武长城骂骂咧咧地说："这个东西怎么吃？一边说，一边将酒瓶打开，往馒头上倒酒，馒头浸上了酒后，没用几大口，就让武长城给吞了下去，还笑笑说："这个东西既压饿又压喝。"

这一趟兰州生意，的确让章超大赚了一笔，他今生第一次见到万元利润。

第八章

章梅

出生

二十世纪六十年代末，章梅的出生对于章祐这个贫困家庭而言，除了增加一份重重的负担以外，也为家庭带来了一丝丝的快乐。尤其是柳兰，高兴得打拍床沿，说："这下老娘我不怕了，有了女儿，以后跟你们几个吵架，我就去女儿家，女儿是妈的小棉袄嘛！"

章祐冷笑笑说："能不能成人我看还不一定，这灾荒不知什么时候能过去。明天粮站又到绿豆饼了，弄回来先糊着，能度过今年灾荒，到了明年，就能有了活路。"

章祐说了话，就去屋外喊章喜和章超。

柳兰问："你叫俩孩子干吗？"

章祐叹口气，说："你睡这里，我得去给你找食呀！"

春天的阳光照在章祐、章喜和章超脸上，他们沿着通向洪泽湖的泥土路，一路高歌前行，章祐对两个儿子，唯一能够调动积极性的方法就是边唱边走：

> 雄赳赳，气昂昂
>
> 跨过鸭绿江
>
> 保和平，卫祖国
>
> 就是保家乡
>
> 中国好儿女齐心团结紧
>
> 抗美援朝打败美帝野心狼
>
> 雄赳赳，气昂昂,跨过鸭绿江
>
> ……

一首唱完，再换另一首：

> 洪湖水呀
>
> 浪呀嘛，浪打浪啊
>
> 洪湖岸边
>
> 是呀嘛是家乡啊

清早

船儿，去呀去撒网

……

就这样反复唱，一首接一首，也不停顿，只要起个头，父子三个就从家里，一路快走，一路歌唱，近十华里的路程，不知不觉就在他们脚底板上给滑了过去。

章祐站在洪泽湖大堤上，像教官一样，对两个儿子说："你们今天的任务是，每人给我找一瓶子鸟蛋，找到鸟蛋就一个一个地砸碎摞到瓶子里，你妈妈给你们生了个妹妹，家里连一点油星都没有，这个鸟蛋是好东西，如果碰到小鸟，也不要客气了，有多少给我逮多少，我们要给你妈弄点好吃的。"

章祐说完，就给两个儿子发空酒瓶，另外每人一只尼龙袋，章祐又补充说："记住，只要是能吃的东西，都给我捡回来。"

在往芦苇荡进军时，章祐又强调一句："遇到什么事情及时喊叫，瓶子满了就唱歌，迷失了方向也唱歌，只要听到一人唱歌，马上大家一起唱，这样既可以壮胆量，又能知道你所在的方向。"

章祐带着章喜、章超很快消失在茫茫无边的洪泽湖芦苇荡里。

进入芦苇荡就像是进入了另一个世界，与村庄上完全不同。芦苇荡里，头顶上净是叽叽喳喳的鸟叫声，你要是唱歌，小鸟会围着你听你唱，小鸟也唱，有时还会啪啦啪啦站你肩上，跳你头上，保不准还会馈赠你一坨鸟屎。

芦苇很稠密，要用两只手一边扒，一边才能挪动双脚往前走。鸟窝一般筑在芦苇的上半部，由六七根蒲草和柴草支撑着，鸟窝都是由小鸟用口含来的软草加上泥巴砌成的，别看鸟窝就是一把草，可讲究得很。你如果将一只鸟窝拿过来拆散，还不是一件容易的事，结实得很。所以无论刮多大的风，下多大的雨，小鸟只要在自己的窝里，总是安全的。

春天掏鸟窝一般会碰上刚出生的幼鸟，碰上这种幼鸟，还是要避开，不要打搅它们，让它们快乐地生长。

鸟窝很多，大约两顿饭的工夫，章超就将空酒瓶给装满了，尼龙袋里还捡了两只

死鸟。这时太阳已经到了人们的头顶，章超就喝起了歌：

> 雄赳赳，气昂昂，跨过鸭绿江
>
> 保和平，卫祖国，就是保家乡
>
> **中国好儿女齐心团结紧**

章超的歌声让章喜听到了。章喜的空酒瓶早就装满了鸟蛋，他在一个小水塘里摸鱼，巧的是一个黑鱼窝塘四周没水，水塘不大，能有一张满床席的大小。

当章喜听到章超歌声时，也唱了两句同样歌词，就听章喜喊："弟弟，快过来，帮帮忙！"

章超顺着大哥叫喊的方向往前找。

章祐听到二儿子的歌声，就知道章超完成了任务。

章祐最了解自己的这两个儿子，大的话少，但务实，肯干，不叫苦不叫累，小小年纪就知道体贴大人。小的话多，做不了什么事情，一旦帮助大人做点事情，那就是芝麻虚成了西瓜。

章祐一听章超的歌声，赶紧也附和着喊了几句：

> 雄赳赳，气昂昂,跨过鸭绿江
>
> 保和平，卫祖国，就是保家乡……

从父子三个传出的声音分析，他们三人正好走的是三个方向，章超是直向南，章喜是向东南，章祐是向西南，章超的位置处在中间。

章超听到大哥叫来帮忙声，又听到父亲的接应声，赶紧就喊叫："大大，大哥喊叫去帮忙。"

章祐心想，章喜这孩子，肯定是早就找满了鸟蛋，想着想着，就赶紧往东南方向集合。

章超喊："大呀，你在哪？"

章祐应："就在这，就在这，不远了。"章祐的空酒瓶里装满了鸟蛋，尼龙口袋里装满了芦柴花，心想，春天床上还是有点薄，刚来个小闺女，带点芦柴花铺到床上，既柔软，又暖和。

这时章喜的歌声又传了过来：

洪湖水呀

浪呀嘛浪打浪啊

洪湖岸边是呀嘛是家乡啊

章超喊："大哥，我到了。"

章祐气喘着叫："我也到了。"

章喜大喊："快来呀，这黑鱼我弄不动了。"

章超与章祐几乎同时合围到章喜这里，一看惊呆了，一望无际的芦苇荡里，竟然有一片很小的水汪塘，章喜已经逮上来十多条黑鱼，小的有斤把重，大的起码有三四斤。

章祐将尼龙袋往地下一扔，说："乖乖，你怎么找到这黑鱼窝的？"

章祐指指章超："三个尼龙口袋全拿来装黑鱼。"

章喜笑着说："我们想办法，记着这个黑鱼窝，下次再来找。"

章超摇摇头说："不可能，那么大地方，这鱼窝那么小。"

章祐叹口气说："怕就怕走了就再也找不着了。"

就这样，章祐三天两头带着两个儿子去洪泽湖，用找来的野味，将柳兰的月子养得心满意足。

章梅是二十世纪八十年代中期考上中等专业学校为数不多的学生。考取淮阴商校食品专业的章梅，是章家继章超之后，又一个跳出农门的孩子。村子里那年考大学，一共考上三个孩子，都是中专。但女孩只有章梅一个。村里人都说章家出了一个女秀才。

选择

章梅的学生生活很快就结束了，她的分配是由县人事局负责的，给每个高校毕业生提供几个选择岗位。可以选择下乡，也可以选择留城。

人事局建议章梅去洋河财政所工作。洋河就是八大名酒洋河大曲的产地，苏北最繁华地的古镇，太多的人心驰神往。而且洋河镇财政所可是铁饭碗，行政编制，国家干部。可章梅不同意，坚持要留在县城。章超坚持让妹妹下乡去财政所工作，但建议归建议，妹妹坚决不同意。后来人事局就将章梅调剂分配去了二轻公司做会计。

章梅的工作分配选择变成了章超心中永远的痛，虽然是亲妹妹，但她有自己的理想，自己的选择。加之父母也不懂分配这事，只觉得姑娘家留在县城，名声好听，又好找对象，但他们哪里知道，二轻公司就是个半死不活的县属企业，而乡镇财政所的工作人员是端着铁饭碗的国家干部。

章梅进了二轻公司，当时二轻公司有一百几十号人，都是些伸手不提四两、倒油瓶不扶的城市里的混混，虽然吃的是成品粮，但工资只能发一半，一大部分的人都已经伸手在外面做第二职业，有的卖包子，有的卖辣汤，有的摆地摊，有的拖三轮车。章梅管的所谓财务，每月也只有几间破门面出租的几千块钱进项，靠资产抵押做贷款发工资。

二轻公司里有个姓凡的老职工，带着一个初中没毕业的儿子在身边，人长得还不差，就是书没念成。经过老凡拍马屁，找关系，给二轻公司汪经理送两箱洋河普曲，就将老凡的儿子小凡安排在二轻公司里做职工，显而易见，就是为了顶个职工的名分，好找对象。

章梅毕业分配到二轻公司，她是二轻公司里唯一的中专生。老凡找人要将章梅介绍给自己家小凡，小凡比章梅小两岁，长相上的确也还般配，可只是这文化水平悬殊太大。还有职业，章梅是分配的正式人员，而小凡只是个临时工，这样一来，明显天地落差。老凡托关系找到章祐、柳兰，他们都是日出而作、日落而息的农民，只知道田间地头、助疃耕种，哪里了解县城里的水有多深？

章祐跟柳兰认为，女孩家大了不中留，总要嫁人的，在县城里，又是在一个单位，人家老凡又是老职工、城里人，能差哪去？再说小凡人才顶呱呱的，高高大大，白白净净，一看照片，那模样，我们两个儿子加一起也换不了一个小凡呀，这样的人家上哪找呀，同意呀！

章祐跟柳兰商量，这事再跟章超说说去，正好他们小家庭都在裴乡，也想孙子、孙女了，去吃顿响饭，顺便说说章梅这事。

正赶上章涵放学，章祐一把抱过孙女，柳兰抱着孙子章逊，这一家真是无比的温暖。儿媳小赵赶紧拔了炉门，开始烧呀切呀，不大工夫就整出七八个像样的菜，有猪肉、牛肉、韭黄炒鸡蛋、煮豆腐、水煮花生、大煮干丝。

柳兰笑笑说："我这二儿媳就是个有本事的人，能文能武，种地是一个好把式，做菜是一个好厨师，管家是一个行家里手，还做乡里打字员，这是个识字人才能干的事。"

章祐笑笑说："你夸小赵可以，但你回家也不能得罪大儿媳小许，不要动不动就说人家不识字，不识字识世就行。"

柳兰眼一翻："好就好，不好就不好，你看看人家这四口人日子过的，屋里扫干干净净，衣服被子叠得整整齐齐，这锅呀、碗呀、碟呀，都各归各的，有规矩得很。一到他家怎样？乱七八糟。"

章祐笑笑说："小赵这是乡政府机关，小许那是乡下。"

小赵见公婆争得面红耳赤，笑笑说："一家人，都是你儿女，不要分长和短。他们在乡下，农活多，猪呀鸡呀，又顾农田，又顾家，照顾两个孩子，多不容易呀，你们要多帮帮才是。"

章祐连连点头说："你看看，你看看，人家小赵多体贴人，不要头发长见识短。"

正说着，章超在村里驻村回来了，一见父母来了，很是高兴，又见小赵弄了一桌子菜，高兴地说："大大妈妈，你们常来呀，你来，我们家桌子上才有大鱼大肉，对吧？涵儿、逊儿？"

章涵、章逊姐弟俩都笑着点点头，他们一边点头，一边就伸手去抓花生米，小赵笑笑说："两个小馋猫，洗手没？"

章涵指指弟弟，说："他没洗手，刚才还玩玻璃球呢。"

章逊笑笑，将手在衣服上擦了擦，小脸笑得像苹果一样饱满。

小赵笑笑，说："碗橱里有酒，他爹他奶也不常来，喝两盅。"

章超笑笑说："大呀妈呀，你不来，我连酒杯都碰不着，你来了，小赵还叫我们喝酒，喝呀，别错过机会。"

柳兰瞅了一眼章超，撇了撇嘴，说："美死你，没人管你，还上天呢，没有小赵把持着，你能有这样的家呀！"

章祐笑笑，端起酒杯一口干了，说："好酒，这酒怎么没喝过？"

小赵笑笑，说："红商标，你喝过的那个叫普曲，这个叫优质洋河大曲。"

章超笑笑，说："这酒，还是过年时，请书记、乡长来家吃饭时的酒。"

柳兰望章祐，冷冷地说："你瞧瞧人家小赵这家管的，还是年前酒收到现在，都快半年了，要是放在我们家，不要说一瓶酒，就是一水缸，白天不喝，夜里也要起来给偷喝了。"

全家人都笑了，章逊问章涵："姐姐，这酒真的好喝吗？"

小赵笑笑说："奶奶是说笑话。"

酒喝差不多了，章祐就说到了章梅："现在，你们兄弟俩都成了家，立了业，有了孩子，都美满得很，我们心里真是舒坦呀，睡着都笑醒了。村子里的人，哪个看到不夸呀，都夸我们有两个好儿子，一个好闺女。"

柳兰笑笑说："酒喝多了，人家还夸我们家娶了两房好儿媳，给我们生了四个好孙子、好孙女。"

全家人又哈哈大笑起来。

章祐点点头，说："你妹呀，也不小了，男大当婚，女大当嫁，眼下，有人帮提媒。"

章超问："提什么样人呢？"

章祐将杯中酒又干了以后，说："二轻公司，一个单位的。这孩子父亲是老职工，这个孩子是新职工，比你妹小两岁。他妈，照片呢？"

柳兰掏出照片，先递给小赵。小赵一看，"呀，真帅，这个小伙子，个头、身材都是没话说的。"

小赵将照片转递给章超。章超看后将照片放在桌上，问："什么文化？什么户口？什么岗位？"

章祐笑笑说："首先，这孩子你看如何？"

章超冷冷地说："光看这照片，看外表能干什么？你要是看我这外表，这辈子还不得打光棍呀，可人家小赵为什么选择我？是看我照片吗？要是看照片，她肯定不要我，她看的是我这个人，我这个人的人品，我的才干。"

小赵撇了撇嘴，说："吹吧，你就吹吧。"

章超又问："这孩子到底是什么文凭？什么户口？什么职业岗位？我只重视这三点，至于他长什么样？不能当饭吃，也不能当衣服穿。"

柳兰摇了摇头，说："超儿呀，你说的妈也考虑过，你说我们农村人家，能说到城里去，他爸又是老职工，在城里也有依靠，这孩子人又不错。"

章超一气，将酒杯推了过去，说："乡下人怎么了？城里人都好吗？如果一个人没有文凭，没有城镇户口，没有好的职业，就是城里的一个混混，你们将来养活他呀？妹妹如果找一个这样的人，还念这大学干吗？"

小赵望章超挤了挤眼睛，说："有话就不能好好说，一家人说话像吵架一样。"

章超低着头，像自言自语："她念书，不知道到底图的是什么？工作工作弄得像个收破烂的，财政干部是多好的职业，她不去。好了，现在，找对象，又是什么老职工儿子小职工，什么东西？"

小赵笑笑说："我觉得吧，章超他这话虽不好听，但管用。这话也只有他说，你让外人，请人家也不会说，有的人巴不得你找的闺女婿不成个样子，既然大姑娘有文凭，人也漂亮，为什么就不能选着说，非要说一个临时工？就图人好看，好看能当钱用，还是能当饭吃，她这一步再走错，这一辈子就全完了。"

章祐一听小赵这话，马上反驳说："人家是城里正式工，什么事就一辈子全完了？"

柳兰也说："我们哪懂这些，听你们一说，这亲还不能做呢。"

章超气愤地说："你们去家跟老大商量着办！"

饭没吃，酒也结束了，章祐冷冷地说："老奶奶呀，走吧。"

柳兰与小赵打了个招呼，抱了抱孙子章逊，又疼了疼孙女章涵，拎着一只空了的蛇皮袋，跟着章祐就出了门。

出了乡政府大门，章祐张口就骂："这个狗东西，翅膀硬了，敢在老子面前摔碗掼碟子，拿老子杀气，老子从此不沾你油锅台！"

柳兰冷笑笑，说："你也别拉屎跟狗赌气，那可是你亲儿子，小赵说了，这样的话也只有章超说，别人说你干吗？章超说的话肯定有他道理。"

章祐气愤地将烟屁股朝砂浆路上一扔，说："狗日道理！人家城里人就不如他？他一个乡里混饭吃的东西，人家在城里是什么底子，他知道呀？"

柳兰带着小跑，跟上去问："那你了解老凡家底子呀？你说说看，除了那个小凡是个初中没毕业的临时工，你还了解什么？"

章祐一听妻子也一边倒了，气急败坏地骂道："狗日的，都是一条心。"

章超那里没通过，媒人又催章祐、柳兰去城里两家相亲，章祐就找到章喜："老二那边，我没那脸面叫他去，你能不能去帮掌掌眼？"

章喜气愤地说："我没长眼，是瞎子，没那本事帮掌掌眼。"

章祐一气，拉着柳兰就走，骂道："这些狗日都一个熊样，老子不要你们问事，我看能不能把闺女嫁出去。"

到了县城，就在二轻公司食堂，摆了两桌，三方来人：一方是章祐夫妻俩，还有章梅；一方是老凡一大家子，猪爹狗奶老少都来了；还有一方是骗吃骗喝的二轻公司那一群混混。酒桌上媒人把老凡一家吹上了天，把小凡这人吹成了天下第一能人。

章祐高兴地喝呀，女儿嫁进了金窝。女婿就是个金娃娃，当席就表态："两家爱好做亲，我章家一分钱彩礼不要，择好日子就结婚。"

柳兰推推章祐，又与他耳语说："这事还得回家跟两个儿子商量一下。"

章祐直摇头，"这是闺女的事，只要闺女同意，闺女选择了姓凡的，我老章就同意，我为什么要跟那两个狗日东西商量？"

柳兰推了推碗碟，走出了食堂，女儿章梅也随母亲走了出来。

柳兰拉着章梅的手问："你看好这姓凡家什么啦？这孩子人虽长得有点模样，可他文化太低，跟你配不上，还有你是正式工，他只是个临时工，这要是传出去，人家不笑掉大牙呀。我闺女真是没人要了吗？"

柳兰说着就哭了起来，章梅扶着母亲说："我不嫌呀，我觉得这样挺好的。"

"好什么呀？什么叫挺好的？是谁给你灌了迷魂药？"

"大大也不都同意了吗？"

"你大哥二哥都不同意，要不今天为什么都不来？"

"我找对象，与他们有什么关系？"

"你说有什么关系呀？他们才是真心关心你，怕你上了人家的当！"

"我没觉得有什么当上！"

"那些说得天花乱坠的人，都是不安好心！"

"你不要用农民那种思想，看待城里人。"

说着老凡、小凡都出来拉呀拽呀："赶紧去屋里呀，大家都要敬您酒呀，您是贵人呀！"

柳兰心想，老娘是贵人，想娶我女儿，瞧你凡家，孩子连个高中都没念，就骗娶我闺女，都不是个人！

但想归想，还是被拽到了桌子边，只见章祐喝得脸通红，说："你们订下日子，我就嫁女儿！"

这时媒人说："十月一号，就是最好日子，不需要生辰八字，全国同庆，都为你们家女儿大喜日子放鞭祝贺。"

众人都说："这个日子当然好。"

老凡、小凡和媒人共同举杯，"来，敬亲家公、亲家母，干了这一杯，一切都订了下来。"

"好！干！订就订下来！"

章祐和柳兰回到家后，叫柳兰："你去通知两个儿子，十月一号，他妹结婚，都给我早点过来帮忙！"

柳兰摇摇头说："这事要说你去说，我没脸去说，两个儿子都反对，你硬着头皮给闺女订婚事。"

章祐拍着桌子，说："反天咧，老子就当这回家，我看哪个不听？"

柳兰冷笑笑说："好呀，还是你自己去说。"

章祐第二天去找章喜，说："你妹妹婚事订了，十月一号结婚，你提前去帮帮忙。"

章喜冷着脸，问："不是说这亲不能做吗？老二都说不行了，你为什么去县城订这亲？"

章祐将一支烟点着了，叹口气，说："你妹妹自己都同意了，两个孩子都自己谈了，你让我怎么办？生米做成熟饭，你就体谅一下老子行不行？"

章喜见小许过来，脸冷着不说话。小许说："我都听到了，如果真正生米做成了熟饭，也就不要弄下棋磨推，见好就收。"

章喜叹口气，说："随你吧！"

章祐说："好了，你再去通知章超。"

章喜冷着脸，说："我才不去呢！"

章祐气愤地用手指章喜脸，说："你敢！"

章喜心想，算了吧，还是去一趟裴乡，兄弟也多日不见面了。但一个人去也不合适，觉得妹妹的事不太好与老二说，让妻子小许与弟媳小赵说去，这样说起来比较顺畅。兄弟两家正好聚一聚，让四个孩子也到一起玩玩，不然也都生疏了。还有，妹妹的婚期就定在十月一日国庆节，也只有个把月时间了，兄弟俩也得有所准备呀。心里生气归生气，不高兴也没办法，首先这是妹妹自己的选择，她自己愿意，再者从生育她的父母角度说，父母亲都信任，并且已经订了婚，合了婚期。

章喜想着，就对小许说："想去老二家里聚聚。"

小许笑笑说："去呀，你们兄弟俩也有些日子没见面了，去了正好把妹妹的事兄弟俩再嗑嗑，离十月一日没几天了，也要准备准备呀，千万不要让人家看笑话。"

章喜冷冷地说："我也这样想呢，能不能一起去，让孩子也在一起玩玩，要不都快生疏了。"

小许皱了皱眉头说："听你的，明天正好星期天，大如、二如都去。"

章喜笑笑说："正好今天轧几斤面条明天带过去。"

第二天，夏末的阳光温暖着原野，章喜带着妻子小许和两个儿子大如、二如，踏上了去章超家的砂石公路。

章喜骑的是一辆破永久牌自行车，这辆破旧自行车是章超淘汰的，邮电局工作用车。质量是真的好，别看车破，修了修，新车都不如它好骑。轻便，刹车灵，出快，特别是下雨天，遇到泥土路没法骑，只有扛着车走时，才真正知道它的好处呀，因为这种车比起飞鸽、长征、凤凰要轻一半。章喜骑的永久车前杠上坐着大如。

小许骑着新买的一辆永久牌自行车，那可是一件家庭中的最值钱物件，小许将二如放在前杠上，跟在章喜车的后面。村庄上的人看到一家两辆自行车，并且有一辆是簇新的永久，心中那个痒呀，这可是每一个家庭追求的长远目标。

再看看人家两个儿子坐在车子大杠上摇着铃铛的那个精气神，两辆车子从家中出发到集镇上，盯在车屁股后面追着跑，喊叫大如、二如的小屁孩起码也有十几个。

路上，小许对章喜说："妹妹的事情，你要给弟弟好好分析一下，按父母的意思办，不要再反对了，反对是没有用的。妹妹跟人家小凡已经恋爱了，得罪了人，将来还是亲戚，有什么必要呢？"

章喜叹口气，说："哎，老二心里肯定堵得慌，他想我们都好呀，我们一辈子也就姊妹三个。光他一个人好，那不能算好，我们兄弟两个人好，那也不能算是好。姊妹三个，一个也不能掉队。大大妈妈，他们哪能看懂老二的心里呀！"

小许说："妹妹她不听话，也许眼下她是看不懂，也可能是受人蒙骗，但你也扭不过来呀！"

章喜说："妹妹两次选择，工作分配、恋爱婚姻都没有听老二话，怕就怕将来会后悔。"

小许说："后悔药买不到，也许这就是她的命。她要走什么路，你们做哥哥的，只能引导她，又不能拿她的脚去走。"

到了裴乡政府，高兴的是四个孩子，小赵见侄儿大如、二如来了，将收在柜子里的饼干、大白兔奶糖都拿了出来，给大如、二如的口袋里都塞得满满的。

章涵说："哥哥弟弟，我带你们去街上玩吧！"四个孩子一窝蜂一样向街上跑去。

小赵跟着喊："不要跑远了，马上就吃饭了呀！"

章涵回应："妈妈，我们马上就回来。"

章喜夫妻俩与章超夫妻俩难得在一起闲聊。他们都一起帮理菜洗菜、杀鱼、切肉，人多一起忙，很快一桌菜就做好了。小赵是当家好把式，这是柳兰说过的话，事实上，也的确如此。一般老家来人，亲戚朋友聚到一起，一两桌人，小赵应对自如，所以亲戚朋友夸章家两个儿媳妇：大儿媳小许能吃苦，二儿媳小赵会当家理事。

碗筷摆好了，酒也拿上了桌，四个孩子像小鸟一样飞了回来。

小赵吆喝："都去洗手，洗完手都给我坐好了，再吃饭！"

小孩吃菜吃饭，大人就开始喝酒。

章喜开口说："老二，大大妈妈前两天去了我家，找我们说事，我想，说什么话，你是聪明人，不用说，你都猜得到。我今天跟小许来，也就是过个话，妹妹不仅亲定了，婚期也定了，就在十月一日。"

四人，酒喝了半斤还多，老二章超还没说话。

小许说："妹妹自己要走什么路，谁都挡不住，当时分配一事，我们农村人都觉得，还是你有眼光，可你说的话有一驴车，她听了吗？到最后，她还是自己想怎么就怎么。这次定这个亲事，我想，父母为什么这么坚决，后来我才看懂，她与小凡已经生米做成熟饭了，你叫老两口，还有什么办法，他们只有同意呀，不同意，能怎么办？"

小赵听出了门道，望章超微微笑了笑，说："妹妹有妹妹的眼光，她是个成年人，婚姻本来就是她自己的事。作为兄长，不能不关心，但你也不能过分干预，现在都什么年代啦？婚姻自由，你们兄弟俩的婚姻不也都是自己同意的吗？父母也都只是顺应着你们。眼下妹妹的婚姻已经走到这个地步，你们如果再反对，我要说，那不是为难妹妹，你们就是为难父母，他们容易吗？"

章喜接话说："我赞成小赵，我们兄弟俩也就算体谅一下父母亲吧！"

小赵说："你们兄弟俩，从现在开始就不要再谈同不同意的事，就好好碰碰，怎么让妹妹风风光光从家中出嫁的事。照好办，让妹妹足好看，更要让父母足好看，要让村庄上的人看看章家的女儿出嫁有多风光。"

章喜端杯，四人一起干了杯中酒。

章超叹口气说："大哥，我听你的，你们回家抓紧帮大大妈妈准备吧。"

小赵从箱子里拿出两千块钱，说："照好办，不够再说。"

章喜一见这么多钱，笑笑说："兄弟俩，一家一千块钱，足够了。"

小许将钱退一千给小赵，小赵推辞说："遇事办酒席一千，我们再给一千压箱底，也让城里人看看乡下人是怎么陪姑娘的。"

小许笑了笑，说："你这样，反而拖垮了我们。"

小赵笑笑说："这一千，就算我们两家的。"

章喜摇摇头，说："家里两头小猪，卖了也要陪好妹妹呀！"

十月一日那天，章家除了迎亲的人，一共摆了十二桌，章喜里外应酬，章超陪迎亲人员，主厨就是小赵、小许，章祐高兴地里外给人打招呼，柳兰在陪同全房奶奶、媒人点东西，村庄上洋溢着从未有过的喜庆。

章梅的迎亲队伍走了，章梅如愿以偿地嫁进了城里，成为姓凡家的媳妇。

章祐对柳兰说："今天，幸亏两个儿子架势，多风光呀！晚上，老子跟他们喝两杯。"

柳兰笑笑说："你这老东西就是不识时务，关键时候还不是自己的孩子管用，打仗还需父子兵，朝后去，不要动不动就望儿子发脾气。"

章祐将头一扭，说："老虎不发威，还认为老子是病猫呢！"

柳兰笑笑说："你也就两个儿子成人成才了，腰杆才硬了一点，悠着点，不要闪了腰。"

掌柜

章祐的腰杆的确硬实了许多，章喜住在老宅上的主屋拆了，准备新建三间砖瓦房，材料正往家运着。这时的农村，家家都在翻建房屋，短短几年的时间，农村一片砖瓦房拔地而起。农民的服装也有了很大改善，夹克衫、西服、皮鞋已经进入了寻常百姓家。

闺女女婿带着大包小包的吃食用品回来了，让那些帮忙拖运建筑材料的人们大开了眼界。

章梅将一身西服递给章喜，说："这是刚刚流行的西服，这种服装，一定要用新衬衣，打领带，穿高跟皮鞋，否则就不土不洋了。"

章喜笑笑说："你给我这衣服，光有马，没有鞍来配。你能买起马，我还买不起鞍，也只能放着。"

小凡从一只皮箱里，拿出一双闪亮的皮鞋，一件用塑料纸裹着的白衬衫，一根红黑暗花的领带，说："都帮你配好了。"

章梅又从皮箱里拿出一身花呢夹克，要父亲试试。章祐说："忙着呢，放那里，晚上洗了手脚再试。"

章梅又拿出一身很时尚的大领花格女中衣，递给小许，说："嫂子，你的。"

小许高兴地将手里理着的青菜一扔，说："这敢情好啊，我得穿上烧烧。"惹得众人大笑。

柳兰冷着脸说："你大嫂这件有点土气。"有人插嘴说："这件让你穿差不多。"

小许脸一红，说："你看好，你就穿去，反正都是一家人。"

章梅笑笑，说："我妈有，在这呢，给你买两身，一身春秋衣服，还有一身羊毛衬衣。"

柳兰拿手一看，心想，这衣服哪舍得穿呀。有人说："女儿最疼妈，你看看，这两身衣服，估计要五六亩地棉花都换不来。"

有人说："这衣服看都没看到过。"

庄上人都知道章祐女儿嫁了个有钱人，城里有钱人，轰动得七村八庄都讲了年把，一传十，十传百。章祐跟柳兰，这夫妻俩命真好，原来估计两个儿子不简单，都有本事，想不到，女儿比儿子还能，女婿更厉害，人标致，有钱，给岳父家买东西出手大方，讲着讲着，神奇就出现了。章祐的亲家，就那个老凡，人家是县长，虽然姓凡，但人家不凡，所以说章祐那个人有眼光，不得了的眼光，一把梯子就把全家给送上天去了。

章喜的房子很快竣工了，城里来通知，让章祐去帮章梅开店。

村庄上又闹开了，这还得了，章梅家有店，忙不过来，叫自己老爸去开店，章祐的身价一下子由农村老百姓提高到了县城里的店掌柜。

章祐收拾了一下，换上了一身新衣服，安排好家里的事情，就来到了章梅的新家。他们新婚后就住在二轻集体宿舍的一间房子里。

章梅告诉父亲："二轻公司在老汽车站有五间门市，现在对外出租，被我们租了下来。我们已经将这店改名为'千惠化妆品专卖店'，你负责看店，我与小凡负责采购商品和运送货物。我们三个人，有具体分工，店里采取两班制，小凡和你实行轮班倒，一天三顿饭就在边上小饭店，人不离店，饭由小凡负责送到店里吃。"

章祐笑笑说："这样，时间是不是有点紧？"

小凡说："爸爸，您放心，有我和您轮班，白天我大部分都在，您主要是夜班，章梅跑采购，有送货我就去，有三个人，这一板店绝对没问题。"

章梅笑着说："爸爸，我也不用白人，我这店本来就是搞经营的，雇用别人也要花钱，我给你每月开一千块钱工资。"

小凡补充道："这只是工资，如果家里需要，要多少给多少。"

章祐笑笑说："自家人，自家事，我要你们开什么工资呀？"

小凡摆摆手说："用您不是为了省钱，是贴心，这个您不用再推辞。"

章祐不识多少字，但他有常人不及的记忆力，还有就是打得一手好算盘，可以双手打算盘，在他的教育影响下，两个儿子的珠算都非常好。

章祐家的吃饭桌上，常年放着算盘，不论谁到家，没事朝那一坐，算盘就噼噼啪啪打起来，这里三把算盘的珠子活得跟校过油一样，档木被磨得都易下去一半还多。

让章祐做开店掌柜，算是找对了人。在中兴路上，最大的一家化妆品批发兼零售店，每天都有上百号人进出这店里，久而久之混熟了，就有人开始买东西赊账。章祐就用一记事本，反正他自己记自己心里有数。

城里人有时喜欢讨巧，甚至认为章老头有点可蒙可骗，就赊多还少，心中打着自己的小算盘。他们哪里知道，他们面前站着的是个"金刚不倒"的"神老翁"。

章祐赊账是有原则的，不超过三次，这叫事不过三。一个叫胡三姐的，一共赊了三次，有一天大清早，慌慌张张跑来，说："章大爷，我要出一趟差，想买几样化妆品、洗头膏、护肤霜……"

章祐笑笑，说："三姐呐，我这小店也是小本生意哟，请三姐把前几次的钱付清了，我再拿新的化妆品给你。"

胡三姐红着脸说："不才赊两次吗？"

章祐笑笑，说："三月二十二号，你拿海飞丝、大宝、两面针；三月二十八号，你拿洗衣粉、香皂；四月五号，你拿染发膏、唇膏，还有几双袜子。"

胡三姐的声音都变哑了，说："章大爷，您这脑子里记得这么清楚呀，你看看，这还假吗？我都忘记了，哎，事多事多，不好意思。"

章祐笑笑说："三姐呀，你是做大事的人，难免忘小事。我呢，就吃这碗饭，也就记性稍好些。"

胡三姐赶紧问："多少钱？"

正在这时又有一中年妇女喊："章老头，还你钱，那几次拿东西，多少钱呢？"

章祐对那中年妇女说："三次一共拿四十二块三毛钱。你给四十块。"

"胡三姐你这三次拿五十八块六毛，就给五十八吧！"

从那以后，没人再敢蒙章祐了，中兴路上没人不知道千惠化妆品店里有一个"神老翁"，没看他记账，但一口报出数字来，总让你惊讶。

小凡高兴呀，老岳父帮开店，一个人顶几个人用。给工资嘛，有时拿一点，有时还不要，这样的伙计上哪找去。这店开得风生水起。

章梅头脑活，听说洗衣粉最赚钱，再批发也是商品你转我换的，如果自己生产加工洗衣粉，再自己卖，那不发天大的财呀！

章超家城里的住房便是章梅生产洗衣粉的加工厂，不到两个月时间，洗衣粉就成堆压岭地堆满了章超家所有空隙的地方。

短短两年多时间，章梅赚钱买了三室两厅商品房，刚住不到两年，又换新房，这次换房，光是装修就花了十多万元，就连一根木螺丝都是从省城里买来的。

赚了钱，扩大生产，又在中兴路的千惠化妆品对面租了三间门面搞电瓶车销售。这时，电瓶车刚刚上市，他们家也是县城里开的第一家电瓶车超市。

第九章

登梯

上岸

正当章超的生意做得风生水起时，县委组织部却来裴乡考察干部。何书记找章超谈话，说："你下海要结束了，应该上岸了。"

章超问："怎么回事？政策有变化吗？"

何书记笑笑说："政策没有变，但你的职务有所变。"

章超心中有些疑虑，心想，是不是在下海做生意当中，违反了什么规定。

何书记说："组织部来考察，准备你接任党委委员、组织委员这个职务。"

章超心中一震，心想："能有这等好事？"

组织部来考察，首先组织测评推荐，一共考察了四个人，有章超，还有其他三个助理级干部，都符合年轻干部选拔标准。

过了大约半个月时间，何书记找章超："明天县委组织部通知你到县委第一招待所谈话。"

"谈什么话呢？"

"谈你任组织委员呀。"

"这话是真的吗？"

"你这家伙，这话能瞎说呀？我什么时候跟你开过玩笑？"

晚上，章超对妻子小赵说："何书记叫我明天去县里谈话。"

小赵脸一冷："怎么？做生意出问题啦？"

章超笑笑，摇了摇头。

小赵自言自语："元旦放假刚上班就叫你去谈话，能有什么好事？再说，你自从下海做生意，做的都是私人事，利用集体贷款，赚钱装进自己腰包，我估量着，肯定有人眼红，告了你的状。"

章超终于憋不住了，笑笑说："老婆，你就别胡猜乱想的了，何书记说了，是提拔。"

小赵反问："为什么会提拔你？你不是下海了吗？"

章超笑笑说："何书记说了，这次提拔的年轻干部，都是有经济头脑，敢试敢闯的优秀分子。"

"你是有经济头脑呢？还是敢试敢闯呢？还是优秀分子呢？"

"我呀，都是！"

"吹吧！你就吹吧！要真是提拔你，你也就是赶上了好时代，碰到了好领导，还有周边架你事的好同事，要不，怎么狗屎运都让你给碰上呢？"

"对对对，老婆，你说的就是对。的确是赶上了好时代，自己下海做生意，赚了钱，发了家，组织上既表彰，又提拔，这真是不敢想的事。"

第二天，章超坐上了开往县城的公交车。在车上，他就在头脑里想着，县里会是什么样的领导跟我谈话？会谈什么样的内容？我应该怎么回答？怎么表态？进门怎么说？怎么坐下来？手怎么放？姿势怎么摆？起身告辞怎么说？领导会不会和我握手？满脑是这些。

到了县第一招待所，进入门厅，已经有二十几个人坐在木椅上等候谈话。

一位女工作人员问："你是哪个单位的？姓名？"

"我是章超。"

"哦，你坐，稍等，下一个就是你，县委许副书记、组织部长跟你谈。"

"好的，谢谢！"章超的心突突地跳，这种谈话毕竟是第一次。以前提拔做助理、改任党委秘书都是乡里书记谈的，那都是朝夕相处的熟人，熟面孔好说话。正想时，里面的人已经喊："章超来了没？到201室。"

"到！"章超夹着一只旧公文包，进了201室，一位女工作人员，指指一张木椅，说："你坐，这是县委许书记，这位是组织部张部长。"

章超先是坐下，听工作人员介绍完，又站了起来给桌子对面许书记和张部长点头致敬。

许部长是一位白净的中年人，短发，脸上没什么肉，他好像从鼻子里冒出一句话，说："张部长你说。"

张部长大白脸上架着一只很厚的镜片，声音洪亮，说话清晰，他望许书记点了点头，手里拿着一张红头文件，说："经县委研究决定，章超同志任裴乡党委委员、组织委员。下面请许书记指示。"

许书记仍然没有抬头，好像自说自话："首先祝贺你，经过群众推荐，组织考察，县委研究决定你升任裴乡党委委员、组织委员，这是县委对你的信任。希望你要更加严格要求自己，特别是在地方经济建设中，敢立潮头，敢试敢闯，勇争一流，发扬勇于下海，不怕呛水，不怕困难，不怕失败的精神，从行动上保持与县委高度一致，清清白白为官，干干净净干事，不辜负组织培养。"

许书记话讲完了，张部长马上接话说："感谢许书记。章超，你还有什么想法？你也说说。"

章超咳了一下，镇静了一下，说："非常感谢县委，感谢党组织，感谢许书记，感谢张部长，感谢县乡两级党委的培养，让我从一名农家的孩子走上了乡科级领导岗位，我将不负众望，将用一颗感恩之心走好今后的每一步，脚踏实地，卧起尾巴，老老实实做人，做一名党和人民信任的好干部，决不给组织丢脸。"

张部长笑笑，说："很好！希望你不负重托，严格按照许书记的指示精神，加强党性锻炼，积极投身到当前伟大的社会实践中去，以做好每一件实事，向县委汇报。"

章超站了起来，许书记仍坐那里，张部长主动伸出手来，与章超握手，并送至门外。

章超的提拔，轰动了他的老家，老百姓在是非判断上只有"好"与"不好"之分，"好"就红得发紫，"不好"就是一泡臭狗屎。只要传开去，就是覆水难收，说你好，老家人就会讲你一辈子好，说你不好，就会讲你一辈子不好。

章超的提拔被家乡老百姓当作一件神奇的事情："章祐那儿子，厉害得很。写东西，天下无双，没人能盖；做生意，那是一把大砍刀，刀刀见血，没有他做不成的生意；真是能文能武。你说那章祐，怎么就能生出如此这般有本事的儿子。原来，他们家祖坟埋得好呀，风水宝地，真是多少代才出那么一个天才人物。"

章祐全家也飘飘然起来。

有人问章祐："你是怎么培养孩子的？"

章祐笑笑说："教育呀，好好教育，好好培养，让他好好读书，心中有了字眼，心路不就开了。"

柳兰笑笑说："就不要吹了编了，这都是孩子自己努力的，孩子遇上了好时光，碰上了好领导，有好人关心，有好人培养，他不就上去了。"

也有人说："你家儿子提拔，是不是上面有亲戚呀，要不，一下子怎么就提拔了呢？"

章祐笑笑说："听说了，我儿章超下海做生意，碰到了上面也下海做生意的人，后来一来二去，混熟悉了，就提拔了。"

在章超的老家有好多种传说，但都是说"好"。说章超怎么怎么样能干，这样一传对家庭也有好处呀。后来，当地遇到大小河工、摊着章祐家出工出钱，有时候地方那些人就出面说话了，章超在外地当干部，我们总会有用着人家的时候吧，这样一说，就给免了工，免了钱。

家里出了个能干的儿子，总能给家里带来好运气。

两条腿走路

二十世纪九十年代，乡镇企业发展迅猛。留守妇女们在赡养老人小孩、种好地养好猪的同时，还能在家门口就业。裴乡通过招商引资，吸引了台商老板建了一个缫丝厂。

章超刚做乡领导干部不久，裴乡缫丝厂的台湾投资老板曾庆连跟章超在一起闲聊时，曾经说："你们的何书记，在上海一家宾馆与客商谈投资时，我睡在床上，他就睡在沙发上，我要给他开一间房，他怎么也不让。为了节约一点开支，作为乡党委书记能做成这样，真是不简单，我在大陆跑了很多地方，从来没见你们何书记这样的清廉干部，这是放在台湾想都不敢想的事情。"

台湾老板的话给了章超很大的触动，章超从此下定决心，要向何书记学习，做一个让人看得起又敬重的人。

何书记为了乡缫丝厂的筹建生产，可以说是耗尽了每一滴心血和汗水。缫丝厂仅开工第二个月就生产白厂丝11吨，产值超170万元，创利润45万元。何书记让大家看到了小乡脱贫的希望。老百姓都说，光靠种粮种菜还解决不了农村的根本出路问题，只有培植一个大企业，走出种植—加工—生产—销售一条龙的路子，形成一个经济巨人，才能带动一个产业，致富一方百姓。

裴乡在全市算是一个小乡，主要产业特色是蚕桑，全乡蚕桑已发展到8000亩，乡里与台商合资兴建的240台立缫机规模的缫丝厂，原料还不足，有一半的原料要到外面去收购，这样生产的成本就会提高。

章超这时已协助分管农业，并向何书记提出"两条腿走路"的工作思路。一条腿是在本乡必须形成栽桑、养蚕、收烘、缫丝、出口一条龙；第二条腿是在附近乡镇建立蚕茧收烘站，蚕茧下市时，直接组织人员去外乡镇设点收购，并就地烘干、打包、运输到缫丝厂，蚕茧收购和资金提供由缫丝厂直接负责，这样既降低了成本，又能保证收购蚕茧的质量。

"两条腿走路"这事何书记非常赞赏，找来台商曾庆连老板，曾老板哈哈大笑，说"两条腿走路"，这个提法好，我们每一个人，都有两条腿，为什么只用一条腿呢？这样一来，我们缫丝厂就有了固定的茧源，生产就不愁没原料了。

曾老板在一次聚会中跟何书记说："我想找你要个人。"

何书记问："谁？"

"小章。"

何书记沉思了一下，说："不太合适。"

"为什么？"

"章超是组织委员，本身就分管干部和党务，农业分管领导非要扯着他，你如果再要，这个让他没法干。我们也不能苦乐不均，不能将事情撂在一个人身上，这样就显得不太公平。"

"你让他脱掉农业那一块不行吗？"

"人家分管农业的领导也是位副书记，非要拖着章超不可。"

就这样，因为分工的事，章超变成了拉郎配，哪条线需要，他就无条件服从。

曾老板始终不放过章超，他看重的是章超的超前思维，喜欢他的"两条腿"理论。

接近年关时，曾老板要去浙江湖州谈一笔领带加工合作业务，湖州领带厂用鹏飞缫丝有限公司的白厂丝织绸加工领带。这个项目非常好，因为这个项目让缫丝厂的产业链又延伸了两步，原来只卖白厂丝，现在要织绸，然后加工领带，这样合作肯定双赢。

曾老板找到何书记。

"明天我去湖州，谈织绸、加工领带项目。"

"好呀，这个项目一定想办法拿下来。"

"但我找你要一个人。"

"谁？"

"章超。"

"你怎么总是盯着一个人不放？"

"你手下有上万人，但我只要章超一个。"

何书记笑笑，说："算借你用几天，用过抓紧还回来，这也是他'两条腿走路'。"

哈哈哈，好一个"两条腿走路"。

第二天，曾老板坐着一辆黑牌照新皇宫来带章超，妻子小赵笑笑说："你坐这车有点像土夹洋。"

曾老板指指小赵说："你还不完全了解他，他的'两条腿'工作法非常管用。"

小赵糊涂了，什么"两条腿"工作法？

到浙江湖州领带厂吃完中饭后，双方开始谈判。湖州方提出，在裴乡征地一百亩，新建织绸和领带生产两个厂区，计划建设面积两万平方米，这些投资由双方各出一半，由于白厂丝是裴乡提供，建议由裴乡控股，曾老板任新成立的领带有限公司董事长，控股51%，湖州领带厂占49%的股份，总经理由湖州领带厂派出。

曾老板的意见是：裴乡白厂丝入股，可以在裴乡征地新建厂房，但不再出资，同时还要控股。

章超一听，这是两头大、两头尖的生意，心想，这事难成。

湖州领带厂有三名同志参加谈判，马厂长、胡副厂长、李总会计师。而裴乡呢，曾老板除了介绍自己以外，还介绍了："这位章超是代表裴乡党委政府的领导。"

章超心想，随你怎么介绍，反正书记安排我来时，也没什么特别交待，估计也就架架场子吧！

但谈判很艰难，一直谈到快吃晚饭时分，双方都不让步，仍不能达成协议。

湖州领带厂提出：征地、建厂房各出资一半，因对方有白厂丝作为织绸原料，可以让裴乡占股份60%，湖州领带厂占40%。

曾老板坚持：征地、建厂房出资30%，白厂丝可以作为织绸生产原材料，但需按市场价折算后扣除建厂出资。

双方各执一词，互不相让。

湖州领带厂马厂长最后说："你们如果仍然抱着这种条件不放，没有关系，我们再找别的合伙人。你们县的洋河、王集、中兴三家缫丝厂都来谈过，条件都比你们要优越得多，但我们为什么看好你们，原因就是你们是中外合资，我们可以挂靠你中外合资企业，将来好出口退税，要不是这一点，也轮不到和你们谈合作。"

曾老板叹口气说："我的缫丝厂才投产，再投资办领带企业，搞织绸生产线，眼下拿不出现金跟你们合作，再说，缫丝厂的贷款预期，每年要连本带息还10%以上。"

胡副厂长推推眼镜，瞟了瞟马厂长，又望望曾老板，说："要不先放放，大家再回去考虑一下。"

马厂长摆摆手说："现在领带订单在手，等是不可能的。"

曾老板灵光一现，转过头，拉了拉章超，问："你说呢？"

章超心想，你不叫我说，我肯定不会乱说，这是大事，要你曾老板出钱的事。再说了，反正湖州的三个人是第一次见面，生意场上就是愿卖愿买，双方都有自己的选择权利。

章超清了清嗓子，望着对面马厂长三个人，说："马厂长，我可以说几句吗？"

马厂长笑笑，说："章领导，你看你，都是自己人，客气啥。您尽管说，生意不成情谊在。"

章超笑笑说："我申明一下，我愿意站在第三方位置上说几句。"

大家都说："好事呀，我们需要的就是中间人。"

章超喝了口水，平了一下气，说："你们看看，这样行不行。征地、建厂房，这事以后再说。先在我们裴乡注册一个挂靠在缫丝厂里的中外合资领带厂。我们裴乡缫丝厂将生产出的白厂丝及时运输到你们湖州现在的织绸厂，织绸以后直接进入你们的领带加工厂。生产出来的领带贴牌就贴我们中外合资企业，这样先合作，先生产，先销售，先盈利。在合作中，你们湖州受益在两个方面，第一方面不用购买织绸原料，降低生产成本，第二方面挂靠我们外企，产品可以全部出口赚外汇。

"我们裴乡缫丝厂也有两个受益点，一是延伸产业链，从栽桑—养蚕—收烘—缫丝，再加上后两道工序，织绸—领带加工；二是卖领带比卖白厂丝肯定要赚更多钱，我们原来是卖原料，现在是卖成品，并且是出口创汇。这种双赢模式如何？"

这时，大家议论起来。

"这样合作，也是一条路子。"

"这样合作，双方投入成本都小。"

"这样合作，见效快呀！"

曾老板脸上露出了难以抑制的笑容，用脚在下面踢章超。章超心想，这是你让我说的呀，行不行由你们定。

马厂长也露出满脸笑容，问："章领导，我想你的话还没说完。"

章超笑笑说："马厂长，您说的对，我说的这只是前期合作。那么，通过一阶段运营，彼此有了深层次了解，同时也根据生产、市场、原料等等情况的需要，双方再坐下来，冷静地思考一下，如何扩大再生产，到时候，有可能缫丝、织绸、领带生产可以放到一起，也可以分开，还可以再找一家合作，可以形成集团，这样船大顶风浪，那就是后一步的事情了。"

章超说完话，就开始喝水，观察他们动静。

马厂长首先发言："很好，我认为这个方法可行。分两步走，第一步，用你们原料，挂靠你们中外合资企业，双方谈个比例，先做起来，把市场打开。第二步，根据市场订单，决定第二步合作。"

马厂长说完，望着曾老板，笑笑，说："曾老板，你认为呢？"

曾老板微笑着说："我完全同意。"

马厂长又望望他们厂里的两位同志，他们也都点了点头，说："这样当然好，暂时的确不需要大兴土木，先合作起来。"

马厂长又说："曾老板，你们用白厂丝入股占百分之四十九，我们用织绸和生产领带成品占百分之五十一，由我任董事长，您任总经理，在你们那里抓紧注册，我方由胡副厂长全程参与。"

"好！"这时会议室里掌声一片。

回到裴乡后，章超又驻村驻片清欠公款去了。曾老板找到何书记汇报去浙江招商的事情。

曾老板说："很成功。"

何书记问："合作模式呢？"

曾老板就将前后经过给何书记作了汇报，最后还是章超提出了分两步走的合作模式促成合作。

何书记笑笑说："小章的'两条腿走路'工作法，走到哪里都管用。"

两个人笑得都很开心，曾老板竟然笑出了眼泪。

曾老板又说："书记呀，你听广播没？"

何书记问："你说的是什么呀？"

曾老板拿出一盘录音带，放在何书记面前说："章超写的一篇人物通讯。"

何书记脸红了一下，说："我听了，瞎吹，哪有他说得那样玄乎呀？"

曾老板说："我觉得写得非常好，也非常感人，所以我安排人专门给录了音。"

何书记接着说："省电台播出后，惹了不少麻烦。"

曾老板冷着脸，问："什么麻烦？"

何书记冷冷地说："已经接到通知，让组织收听，都要见报，有的还要再来采访，你说，这个小章，给我惹来多少麻烦？"

曾老板哈哈大笑，说："你有一个好助手，他给你惹这么大麻烦，你打算怎么处理他？"

何书记笑笑，说："今晚，你来我家，叫小章过来斟酒，让他喝醉，罚他！"

两人又开心地笑了起来。

章超晚上在何书记家真的喝多了酒，刚到家，就发现有一封信放在桌子上。拆开一看，是中学时一位女同学的来信，信中的内容说得很明白："我非常喜欢你。"她在信中提到，以前在学校时经常偷看章超的作文，喜欢他的文采。章超的心突突地跳，心想，这位同学也可算是班花，甚至是校花，但作为班级里最矮，最黑，最丑，甚至脸上眼上还有疤痕的章超，怎么能与校花联系到一起呢？

章超回忆起这个女生，在校期间从来就没有正眼看过他一眼，哪怕就是仇恨地瞟一眼都没有。

章超看着这封天上掉下来的林妹妹的"暖心信"，甚是感慨。他在脑海里回忆着在校时的点点滴滴，这位女生白皙的面孔，精致的酒窝，水灵灵的眼睛，粗黑的辫子……

章超想着想着就把工整娟秀的书信又看了一遍，越看越觉得这位漂亮的女生就在眼前转悠，当他看到第三遍时，觉得手在发抖，心中也有了异样的感觉。他赶紧将信揉成了一团，放进煤炉里，煤炉里燃起了一团紫色的火焰。他跑到水缸边，舀起半盆冷水，将发烫的脸放进冷水中，脸上的烧虽然退却，但心跳仍在加速。他心想，但愿以后不要有这种让人心惊肉跳的信件，自己已经有了妻儿，温暖的小家，谁也无权侵犯，当初的"丑汉子"，怎么做了一个小干部，一下子就变成"美男子"啦？人要清醒地认识自己，当你被别人看不起时，你曾低过头，当你通过奋斗，站了起来时，你也不能自我轻贱，抬起头，好好做人，真正能给你温暖的是妻子、孩子、老子。外面的花花世界，只会夺走你的光环，拉你下水，直到溺水而死。哪怕就是意淫都不可以。

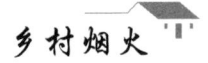

浮萍

时间已经进入二十世纪九十年代初。春天的风像一把疯狂的剪刀，肆无忌惮地搧翻了好多民宅的茅草屋顶，章超正在组织村组干部逐户了解春荒灾情时，却接到了一个去县里参加"全县扶贫工作总结表彰大会"的通知。

在全县扶贫工作总结表彰大会上，有一大批先进集体和先进个人受到表彰奖励。从大会的通报中了解到，全县当年脱贫人口达百分之三十，还要用三到四年时间完成全县的脱贫任务。

章超对当前脱贫的数字产生了怀疑，他想扶贫工作到底做了哪些事？天知地知，凭良心说话，扶贫就是走过场，瞎折腾，机关人员走马观花，搞点资料，应付场面，哪一户人家的脱贫是扶出来的？老百姓都说，这个不叫扶贫，应该叫"浮萍"。至于说那些先进个人、先进集体就更靠不上所谓的先进的边了。实践是检验扶贫成果的唯一标准，等到三四年后再看看，全乡还有没有贫困户？

上一周乡党委政府为县扶贫工作队敲锣打鼓集体送行，章超却没有参加，他去村里了。他对扶贫搞花架子深恶痛绝。当前，农民生活苦不堪言，农民负担不断加重，农民看病难、住房难、上学难，老百姓打掉牙齿自己往肚里咽，穷到揭不开锅，还为县扶贫工作队戴红花、发奖状、敲锣打鼓，真是虚假透顶，打肿脸还充什么胖子。

扶贫就是喊口号。章超参加了全县在李口乡召开的组织工作现场会。乡党委孙兴迈书记嘴吹得冒白沫，提出口号："要把李口建成十里蚕桑带，十里荷花香，十里防风林，十里米粮仓。"听起来好听呀，可做得怎么样？所有的工作计划都应该因地制宜，因时而易，实事求是，不能靠编顺口溜来取悦上级，老百姓是最现实的群体，办不到的事情，说出来反而令人作呕反胃，做事情还是实在一点好。

下午参观李口乡的佛手瓜种植现场，又听孙书记在田头拿着小喇叭介绍说："佛手瓜是致富瓜，人人见到人人夸，富了千万家，佛手瓜进农家。"

章超走进田畦，问一群正在应付现场的老百姓，有人说：

"我们是乡里花钱雇来搞现场的。"

"这个书记在说瞎话，老百姓都被坑死了。好好的粮田，种这什么佛手瓜，去年都烂了，倒进沟里了。"

还有一老农说得更有意思："佛手瓜是坑人瓜，人人见到人人骂，坑了千万家，佛手瓜烂在农民家。"

一位中年妇女说："佛手瓜的推广种植只考虑如何种，没有考虑如何卖。没有市场，一哄而起，导致佛手瓜销售无市场，丰收没人要，所以大部分佛手瓜烂掉扔了。"

接着又参观了牛蒡种植现场，上千亩牛蒡，生长茂盛，乡里的李乡长介绍说："牛蒡产量高，营养丰富赛人参，吃了人老还童，增强人的免疫力。"

参会的上百口人，被李乡长的话逗笑了，产业扶贫原来靠的就是这帮吹牛皮说瞎话能忽悠的乡村干部。谁会说，谁就有能耐，谁就先脱贫，谁就当先进。

这时，远处劳作的农民传来嬉笑声："牛蒡如牛皮，见了没人理，市场转一遭，全倒水沟里。"

站在章超边上的一个中年男人说："去年牛蒡没人收购，全部倒在路边沟里烂掉了，为什么今年还要种？那时因为上面有交代，这种连片种植的现场必须保留，贴本也要保留，有没有人要不要紧，关键是有没有人来看，只要上级常来看，倒了烂了也要坚持种。"

章超叹口气，说："这就是农村工作，这就是农村脱贫工程。"

章超对当时的裴乡派驻洪湖村扶贫工作队情况进行暗访，为什么要暗访，因为这个工作队是县里表彰的先进集体，工作队队长是先进工作者，还在全县大会上作经验介绍。调查暗访后，章超在日记中写道：

"县派驻洪湖村扶贫工作队在一遍锣鼓和鞭炮声中离开了裴乡，预示着该项工作圆满完成，也标志着这个村已经脱贫。

"可笑的是，这个村江山依旧，面貌未改。'尖头'没少一个，'特区'还是'特区'，观念还是那个观念，'人少鬼多'鬼没少一个。全村一百户人家，六十六户贫困户没少一个。

"看来指望当官的能让老百姓脱贫只能是望梅止渴会更渴。"

选举

转眼就到一九九五年底，乡镇换届选举。章超作为乡党委组织委员，手中的事情更多了，也更烦了。

可选举日那天，县委安排参加裴乡换届选举工作组同志找章超谈话："你虽然身为党委组织委员，但本次乡镇人大换届选举，基本上都是安排组织委员作为人大副主席候选人参加差额选举，另一名人大副主席人选县委已经提名，是现任人大副主席。"

章超笑笑，说："我服从组织安排，但有一句话我必须给组织表达清楚。这位县委提名的沈副主席是本乡人，是街道上人，前阶段因为殡葬改革，他父亲去世，没有火化，并使用棺材安葬了。后来，街上人造了他的反，写人民来信告到市委，市委签署意见必须严肃查处，县委决定在裴乡召开现场会，对沈的父亲起尸火化，那天现场有上千人，大部分是地方群众在看热闹。这事闹得沸沸扬扬，影响相当坏。现在换届选举，组织上安排我与沈主席一起差额选人大副主席，我先表明态度，作为党委委员、组织委员，我是不情愿再顶一个人大副主席这个官帽，多一事不如少一事。但现实摆在这里。"

工作组领导说："这事县里也知道，你只负责好你自己。从现在开始，到选举结束这一段时间里，你不得接触任何一名人大代表，也不要参加会议，就待在宿舍里。"

章超点了点头。工作组同志走出了章超宿舍，到礼堂里参加选举会议去了。

章超正好利用这段时间，写一篇"党的好干部孔繁森"事迹录像片观后感。正当章超沉浸在孔繁森的事迹中时，宿舍的门被敲响了，工作组领导叫他到小会议室。

小会议室里有县委工作组领导，乡三套班子全体人员，还有选举委员会其他人员。

县委工作组领导宣布："人大副主席选举票，沈习志七票，章超四十六票，这个选举情况交给你们党委，选举委员会复议一下。"

何书记点上了香烟，说："这个选举结果，在预料之中，沈习志虽然是县委提名人选，而章超是代表十人以上联名推荐人选，但这两人情况悬殊太大，加之沈习志同志家中又遇点特殊事情，这种结果我觉得很正常，请县委工作组领导把这情况给组织部报告一下。"

县委工作组领导说:"想不到会是这个结果。"

这时,选举委员会几个人都说:"这个结果我们早就预料到了,当时将章超放进去选举,这个结果基本上就定下了。沈习志的选票都是主席台上几个人的,下面的代表全部投给了章超。"

有人说:"这就叫民意吧!"

"应该尊重选举结果。"

"沈习志不适合在本乡工作,群众怨声太大了。"

"老百姓早就看不顺眼了,在街道上诸人不和,与邻里之间关系紧张,说话大似天。"

"老沈这人很僚,官不大僚不小,从来不把老百姓当回事。"

"老沈家属牙能耕地,谁都不敢沾边,像阎王一样。"

最终,县里反馈意见,尊重选举结果,章超兼任乡人大副主席。

为这事,县委副书记兼组织部长许书记还找来章超谈话,问:"你知不知道这样的选举结果,县委很被动。"

章超莫名其妙地摇摇头。

县领导说:"你为什么不做工作,让代表们不要投你的票,因为沈习志是县委提名的人大副主席候选人,你只是十名代表联合推荐的差额对象。"

章超再也忍不住了,抬起头,红着脸,说:"领导,那天选举时,我被关在宿舍里,不让我接触代表,也不让我参加选举大会,我怎么做工作,让代表们不投我票呢?"

县领导冷冷地说:"你作为组织委员,应该有这个觉悟。"

章超不再吱声,知道县领导的话都是对的,下属做什么都是错的。一切成绩都属于领导,一切罪过都属于下属。章超心想,你这县领导官虽县级,但不如裴乡以前的蒋书记,更不如当下的何书记,因为你的官品、人品都差到普通老百姓不如的地步。

第十章

化蝶

县城

　　早春，章超去县城开会。经一同行友人介绍，在县城的东北角有一民宅，友人说，这民宅准备出售，工作在乡下，县城里没有住房的人可以看一下，适合情况下可以购买。这时，农村也零零星星地有少数富人盖起了两层小楼，尤其是外出打工的人员中出现了少数一夜暴富的人家，这些人在大城市安家落户，让同时代的人垂涎。

　　章超随友人来看，院子不小，但六间房屋都是简易砖瓦房，位置也不错，靠近桃源北路的一个将军楼高档人文住宅区。

　　房主要价太高，六万，一分不让。当时看了房，谈了价，没成，走了。

　　后来友人又说："可以再谈谈。"

　　章超又随友人来到房主家，经过反复谈判，最终以五万八成交。当时章超就交了一万元定金。

　　在县城返回乡下的路上，章超在想，最近几年做了点小生意，像收购蚕茧，贩运木材，销售毛巾、茶叶，虽然赚了四五万，但人口多，家庭花销也大，家中存款不到四万，买这房，还得向亲友借钱。这种世道，穷人占多数，谁家会有上万元现金借给你买房子呢？

　　但又想，我们农村人，早就做梦能变成街上人，更何况进城做个城里人呢？祖祖辈辈面朝黄土背朝天，躬身耕耘，最终回归黄土地，现在赶上了好时光，章超想，必须在自己手里改变家庭世世代代种田受苦受累忍饥挨饿的命运，就是苦死累死，也要将两个孩子变成城里人，辛苦我一生，造福后来人。

　　房子买好后，章超又找工人进行了简单的维修、粉刷。可因为搬家的事，章超与妻子小赵恶吵了一架。妻子不愿去县城，理由是城里那个地方就不是农民的天下。

　　晚饭后，由于外面风急雨大，早早就关上了门，章超把搬家的事又跟小赵说了一遍。小赵气呼呼地说："去县城，你以为是什么儿戏，一来债台高筑，将来怎么办？二来没有职业，在县城怎么生活？孩子都已上学，到县城上哪儿读书？"一连串的问题摆在面前章超叹口气，心想，难，真是很难。但又想，已经迈出了第一步，开弓没有回头箭。

章超笑笑说："你放心，任何困难都可以克服，县城是我早就向往的地方，将来孩子难道还做乡下人吗？迟早要走这一步，迟走不如早走，趁着我们还年轻，多想一点，多吃一点苦，多为儿女的将来着想，我想再苦再累再烦也值得。"

小赵难为得哭出了声，说："我死也不去县城。"

章超也发脾气了，毫不犹豫地说："你死也得到县城去！"

这是结婚以后，他们第一次吵架，但章超心中像被针戳了一样难受。去县城，妻子孩子的确会遇到千难万险，作为丈夫，作为父亲除了要担当以外，还应更多地理解才是。

章超安慰说："你放心，你去了县城，我会抽出更多时间去县城陪你们，我会想办法解决好你的工作和孩子们的读书问题。"

小赵抽泣着说："这哪是一句两句话就能说得了做得了的事情呢？"

经过反复协商，小赵终于答应了章超带着章涵和章逊搬去县城居住。

四月初六那天，春风轻拂，万里无云，在一阵鞭炮声中，一辆大货车载着章超全家的家什驶进了县城。妻子告别了她生活十年的裴乡政府，儿女也带着幼时的眷恋离开了生养他们的乡下，妻子和儿女进了县城。章超仍然工作在乡下，留在他们共同生活过的地方，继续工作、生活、学习。

章超的小家庭搬走了，但他的心总是忐忑不安。乡政府院内议论不休，有的人说乡下人去县城里找洋罪受，有的人说穷人命到哪里都过穷日子，有的人说心高命不强，有的说现在搬去县城，将来过不下去了，再搬回乡下来，那可就丢人现眼了。章超听得满耳朵发痒。

章超从此开足马力为小家庭奔波，他列好三件事：一是先安排好妻子的工作，让妻子有事做才不孤单；二是要抓紧安排好孩子读书，不能耽误了孩子上学；三是必须迅速协助妻儿熟悉生活环境，否则就无法在县城里生存。

章超向乡党委请了半个月长假，何书记说："你去吧，什么时候安排好家庭的事，什么时候回来。如果有需要的事情，要及时跟我说，我们共同来想办法。"

何书记像一座山让章超找到了依靠的地方。章超连连点头说："谢谢何书记，谢谢您！"

小赵最理想的工作地方是去帮人家站店，实在不行，就去人家饭店端盘子。只要不在家里吃闲饭就行。

章超没有把自己的想法告诉小赵，他怕弄不好，办不成又让小赵不高兴。

章超去了商业局找他最早的领导，也是第一任县统计局局长，现在是商业局一把手周局长。

周局长中等身材，白净的皮肤，头发梳得油光，一见章超来，赶紧喊工作人员："倒开水。"

"周局长，您好，我是来给您报告思想工作的。"

周局长笑笑说："你坐，喝水，还在裴乡？"

"是的，还在裴乡。"

"还是组织委员？"

"对，没变。"

"组织工作是党委重要工作，你能一如既往，自始至终干好组织委员，这本身就不易，你没有让我失望。"

"周局长，我眼下有件事，想向您报告。"

周局长笑笑，说："你这个小章呀，我们都革命同志这么多年了，你还跟我客气？"

章超喝口水，平息了一下紧张，叹了一口气说："周局长，我搬来城里了。"

周局长惊讶地问："你不是在裴乡吗？"

章超笑笑说："我还在裴乡工作，家搬到了城里。"

周局长连忙问："家属和小孩怎么安置的？"

章超说："眼下最急的就是家属没工作、孩子上学这两件事情。"

周局长说："家属工作的事，我们共同想办法，孩子上学的事，你先找找，不行再来找我。"

这时，章超激动得眼泪满眼转，心快要跳了出来，赶紧说："谢谢周局长，谢谢周局长。"说着，身体就不自觉地站了起来，给周局长鞠躬。

周局长笑笑，说："小章呀，我们都是自己人，你客气啥呀？我问你，你对家属工作的事情有什么要求？给我说说。"

章超心想，周局长既然让我说，我就得往最高处说呀。于是，就喝了口水，说："周局长，您看，我家属能不能去中亚商城呢？"

中亚商城是商业系统刚开业的一家全县城最好的商城。中亚商城里的职工大部分都是县领导、科长、局长的家属子女，就业必须周局长审批，劳动局才能办理进人手续，为全民劳动合同制工人，去了中亚商城算是一步登天。

周局长笑笑："下午，让你家属把户口本、身份证、毕业证、计划生育有关证明都带着，到二楼人秘股，找王股长。我马上下班，先给他打个招呼，有关申请的程序以后补办，因为明天要向县劳动局报第二季度用工计划，你家属算特事特办。"

章超听得晕晕乎乎，迷迷糊糊走出了周局长办公室。

中午回家，小赵将饭菜端上了桌，四口人围着桌子，吃起了饭。

章超望着满脸愁云的小赵说："下午，你去一趟商业局，把几样证明带着，到商业局二楼人秘股，找王股长，报上你名字，就说周局长叫来找的。我下午，去教育局找人，孩子上学的事情。"

小赵憋红了脸，说："我去找？说是周局长叫的？这不就是去骗人吗？我再不知好歹，也不能往商业局去骗吧！"

"我上午去了商业局，周局长是我老领导，以前的统计局局长，他的确是叫你自己带几个证明去找王股长的。"

小赵有点将信将疑，冷笑道："我又没逼你，实在不行，我们就摆地摊也能糊弄着日子，就是孩子读书真的不能再拖了。"

章超点点头，放下了碗筷。说："我知道。"

夫妻俩下午分头行动，章涵和章逊就在家里将门反锁，看电视。

　　小赵换了身新衣服，将几个证书收拾一下，装进一个小手提袋里，骑着自行车，早早就来到商业局的楼下。虽然来得很早，但商业局楼下已经站着乌压压一大片人，有的人说是百货公司的，有的说是五金公司的，好多人谈论的都是如何如何找关系，想调到中亚商城。这个单位工资高，又是全民劳动合同制工人，在商业系统二十二家单位中最好的一家，县长家属都调过来了。

　　小赵听得心里痒痒，心想，这些人都哪来的这个好命，中亚商城她也去逛过一两次，难怪这些人都想往中亚去呀，那个条件，真是神仙蹲的地方。

　　上班时间到了，楼下的人都往楼上涌，分别涌到不同房间里，等小赵挤到人秘股，已经是里里外外都是人了。

　　有人说："王股长，我是县长介绍的，从五金公司调到中亚商城的。"

　　有人说："王股长，我是燃料公司的，是书记介绍的，从燃料公司调到中亚商城的。"

　　王股长是一个高个头，寸发，长白脸的一个中年男人，他的声音有点沙哑，他站在门里，大声喊道："你们手里所有的材料，只要是周局长没签字的，我一律不收不看，凡是周局长签过字的材料，你们就留在这里等候办理，其他人，你们自己看着办。"

　　一听王股长这话，几十个人半支烟工夫就退走了一大半，真正留下来的只有六七个人。

　　王股长笑笑说："凡是周局长签过字的，你们先填一张表，都是申请调中亚商城的吗？"

　　这时有一个中年妇女，走近王股长，说："我这是王县长介绍的，在土产公司是集体工，调到中亚，能不能办全民工？"

　　王股长笑着说："你能调进来，已经不简单了，还想做全民工，门子都没有。"

　　那女的就去填表。

　　小赵站在边上，因为她手里没有周局长签字。

　　王股长问："你干吗的？"

小赵红着脸，说："王股长，周局长叫我来找你，我姓赵。"

王股长应道："噢，小赵，对，周局长亲自安排的，来，你先填这张表。"

小赵拿到手一看，"中亚商城全民劳动合同工"信息表，手不听了使唤，手抖得厉害，心想，这不会是真的吧，做梦一样地填完了表。

王股长将小赵的信息表看了一下，就在表上盖了三枚公章，还有一枚私章。说："小赵，你把证明材料先装进这个档案袋，马上去县劳动局办调进手续，办好回来，我把这些证书材料再退给你。"

小赵慌忙点头，说："谢谢，谢谢王股长。"

这时，就有人问："她怎么什么材料都没有，直接就进中亚商城做全民工？"

王股长笑笑说："中亚商城给县委书记和一把手县长还有周局长三个人，每人十个照顾名额，全是全民工。你们也去找呀，找到县委书记写亲笔信来，给周局长签个字，我就给你办！"

小赵的心怦怦跳，赶紧走到楼下，问人家劳动局在哪，就骑车飞一样来到劳动局。劳动局人事股马股长将小赵的材料，也就是那张表上，盖了两个章，朝抽屉里一放，顺手拿过一本《全民劳动工调令》，开上了小赵的名字。说："去吧！到商业局人秘股开一张去中亚商城报到的介绍信就行了。"

小赵来不及想什么，赶紧将马股长开好的调令看都没看就叠了起来，装进口袋，连声说："谢谢，谢谢马股长。"

小赵骑自行车从来没那么快，从商业局到劳动局，过两个红绿灯，开好调令又回去，来回不到四十分钟。

小赵跑上二楼。王股长惊讶地说："小赵，你是坐飞机去劳动局的吧！"

小赵红着脸，笑笑说："我性子急。"

王股长坐到办公桌边，收回小赵递过来的调令，将一只信封交给小赵，说："你的这些证明，我都复印了，进入你的档案，这个原件你给收好了。"

小赵接过王股长的信封，笑笑说："谢谢，谢谢王股长，我可以走了吗？"

王股长哈哈大笑，问："你还没拿报到介绍信，跑了半天，你为的是什么？"

小赵也笑笑，红着脸，说："我哪懂这些呢？"

王股长说："难怪，不要说你，刚从农村上来的，就城里好多人，两趟一跑，就不知头和脑了，你还不简单呢。"

王股长一边说，一边就拨起了电话。

"局长，您好！小赵的事，劳动局那边手续拿过来了，您看，具体岗位怎么安排？"

周局长说："小章他们一家都生活在农村，刚调到城里，生活不易，还有两个孩子，他家属安排个最好岗位，让她去家电批发部，收入高，时间也宽松。你征求一下她自己意见吧！"

王股长听着电话直点头。放下电话，笑着问："小赵呀，周局长指示了，让你去家电批发部，收入高，时间还宽裕。"

小赵连连点头，心中复杂的情绪无法抑制，还没说话，竟然流下了眼泪。

王股长懂得农村青年进城工作不易，见小赵被感动得流泪，就赶紧说："周局长是好人，都帮你考虑得很周全了，这是你的介绍信。明天就去中亚商城报到，直接去家电批发部，将这介绍信交给李总就行。"

小赵也不知是怎么走出商业局的，在回家的路上，才掏出介绍信看了一下。她心想，时运说到就到了，之前整天怨章超，看来是怨错了，赶紧回家包饺子，慰劳这个有功之臣。小赵到家后，一看，章超还在家，就问："你说去看看孩子读书事情的呢？"

章超笑笑，说："我没带户口本，户口本给你拿去了，教育局那边我去过了。"

小赵急问："怎么样？"

章超红红脸，说："一切顺利得很。我找到了教育局分管组工的贾书记，我们经常在一起开会，他很喜欢我的文章，一见我去谈孩子读书的事，就打电话给众小徐校长，徐校长一口答应，两个孩子全去众小，离你们中亚商城就几步远。"

小赵一听，赶紧扑进章超怀里，呜呜哭了起来。在边上看电视的章涵和章逊赶紧跑过来，以为爸爸欺负了妈妈，谁知妈妈搂过两个孩子说："你们明天就可以在县城里最好的学校上学了。"

小赵转脸，问章超："我去中亚商城的事，你中饭时为什么不直接告诉我？我这一下午跑了商业局、劳动局，到现在还像在做梦。"

章超笑笑说："周局长跟我就这样说的，办得怎么样？"

小赵递过介绍信说："明天就去中亚商城家电批发部报到上班了。"

章超接过介绍信，手在发抖，声音有些沙哑地说："天呐，这幸福来得也太快了吧！一个下午，两件大事，全部落地了。"

小赵红着脸，说："九辈子都没想到能到城里来做个全民合同制工人。"

章超点点头，说："这下好了，你每天上下班顺道接送孩子，就好照应了。"

区划

人生总是在顺境与逆境中来回穿梭，正在这时，最信任章超的何书记调离裴乡，到县政协履新去了。新上任的党委书记也就是原来的常乡长。章超在这位常乡长的印象里是：只听一把手的话，虽然有能力，但不适宜重用。

所有的事情接踵而至，行政区划调整开始了，人心不稳，个个思变，尤其是乡镇干部都跑去找后门拉关系，想着怎么被提拔重用去了。

章超也在苦思冥想，何去何从。妻子小赵说："人家能跑，你没长腿呀，你还组织委员呢，干部不就是组织部门管的吗？你平时不是说领导都对你不错吗？"

章超叹口气，说："找谁呢？以前的优势，现在全变成了劣势。"

小赵问："什么意思呀？"

章超说："你看呀，乡镇干部调整，谁最当家？"

小赵冷冷地说："书记呀！"

章超点点头，说："这不就是了吗？何书记调走了，常乡长当了书记，常乡长以前总认为我是书记的人。"

小赵叹口气，说："你也不能这样看，人家常书记人也不错。以前吧，你跟何书记后面有点紧，搁在任何人当二把手，都不高兴，但人家现在做了一把手，你把关系处理好了，人家也不会计较你。"

章超冷笑笑，说："话是这么说，他本来就喜欢拉一帮打一派。"

小赵又皱了皱眉头，说："你可以去县里找找呀，把你自己的想法给领导汇报呀，你去组织部比别人抄近多了。"

章超叹了一口长气："现在组织部许部长还是县委副书记呢。本来对我印象很好，但上次那个选举人大副主席一事，还批了我一顿。"

小赵笑笑说："你做那么大一点芝麻官还动不动就熊人呢，人家做领导的，不就是对了表扬，不对了就批评，哪个领导不是一个样？"

章超按小赵的要求，买了两床丝绵被，去了一趟淮阴许书记的家里。正是吃中饭，许书记家堂屋里坐着十几个穿西服打领带的社会上流人士，桌子上摆满了鸡鱼肉蛋，茅台酒还有红酒放在桌角上，院子里的鱼池里，光是王八起码有上百只。

许书记见章超拎着丝绵被进屋，赶紧走了过来，将他推搡着出了门，问："你想干什么？有什么事去我班上说。"

没等章超说话，铁门咣当一声给关上了。

章超第一次做鬼事，送礼被驱逐出门，觉得无地自容，想想就想哭，真是丢死了人，到家后，悔不该出此洋相。

小赵笑笑说："见到许书记没？"

"见到了，被人家赶了出来。"

小赵又笑笑："你去过就行了，人家领导不收你礼物，但人情在那里，人家会心中有数。"

章超气愤地骂了一句："他有什么数，他是嫌我带的东西不入眼。"

小赵哈哈大笑起来，说："这次看来是真的完了。"

没几天，县委组织部来考察了。

因为要成立新的地级市，四羊县要从原来的大市划出来，乡镇干部作最后一次调整，这次考察的面很大。

县委组织部最后与裴乡党委常书记沟通："裴乡调走一名副书记，组织、宣传、纪委三名党委委员中留下一名任副书记，调出一名到其他乡镇交流使用。"

常书记果断地提出："章超交流到其他乡镇，主要原因是在裴乡工作时间太长了，人头太熟，处理事情会被人情缠绕。"

史无前例的春雨如同夏天的暴雨一样狂卷向大地。今天，县里决定章超从裴乡调到生养他的家乡——高乡任党委委员、副乡长。

找章超谈话的还是那个许书记，在他的办公室，许书记仍然低着头，组织部领导宣读了调令后，许书记指示说："章超，组织上调你到本乡工作，主要是考虑你照顾家庭，照顾老人，你作为一名老同志、老干部，一定要对组织心怀感恩，积极工作。"

章超的脸红得有点怕人，他在心中嘀咕："你这县委副书记干得也太官僚了吧，我才三十四岁，怎么就变成老同志、老干部了？再说，我回老家照顾老人，谁是老人？我父母都才五十多岁，还是农村强壮劳动力呢，怎么就需要照顾了？"

章超深深地叹了一口气，原来组织上用人，是这样用的。这次调整让他真正看清楚了人情冷暖，组织无情。领导人各有千秋，上哪里再去找到何书记、蒋书记那样清廉、正直、爱才的好官呢！

第十一章

乡情

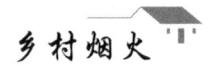

乡音

刚进入二十一世纪初，小赵的家电批发部生意火得像要燃烧起来，每天从这里购买的彩电、冰箱、洗衣机都有上千台，农村出现了初步的繁华，农家的日子一天比一天红火起来。城里的街道上已经偶尔可见从江南开回的私家车，就连大哥大也别在了"土包子"的腰间。

章超调到老家高乡工作，最高兴的是父母。章超刚到高乡政府把被窝行李给安排好，就步行回老家。外面的雨还在下着，风也没有停歇。

高乡政府离章超老家就一里路远。

父亲章祐一见儿子回来了，高兴地喊："他妈，赶紧抱草做饭。"

柳兰一把拉过儿子手说："前后三庄的人都讲疯了，说我儿子就要调回老家来当官了。我就想呀，来什么老家当官的，都是亲对亲，脸对脸，这熟人熟事的，叫你怎么做事呢？"

章超深深懂得母亲是在为儿子今后担忧，怕调回老家不太好处理事情。

父亲说："调到本乡工作好是好呀，可难度不小，亲戚朋友都在这里，找你帮忙的人也不会少，你要有思想准备，哪些事能帮，哪些事不能帮，不能因为私人的事糟践了公事，不要让领导看不起你，你的路还很长。"

章超一边点头，一边问："大哥呢？"

柳兰摇摇头说："我这胃疼得厉害，我叫他去给我买点胃药了，估计还没走，快，叫一声，不要去了，你们兄弟也不常见面。"

正说时，嫂子小许顶着塑料布进了门，说："雨又下大了。"

柳兰喊来了章喜，章喜和小许几乎说同样的话："弟弟，听说你回本乡做乡长啦？"

章超忙摇摇头，说："副乡长，是副乡长。"

章祐笑笑说，"老农民儿子，就这副乡长，要叫我说，都大了一点。"

柳兰撇了撇嘴，说："你背地里怎么说的？还说我儿子就是干县长都行，他有这才呀，现在又说这话。"

一家人都笑了起来。

晚饭刚端上了桌，忽然来了一群人，都披着雨衣，打着雨伞，远远就有人喊："乡长呀，我们来看望你了。"

原来是乡里的几个助理员，还有本村的书记、村长和会计。

这下热闹了，屋子里一下子进来十来个人，他们有的带两瓶酒，有的带猪蹄子，有的带咸鱼。

父亲赶紧将大桌子腾了一下，章喜将小桌上的几个家常菜端回了厨房，将大板凳找了四条，又将桌凳给摆好了，赶紧叫小许帮母亲下厨准备菜。

村里胡书记说："不要再做菜了，都带来了，就是来给章乡长汇报工作的。"

说着冷菜摆了一大桌，这时候，就有人来拉章祐坐上席，章祐连连摆手说："你们谈事情，我们都去锅屋吃了。"

来的人怎么也不让家人去锅屋吃，就十几个人挤在大桌边，倒酒的，整理冷菜的，加板凳的，加碗筷的，一阵忙乎过后，就开始了喝酒。

章超说："下这么大雨，你们不应该过来，再说，我来老家工作，还要仰仗大家关心支持。"

来人都说："请乡长多批评，多指教。"

章超笑笑说："你们又带酒，又带菜，反倒让我很为难，我们先申明一下，以后绝对不容许这样。另外，我上班以后，会回请各位一次。来，喝酒！"

"好！干！"

酒过三巡，菜过五味，来人中，就有人嘴跑马，开始揭露乡政府一些黑幕。

"书记与乡长之间冰火两重天。"

"乡里两派斗得很厉害。"

"那个骡书记上面有关系，那个黎乡长有文凭，两个相互看不起，一个不服一个。"

"低产田改造谁都想抓一把，还不就是为做工程，各人找各人的亲戚朋友。"

"有的人承包工程，根本没有这个能力，也不是做工程的料，但是人家有关系呀！"

"班子里闹不和，都是因为承包工程，其实都是为自己在谋私利。"

"领导班子几个派别，几条心，各人打各人的小算盘，明争暗斗。"

章超咳了一声，意思是提醒大家，不能背后乱议论。

第二天上班，党委召开会议，明确分工，由章超同志分管大农业。党委骆书记强调："万亩中低产田改造，是当前的工作中心，全省试点放在我们高乡，我们要在工程的质量上狠下功夫，希望领导班子都不要乱插手，要让章超同志放手去干。"

骆书记话音刚落，黎乡长就接上了话茬，说："我们高乡中低产田改造使用国家资金最多，旱改水面积最大，但我们目前进度最慢，省政府组织的农业开发资金使用督查，对我乡提出了很多整改意见，现在班子调整分工，由章乡长分管大农业。章乡长在裴乡工作是远近闻名的实力派，希望大家要全力以赴支持他的工作，大家要补台，不要拆台，同时，也希望大家不要插手这块工作，更不能出现因公肥私、包揽工程，影响工程质量。这种事情一旦发生，必须严肃处理。"

骆书记掐了手里的香烟，笑着对章超说："章乡长，你也说两句吧！"

章超站了起来，给大家点一下头，坐了下来，喝了口水，说："本次县委决定调我到高乡老家工作，我很高兴回到生养我的地方，也高兴与在座的各位为高乡的繁荣富强、人民安康，共同奉献我们的青春年华，我会谦虚向各位学习，认真向人民群众学习，努力向社会实践学习。眼下让我分管大农业，尤其是中低产田改造，两万亩旱改水，为全省农业开发盘子中最大的蛋糕，我想，我会不忘使命，不负众望，努力工作，以谦虚实在的态度，清白为人的底色，干干净净的作风，将大农业这个担子挑起来，将中低产田改造这块硬骨头啃下来。希望得到大家的关心、支持、帮助，也接受在座各位的批评、指导、监督。"

会议以后，章超充分分析了当前形势。班子搞内讧，书记、乡长搞分裂；农业当中的中低产田改造，有油水可捞，大家都像猫一样盯着这块肥肉。

书记和乡长因为谁分管中低产田改造，各执一词，最后是折中调和，让刚调回老家工作的章超来分管。书记心中的分管人是人武部长，乡长心中的分管人是原来的一名姓邢的副乡长。

书记和乡长手里各有几支工程队，这些工程队全部插在工程里搞承包。

书记说乡长乱拨款，大额工程款没有通过书记同意，乡长说书记手下的工程队包揽工程太多，粗制滥造，出现工程质量问题，原来是由一名张副书记分管的，在章超调来的同时，这位副书记刚办了退休手续。

由于书记和乡长对中低产田改造都很热心，快要退休的党委张副书记请病假，一病就是一年，将这项工作临时安排邢副乡长分管。邢副乡长每到召开三套班子会议，有讨论中低产田改造工作时，他就生病，让水利陈助理去汇报。

水利陈助理是个滑头，只汇报工程设计、造价，不汇报由哪个工程队施工比较合适，这样，就把决定权一下撂到书记、乡长面前，由他们在争吵中决定，三套班子会议，常常拖延时间。一名乡纪委书记硬是让开会给开死了，冬天常常开会拖到后半夜，纪委书记本来就有心冠状动脉狭窄的问题。

章超了解了这些情况后，后背吓出了冷汗，心想，这哪是工作呀？简直就是战场嘛。连牺牲的事情都发生了。

章超决定，横下一条心，谁话都不听，就遵循三条规矩：一是所有工程招投标，哪怕就是一块钱，也不能由个人说了算；二是严格工程质量，不合要求的工程，召开现场会，现场拆除，所有损失由工程承包人负责；三是严格验收，坚持不验收不拨款，按工程进度，由验收组提出拨款进度，由验收组全体人员签字后方可拨款。凡是已经出现的工程质量问题，不论你的后台是书记，还是乡长，一律推倒重来，确保建成一流的旱改水工程，不给家乡人民丢脸。

在大秧栽插之前，要确保两万多亩的旱改水，都能沟、渠、路、电站、桥、涵配套到位，时间太紧，任务太重，世界银行五百万资金使用以后，每一分钱都要经过严格的审计。章超用一个星期跑遍全乡二十二个村三百六十块旱改水田。最后，章超决定召开各单位分管人会议，明确任务，对所有工程队逐一交办问题整改。章超指出了当前各旱改水单位存在的严重不足。

"今天下午在许庄、周岗、冯庄三村召开工程质量反面现场会，请水利站组织二十把大锤，农电站准备五台电锤，五台电锯，现场拆除五座建筑物，其中生产桥三座，出水池一座，涵洞一座。承包工程队全体人员参加，所在村的村组干部参加，所在村组安排十名党员群众代表参加。"

下午，在许庄村大沟头生产桥边上，聚集着几百口人，章超站在最高处，拿着小喇叭喊道："村民们，你们看看我脚下的这座生产桥，这座桥就是由我们邵老板建造的。来，过来，邵老板，你告诉大家，你这个桥存在什么问题？"

邵老板是个中等个头的中年男人，黝黑的脸上冒着油光，低着头，说："不太好看。"

章超严厉地喊道："就是不好看吗？来，水利站大锤拿来，四个人，你们四个人给我砸，全部砸了。"

四个强壮劳力走了过来，但都没有使劲砸，只是砸了表面，章超将小喇叭递给边上一个年轻人，夺过一把锤子狠命向桥板砸去，只一锤子下去，三块桥板塌陷了下去。

章超喘着粗气，说："这就是表面不好看吗？大家看看，这个钢筋细到什么程度？就是几根粗铅条，这样的桥能走手扶拖拉机吗？能走其他农用车吗？来，你们给我把桥墩给砸了。"

几个壮汉见章超已经做了样子，使劲向四个桥墩砸去，没砸几下，整个生产桥就全趴下了。

章超指着桥墩碎砟说："大家看，这就是坑人害人工程。这个工程有三大问题，一是偷工减料，混凝土标号太低，大家看，全是黄砂和石子，没有什么水泥；二是钢筋太细，没有按设计标准来；三是桥墩的连系梁给省掉了，没有连系梁，就是用楼板给替代了，楼板使用起来当然省工省料省时呀，但楼板能承重吗？即使能承重，它能承载几十吨的农用卡车和手扶拖拉机吗？"

大家异口同声，骂声一片。

"这个老板，心太黑了，赚昧心钱，不得好死。"

"这个姓邵的是骡书记撑的腰，赚钱跟骡书记平分的。"

"姓邵的工程最多，但没有什么好工程，这样的生产桥都给砸了，他的所有工程都应该砸。"

"这个章乡长胆子也太大了，姓邵的肯定要找骡书记诉苦呀。"

"这样做，不是明显给骡书记难看吗？"

"这个章乡长是不是跟黎乡长穿一条裤子呢？"

正在议论时，邵老板拉章超去边上说话："我派人去找了骡书记，人回来了，说骡书记叫你不要再砸了。"

章超冷笑："这与骡书记有什么关系呀？这个事就是骡书记叫我这样做的。"

这时场面上就有人喊："砸！全他妈给砸了，这个姓邵的就是个狗仗人势的东西。"

章超心想，一不做二不休，已经定下的事情，开弓没有回头箭，只要不是你骡书记亲自给我说的事，我只当不知道。只听章超喊道："再砸下一座生产桥。"

乌压压的一群人，有的骑摩托车，有的骑自行车，还有的像马拉松运动员，撅腿就在田间抄近路跑。

这座肖大沟生产桥是这一片田野中最大的一座桥，桥墩上已经写上了一个大大的"拆"字。

章超问："邵老板，这座桥的最大问题在哪里？"

邵老板气喘着，阳光照在他的头顶上，汗水直往下滴，他哭丧着脸，说："这座桥更改了图纸，原来是钢架桥，现在变成了涵带桥。"

章超又问："你为什么要更改图纸？"

邵老板低着头说："可以节约成本一半。"

章超问："合同价多少钱？"

邵老板说："一万三千五。"

章超问："实际花成本多少钱？说实话！"

邵老板说："连开票税收都在内一共花费五千五百块。"

这时场面失控了，有人喊："打死这个黑心老板，一座桥就赚了八千块。"

"卵子大似头了，怪不得要改图纸。"

这时就有人要挥锤子砸！

章超迅速制止，说道："别砸！等一会儿。"

章超问："更改图纸是谁同意的？"

邵老板："骡书记，骡书记安排水利站改的。"

章超喊："陈助理，你告诉我，骡书记与你说更改图纸了吗？是怎么更改的？是改成涵洞吗？改后造价是多少？"

陈助理低着头，叹了一口气，说："骡书记没说呀！"

章超心想，你们这些人，为了一点钱，什么事都敢干！现在好了，被查出了问题，就没人站出来说话了。

章超又想，这个涵洞本身质量没问题，问题就出在更改图纸上。就问：

"邵老板，既然改了图纸，那么造价就要随之而改动，重新预算，重新验收，你同意吗？"

邵老板的头上汗珠子不停地滴落，望着章超说："谢谢，谢谢，我同意，我同意。"

章超面对大家喊："这个工程最大的问题就是更改了图纸，回去后，请陈助理按照涵洞进行预算，再按20％间接费加进去，重新签订合同，原来钢架桥的合同作废。"

大家高呼："好！好！不能让黑心老板投机取巧！"

"下面砸大沟头的阴井。"

大家又一窝蜂涌到了大沟头。

章超站在阴井边上，用小喇叭喊："胡老板，这是你的工程吧？"

胡老板个头很高，三十出头的样子，戴着黑风镜，很拉风的样子，从人群中飘了出来。因为他穿风衣，让人感觉龙海生出世一样。他黑乎着脸，说："是我的，我的阴井怎么啦？你不会砸晕了头吧！"

这时就有人议论："乖乖，这个胡老板还就不买账，怎么敢这样跟章乡长说话的？"

"黎乡长亲表兄弟，你说人家凭什么？"

"听说发大财了，工程有一半是他承包的。"

"人家做工程好拿钱，乡长一支笔。"

"这个胡老板没人敢惹，找当地小工子，不给人家钱，还睡了人家女人。"

"真是混蛋，乡长表兄弟就能作这么大的恶呀？"

章超冷着脸，说："你的阴井有三大问题。一是基础没有抛毛石，用的是砂浆替代，压实度不够；二是挡墙厚度平均少8厘米；三是阴井进出口高程留的悬殊太大，二级泵无法安装。你还有什么要说的？"

胡老板挺了挺肚皮，推了推黑风镜，将风衣一脱，往人群里一扔，几步跨到阴井边，大声叫道："老子就这么的，谁胆敢动老子阴井一根毛，老子就敢要他的命。"

章超一听，坏了，这个家伙还是个黑老大。心想，这第一斧头也不能让你给唬上去呀，再说了，邵老板的生产桥已经给砸掉了。

章超往胡老板边上站了站，举起小喇叭说："参加现场会的有乡村干部，有党员，有群众代表，也有工程承包人员，有工程施工人员，大家都可以见证，见证什么？见证一是人，一是物。所谓见证人，就是胡老板作为工程承包人，他对待这件事的态度。刚才邵老板的生产桥被砸了吧，邵老板的生产桥也是偷工减料，没有严格按照图纸施工，存在很大的安全生产隐患，被砸掉了，而你胡老板的工程，安全隐患更大，为什么就不能拆除？"

胡老板双手叉腰，大喊大叫道："谁敢拆老子的工程，老子就跟你拼个鱼死网破！"

有人喊："你凭什么偷工减料，坑害我们老百姓？"

"你的这个阴井，真正打水栽秧，出现了阴井塌陷，这一片水稻还不泡汤呀？"

"这样的工程将来怎么验收呢？"

"这样工程如果不拆除，面上那么多不合要求的工程也只有迁就了。"

"砸了！怕他个球！"

胡老板一见如此势头，大声喊道："天虎，地豹，把你们几十口都给我叫过来，钢鞭、铁叉、砍刀都给我搬过来。老子不信邪，谁跟老子过不去，老子就让他吃砍刀，给我用钢鞭子照死抽。"

如此这种阵仗，让章超倒吸一口凉气，组织来的劳力个个装怂往后退，章超变成了孤军奋战，一个人呆站在天虎、地豹一群人中间。

章超将一件外套脱了，扔到外围人群里，对着小喇叭喊："大家都看到了，胡老板做的事，已经大兵压境，目的就是一个，保护他的违规工程。现在，我想请水利站迅速去人：一路去派出所如实报告情况，你给我告诉所长，就说我章超在工作时受到黑社会组织围攻，有生命危险；一路给我去乡里找黎乡长，让他到现场来决断，这个阴井拆与不拆，有他决定。另外今天的事情，我会向县公安局和县纪委汇报：一是汇报我乡有黑社会组织存在，危及人民生命安全；二是向县纪委汇报我乡有领导干部及其亲属包揽工程，不服管理。"

胡老板是真的不信邪，不听章超劝说，变本加厉，摆兵布阵，将工程场地围得水泄不通。那些身上文着虎呀豹呀文身的硬汉们，个个杀气腾腾，手握钢叉、钢鞭，大有临战状态。胡老板眼睛凸着，脸露凶相，说："谁挡老子的路，老子就砍了他的双腿，让他永远不要走路！"

正虎视眈眈时，派出所的警车往出事地点开来，黎乡长也坐在警车里。章超还没反应过来，黎乡长已经从章超手里夺过小喇叭，高声喊道："有的人借领导之名，包揽工程，为非作歹，造出残次工程，还不听使唤，不服管理，胆敢与法律叫板。今天，我倒要看看，谁敢胆大包天。现在我宣布两条，第一条，对参与闹事的胡老板一行人由公安机关全部带到派出所谈话，该逮的逮，该拘的拘，该判的判，决不心慈手软；第二条，对违规工程，实行强行拆除，现在开始。"

黎乡长的出现，让事态出现了转机，胡老板一行都乖乖地去了派出所，阴井被强行拆除。

这件事，引起了全乡很大的震动，也引起了县里的高度关注，特别是章超回到高乡老家工作后，敢于碰硬，顶住压力，为建造群众满意的旱改水工程敢于同地方黑恶势力一决高下，成了当地老百姓夸赞的好干部。

世界银行资金支持高乡五百万元搞中低产田改造项目的所有工程，经过了国家组织的审计验收。这次审计，是所有工程在充分接受了旱改水检验之后进行的，省派出的审计专家组感到非常惊讶。专家组组长说："想不到，原来最担心的一个乡镇，也是旱改水面积最大，使用世界银行资金最多，基础最差的一个地方，竟然把工程做得这么好。桥、涵、闸、坝、站、电、机、泵等设施验收完好率、使用率全为百分之百，全省第一。资金安全使用率同时达到了百分之百。"

为审计验收这件事，分管孙副县长还专门向县委书记报告了这事，县委僧书记笑笑，说："用人是关键。"

万人会战

中低产田改造，水是关键。为了解决孙湖一带的农田排涝和灌溉问题，章超通过多次踏田调查，走访民间，听取农民心声，认为开挖一条从高松河至颜勒沟引水河非常必要。干旱时，通过高松河引大运河水灌溉，还可解决农民的生产生活需要。洪涝时，可以通过颜勒电灌站，将孙湖水排入洪泽湖，这样可以保证孙湖一带万亩农田水旱有保证，提高农民抵御自然灾害的能力。

经过紧张的筹备，高颜引水河正式开工，虽然已经时至金秋十月，农忙在即，但章超仍然在誓师大会上宣誓："全乡广大干群要团结一致，不怕困难，一鼓作气，天塌不弯腰，地陷不叹息，披星星，戴月亮，大干四十天，誓死拿下高颜引水河。"会议刚结束，章超就将被窝行李带到了工地，开始安营扎寨。

在分工会上，章超说："我们将带领万人会战高颜引水河，虽不能名垂青史，但也绝不能出现大的伤亡事故，否则我是无法向全乡父老乡亲们交代的。领导班子其他人员都是外地来当官的，他们可以拍拍屁股走人，从此不踏上这片土地，可我不行呀，我的根在这里，我和在座的各位都是吃着洪泽湖水长大的同乡呀。"

章超带领工程人员连夜奋战，开机排水，征地，清理青苗，分工到村，确保及时分工，全乡22个村全部开工。

为了处理矛盾，章超安排营部送饭到工地，与民工们吃在一起、干在一起。工地上，最多一天出现了一百四十多人逃跑，三十四起打架。所有这些像乱麻一样，这边的事情还没处理，那边的事情又冒了出来，矛盾叠加发生，村与村，组与组，户与户，相互之间，因为挖土、出土、倒土常常是出手就打，工地上有的是械斗工具，扒河时是农具，械斗时就是枪炮。

章超人生最大的收获就是带领万名劳工扒河治水，这种场面像一部教科书，几乎在他遇到所有人生困境时都会出现，世上再难的事情在那本教科书里都可以找到答案。

高颜引水河开工第八天，河的雏形已经呈现在这万亩田畴之上。骡书记和黎乡长到高颜引水河来视察工作，看到如此声势浩大的场面，管理有序的现场，大干快上的劲头，对总指挥部的工作非常满意。工作人员给他们介绍了整个民工管理情况，当他们听说章超的父亲、母亲、大哥、大嫂全部在河工现场，每天早上工，晚下工，全家人从不讲特殊时，骡书记和黎乡长当即就批评了副总指挥邢乡长没有照顾好章超的家人。这时，章超还在河工现场处理两村矛盾。

骡书记对黎乡长说："你要抓紧与村里交代，必须免去章超乡长的父亲、母亲、大哥、大嫂的河工任务，我们要章超带万人出工扒河治水，却不能照顾其家人，这是我们的失职。"

没等黎乡长讲话，邢副乡长抢话说："不要再说了，我已经与村里沟通了，可是被章乡长狠批了一顿。"

骡书记问："为什么？"

邢副乡长说："章超说了，他的父母、哥嫂来扒大河，出力流汗，会起到意想不到的正面宣传效果，人家会说，带工的乡长父母都来扒河，其他人有什么价钱可讲？这样会提高工效，相反，如果他的父母不来，老百姓当然也不会说什么，但收不到这样好的效果。"

黎乡长叹口气说："章超是好同志，章超有好父母，好哥嫂，我们该敬重人家。"

骡书记说："走，我们去现场慰问一下。"

到了河塘里，黑压压的民工，横七竖八的工具，干得热火朝天。

水利陈助理喊："章大爷，这是书记、乡长来慰问你们了。"

黎乡长拉过章祐的手，问："章大爷，我们都与村里沟通过了，免去你们全家出工任务的，你们怎么还来上河工的？"

骡书记赶紧从口袋里掏出两包烟塞给章祐，说："章大爷，你们辛苦啦，你们能带头来上工，让我们太感动了。"

章祐笑笑，说："我们都是农民，扒河治水是我们自己的事，我们有什么理由不来上工？我儿子章超，他是国家干部，带工是他的职责，我们虽然是父子关系，但他干不了我的事，我也干不了他的事，所以，我们各干各的事。"

河塘里爆发出热烈掌声，有人说："章祐的口才还那么好呀！"

"儿子当乡长，老子应该长翅膀，可他还是来扒河。"

"人家不想沾儿子的光，这样儿子好工作呀！"

"老章儿子也没官架子，像个农民儿子。"

站在边上的柳兰擦了擦把脸，笑笑说："儿子是儿子，儿子能带工干大事，我们高兴，可我们也不能拖他后腿，不能让别人说出话来，说我们仗着儿子当点小官就搞特殊，再说了，儿子也不能一辈子都在本乡工作吧？"

有人说："这话不假，儿子调走了，还能搞特殊吗？"

有人说："怎么说，乡里村里也会看在你儿子份上，会一直照顾你们。"

骡书记笑笑说："章大爷全家为我们大家做了好榜样，希望大家要抓好工期，争取早日完工。"

河塘里又恢复了正常秩序。

经过一个月的日日夜夜坚持奋战，高颜引水河大功告成，开闸放水，营部撤出，章超这时才松了一口气，说："我也该回城看看老婆孩子了。"

章超在日记中写道：

高颜引水河大功告成，圆了百姓几十年的梦想，三十个日日夜夜坚守，换来了东水西调、北水南排的孙湖万亩高产良田，心中甚是欣慰。此间，没有回城，偶尔晚上给老婆打个电话，问问情况，老婆只嘱告我，管好自己，注意安全，等你回家。

高颜引水河动用民工一万一千人，开挖土方二十二万方，历时三十天，熬过十六个通宵，现场会办三十六次，召开大会九次，解决十二起村与村之间集体事件，伤三人，无死亡，没有发生恶性事件。处理埂坝纠纷三百零四起，调处民工打架事件二百七十八起。

高颜引水河由于工作强度大，跑坏了七双解放鞋，四双靴子。此生难忘。

挖坑

到了年末，领导班子召开会议。骤书记说："今天会议，重点是两件事。一是各人汇报今年开展的工作，提纲挈领拎一拎；二是研究一下财政工作，也就是如何办公司，解决税收开票问题。"

章超汇报："今年在党委政府的正确领导下，农业工作做了两件事。第一件事是，中低产田改造取得突破性进展，两万多亩旱改水已经全部落实，土方和工程配套全部到位，机电设施全部投入使用。两大检验顺利通过：老百姓的田头检验，水送到了田间，水稻喜获丰收；国家审计验收，南京特派审计组给了很高评价，认为我们乡旱改水面积最大，困难最多，工程最复杂，资金使用量最大，但取得的效果也最显著，省里还表彰了我们乡的中低产田改造项目。第二件事，就是动用土方，完成了高颜引水河等12条引河的开挖、疏浚，动用土方超一百万方，确保了中低产田的排灌。"

各人也都作了汇报。但骤书记在总结时，说："今年各项任务已基本落实到位，但落实的效果千差万别，最好的应该是大农业一条线，工作量大，成绩突出，影响广泛，群众反映好，省市县都非常认可。"

后来重点研究如何办公司、拉税收、扩大税源，搞好地方财政问题。

骤书记说："郑县长在全县财税工作会议上明确要求，各乡镇有条件也罢，没条件也罢，都要完成县里下达的财政税收入库任务。眼下的政策可以放宽到办公司，开税票，请大家讨论。"

黎乡长接着说："财政税收是大家的事，关系到每一个人的切身利益。我与骥书记碰了一下，具体做到：一是成立一个再生能源收购公司，按公司架构，有领导，有财务，每月正常进行开票；二是把任务分到每一位同志的身上，每月要确保拉税任务完成；三是开票入库的税收按二比三比五分成，就是乡财政得百分之二十，拉票人得百分之三十，开票老板得百分之五十，所有发生的拉税费用从乡财政百分之二十中列支；四是完不成拉税任务的罚款，罚款比例就是任务的百分之三十的百分之三十，比如，下达你拉税任务是五十万，不完成罚款就要罚款四万五，这四万五就从你的工资里扣除。"

骥书记点上了香烟，说："成立这个公司，由乡长任董事长，工办室主任任总经理，工办室两名会计任副总经理，公司另外抽调五名同志参与工作，从现在开始公司正式运营。"

黎乡长说："各人拉税的数额，暂定为，领导班子每人五十万元，中层人员四十万元，其他人员三十万元，再生能源公司的任务是五百万元，奖金按照上不封顶、下不保底、多劳多得、少劳少得、不劳罚款的原则发放。"

骥书记平视一下大家，问："大家有什么意见？"

大家议论开了。

"这下好了，终于有了发财机会，百分之三十的比例能不能再大一点。"

"这下不用上班了，就去拉税，只要找到老板，最好是开货车的，就叫他来开，开过就奖励。"

"反正套的是国家钱，不用白不用。"

"的确有吸引力，这样一来，就不用发展乡镇企业了，皮包公司最简单，刻一个公章，成立一套人马，由税所所长领着，找小老板来开票，想开多少开多少。"

"怕就怕兑现不了，如果兑现不了，那些小老板把税收钱给垫了，还不闹翻天呀。"

骥书记说："现在就不议论了，一个一个表态吧！"

财政所张所长说："我坚决拥护，这是为我们财政做事，我不仅支持，自己的任务也保证完成。"

税务所谢所长说："坚决按乡党委要求去办，所有需要开票的，我亲自服务，保证完成任务。"

工业办周主任说："我虽然做的是皮包公司总经理，但我保证按实体一样对待，不负使命，坚决完成任务。"

乡党委刘副书记说："我就喜欢有奖励、有刺激的工作，这样干才过瘾，我坚决拥护，保证完成。"

章超总觉得，拉税、开票，如果是实实在在的企业，它们产生的税收为什么会给你拉过来呢？企业本身就可以开呀。如果不是实实在在的企业，就像周主任说的是皮包公司，没有企业实绩，也就是说没有生产，没有销售，拿什么来开税收？它本身就不可能产生税收呀。目的还不就是套取国家那一点税收返还补助吗？这种套取，本身就存在很大风险，因为你是空手套白狼，这个白狼是好套的吗？白狼是会吃人的。

章超保持冷静，只要书记不点名，自己就不要吱声。因为这是个大事，县长有要求，拿到党委会上研究，方案都已经批了，公司也成立了，这个时候是绝对不能泼冷水的。

但章超正想着，骆书记就问了起来："章超乡长，你谈谈，你一贯是站得高，看得远。"

章超心想，我顺你说，我站得就高，我不顺你说，站得就低。

章超含糊其词地说："我分管农业，对财政、金融的政策也不太了解，既然全县这么大动静，我们的动静也不能小，没有税收，就没有财政收入，我们都是吃纳税人的饭，这饭也不是好吃的，这纳税人就是要靠我们培植……"

骆书记恐怕是听出了什么门道，赶紧说："天不早了，黎乡长，你就这事总结一下吧！"

拉税开票，皮包公司运转得如火如荼。到了三月底，公司运转了两个月，开始奖惩兑现，领导班子旗开得胜，除了章超实绩为零，其他十三个人个个都拿到了一大笔奖金，有的都超万元。

为这事，书记乡长找章超谈话："你身为领导班子，虽然是分管大农业，也要顾及其他分工，其他任务也要完成。大农业也不是你一个人完成的，人家财政税收，落到你头上的任务，也要完成。这两个月，你的确忙，因为春耕春种，农业上的事太多太烦，就不追究了，但下次兑现，你必须完成，不完成要在班子会上检讨。"

章超心想，我检讨你大个蛋，这个拉税本身就违法，我不要你奖金还不行，还叫我检讨。下次你让我难堪，我就把农业上的事也摊给大家头上去做，我看你怎么说。

此时，春天的农村，田畴沃野，牛犁奔忙。章超骑着自行车马不停蹄地从这个电灌站跑到那个电灌站，检查大秧栽插的准备工作，巡察各条防渗渠道的完好情况，召开旱育秧现场会。正在忙碌中，乡里通讯员跑来，要求章超迅速到高松河电灌站。

章超腿底如失火一般，骑车跑到高松河电灌站时，全身的衣服都湿透了，让他吃惊的是县委僧书记带领一大群人站在引河边上。

骡书记笑笑，说："僧书记，这就是章超。"

僧书记拉着章超的手，说："好！干得漂亮。今天我带着省市县农口专家，来看看你们近几年农业发展情况。你们的中低产田改造在省里出了名，农田水利基本建设又是全市全县的典型，你们推行的沟渠路成网成型成林的成功经验，已经在全省全市全县推开。下面你把全乡农业发展的情况给各位介绍一下吧！"

章超激动得声音有些沙哑，但心中有数，农业工作的每一步、每一渠、每一路、每一闸、每一桥、每一站都是经过了自己的手，就像自家的孩子，有什么特点特征特性，都是掌握在胸，说起来就是滔滔不绝。这让所有人大惊失色，在场人叹息道："情况掌握得也太熟悉了吧！"

最后，僧书记笑笑说："用好一个人，等于下活一盘棋。"

大家都点头称是，大夸章超这样的人算是用对了。

事后不到一个月，县里通知章超去县委组织部谈话，宣布：章超调县城众镇任党委副书记，分管大农业工作。

第十二章

涅槃

青竿

章超调往县城工作，任县城众镇的党委副书记。这事在他的家乡高乡引起了轩然大波。

章超将宿舍里的行李整理了一下，因为小家庭就住县城，所有的生活用品用具就不用了，整理好准备送回老家。早晨，父母早早就拉着平板车坐在了章超的门前。章超开门后，一看父母在等候，就问他们："你们什么时候来的？怎么不敲门进来？"

父亲笑笑说："想让你多睡一会，自打调来本乡工作，我估计着你连一天好觉都不曾睡过。"

母亲接过话茬说："这下好了，调到外地工作了，要少了很多七大姑八大姨纠缠着，都是难弄的事，哪有好事来找你哟！"

父母亲一边帮收拾日用品，一边问："你回县城里，这些被褥还应该带回去，都是新的，干干净净的，你要不方便带，我们什么时候去县城，帮你带过去。"

章超笑笑说："我去县城工作，吃住都在家里，什么都不用带过去，这些东西你们拖回老家里用，就不用买了。"

柳兰笑笑说："你这两床被子，都是新棉花被，十斤棉胎，盖着很暖和，我们这几十年还没盖过这样的新被呢。"说完，父母亲都笑了起来。

章超又从一只皮箱里拿出两件衣服，对母亲说："妈，我挺不好意思的。四月四那天，大大过生日，我在县城开会，就便就和小赵帮你们一人买一件春秋衫。可回到乡里时，因为处理一起恶性事件，熬了两天一夜，把这事给忘了，衣服从春天放到了夏天。"

柳兰接过两件春秋衫，笑笑说："这衣服肯定是小赵买的，我儿媳的眼光就是不一样，洋气大气，真好看。"

父亲笑笑说："以后不要瞎花钱，你们四口小家庭都住城里，开销大，不容易，你的担子可不轻。"

柳兰摸了摸儿子的脸说："我儿瘦了……"哽咽了半天，又说，"不要太难为自己，也不要太吃亏了自己。"

父亲掸了掸上衣，坐在了椅子上，点了根香烟，笑笑说："你，我什么都放心，就一点我不放心，太要强，太上进，有时不顾自己，千万别熬坏了身子骨。我们本来就是农民家庭，种田的，可到了你这一代，出了你这棵苗子，吃上了皇粮，是官强于民。官不在大，能做点事就行，不要跟人家争权夺利，争到手也不踏实，在为官这条路上千万不要图捷径，就一步一步踏踏实实走。不要想着爬高，能爬多高，就能跌多重，做人做事要实诚，才子无三代，钦官不到头，干什么都是一辈子，你就当作自己还是在家种田熬日子的。你怎么过都比种田打工要强得多。人要比着过，照着过，要有足性，带好媳妇，教好孩子，管好小家，那是你的本分。"

父母亲临走时，章超递两条烟给父亲，还帮拆了开来，嘱告父亲，碰着三亲四友的散一散。柳兰笑笑，说："我儿子总是为别人着想。"

父母亲用平板车拉着章超的日用品往家去，几乎变成了一道风景，在这前后三庄，谁还不知道章祐的儿子又升官了，还去了县城当官。乡里乡亲围着章祐搭讪。

"老三呀，你家儿子算是越来越有出息了，这不，又去县城当官了。"

"你这儿子都怎么教的？在我们本地工作就红了一大片，现在又提拔去了县城。"

"县城不比乡下，县城里的人更难管，听说都是一些尖头棒子，青竿靠在街头三年都会说话，更何况那些城里人呢。"

父亲每逢有人上来搭讪，就停下车来发烟。

父亲笑笑说："当什么官呀，他就是一个在本地打工的孩子，现在又去县城打工了，其他人为老板打工，他是为政府打工，他干的活不比打工的人干的活少，也不比那些外出打工的人干的活轻巧。"

"哈哈哈，你说得不假，但你儿子的确是有本事，人家说当地不养货郎，可我们这个地方的人偏偏就相信他，服他，那些大小干部都听他的话。"

母亲笑笑说："都是有好无坏的庄邻，他们不是相信他，也不是什么都听他，那是大家帮衬他，这些大小干部不亲就故，都很讲意思的。"

还有人问："儿子去县城工作了，你们这地还种吗？你们还不搬去县城享受生活？"

父亲笑笑说："我三天不去田里，身子还不自在呢！"

母亲笑笑说："去县城，牛扣哪？这些叉把扫帚扬场铣放哪？"

大家都笑了，笑得很开心，父母亲从乡政府到家里，仅仅一里路，整整走了一个上午。

骡书记也调进县城众镇任党委书记，听说还要进县常委。

这个时候的众镇不是以前的县城区几个居委会了。县城周边的五个乡镇都合并到了县城众镇，总人口达三十一万人，是全县总人口的三分之一，而财政收入是全县的一半。

章超调到县城众镇不久，县委僧书记亲自来到众镇参加在铝制品厂召开的镇领导班子民主生活会。

这次民主生活会规格标准很高，因为是县委书记参加，所以县委组织部部长、县纪委书记也都参加了会议。会议的主题是：实事求是找差距，群策群力谱新篇。

县委僧书记首先是听取班子成员的工作汇报。

僧书记对章超应该说是非常了解的，他诙谐地望着章超，说："下面先请年轻老同志章超发个言。"

会场上本来是寂静一片，但僧书记一句话挑起了哄堂大笑。

僧书记补充说："我说章超是年轻老同志，是一种尊称。章超同志虽然很年轻，只有三十多岁，但办事老练成熟，分管工作全省领先，同时也因章超同志经常风里来雨里去，工作非常负责，时光也在他年轻的脸上留下了不可磨灭的印记。所以说，大家要向章超同志学习，工作上就是要沉下去，要敢于拼，敢于闯，敢于试，不怕碰得头破血流，只要你是正义的，后面有县委给你撑腰。"

这时，会场上爆发出热烈的掌声。

章超站了起来，给大家敬个礼。接着就汇报了自己的工作开展情况。

章超说："我汇报两个方面。一方面，县城镇的农业，应该面向大市场，实事求是，因地制宜，因势利导，大力发展生态农业、观光旅游农业、创汇农业、市场农业、订单农业，达到把农业结构调活，群众调富的目标。"

章超发言后，其他领导班子马上就开始嘀咕。

有人说："城关镇农业不是主要工作，重点工作是城市建设、工业经济。"

有人说："农业是弱势产业，农村工作是附带劲，重点要把教育、计划生育、各项费用征收作为重点。"

有人说："农业就按传统农业去抓，不要别出心裁，那是要花本钱的。"

僧书记一听大家如此议论，脸阴沉下来，点了点桌子，说："县委为什么调章超来众镇分管大农业，不是农业不重要，而是农业很重要。众镇在没有合并前，只有几个街道居委会，农业的分量很少，你们当然看不到农业的重要性，但现在不同了，一下子合并四个农业乡镇过来，人口由四五万人，一下子增加到三十多万人，而三十多万人中，有百分之七十以上是农民，是农业人口。我们如果还用以往的观点去看待农业，对待农村工作，那就大错特错了。章超同志有丰富的农村工作经验，是全省、全市、全县出了名的农业方面分管行家里手，是受到省里肯定的。为什么从农村乡镇一下子调到城里来，不是没有原因的，县委在章超的使用上，可以说完全出于对工作的考虑，所以，也希望大家要支持他的工作，支持农业工作。"

骡书记赶紧表态，说："坚决按僧书记要求，支持章超同志工作，把农业工作抓好。"

葛镇长也表态："保证把支持农业、农村工作当作最大的政治任务，和财政、教育、计划生育、城建城管、工业经济等各项工作齐头并进。"

僧书记平静地说："章超，你继续发言。"

章超喝了口水，也更有底气了，说："我汇报第二问题，就是全力处理好乡镇合并后的遗留问题。具体实行四条硬措施，在半年时间内，将上百个矛盾问题全部处理到位，并且没有上访告状现象。"

这时，领导班子成员都将头低着。原来，他们都团结一心，要排挤后调来的乡下干部。在民主生活会前，就三三两两碰过头，要让姓章的出足洋相，不能让乡下来的人抢了城里人的饭碗，更不能让姓章的出风头，我们要团结一心，露头就打，打他个青头紫脸，让他没有还手之力，连招架之势都不让，他凭什么从乡下调来占我们的位置？

谁知僧书记就是要将风头让章超给占尽了，僧书记说："你们老众镇原领导班子成员都听到了吧！当初四个乡镇合并的时候，让你们分组下去承包几个乡镇处理遗留问题，可处理来处理去，仍然是鸡飞狗跳，进京赴省上访的比比皆是，县政府开不了门，县四套班子不能正常办公，你们一汇报就是矛盾复杂，问题太多，没法解决。现在呢，班子调整了，新调进一部分同志，特别是像章超这样，敢于直面问题的同志，问题就解决了，并且还解决得非常彻底，没有反弹，没有上访，这个不是靠嘴说的。"

这次会议，让众镇老班子成员大大地泄了气，到了后来，僧书记竟然不要他们各人汇报工作了，就直接让骡书记、葛镇长表表态。

最后僧书记提出："要认真学习'三个代表'重要思想，加强党的建设，要坚决完成各项工作任务。要开展'双思'教育，就是致富思源，富而思进。要摆正人民公仆的位置，克服官僚主义，克服教条主义、形式主义、好人主义。"

僧书记还严厉地说："那些搞小团伙、小圈子，排外的人，纪委要严查，该办的要办到位，处理结果报我！"

僧书记说着说着竟然拍起了桌子，将茶杯里的水都拍溢了出来。

晚上，铝制品厂准备了晚餐，本来是准备两桌，可僧书记只点名书记、镇长和章超留下来，其他人都回去落实工作去吧！

姓私

晚餐时，骡书记顺便向僧书记汇报了铝制品厂的改制。铝制品厂净资产四百二十八万元，最终通过审计确认净资产三百零一万元。从剥离资金中拿出三十万元作为工人配股，留作处理工人有关问题的经费，另外拿出三十二万元作为集体公积金放在企业。其余资金按规定抽回，上交镇财政。这个企业是众镇最大的一家乡镇企业，从此就改名姓"私"了。

晚饭后，章超回到家，将下午发生的事跟小赵说了，特别是民主生活会上出现的一些事情。

章超帮着给两个孩子洗了把澡，赶紧抱进了蚊帐里，夏天城里的蚊子比乡下还要多，主要是城区下水道不通畅，生活污水都淤积在下水道里，造成气味难闻，蚊虫滋生。

小赵关掉了电视，说："让孩子睡觉，明天还要上学。"

章超坐下，小赵说："你喝酒了，我泡杯绿茶让你解解酒吧！"

章超说："县城里的这些老班底人今天都被僧书记狠批了一通，他们这些人团结起来拆我台，专门跟我唱反调，我提出来的农业发展思路，他们众口一词反对，当场就被僧书记识破了诡计，并狠狠地批评了一顿。"

小赵将茶杯放下，说："有点烫，你注意。"说着就坐到章超边上，扇着扇子，说："这件事，你要好好掂量着，县委书记虽然官高位重，能重用你，但他不会天天与你在一起，而真正要和你朝夕相处、同锅吃饭的是那些领导班子成员。你取得县委书记的信任，当然是件好事，但县委书记当着大家的面表扬你，批评他们，就会激起那些小人团结起来，不顾一切地挖坑、挖陷阱，让你往里跳，你是单打独斗，他们是一帮人，你在明处，这些人在暗处。你是从乡下调来的无亲无故的人，而这些人多少年来根深蒂固，盘根错节。所以说，你还得千万要注意，工作、生活上千万不要有一点把柄让这些人给抓了，否则，你会陷入非常危险的境地。"

章超深深地叹了口气，说："你说得对，这些人不怀好意，自己不想干事，不会干事，也不能干事，却对干事的人心怀恶意，群起而攻之，真是好人难做。"

小赵笑笑说："也不一定，这些人通过这次被县委书记批评以后，他们那个小团体也许会不攻自破，只要有一部分人认识到这事做不得，小团体自然就会解散，对你就不会构成什么威胁。"

章超笑笑说："但愿如此吧！不过，今天在吃饭时，听到一个消息，我觉得不可思议。镇里的铝制品厂、二纺厂都改制给了个人，原来好端端的集体企业，不仅给镇里创造好多税收，还养活了上千名职工，而改制后，让少数人，一夜之间就拥有了上百万资产，在购买这些企业的人中还有国家的公职人员，也不知道这些事符不符合国家政策。"

小赵应道："这些事你少问，有多大的碗就吃多少饭，这些能吃下那么大集体企业的人，都不是普通人。这些人也不可能一个人有那么大胃口，都是捆在一起，绑在一棵树上的有本事人干的事。"

章超摇摇头，叹口气说："这是国家、集体资产流失，打着社会主义制度的旗号，培养资本家，我觉得，迟早会出事。当贫困悬殊、两极分化到了一定地步，特别是这些改制企业的老板富可敌国，出现剥削时，国家肯定会伸手治他们。"

小赵笑笑，说："喝点水休息吧，明天还上班，千万少管闲事，学着怎么做人，怎么处理事情，不要太直，这社会需要圆滑一点的人。"

内斗

到了年底，僧书记被调到市里任常委去了。接任他的是番县长，与他搭班子的是长期在一个战壕里战斗的战友。不过，这个战友是另一个阵营里的，僧书记反对的，番县长一定会支持，僧书记支持的，番县长一定反对。

此时的四羊县县乡企业发展势头非常好，城乡面貌变化也很大，老百姓腰包也鼓了起来，人心思富，人心思稳，不希望内斗。

先说一个小事情。县政府第一招待所张所长，兼县政府办副主任，一直与僧书记关系铁，番县长就不高兴了。这里有个原因，有一次书记、县长坐一桌吃中饭。张所长安排服务员为僧书记上了一只三四斤的王八。按理说，你给番县长至少上一只小一点、瘦一点的王八吧，可他不这样做，偏偏让服务员给番县长端了一碗王八汤。

僧书记滋滋咂咂地啃着王八，骨头撂了大半个桌面，而番县长吃了两口米饭，喝了口王八汤，就冷冷地走了。

这事过去没几天，僧书记调走了，招待所张所长连夜给检察院带走了，罪名是"贪污挪用国有资产，造成国家财产巨大损失"。后来，张所长被判了五年有期徒刑。

由于僧书记执政时间比较长，科局长、乡镇一把手、企业主要负责人都是他多年经营、培养任用的，这总不能全换了吧！番书记一上台，就搞了个一刀切，只要是副科级以上的领导干部，五十岁全部办理二线手续，滚下台去。

这样一来，全县有近一半的"一把手"就被这把刀给剁死了，还有三分之一的副科级的政治命运被切掉了。

国土局的刘局长平时跟僧书记比较紧，除了言听计从，还投其所好。因为刘局长是部队里的油条干部转业的，对这方面比较在行。僧书记喜欢吃王八，因为王八大补，提神，养精，抗疲劳，刘局长出生在洪泽湖边，对湖边非常熟悉，他布下天罗地网，在湖边收购王八，越老越好，因为老王八的精髓比较多，吃了撑时间长。刘局长几年时间光是进贡老王八都在上千只，少说也有两吨重。这样的干部是多好的干部呀，上哪找去呀，于是就从乡镇副书记，提拔做了乡长，乡长提拔做了书记，又从乡镇党委书记做了国土局长。这个局长含金量高呀，专管干部，穿制服，比其他科局长高半级。刘局长这一路全是踏着王八的鳖盖爬过来的。

番县长看在眼里，气在心中，心想，老子一上任，准叫你完个王八蛋。

番县长真的一夜之间变成了番书记。

刘局长眼睛有多活呀，一听说番县长变成了番书记，连夜将准备送给僧书记的八只老王八提到了番书记的小院子里。书记、县长住的小院子都在一招的大院子里，中间只隔一堵墙。

都下半夜了，霜降以后的夜风跟刀子一样尖刻，可排在番书记家前屋后逼鬼的人们，既不怕冻，也不怕熬夜，大家心照不宣，你出来我进去，相互之间不见面。

刘局长拎着老王八进屋后，让番书记给拦了回来，问："老刘呀，这是什么？"

刘局长心中一惊，心想，我什么时候变成老刘的？我还不到五十呢！

刘局长嘿嘿说："番书记，这是几只王八，给您补补身子。"

谁知番书记一听，从刘局长手中夺过王八，朝着东墙那边一扔，气愤地骂道："他妈的，我不需要补，身体也不虚，你给我该送哪送哪去！"

刘局长一愣，心想，这下操蛋了，但又想挽回一点面子，说："去您屋里汇报点思想工作。"

番书记又气愤地说："你的思想我了解，该上哪汇报，就去哪汇报去！"

刘局长悻悻地离开了番书记的小院子，头疼得快炸裂开来，走到僧书记院子门口，一看冷清清的，还能听到院子里王八的吸水声，他深深地叹了口气，迈着装满了铅一样的腿走了。

大约一个星期的时间，全县干部大调整，来县委大楼谈话的有两百多人。

刘局长被叫到县委副书记办公室，宣布："刘局长你已经到龄，决定你退居二线休息。"

刘局长问："多大年龄到二线？"

组织部同志回答："1950 年 11 月 23 日。"

刘局长说："你这一刀切年龄，就是我的生日嘛。明天我过生日，五十岁生日，今天就宣布我到龄，还少一天呢？"

县委副书记冷笑笑，说："这次一刀切的时间，就是按照你的生日确定的。"

刘局长还想多说两句，县委副书记冷冷地说："服从组织安排，下一个。"

刘局长就这样五十岁差一天就被一刀切成了二线。

到了年底，又要动一批人，财政局的局长又二线了，提拔县城镇葛镇长去了财政局任局长，组织部到县城镇来考察镇长人选，大家一致推荐了章超，组织部按程序座谈、走访、测评。大约一个星期过去了，党委骡书记告诉章超："定了，你就地做镇长。"

晚上，电视上全县干部调整名单公示。章超任县城镇镇长，葛镇长任县财政局局长职务。

公示期为五天。可五天过去了，一直拖到十天以后，才开始通知谈话，而章超等来的是"情况有变。"

调来县城镇的是古镇长，这个古镇长是县人大常委会主任的干儿子，又是邻县县委书记古书记的侄儿，这样一来就可以解释通了，你章超可没有这些社会关系呀！

骡书记找章超谈了话，说："根据县委研究决定，县里成立一个工业园区，你做党工委书记，管委会主任，开发总公司董事长兼总经理。"

一听，这下可不得了了，章超一下子身上挂了四个牌子，同时县城镇党委副书记还兼着。

其实，这个所谓的县工业园区只有一平方公里，主要涉及县城镇的两个村居六百多户的拆迁、征地。

征地拆迁，县里不给一分钱，这钱由县城镇代付。

这样一来，县工业园区的工作基本上就变成了县城镇工作的一部分。

县城镇的骡书记和古镇长就放开手脚，你开发区的事不给我汇报，就别想做成一分钱的事。

骡书记与古镇长决定，在开发区里搞出一百亩地，搞房地产开发，由外地一个建筑商牵头，书记、镇长各占百分之二十干股，其余钱由开发商出，土地由工业园区征用，县城镇财政支付。

这事引起了县城镇与开发区之间的矛盾，其实也就是章超与骡书记、古镇长之间的矛盾，章超坚持工业园区只能安排工业项目，不可以搞房地产，可人家书记、镇长有的是权力，更重要的是有利益迈不开，就赤膊上阵，书记、镇长到田头，与开发商福老板一起拉线砸脚，把事给定了。

从此，三人之间，其实是章超与骡书记、古镇长之间就结下了仇，这个仇影响了章超一辈子。

在工业园区拆迁征地中，骡书记与古镇长合谋，"要他出洋相"，鼓动拆迁户进京赴省到市上访，告章超野蛮无理拆迁，安置补偿不透明不到位，总之，处处设置障碍。

骡书记、古镇长之所以胆敢鼓动群众上访，操纵园区搞房地产，还是他们的后台硬，从县委书记、县长到县人大常委会主任都被他们用金条给砸晕了，你一个章超再挺，能挺哪去。

正当省有关部门下文，各县开发区升格为副县级单位时，县里征求骥书记意见，骥书记明确表态："这个园区书记要么由我来兼，要么重新调一人来，总的说，这事不能交给章超。"

县里当然相信骥书记，骥书记的风头多旺呀，早就传说要做县委常委了，人家省市都有人，父亲还是某地级市民政局局长呢，那关系不得通天呀！整你一个乡下来的章超，如同掐死一条毛毛虫。

县里从某镇调来一名党委书记任工业园区书记，章超被退回到县城镇，仍做他的党委副书记，在骥书记、古镇长的领导下开展工作。

章超终于觉醒，开始检讨自己。凭着苦干实干拼命干，真的就有出路吗？人脉关系在当今的官场作用到底能有多大？正义到底能值多少钱？为什么小人会得志？

父亲章祐和母亲柳兰听到老家人谈说章超的事情，就赶紧放下农活，赶往县城来瞧瞧。

小赵打理了一桌菜，让父亲母亲喝两杯酒歇歇。

父亲一边喝酒，一边微笑着说："超儿呀，你看看你的这个小家，多幸福呀。有闺女，有儿子，城里有房子，媳妇在城里上班，孩子在城里上学，你还在县城里做个干部，这样的小家庭，一万人当中也找不到一个。"

柳兰一边给孙子、孙女夹菜，一边笑着说："过的是神仙日子，照我说，你就满足吧，还当什么镇长不镇长的。官越大，风险越大，一个老农民的儿子，本来就是个种地的命，还不是赶上了好时光，吃上了皇粮，全家都变成了城里人，麻雀都变成凤凰了，还不满足？"

小赵笑笑说："不要争这个东西，官就没个足性，什么是大官，什么是小官呢？你要是还在家种那几亩地，找个轻巧活做做，你反而就满足了。人要往后看看，往前看看，比那些不如我们的人，比那些在家种田的人，比那些外出打工的人，谁也没法跟你比呀。"

章超给父亲点支烟，叹口气说："就是心里憋得慌，第一次公示，镇长没干成；第二次开发区升格，党工委书记是副县级，就换成了别人。你说干死干活，就差撂了命，到最后，到底图个啥？"

小赵笑笑，说："我看未必是坏事，削尖脑袋往里钻的人，能不能干好是一码子事，更重要的是能不能把握住自己，如果出发点就是为捞取好处，那官干越大，倒霉越快。"

章祐笑笑，说："不假，爬得越高，跌得越重，伤得就会更惨！"

章超也笑笑，说："算了，不说这些了，我也想开了，想透了，时间会证明一切。"

仙逝

新世纪刚开始的那一年末，阴历祭灶的夜里，天崩地裂，脊梁折断，章祐与世长辞，老人家的生命定格在了六十六岁。他走得很突然，但走得很从容，章超的脑子里一片空白，觉得再无心思活下去，心碎了，泪干了，血枯了……

章祐在半年前只是干咳，去了县医院也没查出什么毛病。两个月前，章超觉得父亲瘦得厉害，就送地区八二医院检查，并没确诊出什么病来，又回家调养了个把月。病没有好转，却一天重似一天，就又送八二医院，章喜在医院陪护。仅过去一个星期时间，章喜忽然从八二医院给章超打来电话，说："父亲病危，医院已经下达病危通知。"

章超赶紧赶往八二医院，此时的父亲已经插氧，不省人事，兄弟俩一碰头，决定赶紧将父亲往家带。到家后，父亲睁开了双眼，声音微弱，没说一句话，就睡着了。

到了下半夜，父亲忽然醒来，要喝水，并伸出双手，一手拉着章喜，一手拉着章超，轻轻地说："你大哥有困难，一定要帮帮他；我只望你们好好做人，好好做事，好好走路，不图赚大钱，当大官，只望你平平安安，带好全家。"

说不清什么原因，几十年不曾来往的兄弟章虎一家、章左一家听说章祐病危了，都前来探视。尤其是章祐咽下最后一口气时，紧紧拉着章虎、章左的手，两泪如雨，哽咽着就离开了人世。章虎哭得像三岁孩子，数黄瓜道茄子，虽然不明白他的意思，但可见他的悲伤。

将父亲安葬后，回家的路上，章超的心是那样的凄凉与悲恸，脚下的路一头是安息地下的父亲，一头是孤苦哀伤的母亲，路变得深沉起来。章超一步一回头，两步一叩首，似乎听到了祖坟上的小鸟在叽叽喳喳地发出哀鸣的嚎叫，飞向了黄岗土地为父亲新添的坟墓，传递着阴曹的音讯，报告着父亲终于回到了祖母的怀抱，回到了大地的怀抱。

以前，章超把实现人生的价值放在当官做事上，想为章家增光添彩，想让章家坟头上的青烟又浓又旺，但这条路太难，走着走着，突然觉得自己不是这条道上的人。这条道上，河太多，水太深，荆棘丛生，凭着一己之力，无法通过，过河没有桥，又不能披荆斩棘，只有选择退让，在退让之余，就选择重操旧业，重拾起少年时期的文学梦想。

狗屎

县里的番书记没干几天，就被调走了。他的调动是他自己的悲哀，为他歌唱的人当然会有，但是为他唱哀歌的人太多，给这片土地留下了太多的耻辱。因为，从那时起，这片土地就不再干净，特别是政治生态，只要有被提拔重用的事情发生，社会上随之就会传出背后有哪些靠山，这也许就是番书记留给这片土地唯一的遗产吧。

县委调来了新的一任书记，学书记是一位年轻、正直、想干事、想干大事的一位县委书记。可来了时间不长，县经济开发区拆迁就出了大问题，老百姓与公安打了起来，老百姓用液化气钢瓶排好了队，准备与公安决一死战。这事闹得省市出了名，省委书记三次来视察。

第二年底，学书记见什么工作都推不动，也就开始按常规开展工作，把经济开发区所在地来乡的领导班子进行调整，将软弱无能的张某书记给撤了，乡长给降了，重新启用一班人。县委研究决定，再次启用章超去来乡做乡长。

电视台对提拔使用人员进行了公示。

章超接到县委办刘主任电话，说学书记让你下午过来谈话。

章超早早就来到了学书记办公室门前等候，县委办刘主任过来说："市里分管农业的马市长来视察工作，学书记去接待了，你明天再来，反正事情你也知道了，抓紧回去准备一下吧！"

第二天早晨刚撂饭碗，家里电话铃响了，小赵接了后，喊："你的。"章超接过电话，是县委办刘主任的。

刘主任说："事情有变。学书记说了，你去来乡做乡长的事情有变化，有人民来信，反映你超生二胎，准生证是假的，你上午去县纪委接受调查处理。"

章超的大脑嗡的一下，电话重重地掉落下去。小赵见状，忙问："怎么啦？"

章超的脸色惨白，心跳加速，心想，这次不是提拔不提拔的问题，人家是挖坑想埋了我。章超镇静地咳了一声，说："夜里失眠，眼前一花。"

小赵倒了杯开水，说："喝口水，没有过不了的山。县城镇镇长都能不干，来乡这乡长不干就不干，有什么可惜，也没规定必须你干，计划生育超生也是事实，这是迟早会暴露的事情，只不过人家在关键时候将你这马蜂窝给捅破了。自己做的事，自己就该负责，你去好好给人家承认错误，接受处理。"

小赵的话让章超如释重负。小赵又说："我去上班了，中午，我早点回来包点饺子，让你和孩子吃，只要一家人能平平安安的，哪怕连这个副书记也不干了，我们去摆地摊，培养好两个孩子，比什么都强。"

小赵骑着自行车上班去了。章超也收拾了一下，将准生证、户口本、身份证都带上，去了县纪委。

纪委同志很客观地说："你这准生证的确是假的，但如果没人写信告你，起码说，我们不会在你被提拔重用时找你谈话，耽误了你的重用。了解你情况的两个人坐在学书记办公室告你，学书记没有办法只有交给我们来调查处理。"

章超如实地向纪委反映了自己如何办假二胎证超生的事实。纪委给章超党内严重警告处分。

有意思的是，县城镇办公室在倒垃圾时，将文印室的废纸撒了一地，一张标题为"反映章超严重违反计划生育超生的检举信"模糊不清的废纸丢在了院内的草坪上，章超低头捡了起来，拿到办公室，关好了门，展开铺平，才发现骠书记和古镇长二人都有签名盖章，并且还留有身份证号、电话号码。这样有分量的人检举，难怪纪委很快做出反应，县委书记很快取消让章超去来乡做乡长的意见，这件事的根源就再清楚不过了。

章超回到班上，当作什么事都没发生过。骠书记、古镇长亲自到他办公室，嘘寒问暖，体贴入微，骂那些不吃人饭的人，越到关键时候，越挖坑害人，这种人不得好死。

章超点点头，笑笑说："超生是事实，这也是迟早要处理的，谢谢你们真心实意地关心。"

没过几天，章超在上班途中被一熟悉的同志叫下了自行车，说："骠书记今夜被公安带走了。"

章超问："怎么回事？为什么要逮他？"

"听说是在高乡任职期间虚开增值税发票，数额巨大！"

"不可能呀，那不都是县里叫做的吗？"

"听说，还逮了十几个。"

章超将信将疑地来到班上，办公楼上乱作一团，都在长吁短叹，七嘴八舌议论骠书记是怎么被带走的。

"听说是夜里被带走的，检察院去了他家里。"

"听说是今天早晨在上班路上被带走的，尿了一裤裆，当时不服，还给踢了几脚。"

"听说拉税搞政绩，凭着政绩来县城当书记，以后进常委。这下可好，常委没进成，倒是进了牢房。"

"这家伙野心太大，所以胆子就大，那个古镇长跟他吃一个奶子长大一样，都是恨不得吃人心、啃人肺，吃肉不丢骨头的东西。"

"这家伙有关系，通到省里，关几天还不放出来呀！"

"就是放出来，这书记也干不成了。"

正议论时，古镇长凶狠地走了过来，骂道："都幸灾乐祸的东西，腾过手来，一个个治死你！"

大家都一哄而散。

特殊旅游

西工业园区群众因为征地拆迁状告县政府赔偿问题，县政府败诉。拆迁户准备利用"五一"长假，组织一百多人去北京上访，这次上访的谋划人、后面煽风点火的人很复杂，有人反映是古镇长因没做上县城镇党委书记，纠集了县城镇一些不明真相的人所为，息访难度大，新调来的镇党委王书记很担忧，她是一位女书记。

王书记与章超是同乡，找来章超商量此事。

"'五一'长假明天就开始了，听说老百姓已经集结了，有古镇长点火，就不怕没有冲锋陷阵、一往无前的人。这些人不知死活，只要你给他两杯酒，一喝下去，什么事都能干得出来，你在众镇工作时间比较长，又是工业园区拆迁的执行者，你看这事怎么办？"

章超说："县政府败诉，理所应当给老百姓一个交代，该补钱的补钱，征用土地该办手续的办手续，不要让老百姓心寒。房子拆了没安置，土地用了不给钱，我们也要换位思考，假如我们自己是那里的拆迁户，我们的房子被拆了，地被征用了，不给我们安置，不给我们补偿，我们会怎么办？"

王书记笑笑说："我找你来商量这事怎么办的，又不是找你来给我上课的，我知道你的理论功底很强。"王书记喝了口水，站了起来，在窗户下踱着步，说，"凡是县政府该兑现的条款都会如数兑现到位，只是兑现有一个过程，眼下的这个关要过去。"

章超笑了："老百姓很听话的，只要保证兑现，眼下的事情好办！"

"怎么办？你说来听听。"王书记转向章超说，"你坐下说吧！"

"我想，不如由被动转为主动。"

"怎么转为主动呢？"

"他们不是集结准备去北京上访吗？我们通知这些人，连夜出发，去几个开发区参观学习，规范拆迁安置，土地征用补偿，就说县政府同意兑现群众诉求了，但必须有一套科学合理的兑现方案。"

"然后呢？"

"抓紧找一台大巴车，我们也组织几十个人，一对一负责。上车以后，一直往三峡开，带他们去旅游几天，不知不觉走了上千里路，等他们缓过神来时，已经是第二天了。车一到重庆，管吃管喝，再给他们买件换身衣，让他们痛痛快快旅游，在整个过程中，包到人头做工作，以后有问题到镇里反映，不要动不动就去省去北京上访。"

王书记一听，哈哈大笑，说："这个方法好，昨天有人给我提出办学习班，我没同意。"

章超说："学习班那是下下策，老百姓对办学习班恨之入骨，会把老百姓推向对立面，激化矛盾。"

王书记赶紧说："你快准备一下，物色一同外出旅游人选，我来安排车辆，叫财政所去人，带足钱。你要保证带去的人安全，千万不能出差池。"

章超点点头，并抓紧组织人员，通知上访牵头的几个人来镇里开小会，又将几个牵头人留下喝顿酒，让他们通知所有人员在镇政府院内上车，并强调了外出学习期间的纪律。

当车开到重庆时，内部就有人提出要做汽轮，去长江上游玩两天，有人就说，还是先学习工业园区的拆迁安置经验。内部人就说，回去就安排补偿，安置房开工了，没什么学的，这里跟我们那里又不一样。这样红脸白脸加到一块，唱了几出，所有人异口同声要去长江坐汽轮旅游。

在旅游中，抽去的工作人员给所有上访户搞好服务，每人每天发一包烟，一天两顿酒，到景点就买点纪念品，还给他们每人买了一件时新的夏装。

到了第三天晚上，他们有人提出给家里挂电话，章超就安排到一个集镇上，由工作人员带着他们给家里拨电话，个个都说："一切很好！玩得开心，回去就拿钱安置，安置房已经同意开工了。"

第十三章

回眸

新调整的县领导班子，纠正了以往用人上的不正之风，开始试行公推直选乡科级领导干部。章超报考县城众镇镇长一职。

公推直选进入常委票决，最终有六位副科级干部入选，其中就有章超。

可就在任用环节，裴乡的"保庄圩"拆迁和安置出了问题。"保庄圩"是国家水利重点工程，就是把沿湖低洼地方的老百姓房屋拆除，搬迁到高亢不易被淹的地方，把低洼的田块，四周打上大堤土坝，兴建排涝站，保证这些圩子里面的土地旱涝保收。

裴乡"保庄圩"要拆迁上千户，另外还有九个村要清退房屋、打坝筑堤、兴建排灌站。这项任务在裴乡没有落实到位。

一次省里组织检查，有一名副省长、省水利厅长、市委书记、市长、县委书记、县长都参加了。车开到洪泽湖边，考斯特陷在淤泥中出不来，由于刚下过雪，土地冻后打滑，考斯特差点冲进湖水中，如果真的冲进湖水中，那就是车毁人亡。县长打电话找裴乡书记、乡长赶紧到现场来，可两个人都关机逃了。这事，让县领导大为恼火，省市领导对这事也深感不安，怀疑这个乡镇领导班子的能力和施政水平，并当即要求撤换乡镇主要负责人。

谁到裴乡做乡长？章超最合适。常委会分析：裴乡是章超工作的第一站，章超在裴乡工作多年，从办事员成长为副科职干部，对裴乡人头熟，了解当地风土人情，有工作基础。

但章超公推直选报名的是县城众镇，而且现在裴乡的乡长还在位。

诗书记最后提出：先免去裴乡的书记和乡长职务，安排县人大办汤主任去做书记，章超去做乡长。

这时就有人提出："章超报的是县城众镇镇长，再说县城镇是县城所在地，与裴乡还是有很大的不同，无论是从职、权、利，还是发展的前景看，谁不想留在县城镇做镇长呢？"

赵县长表明了态度：我们选择章超去裴乡，不是要他去长期战斗，而是要他去完成"保庄圩"这个特殊使命。"保庄圩"是国家重点水利工程，省里列为重点督查项目，上次省市来人，对此项工作极为不满，尤其是对拆迁、安置、土方工程、机电配套安装、闸桥改造、低洼田块的道路循环等等，样样不满意。在这种关键时刻，不采取强硬措施，是完成不了任务的，我们也要把好钢用在刀刃上。我同意将章超派去裴乡，明确告诉他，"保庄圩"任务完成，立即调回县城。

诗书记说："就这样，县城镇的镇长，由张家圩夏书记调回众镇做镇长，章超任裴乡乡长。"

章超到了裴乡，首先用一周时间，骑自行车跑遍了"保庄圩"的九个村。近一千户老百姓反映，最主要的问题是：拆迁没有地方住，老人、小孩、牲口、农具、粮食，连个落脚地方都没有。

章超决定从头开始，抓紧拿出工作方案，让困难在实干苦干面前低下头来。

十月的洪泽湖晴空万里，荷藕飘香，芦苇摇曳，水波粼粼，安静的湖水像周边的九个村子一样，但安静的水面下却暗流涌动。水底的世界，是鱼虾蟹鳖的世界，它们在那个世界里按照自己的方式生活着，也许有矛盾，有纠葛，有问题，有斗争，但是，它们共同生活的家园安详永固。

世世代代生活在湖边的老百姓们，面临着搬迁，往哪搬？住哪里？这是首要的问题，解决不了住的问题，何谈拆迁呢？

章超时刻想着，自己也是洪泽湖周边长大的农民后代呀，父母、兄妹也都生活在这样的环境里呀，他们要是遇到这么大的人生波折，会是怎样处置？带着这个问题，章超走进了即将拆迁的村庄。

李守勤，72岁，老党员，高高的个头，曾经是村长，三个儿子的住房都涉及搬迁。在原来村组干部的心目中，他是第一个带头抵制拆迁，誓死保卫家园的倔老头。

章超将自行车停在李守勤家的小楼前。李守勤正坐在椅子上，享受着这秋日暖洋洋的午后阳光。一见有人来，他不认识，一动不动地眯着眼装睡。

"您是李大爷吧？"

李守勤略欠了欠身子，问："你是干吗的？"

"我是刚调来乡里的乡长章超，来，老人家，点支烟聊聊。"

"哦，那个老乡长呢？提拔啦？他就不应该在这里做乡长，他应该调中央去，你看他的派头，那个大风头，油往下滴，皮鞋雪亮，到不了我们这些老百姓家。"

"哈哈哈，大爷，您对他还是很了解的嘛。"

"了解呀。"李守勤咳了一会，向屋里扒着嗓子喊："老奶奶，出来一下，倒点水，这是才调来乡里的章乡长。"

章超掏出一只小本本，就着边上的一张小桌子，一边问，一边记："李大爷，您家有多少口人？现在都住哪呢？家里人都干什么的？"

李大娘笑嘻嘻地端了两杯白开水过来，望章超笑笑，又瞅了一眼李守勤，撇了撇嘴叨咕了一句："今天改常了，太阳走西边出来了，这老苦瓜脸上也有笑意了。"

李守勤噘了噘嘴，说："去，薅两个萝卜洗洗。"

章超心想，看来李守勤的确跟镇村干部说得差不多，叫做"鬼难缠"。听说以前的周乡长来做工作，还没讲两句，他就骂人家："你个狗日的，不吃人饭的东西，给老子有多远滚多远去。"

章超拿过新鲜的萝卜，一咬，又脆又甜，水分又足，就说："李大娘呀，这个萝卜真好吃，跟市场上买的就是不一样。"

李大娘笑笑，说："我们这沙土地，水分多，每季萝卜都好吃。"

李守勤叹口气，说："这萝卜也吃不长了。"

章超笑笑，说："这萝卜仍能吃长远，将来拆了房就近安置，这些自留田全部不动，你们该怎么种，还怎么种。"

李守勤从椅子上翻了起来，反问："他们不是说拆了宅基地、自由地全部用来置换新宅基的吗？"

章超笑笑，说："你看，我今天来，不就是向您老人家讨教讨教看看，怎么拆，怎么安置，能让老百姓少受损失。老百姓怎么高兴，我们就怎么做。"

"你说的是真话？"

"李大爷，您不相信我吗？"

"我不是不相信你，我是不相信现在的这些说话不作数的干部，都是骗子。前阶段有人家被骗拆掉了，可到现在，还没有地方去，刮风下雨，一家老小就趴草堆里过夜，你说说，这还是共产党的天下吗？"

章超的脸上不停地抽着筋，心想，也难怪这项工作开展到如此万难的地步。

李守勤接下来就开始竹筒里倒豆子，哗啦一下子倒了出来。

"我告诉你吧，大家都知道，这个村子里拆不了就是由我煽动的，这个我也不瞒你呀。"

"我三个儿子，这是小的家。大的，二的，也都住这村子里，都是两层小楼，我们一大家十六口人，你说拆了，叫这老的老、小的小，去哪里住呀？就是要饭，总还得有个窝子吧？"

"起先说，让我们拆了去其他村里买宅基，填巷子，可后来，去附近村转了转，哪家宅基会卖给你呀？即使卖给你，各个村又都被你们镇里卡死了，不准建呀，那不是脱裤放屁——白费事吗？"

"再后来，又叫各拆迁户去集镇上买房子，集镇上原来三文不值二文的房子，一听说拆迁安置了，一夜之间，猪窝变成了金窝，原来六七万元的破房子，一下长到十几二十万元，你说，老百姓哪来的钱呀？"

"就我这楼房，才盖几年呀，硬材料还堆十几万块呢。怎么一拆才补万把块钱？这万把块钱够拆除人工费的吗？"

"三个儿子三座楼，一拆一建，哪个不要二十几万呀？还让我们自己去找宅基地，不给宅基地，痴种才会去找呢？"

章超一边听，一边详细地记录，李守勤说累了，端起杯子喝水，章超又递支烟，帮他点着。

天快黑了下来，李守勤说："章乡长呀，你看，能不能在我家吃晚饭呀？我也没穷到揭不开锅。"

章超心想，这是我巴不得的事。能留下吃饭，就能听到更多真实的声音，也能真正找到打开拆迁大门的钥匙。

章超笑笑说："让您破费呀。"

李守勤从椅子上爬了起来，抖了抖簇新的夹克，高高的个头，活动了一下筋骨，说："我的三个儿子，虽然不是什么大老板，但个个混得不错。我一年到头，吃陈粮烧陈草，天天见肉，顿顿有酒。"

说着就叫："老奶奶，叫春花去集市上凑点冷菜，我留章乡长喝酒。"

章超笑笑说："李大爷，家里有什么就吃什么，花生、萝卜都是下酒菜，就不要再去买菜了。"

李守勤冷着脸说："那不行，你是客人，我马上打电话让两个儿子都过来，陪你喝酒。"

章超笑笑，说："您真有福气。"

李守勤没有再聊拆迁事情的兴趣，说："到我楼上，让你看看我收藏的东西。"

一到二楼，让章超大吃一惊，简直就是一个收藏记忆馆。

"你看，这是各种票证，有粮票、布票、油票、糖票、线票、煤油票……

这里陈列的是毛主席像章，有两百多种，有陶瓷的、红木的、铜的、铅的、铝的；有青年时期的，中年时期的，老年时期的……

这里是农耕时代，农民生产、生活、交通工具，你看光是各种灯具就有一百多种，罩灯、马灯、煤油灯、汽灯；这里是各种钟表、衣服、鞋子，特别是过去人穿过的鞋子，都是我们农民自己编织的……

这里是各种农具，你看有锄头、镰刀、铁叉、木铣、犁、耙；这是手推车，你要知道，我这个小车还在淮海战役战场上送过军粮的呢。"

章超笑着说："李大爷，您还真是个有心人，收集这些藏品绝不是一天两天、一年两年的工夫。"

李大爷说："这是我的毕生收藏呀，你说说，我这些东西，一旦拆迁了，往哪放呢？丢了一件，我都不甘心呀！"

正在参观时，李大爷的大儿子喊："老爸，下楼吃饭了。"

李大爷指指楼梯，说："下去吧，孩子都到了。"

客厅里已经来了一群人，李大爷指指桌子的上席，说："你是领导，也是客人，你坐这里。"

章超拉拉李大爷，说："这个位置，只有您能坐，我们都是您的晚辈。"

李大爷笑得很开心，坐了下来，拉着章超坐边上。接着就介绍："这是老大李飞，这是老二李强。"

章超一看，都比自己要大得多，忙说："大哥、二哥，你们好。"

这样一来，就没有了距离，酒喝着喝着，章超就喝多了。他头有点晕，但还坚持敬李大爷的酒，李大爷是个比较开朗的乡贤式人物，他说："老子虽然七十多了，儿孙绕膝，四世同堂。"

章超站了起来，说："李大爷，您就说，叫我怎么做，我就怎么做。来，大哥、二哥，我们一起敬老人家。"

李飞站了起来，说："乡长，你既然称我为哥，那我抢话说了吧。我老爸的心思，其实很简单。一是能不能让我们这些拆迁户，一起安置到街头去。人街上有路灯，有下水道，路又宽，方便老百姓。"

李飞说着就端酒与章超碰杯，说："你任意，我干杯。"

章超站着将酒干了，望着李飞问："那第二条呢？"

李飞像是不好意思，他摇了摇头，叹了口气，坐了下去。李强见此尴尬局面，赶紧站了起来，说："兄弟乡长，你能瞧得起我们，在我家吃晚饭，我们也就把心底里的话掏给你，我老爸就是对他收藏的东西舍不得……"

章超点了点头，站了起来，端起酒杯，说："老大，老二，我们一起敬老爷子一杯酒。喝了酒，我把你们的想法理一下，看看我说得对不对，然后呢，我根据自己的职权范围能答复的先答复你们，不能答复的，我带回去给班子汇报，这样，你们看，如何？"

李大爷带头站了起来，一声吆喝："喝！干了！"

章超掏出香烟，给李大爷点着，又给李飞、李强递上一支，笑笑说："我说两句话，你们其实是两个心愿，而其他人家就是一个心愿。大家都想去街头征地建房。李大爷的收藏品也要安置好。"

"对呀，对呀，就是这个意思。"

李大爷又端起了酒杯，说："我不难为你，你只要帮我尽了力就行。"

章超笑笑说："李大爷呀，我先答复你的收藏品问题，这是个个性问题，不难处理。这样好不好，我们在全乡设立一个农村记忆博物馆，放到原来的文化站，把您的所有藏品全搬过去，所有权还归您所有，由您来担任博物馆馆长，给您发工资，保证正常开门。"

李守勤一听这话，哈哈大笑，将一口假牙差点儿给笑掉了下来，端起酒杯，说："我干！这杯我干！"

全家人都笑了，李飞说："再好不过的事了。文化站多少房屋呀，老爸的藏品也可以一展芳容了，这是他做梦都想的事。"

李强说："博物馆馆长，这名字也太大了吧！"

章超笑笑，说："农耕时代，有太多的记忆，这种记忆只有我们农民、农民的后代自己会珍惜，我们作为农民出身的后代，理所当然要保护爱惜农耕文明，以此来教育我们的后代，永远不能忘记初心，我想就叫新时代农耕博物馆。我还要提交给党委会研究，到时给李大爷下个红头文件，颁发一个证书。工资待遇起码和农村三大员一个样。"

李大爷笑得合不拢了嘴，李大娘端菜过来，笑着说："老头子，今天真是改常，一年到头耷拉着驴脸，太阳从西边出来了。你看他笑的，跟孙子一样。"

章超问："李大爷，还有老大、老二，你们说，假如我们就把街东头原来良种场那块地，也就是老食品站那块地给拿过来建一个安置小区，统一规划，统一图纸，按户建房，这样，老百姓能同意吗？"

李飞抢话说："肯定同意呀！"

李强笑笑说："你要能让这些拆迁户都去街头建房，我敢保证，你一声令下，一个星期，保证拆光、搬光。"

李守勤咳了一会，笑着说："你能把大家安置到街道，我老李第一个拆迁，我还要带着大家给你敲锣打鼓送锦旗。"

第二天，章超就与汤书记碰头，汤书记说："要能这样当然好。"

章超说："方案就这样定，我再来谈街头那块土地征用的事情。"

汤书记说："怕就怕良种场那帮人不同意。"

章超说："这个土地是国有土地，并且是建设用地，良种场只是久占为业，如果不同意，那就向法院起诉。到时候，谁跳出来，谁承担责任。作为基层政府也要使用法律武器来维护我们的权利。"

章超找到原良种场一班人，开了个座谈会，说明政府要使用这块地，这块地是国有土地，不是哪个个人的，也不是哪个集体的。既然是国有土地，使用权就在政府，任何单位和个人都无权干涉。

良种场是一个告状成风的地方，六任党总支书记和场长都被告趴下了，后来虽然合并到裴乡，但仍像独立王国一样。任何事情，乡里只有一而再、再而三地迁就、宽容。一年到头，只有权力，没有义务，养成了这种坏习惯，一时两时是改不了的。

章超又找汤书记碰头："拆迁安置在即，街东头这块地，我想动硬，否则国有资产长期被一部分人占用，我们是纵容、包庇犯罪。"

汤书记摆摆手说："这事一定要慎重！"

章超回到县城，找到律师事务所，聘请律师准备起诉长期霸占国有土地的那几个人。

章超与律师多次上门做工作，也作出了让步，对他们的临时建筑给予补偿，可他们还是不答应。最后，长期占用土地的这几户，提出一个条件：无偿给每一户提供一份宅基地。

章超说："这样吧，你们先把土地让出来，让我们拆迁户进场，我保证留足几份宅基地，放在那里，但我们必须走法律程序。我以政府名义起诉你们，到时你们应诉，提出无偿提供宅基地的诉求，如果法院同意了，我跟着就回来划宅基地给你们，一分钱不收；如果你们败诉了，那宅基地我就是给你，你也不敢要呀，那可是国有资产，你霸占国有资产，是要坐牢的呀。"

那些强占土地的几户人家，迫于压力，只有让出土地，那些拆迁户听说街东头是拆迁安置小区，赶紧连夜拆迁搬家，仅仅二十天时间，小区就划出安置住宅四百多户。

政府起诉非法占有国有土地的诉讼也在紧张进行中，可有一个晚上，章超刚从食堂回到宿舍，良种场那些强占土地的几户一齐涌向章超宿舍，个个表明宅基不要了，千万不能起诉他们。

章超将律师递来的诉状扔给他们，说："你们自己看看去，明天就送法院。"

结果这些平时横行街头的所谓野蛮能人，被吓得拱手作揖，哭天呼地求饶。

章超严肃地说："要我放你们一马，可以，但你们必须给我写来保证书，以后决不犯事，只要犯事，我就将这诉状递给法院，并永远保留起诉权。"

来者个个低下了头，再也没有平时那种凌人霸气的做派。

全镇九个村，安置了三个小区，一个在街东，一个在街南，一个在街西，这些"保庄圩"拆迁户都变成了街上人。街道上一下子增加了上千户几千口人，集镇区大了，人口繁荣了，同时，利用"保庄圩"利好条件，对集镇上的道路、绿化、下水道、杆线等等进行了全面改造，真正达到了双赢的效果。

水利部来验收的那天，让他们不敢相信的是，仅仅一年时间，这个乡镇就完成了上千户的拆迁安置任务，保庄圩里的土方、绿化、闸桥、电站等等设施全部投入使用。

章超将验收组同志带到三个安置小区，发现这些拆迁户都已经融入集市生活，个个面带笑容，特别是请他们参观新时代农耕博物馆时，李守勤馆长给他们讲述农耕记忆，最后讲到了裴乡是如何抓好拆迁、安置工作时，验收组的六个人都竖起了大拇指，说："不简单，全国领先。"

拆迁安置了上千户乡下农民进镇区，他们是高兴了，可原来镇区的老住户不高兴了。老街道太老，道路太窄，下水道堵塞，地势低洼，雨水排不出，生意没办法做，老街上的居民还不如乡下人，有怨气。

通过大量的走访、座谈，章超决定，要新铺一条适合新时代发展要求的街道。

进入冬季，章超带领农业、土地、水利、城建等部门人员开始实地勘察，觉得这条新铺的街道（创业路）选择在街北比较合适，这样可以将新中国成立初期建设使用至今的镇政府搬到新街道，将老镇政府置换出来，作为商业用地，建设一个大的农副产品批发市场，也可以开发一个市民小区，解决部分农民进镇急需用房问题。新街道选择在镇区北边，还可以解决几十年来中小学道路堵塞、断头路严重影响师生安全的问题。

章超心想，要做就要做老百姓高兴的事。新街道建设需要大量土方，正好将几十年来老百姓反映的宋王中沟排水不畅问题一并解决。宋王中沟东接宫沟河，西接高松河，宋王中沟通过取土，建成一条四季有水的村庄河流，干旱时可使用高松河调大运河水来灌溉农田，保证牲畜用水、镇区用水，洪涝严重时，可以将附近几个村的洪水通过中沟排入宫沟河，进入洪泽湖，宋王中沟变成街道中心河流，将洪泽湖水与京杭运河水接到一起，街道就变成了三面环水的格局，再将一干河与高松河、宫沟河打通，整个镇区就被河水包围，渔船快艇可以通过水路环绕镇区。

通过开挖宋王中沟，调土除了用于新街道建设，还顺便将中小学门前的汪塘填实。

这样的建新街、扩中沟、填汪塘、疏交通的方案一揽子出台后，深受老百姓拥护。

章超亲自入户，组织街道新建的征地、拆迁工作，按照老百姓的实际需要，对街道规划作了四次调整，走访座谈了一百多户农民家庭，拆除各种建筑物四十多处，回填土方一万一千方，占用土地近七十亩。

经过半年时间，造桥设涵、铺设下水道、镇机关规划、民宅设计、回填土方、架设杆线，一条宽八十米、长五百米的街道建成使用。

街道上的群众都夸这届政府是办实事的政府。群众最反对的是只说不做的政府。相反，只要你做了，群众的口碑马上就会好起来，群众是最讲实事求是的。老百姓说，章超真是我们的好父母官。而章超却说，我是老百姓的儿子，是你们养育着我。

春天，县委诗书记率县委县政府领导班子来裴乡视察、调研，对章超的工作给予了充分肯定，同时提出殷切的期望，要求不畏困难，正视差距，敢抓敢管，抬高定位，主攻工业经济，招商引资，城镇建设，移民迁建，农村稳定，为民办事。

诗书记拉着章超的手，面带微笑地说："我们做工作，就是要带着激情，带着感情，对群众要带着亲情去做，一定能不辜负组织的期望，不辜负人民群众的重托。"

章超连连点头，表示一定会按县委县政府要求，抓好各项事关群众的大事、好事、实事的落实，向县委县政府，向全镇人民交出一份满意的答卷。

章超在日记中写道：

人就像那车轮一样，一时向上，一时向下。京城的皇帝一样，山沟里的百姓也一样，人就是这样光着腚来，再光着腚走。阳间行善，阴间积德。这就是人生活着的哲学，也是人死后的归宿。

第十四章

成蛹

章超被调回县城众镇工作，任众镇镇长。

章超去了县委谈话后，第一时间就去了中亚商城，找到了妻子小赵，说："老婆，我又调回来了。"

小赵放下了手里的事情，问："真的吗？调到什么单位？"

"还回县城镇，做镇长。"

小赵笑笑，说："这下可以多管管孩子了。"

周边的同事都投来羡慕的目光。

有人说："小赵呀，你真有福气呀，找了个有本事的老公。"

有人说："中亚商城马上改制了，小赵，你还不抓紧找个好单位。"

章超一听，中亚商城这么好的国有企业也要改制吗？他看看妻子小赵，小赵点点头，说："商业流通企业都要改制了。"

中午回到家，小赵弄好了几个菜，正准备吃饭时，县城镇的一个包工头找上门来。

"你不是尤总吗？"

"哎呀呀，章镇长不大眼眶，还能认识我这个做小生意的人。"说着，就将一只塑料提包放在桌边，并说："两条香烟，你一定要自己抽呦。"

尤总正准备走，被章超拦了下来，说："尤总，你这包带走，我也不留你吃中饭了。"

小赵见状，赶紧将门关上，防止尤总窜了，并将塑料袋塞给尤总，可尤总趁机夺门而出。小赵就将尤总扔下的塑料包提着撵了出去，并大声喊道："尤总，你的包。"一边说，一边扔到了他的面前，塑料袋被扔散了，撒落了一地的百元大钞。

小赵关好门，从玻璃窗往外看，赶紧喊："章超，快，快过来看。"

尤总正在低着头，蹲在地上捡拾百元大钞，春天的风将钱刮得到处飞，小区里男男女女、老老少少，看热闹的有上百口人。尤总喘着粗气，一边抢着拾钱，一边望着看热闹的小区居民，口中大喊："你们不许拾钱的，这是我的钱。"

有人问："你的钱怎么到处乱撒呀？显你有钱呀？"

"现在的这些老板，有几个臭钱到处乱烧。"

"听说这楼上现在住一个大官，弄不好是来送礼，人家没要。"

"听说了，章镇长家住这楼，他家妻管严，谁送东西都不要。"

"哪有送东西不要的？都装的，现在当官的图什么？不就是轻飘飘坐家收钱收礼吗？"

尤老板将身上的一件西服脱了下来，将钱放在西服上，像打背包一样，麻利地系了几下，窜出人群，消逝在一片春风里。

正在吃饭的小赵，说："我可告诉你呦，这些鬼惹不得，你看到没？说是几条烟，弄半天，是烟盒里装着钱。"

章超摇摇头，说："这个老板是前几年古镇长和骡书记两家共同养的一条狗，他们将镇里的工程给他做，赚钱共同用，平时还专门挑那些街上三陪女送给他们。"

小赵叹口气说："幸亏让他难看一下，要不下次还要来攻你呀！"

章超笑笑说："你放心，原则和底线，我会牢牢把握住。与老板打交道，你坚持原则，他就是一条狗尾随着你，你如果拿了他的钱财，你就变成了一条狗为他办事。"

小赵连连点头说："我们只能做人，决不能做狗，假如你做了老板的狗，全家老少都抬不起头来。"

第十五章

温暖的阳光

病痛

章喜从事的信贷员工作仅仅干了五六年，随着金融体制的改革与完善，渐渐退出了历史舞台。信贷员岗位没有了，面对家庭经济压力，两个儿子读书，四口之家仅靠几亩薄田是解决不了经济问题的。于是他重拾木瓦工活计，走出了家门，到南方打工。

章喜是一个从童年开始就甘于吃苦、不怕受累的人，只要一睁开眼，手脚就会不停息地忙活。在外打工期间，吃苦受累是农民工的共同特征，但章喜身上还有一个与众不同的特征，那就是节俭。到底是贫困人家出生的孩子，他节俭到了令人惊诧的地步。

章喜每天三餐与别人不同，其他工友要么吃食堂，要么就在工地附近的小餐馆，一日三餐吃饱吃好。这一点对于打工人很重要，没有好身体，一切为零，尤其是卖苦力的人，舍不得吃，就等于机器舍不得加油，没有油哪还有动力可言。章喜也懂得这个道理，但他会精打细算，吃食堂或者在小餐馆，吃两块大肉，就得三四块钱，如果自己去买十块钱猪肉，卤了油，连肉带油够吃一个星期的，买点大白菜、萝卜、土豆，烧着吃，合口又热乎。大米干饭外面是一块钱一碗，有时要吃两碗，就是两块，假如用两块钱去买米，能买四五斤，四五斤大米能吃两天，工地上用电又不要钱。下班后，别人把碗一拿，用筷子敲着空碗，一路哼一路唱，悠悠闲闲就去吃饭，强劳动之余，饭前饭后吹牛聊天，身心就得到了放松和休息。而章喜不同，自己买米买菜，自己洗烧烹煮，吃了再清洗涮，忙完了，基本就到了上班时间。工友们眼中的章喜，就是一个永远忙碌着、脚不沾地的一个大忙人。

章喜一年到头也不会添一件新衣服，他的四季换身衣服大都是弟弟章超的，有时章超和小赵看到大哥从没穿过新衣服，就去给他买一件，比如夏天的衬衣，一天要换两三身，小赵就为他买几身，但他从来不穿，都省在那里等儿子穿，让儿子穿旧了，不穿了，他再穿。

章喜在工地上一干就是十多年，家里还种着好几亩土地。工地、土地都是他的命根子，没有土地，就没有口粮，没有工地，就没有经济来源。他只想把这个小家养活好，让儿子能够好好读书，让妻子小许过上衣食无忧的生活。对于他，没有什么选择，生活只有从工地到土地，从南方到北方穿梭、奔波、忙碌。

人是由骨头和肌肉组成的，人体所有的机能使用都是有极限的，当你不顾一切地透支着使用，总有一天会停摆。

2005年的春天，章家的大姑爷去世了。能让章喜和章超见面的机会，往往不是逢年过节，也不是喜事好事，而是丧事。长辈的去世，晚辈一定得前往吊唁。

章喜先到，他被妻子小许从低矮的小屋里扶了出来。章超将车停在了龟腰大姑爷家的门前，刚下车就看到了这一幕，章超跟妻子小赵赶紧走上前去，问："老大，你怎么了？"

说话间，章喜已经歪在了山芋窖的陡坡上，哼哼叽叽地说："老二呀，我这身子骨算是完蛋了，腰拖了，直不起来了，腿像是棉花胎，一点儿劲也没有了。"

章超急问："去医院查了吗？"

小许叹了口气，说："查了，说是腰椎间盘突出，也没什么好办法。"

小赵摇摇头："这都是硬累出的病。"

章喜直叹气，说话也没一点儿劲，说："哥的负担重，孩子都快念不起书了。"

章超赶紧说："老大，你放心，有老二呢，我就是有一碗粥，也跟你分开喝。"

小赵连连点头，说："孩子有什么困难，你们一定要及时告诉我们，兄弟分家不分心，千万不要不吱声。"

围观的人都是亲戚，有人说："章喜太克扣自己了，舍不得吃，舍不得喝，还死命地干活，从来就没看他闲过。"

"那一家老少，不苦不累，去喝西北风呀？"

"老二应该帮帮你大哥，他不容易。"

"兄弟一分家，就会分心，一家门口一个天，哪个还能顾上哪个呀？"

"话不能这样说，不论怎么说，兄弟之间，只要有能力，总还是要拉一把的。"

章超回到县城后，小赵就说："大哥这样，总得帮想想办法，我们现在过得总算出了头，你如果不帮他，自家兄弟会理解你的难处，但外面的人不会理解你，会认为你只顾自己，连亲兄弟的死活都不顾。"

章超点点头，说："当然，当然，你说得不错，是要想办法帮帮他。"

小赵笑笑，问："你打算怎么帮他呢？"

章超说："他的两个儿子，我帮他负担一个，这样他的负担不就轻了一半？"

小赵笑笑，说："你这不叫帮人家，反过来，人家还不一定要你这样帮。你会让人家觉得很难看，反过来说，人家养的儿子，凭什么要你负担？"

章超反问："那你让我怎么做？"

小赵笑笑说："大哥是个能工巧匠，是个有手艺的人，你应该从这方面考虑，想办法让他发挥专长，做些轻巧事情。这样，家庭才有希望。"

章超眼前一亮，说："对呀，老大木瓦两行，听说在南方打工，什么图纸都会看，他灵巧着呢！"

在小赵的帮忙策划下，章超就把章喜的再就业放在县城正在兴起的地产开发上，哪个开发项目不需要用人呢？正好镇里就有个城投公司，葛副镇长在主持那里的工作。章超就问他："葛镇长，你的公司需不需要工程技术人员呢？就是既会木工又会瓦工的老高中生，已经在大项目工地干了十几年的人。"

葛副镇长高兴地说："我正准备向你汇报，我们正缺项目一线管理人才，镇里抽调的那十几个人，没有一个懂业务的，更没有一个想走到项目一线去的。"

章超将这事情与小赵说了，小赵笑笑说："大哥能吃苦，又肯干，这事要是让他去做，准做好，领导会高兴的。"

章超打电话叫老大来县城，他说腰才能将就动，还不能做事情。

章超说："你先撑着过来，我带你去看一下。你还不一定能胜任人家的工作，如果不行，我再帮你另找事做。"

章喜先到章超家里，小赵见他来，赶紧准备做菜。

章喜笑笑说："自家兄妹，不需讲究，你不要耽误上班时间，让人家说出话来不好。"

小赵笑笑："我现在在环卫所，早晨忙一点，早早就要去各社区检查环境卫生，现在就没事了，时间很自由。"

章喜点点头："有份这样的工作，更要珍惜，这些都来之不易。"

小赵笑笑，说："老二回来跟我谈到你的工作事情，想给你找个工地的差事，那个工作你熟悉，但不让你做重活。"

章喜回道："工地上没有轻巧活，除非让我看工地、看材料，那样能轻巧一点。"

小赵说："老二中午回来吃饭，你跟他说。"

到了午饭后，章喜说："老二，你有午睡习惯，你先睡睡，我坐一会儿等你。"

章超笑笑，说："不休息了。镇里建的那个安置小区离我们家不远，我骑车带你，先去看看。"

章喜点了点头："也行，看过就回去了。"

小赵说："看过就留下来做，不要回去，我帮你准备一个房间，孩子都住校，你就住这里，又不收你房租费。"

兄弟俩都笑了起来。

到了安置小区工地，葛副镇长正坐椅子上冲盹儿，见兄弟俩来了，高兴地站了起来，说："先坐坐，我来烧点开水。"

章超笑笑，说："葛镇长，我看都是自己人，也就不要客气了，开水就不要烧了。这是我老大，叫章喜，你看怎么安排？"

葛镇长笑着说："你这老大怎么看比你还小呢？"

章喜说："老二盘心，早早就把头发掉了。"

葛镇长笑笑，说："章喜，你的情况我都了解了，我们现在急需的是项目施工现场负责人。"

章喜问："那具体一点是做什么呢？"

葛镇长问："你对建筑施工图熟悉吗？"

章喜点点头，说："熟悉。"

葛镇长说："这就好办了，你从明天开始，给我拿着每一幢楼的施工图到施工现场进行监督施工，主要就是三条：把握施工质量；严格按图施工，把握工程进度；监督施工安全。我会给你发一张监督施工证，你的所有监工服装都由我们配备。"

章超一听，心想，老大能胜任这个监工责任吗？可没想到章喜连连点头，并表示："葛镇长，你放心，这个事情交给我，保证做好。"

葛镇长点点头："你真要能给我把这事做好，我会按照公司中层标准给你报酬，因为监工本身就是中层岗位。"

章喜的脸上露出了笑容。章超从老大的脸上，能够充分地看到他的满足和对未来的期许。

章喜跟着去了工地，走了一遭，用两个小时，把在建的六幢楼跑了一遍，回来找葛镇长，把他掌握的情况说了一遍。

葛镇长说："想不到你进入角色那么快，我们公司几十口人，从来还没有一个人把六幢楼上上下下都跑遍了，还掌握这么多问题。要不这样，我们公司有临时过渡房，你就先住下，门口有小吃部，你一天三顿去吃，记账，月底会计去结算。这个不是对你一个人，我是对所有工程一线管理人员都这样，其他人员没这个待遇。"

章喜高兴地点点头。接着就用公司电话对小赵说："公司已经安排我住下了，吃饭也有地方了，就是差点洗漱用品，要不，我自己去买。"

小赵清楚，章喜打电话来，一是说明公司已经录用，二是能不能帮他买点日用品。估计他来县城，口袋里也就带十来块钱，只够来回路费的。小赵心里想着，就笑了起来，说："祝贺你呀老大，在县城再就业了，我去帮你选购洗漱用品。"

章喜笑笑，说："那敢情好！"

从此，章喜就在县城有了一份相对稳定的工作。

章超无暇顾及章喜的工作情况，而小赵经常给章喜的项目部挂挂电话，问问需要什么，比如问问乡下老家有没有什么需要关照，需要帮解决的。章喜来到县城，很快就融入了这个开发项目，融入了这个朋友圈。他的勤快是大家公认的优点，只要有他在，项目部的地面就是干净的，厕所就是干净的，桌面就是干净的，资料柜就是整洁的，工作服、头盔、检测工具的摆放就是工整的，他很快就征得了所有人的信任。

有一天下雨，雨很大，到了吃午饭时分，章喜突然来电话，小赵一接，听他说：

"去你家吃中饭。"

小赵说："下这么大雨，你怎么来呢？"

章喜说："老二在吗？"

小赵说："在呀，正准备吃饭。"

章喜说："我打伞，十分钟之内就到。"

还没到十分钟，章喜打伞赶来，说："平时没时间，今天下大雨，工地停工了，我抽时间过来跟你说说情况。"

章超指指桌边凳子，说："下雨了，来，我们小喝两盅。"

小赵急问："老大呀，你在工地是不是遇到什么事情啦？"

章喜哈哈大笑，说："弟妹呀，还是你关心大哥。我没遇到什么事情，一切都很好，我就是来跟你们说，上一个月吧，我才来第一个月，发给我四千多块钱，我一看工资表愣住了，心想，是不是错了。葛镇长见我发呆，就跟我解释了，说，你工资不算高，但上一个月的销售奖金比较高，另外你的补助高，因为你是现场监工，以后的工资也许会拿得更多。"

章喜签完了字，会计给他解释："你的工资里要扣养老保险、医疗保险，从上月开始，你就享受这两样保险了。"

章喜讲着讲着，就说："老二呀，弟妹呀，你说说，我这是不是在做梦呢？一个月四千多块钱，我们在乡下，一年土地收入也没有这么多，这才一个月呢。"

小赵笑笑说："这是你的辛苦钱，只要你高兴了，我们就会更高兴。"

章超说："来，老大，你高兴，我们更高兴，一起干一杯！"

章喜笑笑："就这一杯，下午我还得去工地上转转，虽然停工了，我还要查查有没有安全隐患，昨天四号楼脚手架上摔下一个工人，好在没出现死伤，吓我一身冷汗。"

眼光

夏日的一个傍晚，章喜忽然拎着一个小提网来到章超家，提网里是刚买的几斤新鲜水果。章喜望小赵笑笑，小赵也诡秘地一笑，心想，这老大怎么也舍得买几斤水果带来？太阳从西边出来了。小赵问："刚下班呀？"

章喜笑笑："刚吃了晚饭，我就过来了。"

章超也笑着说："老大，怎么早早就吃晚饭？既然来了，就喝两杯吧！"

小赵赶紧弄了四个菜，三人就坐了下来。刚喝了两杯，章喜叹口气，说："今天上午，葛镇长跟我说，让我在那边开发小区买一套住房，你们说，十来万的房子，我们乡下人，哪能买得起呢？"

章超放下酒杯，问："你自己什么想法？"

章喜说："我们乡下人，家里有土地，有房子，你说跑城里来买房子，关键是那么多钱从哪来？"

没等章超说话，小赵就摇摇头，说："大哥呀，你聪明一辈子，怎么就糊涂一时呢？你的两个儿子，以后能去乡下住吗？既然不去乡下，起码也得在县城吧？在县城你要是没有房子，住哪呢？"

章超说："人的眼光要往远看，你的两个儿子都要在城里就业，就意味着要两套房子，现在你不买，房价会越来越高，你现在的那个小区是安置小区，享受拆迁户优惠待遇，因为你在那里工作的，葛镇长照顾你。你过了这个村，就没了那个店了。"

章喜又叹口气说："这二十年，养猪、种地、打工也没存上两三万块钱，关键是两个儿子读书花钱太多。"

章超说："你再考虑考虑。"

小赵说："我们帮你一起想办法。"

章喜因买房一事回了一趟老家，跟妻子小许商量。谁知小许一听，勃然大怒："我们过得好好的，去县城干吗？不要说十万，现在就是让我拿一万，也拿不出来呀。"

章喜把章超夫妻俩的话跟小许说了，小许说："我知道他们都是为我们好，可好看是要钱的。你让我去抢银行，也抢不来这么多钱呀？不要说拿出来这么多钱，我长这么大，还没看见过这么多钱呢。"

章喜回到项目部，葛镇长说："你先签一个购房协议，每月从你工资里扣三千块，什么时候扣完什么时候结束。因为这个优惠很快就没有了，下一个月要上调百分之二十以上，你更买不起了。"

章喜一听，那敢情好，心想，只要你给我房子，把我工资全扣了，我也高兴呀！

章喜赶紧将这事跟章超说了，章超说："就这样办！"

人一旦肩上有担子，有了压力，你就不得不往前拼命地跑，跑得越快，这担子卸掉就越快越早。

章喜每天把那份《购房协议书》和欠条放在枕边，睡前看看，醒来看看。

他终于发现了生财之道，开发小区里有大量的外包小工程，不需要招投标，要求标准都不高，对于他来说，都是小菜一碟。

工地预算员正在工地上比画着搞预算，章喜上来问："这又搞附属工程呀？"

"一千米下水道，口径有两米、一米、五十厘米的，这个简单，一般瓦工就能干的。"

"这个预算多少钱呢？"

"大约三十万块左右。"

章喜吓了一大跳，水泥管两米口径的才两百块钱一只，一米口径的才五十块钱，五十厘米口径的才二十块钱，水泥、黄砂、石子、人工，加起来也不要十万块钱，什么都框在内算一下，二十万块拿下还赚钱。他心想，这得抓紧找葛镇长呀，他可是我大救星，这事要成了，买房那个账就还了。

章喜赶紧打电话找章超说了这事，章超问："你有把握吗？"

"这个对于我来说，小菜一碟。"

葛镇长是个厚道人，他也清楚章喜家庭负担重，但他为人很好，又能做事，能成事，也就把这事交给章喜做了。

大约一个月时间，下水道工程就结束了。葛镇长说："你这工程量很大，也不赚多少钱，这样吧，我先付你材料款二十五万。"

章喜高兴地说："葛镇长，您帮了我大忙。材料款就给我二十万，剩下那个十万，你就给我办手续抵房子钱吧！"

葛镇长笑笑，说："你就应该借钱买房，要是没有这个压力，你现在能赚到这十万块钱吗？"

章喜开心地笑了。

年底，章喜将房子简装一下，让小许和孩子到县城过年，将母亲柳兰也接来。

小许说："我住在县城这房子里，一个星期都觉得不真实，怎么想着这房子都不是自家房子。"

柳兰笑笑说："我第一次坐这马桶心里突突直跳，连屎都拉不下，后来我偷偷跑去运河边上，找了一片柴地，才拉了屎。"

小许连连点头说："乍进城里，什么都不习惯。"

又一年秋，章喜的二儿子章碧从部队退伍了，县城有了房子就好办了。章超帮他找了份驾驶员工作，年轻人恋爱谈得就是快，两三个月就要求结婚，这时，小许和章喜才深深地叹了一口气，说："幸亏听老二的话，在县城里买房子呀！"

儿子媳妇的生活方式与父母永远不会走在同一条道上，这时候，章喜就想到了再买房。他就主动找葛镇长，又签了一份《购房协议》，这时房子已经卖到十三万，还是内部价。有老家人找到了章喜，听说他在县城房地产工地上做事，托他买房，人家孩子要结婚，两下一谈，就将自己刚签的一套房子十八万给卖了，转手赚了五万。

安置小区结束了，又开发另一工地，章喜就去了新的工地。从此他就学会了如何做小工程，如何搞房产小中介，哪年收入都是大十几万。

现在，章喜虽然快要退休了，但工作干劲不减，恨不得没有黑夜，在县城里已经有三处住房，儿子媳妇都有份好的工作，平时还能照顾照顾老母亲，过着上养母亲，下抚孙辈的寻常生活。他经常骑着电瓶三轮车回到乡下，回到老家，与同龄人喝上几杯小酒，胡侃一通，再回城上班。

第十六章

我相信你

2008年，是一个多事之秋。S市的医改牵动了全市的神经，引起了中央高层的关注，当政者肆意妄为，不顾民意，不顾基层死活，执意将"卖医"作为自己的政治赌注，做了贻害民众的缺德工程，被牢牢地钉在了历史的耻辱柱上。

把医院卖光，马上问题频出，闹得不可开交，全民义愤，内部矛盾十分突出。原有的卫生局长被告状信淹没了，此前已有三任局长不明原因被拿下，下一任的任命就轮到了章超。

章超正在县城镇的办公大楼里，与赴台刚回大陆的夏书记研究城西片区的开发事宜。秋天的午后尽管令人精神疲乏，昏昏欲睡，但压在肩上的担子告诉章超，新的任务必须抓紧落实，因为西片区已经从县城总体开发计划中单列出来，交给县城镇组织开发，章超作为一镇之长、法人代表，当然觉得重任在肩，时不我待。

一阵急促的电话铃声响起，章超拿起座机上的电话，一听是县委组织部干部科长："请你抓紧到县委赵书记办公室谈话。"

"谈什么话？"

"调动！"

"调哪去的？"

"你来了就知道了。"

刚放下电话，夏书记也接了一个电话，还没等章超反应过来，只听夏书记问："怎么那么突然，叫你到卫生局做局长？"

章超一听，夏书记说的话肯定是县主要领导与他通了气，他皱了皱眉头，叹了口气，说："是呀，也没有迹象，也没听说干部要调整呀？"

夏书记紧锁着眉头，说："那就抓紧准备一下去书记那里谈话吧！"

赵书记和组织部房部长已经在书记办公室等呢。

房部长笑笑，说："刚才开了常委会，决定你去县卫生局任党委书记、局长，这个职务是一个更具挑战性的岗位。这次你的职务调整，我们组织部一改过去的先提名、再考察、后召开常委会的方法。因为卫生局长这个职务，你应该了解，前几任都因群众上访、职工告状，内部矛盾激化而退出岗位，四年时间换了三位局长，但有一个共同的结局，那就是都败在了人民来信上，而人民来信反映的大都是男女作风问题和经济问题。因为卫生系统女同志比较多。当然，有的是事实，有的是假的，组织、纪检做了调查，该澄清的也都澄清了。事情虽然澄清了，但这个职务也就干不了了，因为影响出去了，也就没办法再在这个系统待下去了，这样会影响到工作的开展。这次卫生局长职位没有预备人选，就是将所有正科级领导干部，包括乡镇党委书记、乡镇长、机关正职一把手，共计七十六个人的名单都拿出来，打印给九位常委，还有人大主任、政协主席共十一个人。每人只在一个人名字前面画勾，等于是常委会集体进行推荐，不提名，不考察，看谁的得票最多，就决定由谁来做这个局长。十一个人参加投票，你得了九票，有的人是一票，大部分人是零票，最后，常委一致同意，由你任卫生局党委书记、局长。"

房部长笑笑，点了点头，望望赵书记，赵书记就接话说："房部长都说了，常委会研究决定你去县卫生局主阵。我想，这是县委对你的信任。你也清楚，为什么会在这个时候因为一个卫生局长的位置单独召开常委会研究这个事，就是因为全市全县的医改遗留问题太多，积重难返，内部矛盾复杂多变，职工进京赴省到市集访频繁，已经引起了中央高层的重视。加之医疗卫生系统人多事杂，卫生局长像跑马灯一样，上来一个倒下一个，而这些倒下去的，客观地说，大部分不是个人因素，四年时间倒下三位局长，并且这三位局长都是因人民来信告状，被纪委立案查处，不得不离开这个岗位。医疗卫生系统是知识分子成堆的地方，常委会票决，十一个人中竟然有九票投给了你，而参与票决的候选人有七十六人，我估计，起码有相当一部分同志是看上了你是一位知识分子，又有丰富的工作经验，经历了好多个工作岗位锻炼，个人素质很高，能接任好卫生局长这个职位。眼前，医疗卫生系统有两大难事摆在面前，非常棘手，而且刻不容缓。一是要快速处理这个系统因改制造成的上访和闹访，进京赴省上访问题，这个势头摁不下来，全县的工作就会直接受到影响，工作再有成绩，信访一票否决，全县人民干什么都是白干，吃多少苦都是白吃。二是果断处理医患纠纷频发问题，最近全县的医疗系统已经有十一起医闹，拉横幅、摆花圈，在医院设灵堂、烧纸、闹事，出现了医院不敢接收病人的现象，这样就会出现恶性循环，医患之间矛盾越来越深，医患纠纷已经成为一种社会病，变成了不治之症，全国都在蔓延。中央都召开了严查医患纠纷案件的会议。你接手卫生局长，是在危急关头，跟那次去裴乡保庄圩救火一样，县委心中有数，你是不会吃亏能干事、会干事、干大事、不出事的好干部。"

房部长亲自送章超去县卫生局报到。卫生局在解放路的一个小巷子里，一二三楼是卫生局，四五六楼是民居商住房，大部分住的是医疗卫生系统的老干部、老职工。

房部长踏入会议室，深深地叹了一口气，说："这哪像个局机关呀！我原来认为，卫生局应该是一个漂漂亮亮、大大方方、干干净净，甚至还是个鸟语花香的好地方……"

章超叫来办公室主任，安排局级机关人员迅速来开会。

半小时过去了，会议室里挤满了人，但三三两两还大呼小叫着，椭圆形会议桌上烟头烟灰到处都是，一次性茶杯里有半下烟头，发出恶心的臭味。那些知识分子们都自己带着茶水杯滋滋咂咂地喝着茶，相互之间递烟点火，旁若无人。

房部长问："你们领导班子呢？都给我站起来！"

这时有七八个人缩在几个边角里，和那些人一样，有说有笑，也不顾什么县里来人。

房部长说："都坐到前面来！"

可前面都已经坐上了人，也没人让位。

房部长又说："前面这一排往后坐。"

还是没人动，反而有几个人转过脸向后，将屁股朝着主席台。

房部长一气，说："这是你们章超局长、党委书记。"

会场里没有任何其他反应，仍然是保持着说说笑笑，打打闹闹，原生态不变。

章超将桌子一拍，说："办公室张主任，给我拿几张纸来，愿意干的在这张纸上签字，不愿干的滚蛋。不愿干的人等一会就留下来办辞职手续，连夜交接，明天我不希望再看到你们！"

张主任拿来了一叠白纸，放在桌上。

章超喊："来，从班子开始，过来签字的表明你还想干，还想干的就要给我好好干，等一会开会安排工作，不签字的，我说过了，请你给我滚蛋，有多远给我滚多远！正好，县委常委、组织部长房部长在这里，他是代表县委分管干部的。"

大家都来签字，签字以后，都规规矩矩坐了下来，但有两个人没签，一个是"二金刚"，一个是"死木头"。

"二金刚"是部队转业的驾驶员，与前三位局长都是冰火不投炉，尿不到一壶，吃不到一桌，专门对付局长，让全局上下佩服他的勇敢。他最拿手的事情，就是手里捧着发票，在厕所碰到，就叫局长在厕所给他签字，在门口碰到就在门口叫局长签字，不签字就拽局长的衣领，大叫大骂，"你信不信，老子整死你！"

"二金刚"的哥哥是当年全县"八大金刚"之一，他这"二金刚"是自己封的，让别人叫他，显示他的威风。前几位局长都被他给骂过，其中一个局长被他骂过第二天就去县里辞职了。他骂这局长说："去县医院挂水，手插在护士的腿裆，还叫护士把奶子贴在他肩上。"这闹得医疗卫生系统没有人不知道这个局长太好色了，其实呢，这个局长真是很本分的一个人，但谁能经得住这样糟蹋呢？

另一个是"死木头"，听说他耳朵有点聋，只要你安排他做事情，他一点儿也听不到，聋得实心了，但要是发福利，他的耳朵比谁都灵通。他整天就在办公楼上转，看哪里有好处，听领导的传闻，添油加醋往外讲。只要听说单位来人，安排在哪个饭店，他就去做逼墙鬼，说领导不廉政，吃群众的肉，喝老百姓的血，他就变成了群众英雄，为大家代言，写告状信。

这两个人不签字，其实就是明挑。而那些签了名字的，当中也有在打迂回战术的，是认为自己聪明，不吃眼前亏，走一步，退一步的狡猾奸诈之人。

章超见大部分人已经签了字，起码说表面上还是配合的，没签的两个人，站在明处，那也没关系。章超对房部长说："您先回班上，我有事就及时汇报。"

房部长当然恨不得一下子就离开这个鬼地方，房部长点点头："章局长，你放手干，县委会全力以赴支持你的工作。"

留下人员，章超只说了几句话："你们这些同志都还愿意留在这里工作，下面请陈副局长把当前工作安排一下。明天上午，我到每一个人的工作岗位上去看一下，看看你们落实工作的进度和质量如何。请办公室把各科室的工作职责、今年的工作任务清单给我拉一份。明天开始，把整个医疗卫生系统的工作放在检察院和县纪委的监督之下开展，我会连夜向县委书记汇报，请县委派工作组，这个工作组就包括检察院、纪委，跟踪督查工作，更重要的是发现违法乱纪行为，有一起查处一起。当然，也包括阳奉阴违、消极怠工、无视领导、占着茅厕不拉屎的佛系干部职工。"

章超小黑包一拎，走出了会议室，办公室张主任将局长办公室打开了，里面很凌乱。老局长上午刚搬走，还没来得及收拾，张主任正拿扫帚要清扫，章超冷冷地说："不要扫了，我也不会天天坐这里，干不干净也无所谓，你把刚才那两位'英雄'叫来。"

张主任眼珠向上翻了翻，轻声说："章局长，这两个货色，没人敢惹，你就先瞎糊弄着，过一阶段再说吧！"

章超知道张主任的好意，但今天下午这事，如果没有个说法，明天就无法开展工作，自己就会重蹈覆辙，前车之鉴，自必省之。章超冷静地说："张主任，你去叫，顺便告诉他们，处理不好他们，我明天连班都不会来上。我就朝县委书记办公室一坐，假如这个县没人能处理得了这两个人，那我也不是什么神仙。"

不一会，两个人昂首挺胸，手握茶杯，红赤着脸，将军肚子挺着过来了。身上的秋衫明显小了，连肚皮都露了出来。两人有点像兄弟，个头高高的，标标致致的，头大脸阔的，头发梳得齐齐整整，皮鞋擦得雪亮，走在大街上，谁都不会认为他们就是普通职工，而是流里流气、肮脏不堪的下三烂之流。如果与局长一起去哪里，人家肯定先跟他们握手，认为他们才是局长、副局长。

章超坐在椅子里，先问："你是朱主任呀，听说你耳朵不太灵便呀？"

没人吱声，"二金刚"笑笑，说："他是聋子，一点儿都听不到。"

章超冷冷地问："那你能听到吧？"

"二金刚"吐了一口水，嘴像是被杯中水烫着一样，嘴里不停地发出怪异的声音，点了点头，皮笑肉不笑地说："我又不聋。"

章超指指边上的椅子，说："你坐吧！"

"二金刚"还没坐，"死木头"却坐下了。

章超问："你不是听不到吗？怎么叫坐你就坐下了？"

又是"二金刚"嬉皮笑脸地说："他是看你说话口型的。"

章超冷笑笑，说："不简单，能看领导脸色，说明人性还没泯灭。"

"二金刚"心中有些虚，因为之前张主任对他说了，估计这次会动真。

章超说："明天检察院和纪委都会派人来，希望你们能积极配合。"

"二金刚"一听有点犯傻，忙说："章局长，我是良民。"

"死木头"眼翻得跟玻璃球一样，差一点就滚出眼眶了。

章超脸无表情地说："检察院和纪委是县委派驻卫生局工作组的成员单位，每一个人都是监察调查对象，但你们是重点。"

"为什么？"

"我们怎么是重点？"

"我们犯什么错误了吗？"

章超静了一静，说："县检察院和纪委明天来，会把我之前三位下台的局长讲话笔录，和以往的人民来信都拿过来，调查核实一些真实情况，特别是三位局长，仅仅干了四年时间，好像医疗卫生系统有一只黑手，网罗一群黑社会力量，专门捣散卫生系统，主攻目标就是卫生局长、卫生局领导班子。"

"死木头"手里的茶杯，端不住了，手发抖，赶紧放到桌上。"二金刚"的脸上还僵硬地留着笑意，但没一个人再说话。

房部长回到县里，把情况向县委书记、县长作了汇报，还没等章超请求派驻工作组，电话就来了，是县委办公室王主任："赵书记决定给你派工作组，你看看要哪些部门参加。"

章超将座机的免提打开："我只要三个方面人，公安、检察院、纪委。每一单位来几个人，我这里想先办几个，不能多，多了法不责众，要把那些长期在医疗卫生系统里的恶霸、赖棍、下三烂绳之以纪、绳之以法，当抓必抓，当判必判，坚决不能手软。"

王主任说："好！就按你的要求，书记要我转告你，一定要迅速打开局面，县委全力支持。"

"二金刚"听着听着，手里的茶杯掉了，幸亏他的肚子大，茶杯没滑落到地上，但水洒了一裤裆，头也低了下去。

章超见二人没了那股神气，说："你们回去吧，好好想想，明天怎么把这三个部门的领导也给办了，你们有本事把几位卫生局长给拿下来，就有本事把公安、检察院、纪委的领导也拿下来，当然还有我这个刚来的新局长。"

到了第二天，章超早早就来到卫生局，"二金刚"比章超来得还早。

章超打开办公室的门，"二金刚"就开始扫地、擦桌子，整理文件、打开水。

章超不与他搭话。正看一份文件时，传达室老余慌慌忙忙跑来，说："章局长，不好了，'死木头'女人刚才打来电话，说'死木头'抱着药瓶要喝药了，说是想不开了。"

章超问："老余呀，你告诉我这事干吗？这事与我有关吗？还是与卫生局有关？"

老余支支吾吾地说："'死木头'女人……好像是说……被你批评了……"

章超冷冷地说："老余，你如果很想帮人家传话，你就帮我也传个话，告诉他，组织上已经掌握他告黑状、纠集社会上不三不四的人、捏造事实、诽谤中伤他人，不是我能管的事了。下一步，他的主管单位是县纪委、检察院、法院、公安局。"

老余慢慢地退了下去。

"二金刚"讨好地说："这个'死木头'，就是不学好，他跟县城里四个黑笔讼师每天就给领导整材料，整个卫生系统千把口人，谁想出领导的气，就找他，花两千块钱，保证让这个领导下台。"

章超冷冷地说："你'二金刚'也不是什么好鸟，你以为你做那些事，别人都不知道？你将卫生局的一辆皮卡车弄哪去了？谁报的案？是谁偷的？"

"二金刚"朝章超面前一跪："章局长，那事不是我干的。我开的皮卡，我报的案，我也有错，你就放我一马吧！"

章超说："让我放你一马，也可以。但你必须给我站出来揭露'死木头'，他干了多少坏事，一样一样写出来，否则，这次你过不去这个坎。"

"我写我写，我现在就写。"

"你掌握他的所有材料吗？"

"你放心局长，'死木头'坐牢是铁板上的钉子。"

不一会，"二金刚"就鬼鬼祟祟跑来局长办公室，说："就这三条，包他去坐牢。"

"你反映的事情属实吗？"

"我负责到底，出庭作证都可以。"

章超一看，这个卫生系统，简直是藏污纳垢的大染缸。"二金刚"揭发材料：一是"死木头"纠集四名黑笔讼师为四十六名职工代笔，告假状，坑害已经下台的三位卫生局长，每一个人给他代笔费两千元，共收近十万元；二是偷卫生局皮卡一辆，卖给了东风修理厂，获利六千元，这是东风修理厂老板跟"二金刚"说的；三是将疾控中心快要过期、准备报废销毁的疫苗一千支，拿到外县亲戚那里，以五十元一支的价格，卖了五万块。

章超心想，先办了"死木头"再来收拾"二金刚"。当天"死木头"吃了安眠药还在抢救当中，就被检察院带走了，直接送到看守所，由狱医进行治疗，后来被判了十年有期徒刑。

"二金刚"像换了一个人，每天早来迟走，专门给章超整理办公室，还利用自己的人脉关系为章超了解卫生系统的一些真实情况。

"死木头"刚被带走，办公室张主任就气喘吁吁地跑来报告："中医院、县医院有几百名职工集中在县政府门前上访了。"

章超赶紧召集领导班子成员直接往县政府去接访。

县政府广场上乌压压一片，男女老少，散兵游勇，有人高喊：

"还我事业编制！"

"还我们公立医院！"

"按照国家干部发我们工资！"

"给我们交事业保险！"

"给我们按事业人员待遇退休！"

"给我们兑现职称工资！"

"把老板赶出公立医院！"

"打倒医院资本家！"

"我们不愿做奴隶！"

分管卫生工作的李副县长站在人群中间，用小喇叭大喊："你们这样是违法的，你们这是公开有组织闹事，妨碍国家机关工作秩序，现在从你们当中选派十个代表，到信访局去谈话，其他人都回到工作岗位上去。"

李副县长是位中年妇女，白白的四方脸上挂着几粒豆大的汗珠，由于偏胖，喊着喊着就有点上气不接下气，只有停顿下来，她停下了，上访的人就大喊：

"我们违反哪家法律？你们卖医院符合哪家法律？"

"你们凭什么把我们干部身份给撸了？你们为什么不把县政府给卖了？"

"我们一来找说理就是闹事，你们人民政府是干什么的？不是给我们这些老百姓做事的吗？"

"我们妨碍什么秩序了？你们这些不吃人饭、不干人事的东西，把医院卖了，都成了资本家的傀儡，一个个还人五人六的样子，只知道跟我们老百姓狠！"

"我们全是代表！谁也代表不了我们！"

章超挤到李副县长边上，李副县长点点头，将小喇叭递给章超，说："正好，你来了，这事就交给你了，人员必须迅速驱离，否则你要负全责。"

章超心想，你这个李副县长，也不能盛气凌人到这种地步，医院是你卖的，你凭什么遇到事情就甩锅，一推干净，还要我全权负责？

章超又想，几百口人围堵县政府，这事的确影响不好，妨碍政府工作不说，领导之所以把卫生局长这个职位要我来干，也就是因为医改闹出了大麻烦，把原本安安静静的医疗卫生系统捅了个马蜂窝，收拾不了残局了。

但面对眼前的被动局面怎么办？跟着章超来了一班人，都摇头，甚至有的人叽叽喳喳地说："让他们闹，大闹大解决，小闹小解决，不闹不解决，我们又没这个权力答复他们条件。光叫我们维稳，问题摆在那里，今天人散了，明天还会来，县里不处理，有可能去市里、省里，直至去北京上访。"

"关键是千把口事业编人员，转眼就没了身份，转成了企业，什么待遇都降低了，给谁谁都会闹！"

"叫我们来有个球用？又不是我们卖的医院。"

章超一听，卫生局领导班子都这样想，事情还怎么处理？

章超用目光瞅了几个人一眼，喝道："你们是吃哪家饭？这就是你们解决问题的态度吗？你们是息事宁人，还是火上浇油？李副县长走了，你们有本事为什么不当她的面说？现在也可以去说呀，让她把你的意见带给书记、县长！"

领导班子几个人闭住了嘴，但也不做上访人工作，就是你望我，我望你，相互望着，像是观战团。

章超心想，难怪这个医疗卫生系统会烂到这个地步，原来是从心里开始烂，像苹果一样，摆在那里，远看还是一个苹果，殊不知里外都已经烂透了，只有一层苹果皮给包着。

随着人仰马翻，现场失去控制，特警车鸣啦鸣啦地开向了县政府，不一会，上百名特警披盾操戈，准备抓人。公安局史副局长走了过来，说："章局长，现在你就一声令下，我们就抓人。"

章超苦笑："我都能指挥公安局啦？"

史副局长也笑笑，说："我们全听你的。"

章超举起小喇叭高声喊话："大家都给我听着，我是刚上任的卫生局长章超，还没来得及走到你们中间去调查了解情况。现在，大家既然已经来到县政府，目的就是讨要说法，公正处理医改遗留问题。我想，我作为新任局长，内心和大家一样，想把这事有个满意的处理，但处理事情不能用现在的这种方式。你们已经做出的举动，我能理解，将心比心，以心换心，假如我的家人，被医改一下子撸掉了原本有的待遇，我也不高兴，也不会坐视不管，甚至也会出现在今天的场合。事情是处理得了的，不是闹得了的。现在请大家到信访局去，到了信访局我们成立一个谈判小组，今天我诚心实意地和大家站在一条线上，想方设法把你们的诉求反映上来，并用真心实意与政府交涉，来保证达到你们的预期目的。但所有这些，都必须建立在一个条件之上，这个条件就是大家必须听我的话。"

这时，大家一听章超说的话，是站在上访人这一边，有人就起哄。

"什么鸟公安，动不动就要抓人。"

"这个新来局长还说点人话。"

"他说的没错，事情是处理得了的，不能闹事，闹事公安就有理由抓你。"

公安局史副局长见乌压压人群都向信访局涌去，问章超："章局长，人不抓啦？"

章超笑道："抓人要是管用，这些问题不早就解决啦？"

史副局长笑笑，说："让我们放空车回去，没有成就感。"

众人一听史副局长说这话，齐喊："呦……这个史局长真屎一泡，说话怎么这么臭！"

到了信访局门前，章超喊话："你们考虑一下，推选十个代表，其他人就在外面等候消息，不愿等候的也可以回家等消息，你们要相信这十个人。"

不一会，大家就推选了县医院六个人、中医院四个人。

信访局椭圆形会议桌坐满了人，有县委办、政府办、公安、信访、卫生、人社局、财政、职工养老保险处等单位负责人，章超作为主要接访人，其他人都是听会的。

十个群众代表分别发言，他们集中提的问题是：原来事业编制的职工，一夜之间身份性质就没了，待遇就降了，变成了企业性质人员，养老保险也按照企业人员上缴，已经有人在办理退休手续，而退休按企业人员，所拿的退休金只有事业人员的三分之一，等于是白干了一辈子。

现在进这两家公立医院的职工和其他民营医院的都是一个样，即便是学科带头人也没有事业编制，谁还想留在这个医院干？

自从改制以后，两家医院的骨干医生大都已经流失了，这样就毁了原本好好的两家公立医院。

自从改制以后，医院的病人大大减少，群众的信任度越来越差，老百姓看病都去了省城。

章超让卫生局的班子成员也都说说想法，可这些人大部分说的都是牢骚话，说公立医院就不应该推向市场，公立医院是全县人民的守护神，一改了之，问题频出，政府变成了缩头乌龟，改出了问题，让卫生局揩屁股。

章超冷笑道："卫生局是县委、县政府的儿子，儿子给老子揩屁股，那不是应该做的事嘛！"

这时，机关的同志都笑了，群众代表也笑，但卫生局的少数同志就不高兴了。有人说："县委、县政府屁股一年到头就没干净过，所有部门都挤着跟揩屁股，可那些拿便纸的还不都是一把手，也轮不到其他人揩呀！"

章超拍拍桌子，说："怎么说说就下线了，今天要讨论的问题是如何处理好医改后遗症问题。"

有人说："这是癌症，是不治之症。"

"谁都治不好，除非恢复公立医院性质。"

"一切推倒重来，赶走资本家，还医院公立。"

章超冷笑着说："看来，医改问题一直得不到解决，问题来自很多方面，与我们内部也有很大关系，我想这个问题在下半年党委民主生活会上我们再说。"

章超点了一支烟，说："我想谈谈我个人的看法：首先，医改是省市的要求，县里只是执行者，有的人要把整个事情弄个底朝天，恢复公立医院性质，赶走出资人，这些都是不现实的，也不是处理问题的积极态度。我们职工只关心自己的利益，至于医院是公的，私的，都没有关系，只要不影响两个方面收入就行。一方面是退休收入，这一点就要谈到养老金怎么交的问题，退休手续怎么办的问题；另一方面，就是工资收入，这个工资收入不能比改制前少，只能多，只能往上调。"

这时，群众代表议论纷纷。

"这话不假，医院是公的、私的，跟我们没多大关系，只要能满足我们这两方面收入就行。"

"这个话说到点子上去了，我们就是关心自己的待遇。"

"如果能保障这两条也就行了。"

"特别是退休金，干了一辈子，都是按事业编制交保险，退休时却按企业待遇，少拿三分之二的钱，这状告到联合国也不能让步。"

章超见群众代表都比较激动，就接着说："你们考虑一下，我们能不能这样，按照老人老办法，新人新办法的原则来执行。就是以前是什么性质就什么性质，也就是说改制前是事业编制，现在还按事业编制调工资、发工资、交保险、退休，这就是老人老办法。原来是企业编制还按企业算。从改制以后进来的同志，那就全部实行市场化，那是你们与用人单位之间协商的事，这就是新人新办法。"

群众代表齐刷刷站了出来，给章超连连鞠躬，说："这样太好了。"

"我们要的就是这个！"

"这样谁还闹呢？"

"如果能这样，我们确保做好大家工作。"

机关和卫生局参加会议的同志一致反对。

"不可能！"

"这还叫改制吗？"

"这跟推翻重来有什么两样？"

"这不是增加政府负担吗？"

"这不是打县委、县政府的嘴巴吗？"

"这就是顺着上访人的思路处理问题。"

"这是与政府唱反调。"

"这就是走回头路。"

章超拍了拍桌子，说："我们处理问题，如果远离信访人，那还叫处理问题吗？那不就是激化矛盾吗？张主任，把我刚才说的用老人老办法、新人新办法的原则处理化解全县医改遗留问题的方案，形成处理意见，以卫生局党委的名义向县委、县政府报。下午把报告给我，明天我就给你们十位代表传达县委、县政府的审批意见。明天上午九点前，你们直接到卫生局党委会议室等候。散会。"

会虽然散了，等候在信访局门前的上访人都还在等消息，一听章超处理意见是老人老办法，新人新办法，一下子就炸了锅。

"太好了，想不到还有这样好干部，还以为都是一窝老鼠屎的。"

"这样太好了，退休能按事业编退，我们就没有什么经济损失了。"

"告三四年，终于有个好结果了。"

"这个新来局长，还真跟以前的局长不一样。"

"这个听说也是老农民的后代。"

"吃人饭长大的人都会这样处理。"

参加会议的各部门人员议论开了。有人说："这个局长，就是为了把问题处理了，出卖县委、县政府，不顾国家利益。"

"等着这个章局长被县委、县政府领导批吧！"

"他一上来就给县里出了这么大难题，全市医改，人家都顶住了，我们为什么要开这么大口子放水？这是抽县里的梯子，我看他是干到头了。"

"选来选去，选了这么一个卫生局长，狗屁不通，上来就是老人老办法，新人新办法，我看他是找死。"

章超怀揣卫生局党委红头文件直接找到了县委赵书记。

赵书记听了章超汇报，点了点头，笑笑，说："这也不失为一种办法，医改了几年，也就告了几年的状，一直是个不稳定因素，也该有个了断了。章超我问你，你的这个老人老办法，新人新办法，估计处理效果会如何？"

章超笑笑说："我这是在充分调查、座谈、了解的基础之上，并充分征求了上访人的大多数意见拿的这个方案。"

赵书记紧皱了一下眉头，说："但还有一点，就是全市都在告，但没一家出台这样的政策，假如我们出台这种政策，市里会不会反对，还有其他几个县区会不会有不同反应。"

章超说："赵书记，我们县的医疗体制改革是最彻底，也是最迟的，反应也最强烈，我们能拿出解决问题的办法，只要上访的群众能同意，稳定下来，这不失为一条经验。市里弄不好还能在全市示范推广呢，其他县区怎么弄，是他们的事，但他们也还在告呀，迟早还得有个办法来化解，有可能，他们会借鉴我们的做法。"

赵书记笑笑，说："你上任短短两天，就遇到这样的事，真是难为你了，但没办法，这是困扰县委、县政府几年的缠头事情。"

章超笑笑说："县委对我的信任，我不能辜负。"

赵书记叫来县委办主任，说："通知五点钟常委会，章超你列席一下，把这个事详细向常委会作汇报。"

章超点点头。

想不到，章超的这个方案在常委会上很顺利地就通过了。

赵书记最后说："章超的这个老人老办法，新人新办法是建立在充分调查研究基础之上的，我们的工作就是要实在，要与群众紧密联系。既然是处理群众问题，我们就不能离开群众去靠想象。这几年来，因为医疗改革，我们召开了多少次会议，研究过多少个文件，可到头来，还是上访，并且越访人越多，越访越升级，进京到省，我们有上百人被登记，酿成了多少不该发生的事情。希望通过老人老办法，新人新办法，把这个问题，做一个彻底的了结。"

第二天，群众代表一听章超传达县委常委会精神，同意按老人老办法，新人新办法处理医改遗留问题，都笑了。

"还你有办法。"

"几年的事情，一天时间就让你给处理了。"

"这样，我们的收入和退休就没什么影响了。"

"幸亏你来做局长。"

"以后，你遇什么问题，就找我们几个人，不好办的事，我们来办。"

章超笑着说："谢谢你们！"

医改遗留问题处理大会正在卫生局会议室召开着，办公室张主任急告："县医院出事了，一个缺钾病人死了，正在闹事。"

章超对陈副局长说："你传达县常委会精神，把县里的批件复印给大家，这事就这么办，散会直接到县医院去，请医政科胡科长抓紧带人去县医院，我去办公室吃一颗降压片，马上到。"

秋天的苏北大地，阳光暖和得像一团棉花，照在人的脸上，温柔舒服，如果没有医患纠纷困扰，章超还真的认为自己是个神仙，刚踏进县医院大门，跃入眼帘的是一条幅"XX，永垂不朽！"

再看两边楼房墙上到处张贴着："严惩杀人犯！""血债还用血来还！""还我丈夫生命！""严惩杀害我父亲凶手！"

再往里走，住院部大门前已经设立了灵堂，到处散落着冥币，烧纸盆里冒着阵阵青烟，哭闹声在医院上空回旋，看热闹的人数以百计，个个义愤填膺，人人喊骂："这个医院就是杀人场。"

向左是一条通往手术室的通道，已经被患者家属强行占领，放满了租来的被褥。向右的一条通往传染病区，传来咣当咣当玻璃被砸碎的声音。

章超问："你们医院闻院长呢？"

有人说："拎包跑了。"

这时人群中有人说："医院卖给老板，老板只负责数钱，哪里会顾及病人？有钱给你看病，没钱请你滚蛋。"围观的人群开始起哄，"打死这个姓闻的狗老板！""狗老板滚出医院！"

章超问："谁在医院负责？"

有人说："找颜副院长吧！"

这时颜副院长慌慌张张跑来，拉着章超的手，急燎燎地说："眼下最要紧的是，一个护士被他们关了起来，还有就是一帮人正在打砸抢，医疗秩序全乱了，没办法开展工作。"

章超冷冷地对跟来的张主任说："到颜副院长办公室会商，迅速通知公安局史副局长增援，请县信访局同时派员参加。"

章超又问："死者是哪里人？"

有人答："高乡人。"

章超又对张主任说："通知高乡分管领导过来。"

就这样，由信访、公安、卫生、医院、高乡、死者亲属六方组成的处理小组很快成立。

先是召开一个协调会议，明确一下分工。

章超说："这样，先分一下工，请卫生局与市卫生局联系一下，对这起因缺钾死亡的事故进行鉴定，分清医患双方各自的责任，并拿出处理方案。请公安部门负责：一是解救人质，护士被患方控制，这已经是刑事犯罪，必须毫不留情抓人，要严审严判；二是对打砸抢一事立案调查，对全部参与者一个不留，要全部抓捕归案，并清算损失；三是迅速恢复医疗秩序，清除所有花圈、横幅、灵堂、冥币，对蓄意在医院闹事人员，有一个抓一个，除了死者的妻子和孩子，其他人员限定时间半小时驱离，不走的逮！请信访局的同志做好信访稳定，按照信访条例靠前协调处理。请高乡来的同志协助信访局做好安抚、稳定工作。总而言之，我们要本着三条原则底线。一是对事情的本身负责，那就是实事求是，看责任大小，医院在看病治病上存在哪些缺陷，应该承担多大责任，这个不由医院说，要经过技术权威鉴定。死者家属，也不是想干吗就干吗，任何东西都有价格，打坏一块玻璃，你就要赔一块玻璃，谁闹事抓谁！第二条原则，就是对死者及其家属负责，人已经死了，到底死因是什么，医院该承担哪些责任，我们会弄清楚，给你们一个明确的交代。但你们要把握底线，人死了，难免悲痛，伤心，但你们不能是非不分，闹事的所有代价最终要你们家来承担，说得不好听一句话，他们去坐牢，恐怕送饭都是你们家。第三条，对医院负责，医院是社会公共资源，是大家的生命保障，保护医院就是保护大家的生命安全，这方面，请公安部门不要手软，有一个破坏行为就抓一个。以上说的，大家看看，有什么不妥，还有什么补充的。"章超点了一支烟，喝了口水。

公安局史副局长说："坚决执行，现在就组织一百名特警开始抓人。"

其他人都还没发言，死者的大哥王斌就慌慌张张地说："算了，不闹事了，我们走！"

章超拍了一下桌子说："走什么走？事闹这么大，医院一天要接诊一千多个病人，营业收入上百万，又砸了那么多东西，还关押了我们一名护士，社会影响这么坏，你要闹就闹，要走就走了？史副局长，给我把两方面的人先抓了，一是关押护士的人，一是打砸抢的人。"

史副局长把帽子一戴，桌子一拍："走！抓！"

一百名特警像一张网在县医院里撒开了，大约半小时工夫，就抓了十一个人，其中两名是中年妇女，这两个女人就是将女护士关押在住院楼三楼储藏室里的。她们关押护士的理由是，死者缺钾死亡是因为喝水，没有坐起来喝，平躺着喝的，当时是这两个女人在边上，一个是死者的妹妹，一个是死者的表妹。她们把水给患者喝了，患者被呛咳得厉害，护士走了过来，一问，说："谁让你们这样喂他水的，缺钾病人喝水要坐起来！"而后迅速组织抢救，不一时，患者倒气，翻白眼，慢慢地断气了。

两个女人见自己惹了祸，就怨护士没早说，可护士说："我也不认识你们，我哪知道你们要给他喂水呢！"

这两个女人一错便成千古恨，就为这事，被判了三年有期徒刑。

被抓的九名壮汉认罪态度较好，并同意平均每人赔偿医院经济损失1700元，被刑事拘留了半个月，取得了院方的谅解。

患者死亡后，家属在医院私设灵堂，造成不良影响，同意公开检讨，通过电视台对全县公开亮相，承认错误，向全县人民道歉，院方给予了谅解，并对死者的去世给予五万元的安葬费补偿。

省卫生厅疾控处周处长说："章超是一个能够把复杂事情简单化的一个不同寻常的人。"

第十七章

潮声

赶鸭子

一朝天子一朝臣。小县城也有小县城的政治生态，章超把一个医改医闹盛行的全县医疗卫生系统理出了头绪。医院正常营业，职工如常工作，内部人员按规则流动，病人按病理正常进行转诊，健康有序的工作局面刚刚打开，县委、县政府主要领导的交椅上就已经换了人。领导的最大权威，就是把各单位一把手从这里调到那里，从乡下调到城里，从城里调到乡下，从经济部门调到宣教部门，从政工部门调到城建城管部门，把这些人像鸭子一样赶着，从左向右，从高到低，从上到下，赶着玩，那叫一个爽快。这就是政治上所说的人事权，一个领导如果不会"赶鸭子"，说明你这个领导没本事。假如一个领导执政一方，没有真正大规模赶几次鸭子，说明你这个领导根本不懂领导艺术，还不是一位成熟的领导。

县委下文密密麻麻，上面全是谁调这，谁调那，要宣读半天，要喝掉一杯水，才能从头到尾给念完，这就像一局棋，把每一个棋子都动上一遍，这样就下活了一盘棋，工作就会无往而不胜。当然，下棋时每一个棋子也不是随便下的，外人看来根本不能当大任的小卒，但偏偏就被当马使，当炮用，这也是领导的艺术，领导的风格。有的领导用人叫"反弹琵琶"，你越说这人不行，他越用这人。尤其是被上一任弄得快喘不过气来的，靠边站的那些人。后任来了，反倒把这群"鸭子"拎了出来，把"鸭子"身上受伤的羽毛梳理梳理，开始让他们大展其才。领导们最喜欢，也最得意的一句打油诗："说你行，你就行，不行也行。说你不行，你就不行，行也不行。"前任这样说是"行也不行"，到了后任就是"不行也行"。

也有上一任领导信任的那群"鸭子"，等到下一任上了位，这一群"鸭子"的岗位就要腾挪出来，就要遭受无名之罪，人变天变脸色变。

在县一级小政治圈子里苦干是没有出路的，实干也是没有奔头的，会干才是聪明的。

赵书记在位时某个乡镇长被撸了，成了落魄"鸭子"，安排在一个被权力边缘了的部门当个副职，后来连班也不上了，就在家里帮着老婆整鸭食。鸭食整了几个月，忽然有一天接到谈话通知，叫他到刚上任的李书记办公室谈话。李书记告诉他，去新乡做党委书记。这只落魄"鸭子"一下子就跪了下去，说"青天大老爷，老天终于睁开眼了"。

就这样，把一个县的政治生态变成了一个怪圈，不谋事专谋人，看着领导脸色做事，多年过后，"鸭子"被赶满天飞，并且有很多"鸭子"都病死了，有的还得了肺气肿，但江山依旧，除把孙子的地都卖了搞一点花架子工程以外，唯一留下的就是几代人都还不完的债务。

客死江南

章超也像"鸭子"一样被赶去了县水利局。水利局是个大局，但省水利厅已经约谈县里，主要原因是全县有一百三十多个国家级、省级水利工程项目没有验收。时间跨度超过十年，如果再不验收，国家除了停止拨付水利工程专款外，还要对当事人采取措施。

组织部门从档案中发现章超有应对"保庄圩"验收的经验，就把这事向县委李书记报告，李书记丝毫没有犹豫就答应了："让章超去水利局做局长呀！"

章超又一次被县委委以重任，每次被委以重任都是某个岗位上急需一名灭火队员。

章超谈过话，提着小黑包来到已经被拆迁办圈上大大红字"拆"的破旧办公楼上，屁股还没沾板凳，县政府办打来电话："接省水利厅紧急通知，要你现在赶往无锡跑马塘施工现场，处理一起死亡事件。"

章超头脑一乍，心想，完蛋了，怎么到哪里，哪里就有晦气事？

水利局办公室林主任来到局长室，问："章局长，省市水利部门都在催着你赶往跑马塘去处理死人事件。"

章超问："这个跑马塘死人为什么要我们水利局去人处理？"

林主任说:"听说这个跑马塘已经建了两三年,农民工大部分是苏北人,听说是竣工放水时从东海向跑马塘放水,民工过河,一个船上五个人都被淹死了,有四个是四羊县人。"

"真他妈晦气,来了还没喘一口圆呼气就接这个倒霉通知。"

章超又问:"为什么指名我去?其他副局长、副书记不是还有十来个吗?"

林主任笑笑,说:"省里是要求一名副县长去的,没人去,就叫你亲自去的。"

章超冷笑道:"把我信任得快受不了了。"

在前往无锡的路上,章超就通过多方查寻,最终与省水利厅在跑马塘现场负责问题处理的朱厅长打电话,详细了解出事的原因、出事人的具体情况。

出事的原因,朱厅长介绍得很清楚:"就是跑马塘工程竣工验收试水,打开黄海边上的节制闸往跑马塘下游放水,这个事情一周前就通知了,可这些民工就是不听话,从北岸到南岸来吃中饭,往下游走不到两里路就是一个便民桥,可他们偏偏就图抄近路,上了小船,没到河心,一股浪把船掀翻了,五个人全淹死了,你们四羊县四个人,是一个村的,叫民主村。"

"这几个死者叫什么名字呢?"

"姜立新、姜立柱、韩光辉、史硕朋。"

"朱厅长,你看这样如何?我先与地方政府联系,请他们配合,把死者亲属带到无锡跑马塘事故现场,共同商讨处理事宜?"

"章局长呀,听县里说了,你是一位有丰富经验的局长,你看能不能这样,先让他们直接到一个指定的宾馆住下来,我们再慢慢地把情况告诉他们,让他们提要求。"

"朱厅长,这样也行。但你们选择的宾馆必须就在跑马塘边上,不能远。"

"为什么?我们想安排在无锡市区,离那里少说也有上百里路吧!"

"那不行,死者家属是不会答应的。"

朱厅长叹了口气,说:"那就完全听你的吧!我安排定好宾馆,就发信息给你,我们工作组的所有同志就在宾馆等候你吧!"

在高速路上,章超已与县城镇取得了联系,史集乡后合并到县城镇的,民主村现在属于县城镇管理，县城镇王镇长迅速安排人员去民主村找史主任，把情况说清楚了，并要求由史主任亲自带队，死者亲属每家不超三个人，妻子必去，父母去一人，儿女去一人，由镇里出钱包车，委托史主任全权负责。

这样，史主任就与章超做了对接，章超告诉他，车直接开到宾馆，并统一口径，我们必须对死者家属负责，让他们放心，也要求他们一定要听我们的话，我们才是他们值得信任的人，要看我们的眼色行事。

史主任清楚，章超是老县城镇镇长，与县城镇老百姓有感情，也会替老百姓说话，史主任把心里话都对死者亲属说了。

死者亲属难免悲痛，农村人就这样，悲号哀伤，痛哭流涕，畅快表达，悲喜形于色，不讲究什么文雅拿捏。

史主任一下车就认出了章超，并上前握手，将车门打开。这时车内一片哭声，章超上前抓住两位老人的手，还没说话，眼泪就止不住往下流："各位乡亲，先到房间里休息一下吧！"

朱厅长是一位五十岁左右中年干部，中等偏上的个头，白净的方脸，头发花白，操着苏南口音，问："要不要每一个人一个房间？"

章超摆摆手，说："不行，一个家庭一个房间，并且是挨着的四个房间，史主任也住一起，把五个房间放在一起，我的房间在同一层楼上。"

朱厅长点点头，赶紧叫道："快，房卡，六间在一个楼层。"

安置好几个家庭的来人，朱厅长走进章超房间，说："马上下去吃饭吧！"

章超摇摇头说："这样吧，朱厅长，你们安排给四个死者家属的房间里送点热饭，顺便每个房间里送点面包和牛奶，不要让他们集中到一起，这样不利于做工作，同时，他们走到一起也容易物伤其类……"

朱厅长点点头说："就按你说的办。"

章超找来了史主任。

史主任是民主村的民选主任，五十岁出头的年纪，中等偏胖，黑乎乎的大脸，梳着标准的二八开发型，说话像小钢炮一样有力。他在地方很有群众基础，老百姓听他的话。

章超说："史主任，我也调查了解了一下，眼下，他们几家的工作怎么做，我想还是要依靠你。我主要起到上下联络的作用。你要紧紧地站在死者家属的立场上说话，我也是，但不能表现太明显。我与省水利厅之间沟通时，我们要有人唱红脸，有人唱白脸，只要能为死者家属多争取一点补偿，我不怕得罪省水利厅，但我们必须配合好！"

史主任点点头，说："章局长，我全听你的，老百姓那边，你叫哭，我就让他们大哭，你叫停，我就叫他们停。"

章超点点头，说："人死了，也只有多要一点补偿，安慰安慰活着的人，其他一切无济于事。"

章超在夜里与史主任到四个房间里想逐一走访，可只走访了一个房间，再到第二间、第三间、第四间里，全部是空的，没有人。章超问："史主任，这是怎么回事？"史主任也吓慌了神，心想，在这人生地不熟的地方，这几个老的老，小的小，他们能上哪去呢？

住在第一个房间里的是姜立柱妻子李继香，因为姜立柱的母亲一直在呕吐，孩子又太小，所以他们就一直待在房间。但姜立柱妻子说："好像听说他们连夜去死鬼出事地点了。"

史主任吓得直打哆嗦，只听他鬼叫一声："我的个亲妈呀，外面黑得一团漆，他们老的老，小的小，知道哪里跟哪里呀？"

章超也被吓得浑身冒汗。

春天的江南，夜风夹杂着细雨，使人不寒而栗，跑马塘的边上哭声四起，烟火闪动，凄惨的号划破了夜空，海上的船笛像快死的病牛发出呼啦呼啦的喘息声，跑马塘上的粼光碎片忽隐忽现，像是死者的灵魂在人世间做最后的告别。

"我的亲人嘞，你怎么这样狠心，丢下我们全家就走了……"

"我的儿子呀，要知打工能摺命，我就是饿死也不让你出来打工呀……"

"我的爸爸呀，苦命的爸爸，你怎么把命丢在了异乡，早知这样，就不来这江南打工了！"

"儿呀，从此妈妈再也看不到你了，你到底在哪呀？还能不能接到你从江南打回家的电话？"

章超手里的电筒在不停地抖动，史主任连忙喊："章局长，你注意脚下。"

章超说："史主任呀，这里真的很不安全，关键又都是老人和孩子，看看能不能劝劝，抓紧回去，我来找车。"

史主任说："不要急，让他们哭一会，谁家的顶梁柱没了都会着急，尤其是那几个老人，他们老来丧子，心里难受，让他们哭去吧！"

章超蹲在一老人身边，一边帮忙烧着黄表纸，一边问："大娘，您的儿子叫什么名字？"

"韩光辉，才四十三岁，年后过来的，才三个月，就死在这不睁眼的地方了。"

"您多大年纪了？"

"我七十一岁，老头年前刚去世，四个闺女，就这一个儿子，还这样短命……"说着韩大娘就泣不成声了。

哭了一阵，章超就问："您老人家有什么要求呢？""我就要儿子！活要见人，死要见尸。"

韩光辉的妻子林美霞是个四十来岁的农村女人，哭得死去活来，抓着坚硬的边坡，对天号哭，无法对话。

朱厅长一听工作人员报告，说死者家属都去了出事现场，当时就吓蒙了。他怕的是出事，因为跑马塘边上的配套工程正在做，出事地点地形比较复杂，河宽浪急。他被吓出了一身冷汗，赶紧出门，坐上自己的专车，紧急开往现场。在路上，朱厅长拨通了章超的手机。

"章局长，出事了。那几家的人去了事故现场，这半夜三更的，要是出现次生灾害就完了，跑马塘那个地方太危险了。"

"朱厅长，你放心，我就在现场，这些老人呀小孩呀妻子呀，刚死了亲人，找到故事现场大哭一场是能理解的。"

"那你辛苦啦，只要有你在，我也就放心了。"

"放心吧，你帮我准备一辆大车，或者两辆小车，我正做工作让他们回宾馆。"

章超又来到另一摊火盆前，一边烧纸，一边问："你叫什么名字？"

"戴玉兰，姜立新是我丈夫。"

"哎，人死不能复生，我一看你就是个明事理的人，这位老人是……"

"姜立新的父亲，七十三岁了，四十岁才有这个姜立新，中年得子，哪知道又老年丧子，现在他被儿子的死急得已经犯痴病了。"

"面对这一家老小，日子总还得过呀，眼下是要把死者带回家乡，安葬了，再开始新的生活。"

戴玉兰是四十岁左右的农村妇女，但长得很洋气，虽然穿着花格子春秋衫，但非常得体。即使已经痛哭了一场，但她漂亮脸蛋上的哀愁是挡不住的，她深深地叹了一口气，说："眼下，两个孩子读书，还有两个老人的生活，都是大问题。"

章超一听，戴玉兰能想到困难，而不是死死地纠缠死者本身的事情，就找到了一把处理问题的钥匙，这把钥匙，就能打开处理问题的铁锁。

"你是史硕朋妻子吧！"

"是的。"

"你叫什么名字？"

"胡彩兰。"

胡彩兰是一个不到四十岁的农村女人，个头不高，肤色暗黑，像是云贵一带女人，说话也不像本地人。交流起来也不顺畅。只听她大哭大叫："我要丈夫，我要史硕朋活着，我不要他死，他不能死，他死了，我没办法活啦……"

边上的老人死死拉着胡彩兰，老人是她的婆婆，婆婆也在七十岁上下，但婆婆显得干净利落，一边哭一边死拽儿媳妇，大声喊道："彩兰，彩兰，你不能这样，你这样，我这家就没了……"

章超拉着胡彩兰，一边拉一边喊："有困难我们帮你，但你要冷静。"

史主任大声吆喝："胡彩兰，你这样干什么？这样就能把事情处理好吗？你这样瞎闹下去，史硕朋知道了也不安心呀？你还想不想把史硕朋给带回去了？你要知道，这是江南，不是在家！"

朱厅长组织的两辆小车早就在边上等着，也看到了这个惨不忍睹的哭闹现场，他很清楚接下来问题处理会非常艰难。他作为这个项目的总指挥，代表着省水利厅，这是他的职责，他的心情非常沉重，肩上的压力也像山一样的沉重。

等回到了宾馆，朱厅长请章超来到他的房间，唉声叹气地说："下午，省委、省政府给这件事定性为重大安全事故，省长还有一个批示，要求事故调查处理要及时到位，处理结果要报省政府。"

朱厅长递一支烟给章超，又帮章超点上了火，自己也点燃了香烟，说："这事完全依仗你来处理，因为农村的情况，我们实在是不了解，也从来就没有直接面对农民处理过类似事情。"

章超猛吸了一口烟，说："朱厅长，您放心，我会全力以赴，只是要求你们一定要放权放手让我来处理。不过你放心，我不会冒大一尺，放弃原则地去迁就老百姓，但你必须让我好说话。"

朱厅长的目光里充满了对章超的信任与希望，说："既然信任你，就完全放手让你处理，我会搞好服务，搞好保障，但时间不能拖得太久。"

章超点点头，叹口气，问："你给我个时间、范围。"

朱厅长说："省政府要求十天内报结果，省厅要求一个星期处理到位。"

章超说："好吧！我尽早。"

朱厅长说："今晚就算了，旅途奔波了一天，又去跑马塘哭闹了半夜，给他们休息一下，明天开始正式工作吧！"

章超摇摇头："这事得抓紧。"

时间已经是下半夜，江南的黑夜给人以瘆人的感觉，也许是海边的缘故，空气中充斥着腥臭气味，章超回到房间，给史主任挂了房间电话，让他过来碰事。

史主任问："章局长，这事怎么办才好！"

章超说："这类事不能拖，最好连夜处理，速战速决，绝对不能拖，一拖就会节外生枝，我们身在他乡，要真的出了点什么事情，那责任全在我们身上。"

史主任点点头，说："这四家人都在屋里哭着呢。"

章超说："史主任，我问你，这四户当中，依你看哪个比较开明，能先做做工作，我们先易后难，只要啃下第一户，下面就有了参考。"

史主任说："戴玉兰，刚才你接触了，那个女人比较精明，也识大体。"

章超又问："史硕朋与你是一家吧！"

史主任说："是一个大家，堂兄弟，她家放最后，云南的女人不好交流，只要前三户定了下来，与她婆媳就好说话了。她不听，我可以硬着当她的家。"

"好！就这样，走，你把戴玉兰门给叫开。"

戴玉兰哄睡了小儿子，让公公也洗了脚睡下了。

章超问："老人家睡了没？"

戴玉兰点了点头，说："睡了，我给他用热水泡了脚，公公这人一闻汽油味就吐，耳朵又聋，不让他来，他就跟你拼。哎，我也想去一趟姜立新死的地方看一下，哪怕就望一眼。"

史主任说："算了吧，天黑得吓人，又风大，明天白天去吧！"

戴玉兰就哭，并且抽噎得很伤心，说："明天，一个老的，一个小的，我怕带他们去不安全，我这公公，话不多，但鲁拙，我怕他想不开，往河里跳。"

史主任连连摆手说："抽时间去吧！"

戴玉兰就一直哭，说："姜立新这辈子没过一天好日子，自打我来他门上，他妈就开始生病，几个姊妹长大成人，个个嫁了人，家中的负担一天比一天重，什么都靠他打这一点工……"

章超见戴玉兰这样哭得没法插嘴，就说："戴玉兰，现在我带你去跑马塘，但你必须听我话。因为黑夜里，又是河边，外面还下着小雨，不安全，你必须离河边远一点。"

史主任问："那我也去呀！"

章超说："我跟驾驶员去就行了，你看着他家一老一小吧！"

在去跑马塘的路上，章超就直接打开谈判的话匣，说："戴玉兰，我们都是苏北人，你要相信我的每一句话都是为你好！"

戴玉兰点点头。

章超说："王师傅你开慢一点，注意安全。"接着就对戴玉兰说："人已经死了，伤心是肯定的，没有人死了亲人不悲伤，但是，我们一定要清醒，那就是活着的人还要生活，你要让姜立新走得安心，那你唯一的报答方式是什么？不是悲伤哭泣，而是赡养好他的老，抚养好他的小。"

戴玉兰又哭哭啼啼地点点头。

章超说："要想赡养好老人，抚养好小孩，关键就是钱。眼下，你就必须面对这个不争的现实。按国家赔偿的标准，能尽量多争取一分钱都是好的，否则你一个年纪轻轻的女人，怎么挑起这么重的家庭重担呢？"

戴玉兰还是哭哭啼啼地不吱声，也还是连连点头。

说着，车就到了跑马塘边上，夜风夹杂着细碎的小雨，裹挟着烧纸的气味，不仅让人体寒，也让人心痛，几个年轻的生命就在此处终结了，但河水依旧向西奔腾不息。

王师傅从车上拿下了准备好的黄表纸，在一处高爽地方给点着了，戴玉兰跪地就喊："姜立新，我来看你啦！快快回来，跟我回家吧……"

一堆纸烧完了，章超拉了拉哭得死去活来的戴玉兰说："我们回宾馆吧，这里不能蹲时间太长，雨越来越大，风也越刮越猛，我们又都人生地不熟。"

戴玉兰哭了一会，抽泣着，就上了车。

章超说："我希望你哭了这一阵以后，头脑抓紧清醒起来，现在要做的事只有一样，那就是要点补偿，抓紧让你家姜立新入土为安，带好他的家人，把日子过好。"

戴玉兰叹口气，说："局长，想不到，你对我们这样好，我们农村女人，头发长，见识短，全听你的话。"

章超一听戴玉兰这样说，心中就有了底，赶紧问："你心里到底有什么打算？"

戴玉兰低声低气地说："我哪懂这些呀？我估计他们也不懂。"

章超说："这算意外事故，不可能按工伤事故处理，大约每家能赔三十万元，什么都在内，包括安葬费、老人赡养费、儿女抚养费等等。"

戴玉兰又说："去年春天，村东头吴三双儿子也是在苏南哪个工地从高楼上摔下来，给摔死了，好像是赔四十万。"

章超心想，你开口就好办，这四十万说明是你的底线。

章超说："我说的三十万，是因为事情发生时姜立新这几个人是在下班后，不是在工地上，也不是在工作时间里。而你说的吴三双儿子，一听就和他们不一样，他是在工地上，又是在工作期间，这是工伤。"

戴玉兰又哭了，说："这三十万能干什么？还不够还账呢，姜立新安葬光是一个墓地就要两三万。"

章超说："我会帮你们尽量争取，你撂一个实底给我，否则我不好跟人家说。"

戴玉兰低声说："最少四十万。"

章超说："那这样，如果谈好了四十万，就签订事故处理协议，明天上午就去火葬场，给遗体告个别，火化后，跟着就往老家赶，这样怎么样？"

"听你的，章局长，全听你的，我要把姜立新抓紧带回老家，不能让他孤魂野鬼在江南游荡。"

章超说："你能帮我做做其他三家工作吗？我指的是满足四十万这个条件基础之上。"

戴玉兰说："我能做做姜立柱家属李继香工作。"

"好！那就这样，你马上到房间先休息着，我去给省里工作组汇报，我先和他们谈，最后让你们与省里领导直接见面谈！"

戴玉兰连连摇头说："章局长，这个不要，我们不见这些人，我们认识哪一个呀？他们哪一个能对我们老百姓负责任呀？我们就听你一个人的。"

章超心想，这样也好，更有利于问题处理达成一致。

章超敲开了朱厅长的门，朱厅长已经洗了澡，穿着睡衣放了门，说："你还没休息呀？"

章超说："哪能睡得着呢，我带姜立新妻子戴玉兰去了跑马塘，烧了纸，哭了半天，刚回来。"

"真是太辛苦你了！"

"这是公事，没有办法，谁让我们都是水利一条线上的战友呢！"

"是呀，明天的工作有何打算？"

章超叹口气说："厅长呀，你看能不能这样，这几个死者都是农村人，又都是贫困地区的，在赔偿方面给宽松一点，这样我就好抓紧把工作给做了。"

"你的意思是？"

"连夜做工作，不能拖，我怕节外生枝，如果他们的老家再来人就麻烦了，一是没法管理，容易出问题；二是没法谈判，人多嘴杂，谁也不听谁的，那事情就复杂了。"

朱厅长一听，言之有理，不觉浑身发抖，赶紧披上衣服，说："你说怎么赔偿比较合适呢？"

章超说："就不能按他们要求来，他们一口价，每家一百万，这个明显不现实。"

朱厅长连连摇头说："不瞒你，下午都算过了，几户赔偿最多的一户是韩光辉家，三十八万零两千元，最多不能超四十万，史硕朋家才三十三万元。这个距离太大了，怎么可能谈得拢呢？"

章超说："江北农民都是困难群体，我们不能死抱这个条件去靠，假如只能赔这一点，这个事情估计在十天内处理不了。"

朱厅长问："那你说多少呢？一百万是永远不可能的事。"

章超说："能不能不按户分别计算，就是每一户给五十万，如果你能答应，我们现在就喊他们起来做工作，天亮前签好处理协议，明天上午就举行一个遗体告别仪式，明天下午就让他们各家抱着骨灰盒回江北去。"

朱局长大吃一惊，问："章超，你能保证，给每户五十万元，明天下午之前就处理干净吗？"

"是呀，那必须的。"

朱厅长穿好了衣服，说："你去房间等我，我来给省厅吕厅长报告一下，这得省水利厅班子共同担责，因为多出来的钱必须由省厅支出。"

　　章超心想，我管你谁出钱，钱给到位，这工作就算做到了位，老百姓也没理由不接受。因为戴玉兰的口气已经很清楚，四十万是底线，当然为受难的老百姓争取越多越好。

　　章超叫醒了史主任："史主任，我已经与省水利厅沟通，争取每一户五十万赔偿，刚才与朱厅长谈判了，这四户中按人口、年龄、收入计算，有一死者才赔三十万多一点，最多也就不到四十万，这五十万要省水利厅领导集体担责，多出来的部分省财政上没办法出，这部分由省水利厅出。但有一条，一旦省水利厅同意后，必须天亮之前把事故处理协议给签了，上午就去殡仪馆给四个死者遗体告别，接着就火化，下午就返程，上午他们会把四家的存单打好。这件事拖不得，一拖就会变，省厅如果不同意多给钱，走司法渠道，这事就麻烦了。"

　　史主任连连点头说："国家能赔这么多，他们没有理由不同意，再说了，如果省水利厅反扣，走司法渠道，他们上哪去要这钱呀？我现在就叫醒他们，这事故赔偿协议必须签。"

　　章超递了一支烟给史主任，说："抓紧做工作，时间不能拖。"

　　史主任首先叫醒了戴玉兰，戴玉兰一听史主任的话，马上就说："这事都亏了人家章局长，他为我们做主，我们没当上，也没亏吃，我同意，我第一个签，你把协议拿来。"

　　史主任说："那几户你也得帮着做工作，四户必须都签，否则人家省水利厅不会开存单的。"

　　戴玉兰皱了皱眉头，她是怕其他几户有怨言。戴玉兰说："史主任，你看这样，我签我的，他们要是主动来找我，我就说说他们，叫他们签了，不要把事情闹砸了。"

　　史主任找到林美霞："关于韩光辉死亡的事，省里已经算了赔偿账，三十万多一点，章局长找朱厅长商谈了半夜，最后定下五十万，但必须天亮前签协议。明天上午去看一下韩光辉遗体，跟着就火化，下午就回老家。"

　　林美霞先是愣了一下，问："这五十万是赔给哪个的？是给老的，小的，还是我的？"

史主任摇摇头，说："都在一起，一共五十万。"

林美霞哭了起来，说："这点钱还不够还账的呢，老的要治病，小的要上学，我的身体也不好。"

史主任冷冷地说："你这话就不中听了，你要是有几百万外债，人家包着你呀？幸亏有章局长在里面协调，拜爹爹托奶奶的，要不你才三十来万，随你吧！你先考虑着，反正天亮我带其他三户去殡仪馆，你们家留下来，单独跟省里领导谈去！"

史主任来到李继香房间，戴玉兰也在，她们正在说话，也是赔偿的事。

戴玉兰说："我们人生地不熟，幸亏有县里村里领导帮衬，要不是连哪跟哪都不知道，再说赔偿什么叫多少？人都死了，这钱也就是一点安慰，如果我们过分争，也是对死去的人不尊重。"

史主任连连点头说："小戴说得不错，再说了，这个赔偿不算低，人家省水利厅还不一定同意呢。如果不同意，走打官司这条路，赔不赔还不一定呢，人家水利厅的法律顾问说了，责任全责在死者，不是上班时间，不是上班地点，是私自过河吃饭出的事。"

李继香叹口气，说："大嫂，我听你的。"

戴玉兰点点头，说："他们两家同不同意，跟我们没有关系，我们两家先签协议，明天上午我们一起去看看姜立新、姜立柱兄弟俩，见最后一面。明天下午我们就回老家，入土为安，不能把他兄弟俩撂在外地，他们心也不安。"

李继香点点头，边上的姜大娘说："玉兰这孩子一贯就会做事。"

史主任说："好，我马上向章局长汇报。"

史主任又找到胡彩兰，胡彩兰一口咬定："我不同意，除非这五十万是给我一个人的，没有老的和小的份。"

史大娘骂道："你这东西，心黑了，两个孩子都在读书，这钱不给孩子，你要干吗？你是要钱去擎死吗？"

史主任毕竟是本家，心想，你胡彩兰是个买来的女人，水性杨花，钱不论多少也不能攥到你手里，钱到你手，还不马上飞了？

史主任就问史大娘："大娘，这五十万是你们共有财产，协议由你来签，你同意吗？"

史大娘连连点头，说："我同意！"

史主任推开章局长宿舍的门，章局长正在与朱厅长谈话。

章超说："你们省水利厅是多出一点钱，但是赢得了时间，也减少了事故处理的成本，假如走司法程序，我可以说，怎么弄，输的都是你省水利厅！"

朱厅长问："为什么？"

章超说："你水利厅代表的是省政府，你与受难的老百姓，也就是死者亲属上法庭，没开庭，你就输了。首先输掉了民意，输掉了人民心中的政府形象。"

朱厅长深深地叹口气，说："你说得没错，吕厅长也这样说。"

章超站了起来，点了点桌子说："老百姓最善良的一面是什么？就是厚道，你们省水利厅不能把善良当作可欺，你也不能认为，有我们在，就可以让老百姓千依百顺，那是不可能的。我可以明确告诉你们，我必须始终站在受难者立场上，否则你们的这个事故，别说一两天，就是一两年也处理不好。"

朱厅长尽量压低声音，说："吕厅长只同意每家赔付四十五万，就这还得水利厅召开班子会定了才能执行。"

史主任一听来了火："既要马儿好，又要马儿不吃草，我们跑了半天，你们这是骗我们要着玩的呀？"

章超气愤地摔掉了烟屁股问："假如开头定成八十万、七十万一户呢？你们会不会降成七十五万、六十五万？"

朱厅长连连摇头说："这些不切实际的数字，谁又能当这个家？"

章超又点了一支烟，平了一口气，说："群众如果同意，哪怕你们一分钱不出，我们无话可说，但有一条，从现在开始，你们与四家死者亲属直接谈判，我们不再见面。你们叫我们干什么，我们就干什么，反正皇上不急，太监也没必要太急。"

朱厅长回到房间，又给吕厅长挂电话："形势紧急，死者亲属工作已经做妥了，五十万这个数字一点儿都不能少了，如果出现反复，这个事情很难处理，地方不配合，他们如果撒手不问，这事故没法处理，无法收场。"

吕厅长叹口气，说："那就按五十万处理吧！千万不要留下任何后遗症。"

朱厅长又来到章超房间，章超在烟雾中陷入了沉思，一听敲门，赶紧抬头，一看是满脸沮丧的朱厅长，问："还有什么指示？"

朱厅长勉强笑笑，说："吕厅长同意了，就按你定的每户五十万，天亮前签好协议，省厅上午上班就安排打好四张存单送来，你们抓紧组织实施吧！"

就这样，四家死者亲属签订了《死亡事故处理协议书》，上午组织去了无锡南郊殡仪馆，集体向四位死者遗体作了告别仪式，下午死者亲属抱着骨灰盒回到了生养他们的故土。

水下印钞机

进入二十一世纪，洪泽湖上打砂进入疯狂时期。尽管从中央到地方严厉制止，但收效甚微，愈演愈烈。打砂病甚至害到了政府机关、学校、企业高管的身上，因为打砂船就像印钞机，不停地将黄金从水下捞上来。

县政府见其他县区开始卖掉区域内洪泽湖采砂权，也通过拍卖形式，将本县区域内的采砂权卖给了省城里的开发大亨刘总。

刘总高高的个头儿，微胖的身躯，虽已人到中年，贵为富商，但儒雅有加，可称儒商。他从事化学工业企业多年，是一位本分的从商者，虽在改革开放中成长，但他仍是一步一个脚印，脚踏实地，行稳致远，不想也不走冒险之路，更不想一夜暴富。

县政府春节之前，被农民工还有大小老板围得水泄不通，一钱憋死英雄汉。书记与县长一拍即合，拍卖采砂权，无本生财，一下拍了一亿两千万元，首期交款一半，六千万元三日内到了账，县政府解了燃眉之急，但把这个刘总架到了火尖上、刀山上。

刘总组织几十个懂经营、会管理的人员到湖面上准备接管采砂船，这些采砂船，原来是自采自卖，个个都是老板，加之，他们每一只采砂船加机泵都是一百多万元。可让他们加入刘总的采砂公司来，赚的是手续费，原来采一吨上来就是六十元，现在采一吨只给十元，原来一天一夜一只船可以采二百吨，从水里可以捞出一万两千元砂子，那是直接进腰包的。可加入公司后，每天只能赚两千元，以前自采自卖一百天可以赚回一只采砂船，以后全是赚的利润，可现在，加入公司后，两年也还不了买砂船的钱。

刘总按县政府的要求和描绘的蓝图，区域内可供一百条船采十年，这是多么伟大的前景呀！可到了湖面上，汽艇差点给这些采砂工人给砸了。

这事件可不好处理，从头到脚全是违法行为。县政府要求章超迅速平息事态，把采砂权从小老板手里夺回来交给大老板刘总，把那些自打自卖的采砂小老板收编给刘老板，交管理费，这样一来，洪泽湖上就有了合法的山寨土匪。

章超开着快艇在洪泽湖上跑了三天三夜。到了晚上，洪泽湖上机声隆隆，灯火通明，码头上的重载车辆来回穿梭，原本好好的水泥路被轧得四分五裂，不堪入目。

章超来到一号船上，问："谁是船主？"

"没有船主，你没看到，我这是皇家一号，你看了还没数呀？"一个满脸大胡子，胖得快喘不过气的一个中年人说。

"皇家一号也该有个主吧！你们有几条采砂船？"

"三条。"

"三条船都你一个人的呀？你尊姓大名呀？"

"我？李四，我哪有这么多钱买船呀？我是打工的，帮人家数票子的。"

"你是帮谁打工的？这船主到底是谁？你必须说清楚，不说清楚，请你迅速停机，马上组织拆除。"

"嘿嘿，嘿嘿，请问你是谁呀？"

执法大队邓大队长说："这是刚调来的章局长。"

"嘿嘿，原来不是张大忽悠吗？现在又来了一个姓张的呀！好说好说，进到船舱来，好烟好酒好菜，就缺漂亮小姐。"

邓大队长说："你严肃一点，这是工作，没人跟你涮油嘴。"

"好好好，那我就告诉你吧，这个机泵不能停，三台泵一停就是四五万，你赔得起吗？"

章超气愤地喊道："把它的电机大皮给我割了。"

这时，蹿上来几个水警人员，手拿砍刀准备割大皮。

李四往电机旁一站，双手叉腰，说："别动粗，这船是公安局副局长的，有本事去找他。我就是条看门狗，你们防着狗急会跳墙，狗也会咬人，我不管你什么张局长、胡局长，你就是天长、地长，与我李四没有屌毛关系。你要斗去跟公安局贾局长斗，这船全是他的。"

章超还没说话，水警全退了回去。就连邓大队长也捂着章超耳朵说："夜里，湖面上不宜执法。"

章超心想，全是鬼子，被一条利益链给拴死了。

上了第二条船，第二条船上正在往货运船上出砂，章超大声喊："这是谁家船呀？"

一个矮个年轻人走了过来，油腔滑调地答话："哪位官人呀，半夜三更不去家，就去逛窑子，也不该来这船上吹夜风呀？"

章超又问："你叫什么名字？"

"庄驴。"

船上一阵坏笑。

章超指指庄驴说："这是你的船呀？"

庄驴连连摇头，说："我哪有这么大的肚量呀，我是看船的，打工的，每天管吃管喝，只给我五百块一天。"

章超冷冷地说："只给五百块，还嫌少，比县长工资高呢。"

庄驴哈哈大笑说："县长，不要钱他也干呀，有吃有喝，晚上嫖女人都有人给钱，哪里抠不出几万、几十万块呢？就你这局长都不用花自己的钱，我问你，你抽什么烟？自己买的吗？"

邓大队长说："庄驴，看你这德行，就不能好好说话。"

章超一气之下，骂道："管庄驴，庄狗的，上人，给我把它电机拆了，扔河里去！"

水警们一拥而上，正准备停下电机，庄驴站到了电机旁，吼道："谁敢？来！来看看！你认为老子这船真是平头百姓的嘛？我告诉你，这是法院胡院长的。"

水警们又缩着头，退到了边上。

通过几天的走访调查，区域内一百二十条采砂船上，仅公检法就占去了三分之一，还有三分之一是县乡机关领导，难怪那些打砂小老板盛气凌人，阳奉阴违，拒不服从管理。

刘总又来找章超，说："县里调你来，肯定是认为你能处理好这事。我也打听了一下，这事成败在你手里。成功了，我感谢你，我给你股份，我不白着你；失败了，我只有跳进洪泽湖里淹死，因为我辛辛苦苦办企业，所有家底都押了进去，还借了两千万元贷款。"

刘总一看就是个厚道之人，章超说："刘总，你要相信我，也要给我时间，想不到这事这么复杂，尤其没有想到机关干部、公检法领导能卷进打砂中去，我会处理好这事。但不是为了你感谢我，我也不会要你什么股份，你只要相信我就行。"

刘总连连点头，说："我找了书记、县长，他们都说你行。"

一个阴沉沉的下午，洪泽湖上传来一条死人的消息，说是打砂船上的工人操作不当，落水后，组织打捞，因为打砂有漩涡，被圈入船底，呛水而死，船主与工人正在停工闹事。

章超心想，这事虽然是坏事，但辩证地看，湖面上疯狂采砂，没有秩序，没人能管得了，出了事，就让他们先闹着，等找上门再说。

邓大队长说："再不介入处理，恐怕要闹大。"

章超摆摆手，说："不急，千万不要派人去处理，要让他们找上门来。他们平时采砂时，见钱眼开，利欲熏心，满头脑钱，根本不把我们水利局当回事，阳奉阴违，无所不为，胆子比天还大，就让他闹下去。你们现在要做的事，赶紧去湖面上，通知所有采砂船停止采砂，进行安全整顿，不听的采取强硬措施。"

邓大队长带领一帮人去了湖面上，也采取了措施，可一分钱效果没有，回来报告："没有屌用，都跟疯子一样。"

大约夜里两点多钟，章超接了一个莫名其妙的电话："局长好！我是法院XX。"

章超一听，吓了一跳，心想，我也没违法呀，也没听说谁起诉我呀？忙问："什么事？"

"不好意思，亲戚在洪泽湖上打砂，一个工人掉进水里淹死了，现在正在闹事。"

"好呀，闹得好呀，这些打砂船是为非作歹，胆子比天还大，谁说了也不听，死人了，就知道找水利局了。"

"没办法呀，关键是死者家属睡在船上，不许开工，这样损失可就大了。"

"还想采呀？院长大人，这是违法的，你们法院连这一点儿常识也不懂吗？"

"哎，是呀，没办法，几个人都陷进去了。"

章超一听，这船还是你们法院集体投资的，真是好法警。

事情拖到了第二天，章超还是安排人去了湖面上参与故事处理，因为死者是农民工，还是外县的，怕出事。

洪泽湖上涉及几个县区的水域，所以在疯狂打砂中就是一个水上战场，尤其是相邻两县之间因为越界打砂，先是船与船之间大打出手，伤了好几个人，双方还扣留了人和设备。

接下来，水警与水警之间，公安与公安之间打了起来，表面上看都在誓死捍卫自己的水域和领土，大义凛然的做派，其实争的是利益。两县水警、公安都是湖面上有采砂船的，相互之间对掐，形成了兵戎相见，火力非常猛，最后出现了几十个轻重伤，影响很坏。

这件事引起了上面高层的重视，上面作了重要批示，这下，市里慌了神，侍副市长找来两县协调处理，最后各打五十大板，握手言和，但打砂的事情仍呈疯狂之态。

章超清楚洪泽湖上打砂为什么会出现这种疯狂之势，原因在公检法，在机关干部参与在采砂队伍里，既形成了保护伞，也形成了利益链，这件事就是一个死结。

章超借用高层领导的批示大做文章，将每条船上有哪些公职人员参与的花名册给理了出来。一看，公检法四十二人，机关其他干部四十六人，在一百二十多条船上，有八十八个公职人员，难怪湖面上出现失控现象。

章超连夜给书记、县长报告："此事十分严重！"

赵书记说："形成通报，我来批示，明天就发。"

李县长说："我也签批，给一个星期整改，把整改过程的监督任务交给纪委，这事不得了。这些公职人员明明是触犯法律的事，还敢顶风作浪。"

县里一旦动真格，形势马上得到好转，随着公职人员的退出，刘总公司开始进入，又涉及利益的分成问题。

章超又深入湖面上，广泛听取意见。

最后，章超找来刘总，说："刘总，你与打砂船之间的利益不能悬殊太大，因为有一百二十条砂船在为你公司服务，他们的船是自己买的，而你的钱交给了县政府，你是在为县政府打工，那些砂船主又在为你打工，所以二者利益必须兼顾，同时，他们成为你公司一员，你们必须提供全方位服务。"

刘总点点头："我全听你的。"

章超说："以每吨砂十元计算，每条船每天捞二百吨黄砂，每条船可以上交两千元，一百二十条船就是二十四万元，一个月正常操作按二十天，可以拿回四百八十万元，按四百万元一个月计算，十五个月，你可以收回六千万元成本。"

刘总叹口气，说："贷款利息吓死人了。"

章超说："这样能迅速运转起来，否则悬而不决，你的投入就会落空。"

刘总说："看能不能再多一点，每吨十五元。"

章超说："这些打砂船主都不是什么真的老板，他们大部分是借的贷款，每条船都上百万，他们原来依仗公检法，还有机关干部可以横冲直撞，现在这些人都被清理了，要不是把这些人清理了，不要说给你十元一吨，恐怕一元一吨，也没人给你。"

刘总点点头，说："这个我知道，你看得很准，抓得也很到位。"

就这样，刘总的公司最终进入了洪泽湖上，每天就是开票收钱，章超组织一大队人马跟着保护湖面上的安全。

危闸断桥

县里决定举办第三届杨树节。杨树节的工程一览表中涉及四羊县运河闸桥改造工程，要在六月底通车。

刚过了春节，上班没几天，才调来任职的刘县长通知章超来谈话，说："交给你一项任务，这项任务是硬任务，也是政治任务。县里七月份举办第三届杨树节，上海路至高速东出口必须保持通行，但四羊县运河大闸亟须改造，大闸与桥是联体，必须一起改造。这件事牵涉省水利厅，是国家工程，几个亿的造价，你作为水利局局长必须挑起这个重担，抓紧到省里去把这个项目给跑下来，时间太紧，任务又重，你可以与工作脱钩，专门跑这事。"

章超心想，这下完蛋了。四羊县运河闸桥改造哪里是省水利厅的事呢？还要牵涉到国家部委。不要说在县里，在市里都是个大项目。还不知国家和省里有没有这个立项，如果没有，你就是跑吐血也没用。

章超点点头，说："刘县长，这事应该很有难度。我先跑一下，跑过之后再向您汇报。"

刘县长是一位年轻漂亮的女县长，虽然微笑着跟你说，但话很强硬，是绵软且刚硬的那种，没有什么商量余地。她说："这事只能成功，不能失败，我只想听你跟我汇报事情有好的进展，不想听你报告有什么困难。"

章超叹口气，说："好吧。"

第二天，章超就踏上了去省水利厅的高速路上，到了省水利厅，向副厅长李亚平一汇报，李副厅长将眼镜拿下来，朝办公桌上一撂，说："岂有此理，一个县政府就能决定应该是国家层面的重大工程呀？你回去告诉你们书记、县长，这是国家部委才能决定的事，我省水利厅也只有执行的权力，至于什么时候拆，什么时候建，怎么建，这都是上面的事。"

和章超见李副厅长的周处长臊得脸通红，说："我给章局长解释了，也与国家上级部门取得了联系，四羊县运河闸改造已经列入2013年计划施工项目，这是两年后的事情，现在都还没立项，没规划，没设计，没预算，就连最终国家和省里预算配额投资多少钱，都还没定下来。我给他解释，他不听，非要见您不可。"

章超红着脸，说："李厅长，我们基层人员不易，县政府交给县水利局的硬任务、死任务，不完成，就拿我是问。"

李副厅长脸冷着说："给你说得很清楚了。第一，这不是你们县里的事，第二，即使实施四羊县运河闸桥改造也是两年后的事。"

周处长拉了拉章超的左臂，说："就这样吧，你回去如实汇报不就行了。"

章超走出李副厅长办公室，就在走廊里与周处长告了别，返回县城。等到第二天下午才去县长办公室，约见了刘县长。

刘县长问："什么时候可以启动运河闸桥改造呢？"

章超站在刘县长的对面，干咳了一声，说："刘县长，我去了省水利厅，先向工管处周处长作了详细汇报，周处长向相关部门领导作了请示，最后又见到了分管李副厅长，李副厅长明确表态：一，运河闸桥改造工程属于国家层面的大项目，与县政府没有任何关系；二，运河闸桥在国家发改委计划盘子当中，但属 2013 年实施项目，是两年后的事情。"

刘县长端在手里的茶杯朝桌上带劲地一放，憋红了脸，问："你就是这种工作态度吗？我要你这局长就是做个传话筒吗？你说的这两条，难道我不清楚？没有难度还要你去省里报告、请示、协调什么？"

章超的头上冒出了豆大的汗珠，心想，你这个嘴上不长毛的县长，说的都是现成话，官大一级压死人，但你总得讲一点道理吧！这运河闸桥改造确实是国家项目，中央财政投资兴建的嘛。

章超叹口气，说："刘县长，你看能不能安排县发改局和财政局一同参与争取这个项目？"

刘县长的脸冷了下来，说："你水利局是主体部门，因为这个项目是省水利厅管理和实施的，发改和财政都是现成事，是协助，我认为不需要那么多部门、那么多人参与，一个和尚挑水吃，两个和尚抬水吃，三个和尚没水吃，我看就你一个人，挑水吃去吧！"

　　说完，刘县长又捂着嘴笑，笑了一会，又喝了口水，摆了摆手，说："不好意思，说错了，一个水利局局长怎么能与和尚比呢？但我说的是人多不一定管用。你，我是了解的，还没逼到位，逼到一定地步，你就会有办法。"

　　章超心想，县领导都是这样，对待下属蛮不讲理，一味地采取高压政策，下属像是晚三代一样，他心里窝着一肚子怨气，但又无处可诉。

　　章超叹口气说："那我再去跑跑。"

　　刘县长摇摇头，说："不对，不对，你这态度有问题，什么叫再去跑跑呀？再去跑跑，再来说说，还不是皮匠对泥匠，有什么用？"

　　章超问："那你叫我怎么办？"

　　刘县长说："瞧瞧你，瞧瞧你现在的态度，态度决定出路，这种态度能做好什么？"

　　章超虽然是一位年近五十的老局长，但被女县长批得不知道怎么弄是好，只有频频点头："是是是。"

　　刘县长又问："是什么呀是？是能完成？还是不能完成？什么时间能定下闸桥改造项目？"

　　章超心想，没想到干了几十年，会死在一个女人的手里，真的是无招可使了，随你怎么说吧，只要今天走出这个办公室，以后就坚决不再踏进半步！又想，不对，你不来，人家通知你来，你还敢不来呀？但是死猪不怕开水烫，只要你不吱声，随她怎么批，你只顾点头，总不会惹烦她吧！

　　刘县长接通了李书记的电话，说："四羊县运河闸桥改造这个项目应该说难度很大，虽然是省水利厅实施项目，但它是国家重点工程项目，要国家部委批准才能实施，而且这个项目是两年后的实施计划项目，应该说比想象当中的难度要大得多。我有一个想法，让水利局章超局长离岗跑这个项目，我们全力支持，他什么时候跑下来，什么时候再恢复上班。"

　　李书记在电话中说："你的意见我完全同意，但时间上仍然要明确规定，汛期来临前，也就是说，六月份闸桥改造必须结束，并通过国家验收，交付使用，否则谁也承担不起这个责任。那么六月份交付使用，要留足四个月时间拆桥建桥、拆闸建闸，能用的时间只有一到两个月，这一到两个月必须拿到国家和省里的批文，省里再组织勘察、规划、设计、排水、拆闸、拆桥，还有大量的事情要做。"

刘县长问："那时间到底怎么说？"

李书记说："一个月内必须把国家和省里批文拿下来，拿不下来，他的水利局局长就不要干了。"

刘县长望望呆站在一边的章超，放下了电话，转向正面，说："章超同志，你都听到了吧！李书记要求，你一个月内，要么拿批文来，要么把水利局局长的官帽拿下来。"

章超憋红了脸，说："刘县长，我这水利局局长算什么官，你要认为我不合适，现在就可以免我的职。"说完，章超拎起小包就走，可门前政府办的人一下拦住了他。

刘县长笑笑，说："有脾气是好事，但要用在工作上，我该说的都说了，你抓紧去京赴省协调去，需要钱就说一声。"

章超推开政府办工作人员，气呼呼地走了。

作为一个科级干部在老百姓那里还算个人物，可在书记、县长那里就是个棋子，叫你过河，你就没有任何价钱可讲，你必须过河，你如果挺着，说我就不过河，死也不过河，那你真就死定了，死得还很难看。

章超想着想着就回到了家里，妻子小赵一看，满脸晦气色，没好气地问："谁得罪你了？脸上的苦汁子能寻下斤把？"

章超将小包朝沙发上一扔，说："晦气，真他妈晦气，从来就没遇到这种不讲道理的领导，明明办不成的事情，非死压着你去做！不干算了。"

小赵走了过来，递来早晨泡好的茶，说，"这话也就只能关起门来说说，你瞧瞧你，平时就像一头牛，一直都是拉陷车。照这样一说，这次陷车肯定是车子重，陷得深，要不怎让一头老牛都跪下叹气的。"

章超喝口水，说："四羊县运河闸桥改造是国家工程，我去省里都跑过了，省水利厅领导明确表态与你县政府没有任何关系，可这些领导就是听不进去，好像县政府能领导国家部门一样？真是莫名其妙，真不讲道理！"

小赵笑笑，说："为人不做官，做官都一般，你才干多大一点小官呀，对手底的人不也是指手画脚，叫人家干这样干那样，干不好还批评人家？"

章超说："那都是业务范围内的事，我能叫手下的人去省里，去中央做什么事呀？那不是扯淡吗？"

小赵笑笑说："叫你去做的事肯定有困难，没有困难要你一把手局长去干吗？为什么不叫你手下的副局长去做？"

章超说："关键这是一把手也做不了的事！"

小赵脸阴沉了下来，问："你做了吗？"

章超说："做了，我去了一趟省水利厅。"

小赵说："去了一趟省里，只能说你去了，还不能说你做了。你如果使出全身力量，就说你是一头牛，你拼死拉那个陷车，但你没拉上来，我想没有人拉过牛来就给宰了。关键是，你只去了一趟省里，就向领导汇报说没弄成。如果你去一趟省里就弄成了，这还是难事吗？"

章超被妻子说的不吱声了，坐在沙发上只是抽闷烟。

小赵将洗衣机里的衣服拿出来晾，一边晾，一边说："马上弄晌饭，吃了晌饭你赶紧叫驾驶员，去省里，按县领导要求，吃住在那，没有好消息，就不要汇报。你汇报的都是困难、问题、办不成事，领导能高兴吗？"

章超苦笑："女人怎么都这样？"

小赵冷笑："你说的是什么意思呀？"

章超没吱声，歪在沙发上，头脑里像滚进去一窝蜂一样嗡嗡响，理不出什么思路。

下午，章超叫来驾驶员，又踏上了南下省城的高速路。

省水利厅人事处有一位副处长叫未来，这位副处长曾经在四羊县挂职学习，且妻子是四羊县人，章超心想，既然有这样一位老乡在，找人办事就要方便多了，章超就来到人事处。

"未处长，我来是有困难事想汇报。"

未处长当时只有三十来岁，年轻帅气，像个电影明星，是个小鲜肉，年龄不大，但烟瘾不小。章超给他点了支烟，未处长给章超泡了杯茶，两人就说了一阵四羊县的人和事。

未处长忽然就问："什么事情能难倒你章局长呀？四羊县有名的能干局长嘛！"

章超连连摇头，红着脸说："不瞒兄弟说，这次是小马拉大车，这车比天还大，这马就是一只蚂蚁。"

未处长哈哈大笑，说："那你说来听听。"

章超就将事情的情况详细地说了一遍，听着听着未处长就紧皱起眉头来，最后说："的确是这样，亚平厅长都表态了，这事应该是到此为止了。"

章超一听心里拔凉拔凉，心想，这下全完了。

未来见章超脸色沮丧，就又点了一支烟，说："四羊县那个桥不是还能走吗？反正过两年就改造了，也就再撑两年，明年就可以提前审批、论证、规划、组织拆除、施工招投标……"

章超一听，既然明年就能走程序，为什么不可以现在就走程序呢？只要程序一开始走，不就说明这事已经启动了吗？至于启动以后的进度，那是以后的事，起码好向县里汇报呀。

这时，未处长说："晚上请你喝两杯吧，平时也很少来省城。"

章超笑笑说："你能不能把工管处周处长请着？"

未处长说："可以呀，你说的事也就是她处里的事情，她为人非常好，不僚骄，我让她把处里几个人都叫上，都来帮你出出主意。"

章超赶紧说："这样最好，今晚这顿算我请的，我要待在这里一段，以后有你招待的时候。"

在一家不起眼的小饭馆里，连驾驶员八个人，周处长说："我不能吃辣，也不吃甜食。"

未处长拿过菜单，说："周处长你点菜。"

章超赶紧开酒，自己带来的洋河大曲，其中一个女孩问："有没有红酒？我们周处长会喝一点红酒。"

章超脸一转给驾驶员递眼色，连声说："有，有，有，车里现成的。"

驾驶员是章超多年的朋友，从县城镇时就跟章超开车，是个知根知底的兄弟，他迅速走出饭店，一直过了两个红绿灯路口才找到一家商场，买了两瓶智利原装红酒。

章超当然知道话不能说得太早，显得太势利，给人感觉不是喝闲酒，而是鸿门宴。

红酒基本没了，章超又给驾驶员使眼色，驾驶员飞快走出饭店，一支烟功夫就把红酒拿了来，原来是请饭店老板安排专卖店送过来的。打开第三瓶时，周处长说："感觉有点晕，可以结束吃饭了。"

章超站了起来，端着一大壶白酒，站到周处长身后，说："周处长，您是好人，就冲着上次您帮我被李副厅长批评那事，我心存愧疚，在这里喝一壶，表示道歉。"

章超一边说，一边就咕噜噜，把一大壶白酒给灌了下去。

周处长一见这样凶猛，连忙站起来，说："不得了，不得了，哪有这样野蛮喝酒的？你喝了，我也喝干了吧！"

周处长真是爽快人，一大杯红酒也干了，被呛得直咳，缓了一下，说："亚平厅长说的是实话，四羊县运河闸桥项目是国家重点工程，与县里的确没有关系。但是，作为已经列入国家计划的项目，是可以提前实施的。"

章超一听这话，像是得到了一计灵丹妙药，心中陡然亮了起来，又端一大壶白酒，走到周处长身后，说："这事，一定拜托周处长，您任意，我干了。"没等周处长反应过来，章超的一大壶白酒又干了下去。

周处长傻了眼，连忙叫："我的个亲娘，这样要喝死人的。"

未来处长站了起来，说："周处长，您是水利厅上下公认的好人，章超为闸桥改造这事被县里停了职，要求他什么时候把批文拿到，什么时候回去复职。来，我敬您一杯。"

周处长喝得有点多，敲敲桌子说："胡闹。现在这些地方官员无法无天，好像做了书记、县长，就是皇帝，看天不顺眼，就能去把天给捅了，看地不顺眼，就能把地给钻个对过通，能做也做，不能做也做，这闸桥不是他的管理范围，他也要插上一杠子，还停了我们水利局局长的职，真是岂有此理！"

周处长一气，自己把杯里剩下的酒，一口给干了，对手下的几个人说："明天上午提醒我，明天上午就给姚主任打电话，这个项目要求提前实施，我们不能让这么好的水利干部就这样给撸了。"

章超喝下去一斤多白酒，感觉已经醉得不行了，竟然被周处长一句话给说醒了。

第二天，周处长刚到班上，章超就在水利厅大楼上等候。周处长没有停歇，给国家部委姚主任挂了电话，姚主任亲自接电话。

周处长说："主任，您是最实事求是的领导，您又是江苏人，对老家一直关心照顾。眼下有件急事，四羊县运河闸桥出现安全隐患，桥板断裂，连行人都限制了，节制闸严重渗水，恐怕很难度汛，这个项目是2013年要实施的国家大型水利工程项目，我也给吕厅长、亚平厅长报告了，要提前实施，确保今年安全度汛。"

姚主任一听，周处长是全国水利系统权威专家，她说四羊县闸桥存在很大安全隐患，并且很难度汛，这是非常严重的事情。姚主任细思度量一下，说："我知道了，这样吧，我们分工负责，我现在就给水利部发加急电报，你抓紧找吕厅长碰一下，请省发改委、财政厅、水利厅三家联合出一份《关于提前实施四羊县运河闸桥改造工程的报告》，直接打给国家上级部门，然后上报国家。"

周处长连连点头，说："非常感谢姚主任，我现在就向吕厅长汇报。"

周处长说："章局长，你跟我一起去见吕厅长，你不要说话，我说完看吕厅长怎么说，一定要把闸桥的安全隐患说重一点，否则办不下来。"

吕厅长是一位老厅长，在省水利厅厅长岗位十多年了，了解基层难处，周处长汇报后，他根本没问章超什么，就说："我来找省发改委、省财政厅，你去抓紧拟好会办意见。"

章超跟着周处长回到了办公室，周处长叫来处里几个年轻人，交代了一番，然后各自回办公室去了。

不一时，周处长电话铃声响了："你过来一下。"

"好的，吕厅长。"

周处长出去一支烟的工夫就回来了，对章超说："你带车来的吧，正好，我跟你车，先去发改委，再去财政厅。"

上午没到下班时间，就把两个省直部门给跑完了。

一本盖有三个部门鲜红大印的《关于提前实施四羊县运河闸桥改造工程的报告》交到了章超手里，周处长叹口气，说："我就帮你到这里，下午你抓紧去亲自交给姚主任，我这边会抓紧配合水利设计院搞好图纸设计。"

章超接过报告，连声说："太谢谢了，周处长！"

章超驱车从南京出发，不到七个小时就到了，晚上八点宿居招待所，既便宜又方便工作。

驾驶员王师傅问招待所前台一位女青年："哪里有好吃的？"

女青年笑笑说："我们招待所吃住都好，你们住这里，就在这里吃，什么鱼虾海鲜没有呀？"

王师傅问章超，章超没加考虑就点点头。

他们在三号小包间坐下，门没关好，只见一号包间里的人出出进进，忙着等待接客，还有几个人在叽叽喳喳。

章超就站到门口去听，一听有人提到姚敏主任，又听到有人说："跑场子，马上就到。"

章超心中一惊一喜，心想，我的个妈呀，怎么就这么巧？是天意呀！真是天助我也，老天睁开眼了。

章超叫来王师傅说："大巧妈生了个小巧，真是巧上加巧了，姚敏主任就在一号包间，马上就到了。"

章超说："王师傅，我们等一会儿吃吧，你站到一号包间斜对面看着，看来人中哪一位是姚主任，肯定会有人叫他，这些人都前呼后拥的，发现目标迅速向我报告。我站这门边，也能看到他们过来，但没法分辨是哪一个。"

王师傅问："你打算怎弄？"

章超笑笑，说："我去自我介绍。周处长、吕厅长都给他挂了电话，他知道我来，但彼此还不认识呀。"

王师傅说："这样就方便多了，那个报告给他吗？"

章超说："报告我带在身上，方便时就交给他看，如果不方便，明天去他办公室。"

王师傅点了一支烟，出去了，站在一号包间斜对面，像个地下工作者，还拿张报纸，在灯下装模作样地看着。不一时，有四五个人一起进了廊道，三个高个头，一个矮个头，全是爷们，只见一高个微胖男子递给中间那个矮个老头一支香烟，说："姚主任，您今晚也住招待所吗？"

矮个老头一边点烟，一边笑笑，说："明天水利部领导来视察，我还得看看材料，所以就回不了家了。"

这话让王师傅听得一清二楚，回到三号包间说："那个姚主任是个最矮的小老头，今晚也住在招待所。"

章超大吃一惊，心想，好呀，同住一个招待所，就有了很多接触的机会。

王师傅打开了一瓶酒，说："祝贺祝贺！"

章超笑笑："我任意，你先喝着，反正这一瓶也不够你一个人喝的，我要保存实力，准备去一号包间'拼命'。"

王师傅笑笑："对！好钢用在刀刃上。"

章超说："王师傅现在越来越会说话了。"

王师傅一边喝酒，一边说："青竿靠街头三年都会说话呢，更何况，我跟你都六七年了，一天学一句，也学成大师了吧！"

两人都笑了。

王师傅忽然想起什么，说："我去车里拿条烟来。"

章超问："要烟干吗？有呢，还有一整包。"

王师傅笑了，说："你去一号，还不一人给一整包，开头就给人家留个好印象。"

章超连连点头，说："对对对，你抓紧，我等你来，就过去。"

章超夹着一条烟，手里端着一只酒杯，敲开了一号包间的门。

"我先介绍一下，我是省水利厅吕厅长、周处长给姚主任打电话介绍来的，我叫章超，四羊县水利局局长。"

姚敏主任站了起来，与章超握手，笑着说："想不到，你来得这么快。坐，快坐下吧！"

章超笑笑说："姚主任，我先敬您两杯酒。"

边上一高个子站了起来，说："小杯换大杯，要敬就是一大杯。"

大家哄笑，"大杯来一个，姚主任来一个！"

章超一听说姚主任来一个，心想，这家伙是同类，只要你能喝，我就有办法让你喝好。

章超笑笑，说："姚主任，我敬您一杯，您任意！"

有人说："一杯说得出口吗？你两杯，姚主任一杯！"

"对，你大小也是个水利局局长，怎么也得喝两杯吧！"

"水利局局长就是治水的，不把酒水治好，怎么做水利局局长呀？"

"对对对，好多地方都不叫水利局局长，现在都改叫酒水局长了。"

姚敏主任站了起来，指指几个高个子，说："章局长是我老乡，我给你介绍一下，这边三位都是我们的得力干将，这是马处长，这是华处长，这是欧阳处长，这边三位也都是我们下属企业里的骨干。"

章超把三位处长给敬完了，正准备再敬其他人，腿却软软地倒下了，这时就有人喊："怎么回事？怎么回事？充其量也就一斤半吧！"

王师傅是个有心人，知道章超今晚肯定会"战死沙场"，早就准备好了背人上楼，一听屋里说有人醉倒了，赶紧推门进来，说："没事没事，章局长是太辛苦劳累了，因为这个项目，跑好多天了。"

姚主任问："你是？"

"我是章局长驾驶员。"

"那好，就交给你了，抓紧带他到房间，弄点茶水喝喝，注意，一定别跌倒了。"

"好的好的。"王师傅将章超背起就出了门。

第二天刚上班，章超就接到电话："请你到九楼东小会议室商量事情。"

章超心中一惊，虽然晕晕沉沉，但人遇好事，陡然就有了精气神，赶紧漱漱口。

会议室里全是熟面孔，姚敏主任和三位处长。

章超望各位点点头，说："不好意思，来迟了。"

姚主任笑笑说："你坐你坐，战斗力还不错。"

马处长递一支烟给章超，又拿出打火机，说："烟酒不分家，我就佩服那些倒在战场上的人。"

大家哈哈大笑，章超红着脸说："各位见笑了！"接着就把关于闸桥改造的报告交给姚主任。

姚主任简单浏览了一下，说："开个小会，我简单说几句，剩下就是你们的事了。关于四羊县京杭运河闸桥改造提前实施项目，根据吕厅长打来的电话，要求对这个项目提前到今年汛前实施，主要原因是设施老化，存在很大安全隐患。为了消除隐患，决定启动四羊县京杭运河闸桥改造项目的前期工作。下面我就这项工作，做一下分工：请马处长牵头，并负责联系国家主管部门；由华处长负责对接省水利厅、发改委、财政厅；由欧阳处长负责提前实施项目的规划、报审，并对接省水利规划设计院。我明天出国考察，已与钱副主任沟通，你们报告出来后，交给钱主任审核签字，盖章上报。要求在十个工作日内拿下所有工程实施前期工作。因为考虑安全度汛，时间只能往前赶。"

散会以后，章超去姚敏主任办公室坐了一会，抽了一支烟，姚主任说："章局长，我也没时间陪你，事情就这么抓紧落实。你回到宾馆，随时听从马处长安排。"

章超向姚主任鞠了躬，说："姚主任，您这种雷厉风行的作风非常值得我们学习，非常感谢您！"

姚主任笑笑，说："搞水利都这样，人有情，水无情，一点儿也懈怠不得。"

章超回到宾馆，王师傅泡了杯水端过来，问："事办得怎么样啦？"

章超笑笑，说："人家各有分工，都忙去了，我就回来了。"

到了下午，章超心想，我们留在这里有什么用呀，只有请马处长他们喝酒呀，就拨了马处长电话，马处长说："忙死了，哪有这闲工夫哟，要加班。你如果真觉得不好意思，看夜里十二点前能不能帮我们准备十份熟食，要热乎一点的。"

章超只好应了一声。

章超找来王师傅，说："马处长说了，晚饭不用了，夜里十二点左右给他们准备十份熟食，热乎一点的。"

章超说："我们去找一家小餐馆，多给点钱，让他十二点前送来。"

到了夜里，淮河边上阴冷如冬，风刮得有点瘆人，章超和王师傅就在大院子转，也不知转有几十圈了，楼上的灯光始终亮着，好不容易盼到了十二点，正好小餐馆送来了十份盒饭。接着，章超就与王师傅去了楼上，他们集中在七楼，五个办公室都亮着灯，他们都在伏案工作。章超心中一震，心想，国家机关的工作作风和下面真的不一样，这都下半夜了还在工作。

马处长喊："夜餐到了，每人一份。"

章超悄悄说："要不要喝两杯呀？"

马处长笑笑说："完工时，拿到国家批复，我们还一比一。"

到了第二天下午，章超又打了马处长电话，马处长说："还那时间，可以把熟菜再换一下，防止他们吃烦了。"

就这样，夜餐送了八次，到了第九个下午，再打马处长电话，关机了。到了晚上，章超和王师傅也没心思喝酒，简单吃了点便饭，就去楼下转，转了几圈，楼上没有灯亮，章超心里空荡荡的，心想，是怎么回事？

到了第十天上午，马处长打来电话："章局长请到我办公室来一下。"

到了马处长办公室，马处长笑笑，说："昨天洗了个澡，痛痛快快睡了一觉，这是国家电传批件。你拿着这个抓紧去南京，交给三个部门，立项、设计，准备招投标。"

章超见批文，看傻了，原来办大事情是这样办成的呀，并连声说："谢谢，谢谢马处长。"

马处长笑笑说："不要谢任何人，天下水利是一家，你们及时发现了运河闸桥的安全隐患，并及时报告，争取上级支持，解决了大问题，我们应该感谢你们。"

章超一听，眼泪唰地就流了下来，心想，越往上面的官越好处事，越好说话，哪像下面那些人，恨不得一脚将你踩在泥潭里，瞧瞧人家说这话，是多么温暖人，感动人呀！

章超抹了一把泪，说："马处长，我想请你们吃顿饭，请给个机会。"

马处长摆了摆手，说："章局长，你手里拿着的这个项目的确非常紧急，要在汛前完工，交付使用，时间太紧了，我看你还是抓紧回去吧。到了南京，你把手里的这些批件交上去，你就算完成任务了。至于喝酒，这个工程实施期间，我们可能还有机会见面。"

章超连声说："好，好，谢谢马处长。"

四羊县京杭运河闸桥项目改造提前两年实施总算是落了地，在一次县政府工作会议上，刘县长说："世上无难事，只要你用心，运河闸桥改造是国家重大工程，并且是提前两年实施的项目，通过努力，不也完成了吗？"

四羊县京杭运河闸桥改造还创造了"一百天拆一座桥建一座桥，拆一座闸建一座闸"的四羊县速度，在全国重大水利工程历史上是个示范工程，也是个奇迹工程。

第十八章

天堂传真

妻子小赵突然去世后，章超一度陷入了人生最低谷。为了怀念妻子，章超写了一部长篇悼文——《发往天堂的传真》。

致最亲爱的妻子：

公元二〇一三年三月十四日(阴历二月初三)夜十时四十分，黑夜裹挟着瞎眼的星星，带走了我年仅五十一岁的爱妻。转瞬间，一个鲜活的生命从此陨落。这一瞬间正是人世间温柔与残酷，快乐与悲伤，阳光与黑暗，喧闹与安静的交接。这瞬间，我们的家由圆满走向残缺，由团聚变成怀念。从此，你长眠在桃源公墓的脚下，我却带着孩子长夜空守在我们共同生活过的十年老屋，伴随我们的是冰冷的长夜，伤痛的心灵，怀念的思绪，还有你照片变成的遗像。我拿什么挽留你，挽留你年轻的生命。与生俱来的悲恸，让我痛不欲生。

爱妻，我无法再见你的笑容，我无法不怀念你，我更无法忘却你。有人说，小说太虚构，散文太奢华，诗歌太浪漫，我又不会写诗赋词，但我又深知你一生浪漫无忧，在我深切怀念你的两百多个日日夜夜，我不得不拿起了搁置半年多的笔，用心蘸泪，怀念人生长河中属于我们共同拥有的三十年。天能夺你生命，车祸抢走你的存在，但任何方式都夺不走我对你的爱。一个人一个家庭遇到天大的事故，对于别人都是一个故事，而你的离开让我的天就塌啦。你走得越远，我爱得就越痴，我想得就越久。听说，好多诗人作诗赋词时，要么哈哈大笑，要么痛心疾首，而我却是常常悲恸欲绝，泪流满面，痛不欲生，无法自己……

有人说我命运多舛，我却感到与你生活，别说有这三十年，即使是三年、三月或是三天，我都不觉遗憾，爱不是时间的累加，而是两人心相知情相悦。

老天为什么安排你先走，其实也是老天眷恋你，老天恋你头脑整，让我留下处理家庭琐屑。死人三年没好运，好事坏事乱如麻。三月十九日（阴历初八）千人送你上路，阳光很好，风不大，你出门，我准备得很简单，只是想用自己的方式。虽然你早些去那并不熟悉的地方，但我很清楚，都是迟早的事，不是你先去，就是我先走。父母生下我们那天就决定了我们一天一天地走向消逝，并且会走得无影无踪。老天一般不会安排人世间真正的夫妻同时走进他管辖的天堂公寓的。我也想了，迟去不如早去，人世间的日月，恩恩怨怨，情情仇仇，乱若麻丝，哪有幸福可言，都是熬日子度春秋。一切的一切都是弹指挥间，寿无长短，命无大小，一切转瞬即逝。

早去未必不是好事，何况那边极乐世界会使你更加浪漫。但真正的人间送行方式，又使我始料未及，为你送行的自发车队是上千辆车，千余人的悼念人群，有我们家的亲人、朋友、邻居，也有对我们并不满意的"远人"。好多人都认为这些都是做给活人看的，但我不这样认为，我将这种追悼的方式，认为是你在天堂世界里获得最大快乐与浪漫的一个条件。

你平生乐善好施，一生中光是居住我们家超过一年以上的农村小孩就有六个。这些孩子中，最小的一个山东女孩，在我们家生活了三年半，从找工作，谈恋爱，成家，你都一人操办。你在县城里仅是为人说媒，做全福奶就已经超过了二十对。你说老天爷不收你这样的人才，他老是收一些无用之辈、老幼之人能干什么，说明那边缺人，老天爷下了狠心，人间夺爱。你的悼念仪式虽简朴，但占尽了人间耀眼光环，悼念活动持续了一个多小时，而一些高官厚禄者，几乎都是开个追悼会，草草收场。就凭你安详地睡在那里，千人向你鞠躬致哀，哪像是人间所谓的"死"呀，简直就是"履新"去了，所以我们全家没人认为你殁了，我们都认为你活着，出远门去了，帮人说媒去了，做全福奶去了，苦口婆心帮人家劝解家庭矛盾去了，要不就去跳舞了，唱歌了，闲逛了！偶尔会麻友去了，你总闲不住……

　　我只有到了你的坟前，才敢暂时接受你的确不在的事实，因为那黑色的墓碑上明明刻着你的名字，你的出生，你的离去，上边还贴着你的照片。墓碑上也刻着我的名字，但没有我的照片，只有出生，没有离去的时间。也不知墓碑上在我的名下空着的离去时间该是什么时候填写。当然，轮到我的时候，我也是安眠地下，什么也不知了。我在哀悼你的同时，也失去了未来哀悼我的最亲的亲人、战友。在制作墓碑时，他们征求我的意见，墓碑上是否要将我的名字刻上，我反复考虑过，一定刻上，因为这块墓碑属于我俩共有财产，就如结婚证，有你一半，也有我一半；就如棺材，虽然我们不睡同一口棺材，但我们都死之后，人世间的葬棺要用"搭桥板"的。活着的人们会将我俩相通的道路铺好，通道打开。同时，将我名字刻在墓碑上，你也就放心在那边快乐地生活了。我们共同生活三十年，我一直生活在你的眼里，耳朵里，心目中，你知我的冷暖、高兴与低落，不见面也知，就凭你的感觉。也不知你一个初中文化的女人，怎么就有那么大的定力。墓碑上刻上我的名字，让我永远离不开你的视线，春夏秋冬，寒暑易节，人间冷暖，你都悉数可知。当我走错路、说错话、做错事的时候，你能及时发送信讯，让我纠正，改过自新。好多人劝我少去想你的好。我不是没想过要少想你、少恋你、少虑你，甚至是放弃你、忘记你，但都失败了，所以只能一次一次地在梦中对话，白天也常在一起，尤其是我遇到难事的时候，遇到孩子不顺心的时候，遇到有话想说的时候，生病的时候……

　　你走了以后，我最怕夜晚，因为夜晚的时光最难熬，大约有两个月的时间，夜夜失眠，你走得出奇地清爽，竟然夜里也不与我见个面，有几次我将你遗像放到床上，放到你原来睡的地方，才在梦中见到你。你跟我笑笑说："路还长着呢！"一闪就没了。我夜夜都想梦到你，可你再也没有回来见我。白天一个人走路上班，总望着路上骑车的中年女人发呆，总奢望你会突然出现在我的眼前，见不到你，我无限失望，我就找与你相似的身影，一次一次地痴盯着"相似人"。你走了，提醒我，人随时可能会离开这个世界，无声无息，我也在时刻提醒自己，抓紧时间做好手里的事情，尤其是老人、小孩的事情。现在每到晚上，我最怕的事情是一觉睡着了再也醒不来，没了明天。爱妻，你知我心脏不太好、血压高、毛病很多，所以担心与日俱增。

对了，为了写点关于你的文字，无数次开头，都因心情太复杂，老悲伤，手不听使唤，眼在流泪，心在流血，无法继续。这次准备坚持写下去，可只写了不到一天，就得了重感冒，整整病了半个月，挂水没有效果，家人哪知什么原因，医生也觉得蹊跷，但我是心中有病自己清楚，后来几天我放弃，什么都不想，让儿子下载电视剧《暗战在拂晓之前》给我看，闲下就看，这样才配合医生治疗，将感冒治好。这样的感冒，你在的时候，三天就好了……

爱妻，四月十三日，也就是阴历三月初四是你的生日，我带着孩子们来到你的坟前，为你过最后一个生日。这是我俩今生今世在一起共同度过的第三十个生日，只不过，这个生日是我们阴阳两隔，生日的方式是天地之别。以后，你在天堂里就按那边的习俗过生日吧，待到为夫去了，我们再一起过生日，但不论是哪种方式，我都祝你生日快乐！永远浪漫而幸福！

你在天堂那边要保佑我们的儿女平平安安，健健康康，衣食无忧，远离病灾，家庭幸福，也要保佑我身体无恙，带好儿女。

你在那儿也要注意照顾自己，别忘了正常服用降压药，天冷加衣，天热减穿，注意冷暖，保重身体。你好便为夫晴天，我每时每刻都能见着你，你一时一刻没有离开过我，我的心房居住着我的爱妻。你定要过好走好，为夫才能安心放心顺心。

爱妻，未来天堂有约。祝你生日快乐！

第十九章

寿宴

新冠病毒给人类带来了巨大灾难，整整三年时间，病毒肆虐。冬日来临时，柳兰迎来了八十大寿，本来是计划把亲戚朋友都请来庆贺一下的，但是因为史无前例的新冠病毒肆意蔓延，家家闭户，人人紧锁房间，给生活带来了极大的不便。章喜与章超商量决定，谁都不请，就是自家庆祝一下。

正好二如夫妻俩开了一个小酒店，专销五粮液系列白酒，搞了个小会所，最多只能容纳两桌人，疫情期间所有酒店都关了门，这样一大家两桌人聚到一起，也觉空前的热闹。

一家人坐下后，章超先说了几句："今天是母亲大人八十大寿，本来准备将亲朋好友请来庆贺一下，但是自从这场病毒开始蔓延，武汉封了城，总书记一声号令，十四亿人过年不串门，全国人民自我隔离，就是到目前，快三年过去了。根据报道，光是美国发病确诊就高达八千万人，已经死了一百多万人，所以说，疫情期间一定要遵守防疫规定，今天，我们就全家聚一起，庆贺一下母亲的生日！"

章涵是柳兰唯一的孙女，她和爱人小房将蜡烛点着，喊道："孩子们快唱《祝你生日快乐》。"

于是柳兰的重孙、重孙女四个孩子就高声齐唱：

"祝你生日快乐！"

这时大家一齐喊："老太太吹蜡烛，老太太吹蜡烛……"

接着四个重孙辈就给柳兰献花："祝老太太生日快乐，寿比南山，天天幸福，万事如意。"孩子们排成一条线，边说边给老太太鞠躬。

柳兰高兴得合不拢了嘴，站了起来，接过花，哈哈大笑，说："这个排场，给我一个老太婆抬举到天上去了，变成神仙了，谢谢孩子们！"

章喜说："大家举杯，先敬老寿星两杯酒，祝您长命百岁！"

大家一起举杯。室外春寒料峭，屋里春意融融，地方美食，各色海鲜，还有多种果品摆满了桌席，柳兰高兴地说："让我在那做梦，也梦不到有今天这种生活。"

章超提议，我们兄弟姊妹过来敬酒吧！于是章喜和妻子小许，章超和妻子谢老师，还有章梅，一起站在母亲后面，柳兰说："一起一杯酒，表达个意思就够了。"

章超笑笑说："这样吧，我们各人都单独表达一下。先从我来，妈妈，你八十寿辰，要不是这场疫情，我们一定搞隆重一点，给你请到开元大酒店，摆上十桌八桌，让您风光风光。我们今天，用这种方式为您祝贺，希望您能原谅儿子。"

柳兰笑笑，说："我过了八十年，像这场瘟疫持续两三年，还是遇到第一次，你们心意我理解。"

"好，妈妈，我就敬您这一杯酒，祝您身体健康，永远开心。"

谢老师说："妈妈，祝您生日快乐，您说得好。其实，人能够平平安安活着就是最快乐的事，来，我敬您一杯，祝您永远平安，开心，快乐！"

章喜说："来，妈妈，八十岁生日快乐，望您永远健康。其实，我们这一家，能坐到一起为您过生日，本身也不易，我们要感谢伟大的祖国。"

柳兰又叹口气，说："这不假，幸亏我们几代人都生在中国，要不，这生日还不被炸弹给轰了，好，好好活着。"

"好好活着，来，我敬您一杯！"

小许说："老妈呀，我也不会说话，听他们这一讲，您这生日来之不易，祝您生日快乐，以后少吃药，少生气，多晒太阳，多和老人在一起聊聊天。"

柳兰笑笑，说："要想不早死，少生气，晒太阳，这是必须的。"

"好，那我干了这一杯，您任意！"

柳兰笑笑，说："这酒是好酒，我也干了吧！"

屋里爆发出满堂喝彩，说："好酒，好酒，干了！"

章梅眼含热泪，哽咽着端起酒杯，说："妈，祝你生日快乐！"

柳兰冷着脸，说："你不要这样，人总会遇到这样那样不顺心、不如意的事，再反过来说，人这一辈子，要想少走弯路，你就不能任性，所有任性都会付出代价，在这方面，你多向你两个哥哥学习。"

章喜见场面尴尬，就喊："章涵，章逊，大如，二如，你们孙辈过来敬酒。"

这时章涵、章逊、大如、二如都带着爱人站成了一排，大如是一个喜欢挑场子的人，他大声说："来，给奶奶鞠一躬。"大家就一起鞠躬。

章逊说："我们一起端杯，敬奶奶一杯酒，祝奶奶长命百岁，平安健康！"

"来，干！"

"好，一起干了！"

柳兰喝了这一杯，觉得有点醉了，笑笑，说："看到你们都和和气气在一起，奶奶心里就像吃了蜜。"

二如笑笑，说："二爷，你的歌唱得好，给你点一首《母亲》吧！"接着，就将麦克风递给章超。章超说："我唱不好，但今天日子特殊，我把这首歌献给妈妈，祝您永远健康，永远平安幸福。"

你入学的新书包有人给你拿

你雨中的花折伞有人给你打

你爱吃的（那）三鲜饺有人（她）给你包

你委屈的泪花有人给你擦

啊，这个人就是娘

啊，这个人就是妈

这个人给了我生命

给我一个家

……

章超唱着唱着就哽咽了，这时，满屋里的人都在伴唱，唱得柳兰情不自禁呜呜大哭……

柳兰的八十寿辰庆祝晚宴快结束时，章喜拿过了麦克风，说："今天这个庆祝寿宴简洁而大气，今天的幸福生活来之不易，大家都要好好地活着，我们要感谢祖国，感谢共产党，感谢这个时代，希望你们年轻一代人，要努力工作，好好赚钱养家，幸福都是奋斗出来的！"